ESCREVIVÊNCIAS: IDENTIDADE, GÊNERO E VIOLÊNCIA NA OBRA DE CONCEIÇÃO EVARISTO

Organização:
Constância Lima Duarte
Cristiane Côrtes
Maria do Rosário Alves Pereira

ESCREVIVÊNCIAS: IDENTIDADE, GÊNERO E VIOLÊNCIA NA OBRA DE CONCEIÇÃO EVARISTO

Organização:
Constância Lima Duarte
Cristiane Côrtes
Maria do Rosário Alves Pereira

malê

Todos os direitos desta edição reservados à Malê Editora e
Produtora Cultural Ltda.
Direção: Francisco Jorge & Vagner Amaro

Escrevivências: identidade, gênero e violência na obra de Conceição Evaristo
ISBN: 978-85-92736-95-8
Edição: Vagner Amaro
Capa: Dandarra Santana
Diagramação: Maristela Meneghetti
Revisão: Louise Branquinho
Foto de capa: Caio Basílio

Texto revisado segundo o novo Acordo Ortográfico da Língua Portuguesa.
Proibida a reprodução, no todo, ou em parte, através de quaisquer meios.

Dados internacionais de catalogação na publicação (CIP)
Vagner Amaro – Bibliotecário - CRB-7/5224

> E74   Escrevivências: identidade, gênero e violência na
>   obra de Conceição Evaristo / Constância Lima
>   Duarte, Cristiane Côrtes, Maria do Rosário
>   Alves Pereira. — 1. ed. — Rio de Janeiro : Malê,
>   2023. 376 p. ; 23 cm.
>
>   ISBN 978-85-92736-95-8
>   1. Literatura brasileira — História e crítica
>   2. Evaristo, Conceição (1946 —) I. Título
>
>   CDD B869.9

Índice para catálogo sistemático: 1. Literatura brasileira: História e crítica B869.9

Editora Malê
Rua do Acre, 83, sala 202, Centro, Rio de Janeiro, RJ
contato@editoramale.com.br
www.editoramale.com.br

SUMÁRIO

Apresentação 9

PERSPECTIVAS TEÓRICAS

Escrevivência: sentidos em construção 15
Maria Nazareth Soares Fonseca

Conceição Evaristo: circuitos transnacionais, entrelaçamentos diaspóricos....31
Stelamaris Coser

Escrevivência, fabulação e os passados inauditos 51
Fernanda Rodrigues de Miranda

Intelectual negra: a produção literária de Conceição Evaristo 65
Mirian Santos

Vozes diaspóricas e suas reverberações na literatura afro-brasileira 87
Marcos Antônio Alexandre

Ponciá Vicêncio: uma tradução intercultural 105
Dalva Aguiar Nascimento

DIÁSPORA E MEMÓRIA: DESAFIOS DA CONTEMPORANEIDADE

Diálogos sobre escrevivência e silêncio 121
Cristiane Côrtes

Espaços e sujeitos contemporâneos: trânsitos e percursos 131
Juliana Borges Oliveira de Morais

O romance afro-brasileiro de corte autoficcional: "escrevivências" em *Becos da memória* 141
Luiz Henrique Silva de Oliveira

Nos becos da memória, a força da narrativa 153
Simone Pereira Schmidt

Silêncio, trauma e escrita literária 161
Terezinha Taborda Moreira

Memória coletiva e a questão do trauma em *Becos da memória* 173
Aline Deyques Viera

No princípio, era a mãe: apontamentos sobre uma poética prenhe 185
Heleine Fernandes de Souza

Por uma poética da ancestralidade 201
Marcos Fabrício Lopes da Silva

GÊNERO, VIOLÊNCIA E INSUBMISSÃO

Marcas da violência no corpo literário feminino 215
Constância Lima Duarte

Os condenados da terra: violência doméstica e maternidade em *Insubmissas lágrimas de mulheres* 225
Natália Fontes de Oliveira

A violência de gênero como experiência trágica na contemporaneidade 239
Simone Teodoro Sobrinho

Insubmissas lágrimas de mulheres: um projeto estético, narrativo e autoral 251
Elisangela Aparecida Lopes Fialho

Insubmissas memórias de duas Marias: Maria Moura e Maria-Nova 263
Laile Ribeiro de Abreu

Rubem Fonseca e Conceição Evaristo: olhares distintos sobre a violência .. 273
Eduardo de Assis Duarte

Conceição Evaristo e Paulina Chiziane: pela desconstrução social da violência .. 283
Maria Inês de Moraes Marreco

O CORPO NEGRO EM CENA

Algumas palavras sobre a tessitura poética de *Olhos d'água* 295
Heloisa Toller Gomes

Corpo e erotismo nos contos de *Olhos d'água* 299
Aline Alves Arruda

Representações femininas em "Duzu-Querença" e "Olhos d'água" 307
Maria do Rosário Alves Pereira

Ana (Davenga), tecelã do amor 317
Imaculada Nascimento

Por entre olhos d'água de dor, indiferença e amor 327
Iêdo de Oliveira Paes

A representação do "outro" em "Os amores de Kimbá" 339
Adélcio de Sousa Cruz

"E assim tudo se deu": *As histórias de leves enganos e parecenças* 353
Assunção de Maria Sousa e Silva

Lista de autores 365

APRESENTAÇÃO

"NOVAS VOZ(ES) DA ESCREVIVÊNCIA"

Todas as manhãs junto ao nascente dia
ouço a minha voz-banzo,
âncora dos navios de nossa memória.
E acredito, acredito sim
que os nossos sonhos protegidos
pelos lençóis da noite
ao se abrirem um a um
no varal de um novo tempo
escorrem as nossas lágrimas
fertilizando toda a terra
onde negras sementes resistem
reamanhecendo esperanças em nós.
C. Evaristo

A presença cada vez mais consolidada de Conceição Evaristo nos cenários literários nacional e internacional impôs a reedição deste livro que reúne estudos instigantes e diversos e há muito já esgotado, uma vez que há grande demanda por estudiosos da autora, principalmente nos últimos 6 anos.

Desde 1990, quando estreou no décimo terceiro volume de *Cadernos Negros* – a longeva e exitosa publicação do grupo Quilombhoje, de São Paulo –, a autora tornou-se presença constante na cena literária afro-brasileira, proporcionando, com seu talento e sensibilidade, profundo enlevo poético a milhares de leitores. Até o momento, tem publicados os seguintes títulos: *Ponciá Vicêncio* (romance, 2003), *Becos da memória* (romance, 2006), *Poemas da recordação e outros movimentos* (2008), *Insubmissas lágrimas de mulheres* (contos,

2011), *Olhos d'água* (contos, 2014, premiado com o Jabuti na Categoria Conto, em 2015); *Histórias de leves enganos e parecenças* (contos, 2016), e *Canção para ninar menino grande* (novela, 2018), todos reeditados e alguns já traduzidos em outros idiomas.

Mulher negra de origem humilde, intelectual lúcida e ativista: este é o lugar de fala de Conceição Evaristo. Daí sua obra estar tão fortemente marcada por uma poética da alteridade comprometida com a crítica social, a ancestralidade e a história dos afrodescendentes, em especial devido às profundas e pertinentes reflexões sobre a mulher – sempre vítima da mal disfarçada opressão ainda hoje imposta ao povo negro.

O presente livro se estrutura em quatro blocos que se entrelaçam, dialogam e ampliam seus leques de significação, emergindo como instigantes suplementos de leitura. Alguns artigos são oriundos de eventos promovidos pela UFMG, como o Colóquio Mulheres em Letras; outros foram incluídos com o propósito de revelar ainda mais a diversidade de abordagens que a obra proporciona.

O primeiro – intitulado "Perspectivas teóricas" – contém reflexões sobre o fazer literário de Evaristo e sua inserção no cenário da crítica nacional e estrangeira, assinadas por especialistas de diferentes instituições acadêmicas, como Maria Nazareth Soares Fonseca, Stelamaris Coser, Fernanda Rodrigues de Miranda, Mirian Santos e Marcos Antônio Alexandre. Ainda neste grupo, temos a reflexão sobre o labor intercultural realizado por Dalva Aguiar Nascimento, autora da tradução do romance *Ponciá Vicêncio* para o italiano.

No segundo bloco – "Diáspora e memória: desafios da contemporaneidade" – estão artigos que acrescentam novas perspectivas e possibilidades de leitura por tratarem de questões sempre presentes nos congressos acadêmicos, em especial o conceito de "escrevivência", assinados por Cristiane Côrtes, Juliana Borges Oliveira de Morais, Luiz Henrique de Oliveira, Simone Pereira Schmidt, Terezinha Taborda Moreira, Aline Deyques Viera, Heleine Fernandes de Souza e Marcos Fabrício Lopes da Silva, todos voltados para a pesquisa em profundidade no campo dos estudos literários.

O terceiro – "Violência, gênero e insubmissão" – reúne artigos que evidenciam a coragem da escritora em tratar questões relativamente pouco exploradas na literatura gendrada. Parte dos estudos aí reunidos – de Constância Lima Duarte, Natália Fontes, Simone Teodoro Sobrinho e Elisângela Lopes Fialho – tratam de apropriações e releituras do trágico, emolduradas pela brutalidade que vitima a mulher. Os demais, de Eduardo de Assis Duarte, Laile Ribeiro de Abreu e Maria Inês de Moraes Marreco confrontam com muita pertinência o texto evaristiano com os de Rubem Fonseca, Rachel de Queiroz e Paulina Chiziane.

Por fim, os artigos reunidos em "O corpo negro em cena" destacam a questão da afrodescendência e da negritude presentes em enredos de forte impacto, de onde emerge a trajetória do sujeito afro-brasileiro. Integram esta seção o texto-prefácio de *Olhos d'água*, assinado por Heloisa Toller; a reflexão de Aline Alves Arruda sobre o erotismo; as leituras perspicazes de Maria do Rosário Alves Pereira, Imaculada Nascimento, Iêdo de Oliveira Paes, Adélcio de Souza Cruz e Assunção de Maria Sousa e Silva sobre personagens emblemáticas da obra de Conceição Evaristo.

Com esta publicação reiteramos nossa profunda admiração pela obra dessa autora, o reconhecimento de sua importância para a literatura contemporânea, e o desejo de contribuir para divulgá-la ainda mais junto aos estudiosos e novos leitores.

Constância Lima Duarte
Cristiane Côrtes
Maria do Rosário Alves Pereira

PERSPECTIVAS TEÓRICAS

ESCREVIVÊNCIA: SENTIDOS EM CONSTRUÇÃO

Maria Nazareth Soares Fonseca (UFMG/CNPq)

O termo "escrevivência" vem sendo discutido por estudiosos e críticos da literatura afro-brasileira, geralmente em referência à obra literária da escritora Conceição Evaristo. Em vários estudos e reflexões, o termo assume uma gama de significados nem sempre relacionados com o processo de formação lexical que nele se mostra. Morfologicamente, estão presentes no termo a associação entre "escrever" e "viver" e os sentidos decorrentes da expressão "escrever vivências" ou mesmo de escrever fatos vividos pelo eu que os recupera pela escrita.

O interesse por assumir o termo como um conceito vem se fortalecendo a partir das muitas discussões que ele tem suscitado entre os pesquisadores da literatura afro-brasileira. A discussão sobre os sentidos do termo ganha maior força a partir do momento em que ele passou a ser empregado em artigos, dissertações, teses e, sobretudo, em discussões dos textos de Conceição Evaristo, ainda que a própria escritora tenha afirmado, em entrevista, que, quando o empregou pela primeira vez, não teve intenção de criar um conceito. Essa afirmação de Evaristo faz parte da entrevista concedida por ela ao *Nexo Jornal*, em 26 de maio de 2017 (EVARISTO, 2017), como resposta à pergunta feita pelo entrevistador: "Você criou o conceito de 'escrevivência', que é algo muito importante no seu fazer literário. O que é a escrevivência?"

> Quando falei da escrevivência, em momento algum estava pensando em criar um conceito. Eu venho trabalhando com esse termo desde

1995 - na minha dissertação de mestrado, várias vezes fiz um jogo com o vocabulário e as ideias de escrever, viver, se ver. (EVARISTO, 2017).

A afirmação da escritora quanto aos sentidos dados por ela ao termo reforça o fato de sua escrita literária poética e ficcional estar, desde sempre, envolvida com vivências e experiências do eu que se enuncia em seus poemas ou de narradores de seus contos e romances. Muitas das vivências que se deslocam para a sua literatura advêm do contato direto com as histórias contadas por mulheres e com experiências de mulheres negras na luta contra a discriminação e a violência.

Para aprofundar um pouco mais a discussão sobre o termo proposto por Evaristo, é pertinente, em primeiro lugar, perceber como o termo escrevivência vem sendo explicado pela escritora, em diferentes momentos em que ela foi instigada a falar sobre ele. Mas é também importante conhecer alguns pontos de vista sobre o termo, formulados por estudiosos da obra de Conceição Evaristo.

Conforme declaração da própria Conceição Evaristo ao Nexo Jornal, o termo escrevivência foi utilizado por ela, pela primeira vez, "em uma mesa de escritoras negras no seminário *Mulher e Literatura*, em 1995. O termo foi assumido como uma estratégia que rasura a ordem legitimada pela figura da "Mãe preta" que conta "histórias para adormecer a prole da Casa Grande." Os sentidos do termo se adequariam a uma proposta de escrita literária que intenta borrar o imaginário que vê o(a) negro(a) em funções determinadas pelo sistema escravocrata. Faz parte desse imaginário a figura da Mãe Preta, obrigada a cuidar das crianças da Casa Grande, dando a elas, inclusive, o leite negado aos seus próprios filhos. Sobre a função das escravas que funcionavam como amas de leite, na vigência da escravização de africanos e africanas no Brasil, Magalhães e Giacomini (1983) informam que, na visão dos escravocratas, a "mercadoria escrava leiteira", sem sua cria, era mais lucrativa. É importante considerar que, ao doar o seu leite à criança da Casa Grande, a negra escravizada também cuidava dela, tornando-se, muitas vezes, a contadora de histórias que embalavam a criança, ainda que não ficasse livre da violência que norteava as relações entre senhores e escravos.

Ao procurar rever a história da submissão de escravizados e escravizadas a seus donos, a escrita produzida por mulheres negras revê os cenários da escravidão e os que nos levam às comunidades formadas por descendentes de escravizados, procurando recuperar a tradição africana de contar e cantar. Evaristo, em entrevista ao jornal *Estado de Minas* a Walter Sebastião, em 2004, afirma que a literatura produzida pelas escritoras negras assume um procedimento literário que funciona, muitas vezes, como assunção do que ficou recalcado e silenciado pela História. A afirmação de Evaristo deixa claro que, desde o momento em que usou o termo "escrevivência" pela primeira vez, quis estabelecer uma intrínseca relação entre o ato de escrever literatura e a intenção de assumir o que foi vivenciado por negros e negras, ao longo da história do Brasil.

Essa intenção perpassa a obra poética e ficcional da escritora, motivando a recolha de lembranças da vida vivida junto com a sua família, das quais emergem os desenhos feitos pela mãe, no chão de terra batida dos becos da favela em que moravam, e as muitas histórias ouvidas da própria mãe, da tia e de mulheres que costuravam a rotina de trabalhos com os fios da imaginação. A escrita de Evaristo bebe, pois, na rica fonte da oralidade, em falas e gestos que preparam o escreviver.

Ao mergulhar no universo de vivências e experiências vividas, sobretudo, por mulheres que cuidam do sustento dos filhos, do reforço ao ganho pouco dos homens quase sempre envolvidos com ocupações extenuantes, provisórias e mal remuneradas, a escritora vasculha histórias de vidas marcadas pela exclusão e pela invisibilidade. Por isso, quando Evaristo utiliza, na entrevista ao *Nexo Jornal*, em 2017, a expressão "nossa escrevivência", está consciente de que sua literatura é um espaço que acolhe os relatos de vidas marcadas pela escravidão ou pelas agruras dela decorrentes. Essas experiências são recuperadas por estratégias que instalam, no ato de escrever, as emoções do experienciar e do viver.

Entre os dias 04/05/2017 e 18/06/2017, o Itaú Cultural, em São Paulo, apresentou a exposição *Ocupação Conceição Evaristo*, que expôs, além de volumes da obra literária da escritora, fotos dela e de sua família, vários escritos à mão que compunham o seu cotidiano de mulher negra, mãe, professora e escritora. Dentre os vários papéis escritos à mão pela escritora, selecionei, trechos de uma anotação, sem data, mas certamente produzida em momento anterior ao Doutorado, concluído em 2011. Nessas anotações, Conceição Evaristo refere-

-se ao curso de graduação, realizado na UFRJ, ao Mestrado feito na PUC/RJ e concluído em 1996 e explica o que para ela, naquele momento, significava o termo "escrevivência", escrevendo-o em duas palavras: "escre-vivência":

> Minha escre-vivência vem do quotidiano dessa cidade que me acolhe há mais de 20 anos e das lembranças que ainda guardo de Minas Gerais. Vem dessa pele-memória - História passada, presente e futura que existe em mim. Vem de uma teimosia, quase insana, de uma insistência que nos marca e que não nos deixa perecer, apesar de. Pois entre a dor, a dor e a dor, é ali que reside a esperança.
> [...] Venho insistindo também em misturar literatura e vida nos cursos que fiz, o de bacharelado e licenciatura em Português-Literatura, UFRJ, e o de Mestrado em Literatura Brasileira, na PUC/RJ. (ITAÚ CULTURAL, 2019).

Percebem-se, na citação, os espaços de onde a escritora retira os elementos que entram na composição do termo escrevivência: vida e literatura. Na conjunção dos termos fica evidente que as vivências retiradas da vida passam ao campo da literatura em seu trabalho intencional com a linguagem, com a escrita.

Vale ainda referir-se à entrevista concedida por Evaristo à jornalista Ivana Dorali (EVARISTO, 2018), do Instituto Maria e João Aleixo, em 17 de junho de 2018, na qual a escritora retoma, mais uma vez, os sentidos que quis reiterar no termo "escrevivência", uma marca do seu gesto criativo, quando se elabora puxando os fios de sua própria história e da história de seus ancestrais, mas também de experiências vividas por negros e negras na sociedade brasileira. Consciente do seu fazer literário, Evaristo distende esse processo à escrita produzida por outras escritoras, ao afirmar que a experiência do povo negro motiva os sentidos dados por ela ao termo escrevivência, tornando-se característica de processos de criação literária, assumidos por subjetividades negras.

Essa característica marcaria os propósitos da criação literária afro--brasileira e a sua intenção de acolher as experiências vividas por negros e negras na composição de textos que se abrigam em diferentes gêneros. Escrevivência passa então a se constituir como um termo-conceito que legitima a construção de estratégias semelhantes às percebidas por Deleuze e Guattari como próprias de uma literatura que precisa furar o cerco de intolerância que a reprime. Os teóricos referem-se a uma literatura que, como a produzida por Kafka em língua alemã, nasce em terreno minado por violência e segregação e, na qual, "o caso individual é imediatamente ligado à política" e, por isso, "tudo nela adquire um valor coletivo" (DELEUZE; GUATTARI, 1977, p. 26-27). As considerações dos dois teóricos autoriza que se pense no contexto de produção da literatura produzida por escritoras negras brasileiras que, como Conceição Evaristo, assumem um sentido coletivo, mesmo quando se baseiam em um "caso individual". Essa condição faz com que Evaristo afirme que, em sua ficção, as personagens nascem "profundamente marcadas por [sua] condição de mulher negra e pobre". E, para reforçar o que diz, Evaristo reitera, em entrevista concedida à Biblioteca Nacional, em 2015: "É desse meu lugar, é desse de "dentro para fora", que minhas histórias brotam".

"ESCREVIVÊNCIA"- UM CONCEITO EM CONSTRUÇÃO

No prefácio do livro *Escrevivências: identidade, gênero e violência*, de Conceição Evaristo (2018), as organizadoras, Constância Lima Duarte, Cristiane Côrtes e Maria do Rosário A. Pereira, consideram que escrevivência, na prosa e na poesia de Evaristo, seja um projeto voltado à encenação do "corpo negro feminino, seu ser e existir subalternos, suas vozes e atitudes" (DUARTE; CÔRTES; PEREIRA, 2018, p. 11). A afirmação das autoras traz para a discussão do termo a questão do gênero feminino e as variedades literárias de sua inscrição. Para elas, a escrevivência seria um processo de escrita literária de autoria negra feminina voltado à apreensão das demandas da mulher negra. Não fica clara na afirmação das organizadoras do livro a característica dessa voz feminina. Uma voz feminina que se enuncia como eu? Como nós? Também não são referidas as estratégias textuais assumidas pelo processo de escrita identificado pela autora negra feminina. Seria pertinente indagar de que estratégias se valeria o texto literário para expressar a subjetividade que o produz e, ao mesmo tempo, delinear os contornos da escrevivência.

No artigo, "Diálogos sobre escrevivência e silêncio", no mesmo livro, sua autora, Cristiane Côrtes, assume o termo como um conceito porque, como ela diz, a própria Conceição Evaristo, em texto de 2005, estabeleceu os contornos conceituais do termo, ao afirmar que escrevivência significa a inscrição, no texto de escritoras negras, do "desejo de que as marcas da experiência étnica, de classe ou gênero estejam realmente representadas no corpo do texto literário" (CORTÊS, 2018, p. 52). Para Côrtes, o termo ganha uma dimensão histórica porque questiona e subverte o "lugar silenciado que as autoras desejam reparar" (CÔRTES, 2018, p. 53).

Em outro texto, "O romance afro-brasileiro de corte autoficcional: 'Escrevivências' em *Becos da memória*", de Luiz Henrique Silva de Oliveira, o termo escrevivência é entendido conforme o que afirma a própria Conceição Evaristo, em texto de 2007: "escrita de um corpo, de uma condição, de uma experiência negra no Brasil" (OLIVEIRA, 2018, p. 73). Para Oliveira, a obra literária afro-brasileira se construiria de rastros, termo que o autor toma de Ricoeur (2007), nos quais estariam impressos vestígios dos elementos "corpo; condição e experiência." O elemento "corpo", diz ele, reportaria "à dimensão subjetiva do existir negro, arquivado na pele e na luta constante por afirmação e reversão de estereótipos" (OLIVEIRA, 2018, p. 74). No elemento "condição", os rastros" estariam presentes na composição de um "processo enunciativo fraterno e compreensivo com as várias personagens que povoam a obra" (OLIVEIRA, 2018, p. 75). Por fim, o elemento "experiência" marcaria o arranjo estético-discursivo encarregado de dar "credibilidade e persuasão à narrativa". Como se percebe, nas discussões propostas por Oliveira, o termo remeteria a formas retóricas de representação e dramatização assumidas pela experiência (individual e coletiva) de um sujeito--símbolo que transita "a contrapelo da tradição" (OLIVEIRA, 2018, p. 75) da literatura canônica.

As considerações de Oliveira dialogam de perto com as de Eduardo Assis Duarte que considera a narrativa de Conceição Evaristo filiada a um "veio afrodescendente que mescla história não-oficial, memória individual e coletiva com invenção literária" (DUARTE, 2006). Duarte afirma que Evaristo "segue a tradição da literatura negra da diáspora que impele os autores a falarem por si e por seus irmãos de cor, historicamente emudecidos por sua condição de remanescentes da escravidão" (DUARTE, 2018, p. 212). Seguindo essa tradição, a literatura de Evaristo se volta às memórias traumáticas e aos relatos de sobreviventes de processos de desumanização que se mostram persistentes na sociedade brasileira até os dias de hoje. Esse é o material que estaria na base do conceito de escrevivência, tornando-o apto à reflexão sobre a produção literária de escritoras negras que, como Evaristo, assumem um lugar de fala que destoa do que se nutre do "prazer meramente contemplativo" de que fala Walter Benjamin, e adotam uma atitude política que se concretiza na maneira como sua escrita literária procura vasculhar as vidas dos que lutam por sobreviver em condições intensamente desfavoráveis (FONSECA, 2006).

Como se pode perceber, o termo "escrevivência", discutido pela própria escritora, desde 1995, que o define como uma feição de sua escrita literária, aos poucos se transforma em uma potência sígnica capaz de balançar os alicerces de uma ordem literária instituída. O termo, ao longo da discussão encaminhada sobre ele, passa a significar a expressão de uma subjetividade negra feminina que tanto pode valer-se de estratégias discursivas próprias à revelação de um eu negro, quanto anunciar uma voz coletiva que assume as experiências femininas negras. Ao longo de sua discussão, o termo vem sendo retomado com base em ângulos de visão e pontos de vista que remetem à etnia e ao gênero. Os sentidos possíveis do termo bordejam os gêneros abrigados pela noção de "escrita de si", tal como se apresentam na autobiografia e na autoficção, mas também autorizam interações com outros termos e expressões que acolhem as relações entre sujeitos negros e modos de experienciar a memória e a própria vida. Escrevivência torna-se uma estratégia escritural que almeja dar corporeidade a vivências inscritas na oralidade ou a experiências concretas de vidas negras que motivam a escrita literária.

Percebe-se, então, que o termo escrevivência abriga uma função significante que também se instala, consideradas as diferenças, no conceito de marronagem cultural, cunhado por escritores do Caribe, sobretudo pelo haitiano René Depestre, em seu conhecido texto "Bon jour et adieu à la Negritude", capítulo do livro de mesmo nome, publicado, em Paris, em 1980. Na reflexão de Depestre, o termo marronagem tem um significado que nos permite percebê-lo, em algum momento, como um contradiscurso da Negritude de Aimé Césaire, Léopold Senghor e Léon Damas, porque ressalta, sobretudo, os "desarranjos" impostos pelos escravizados e escravizadas às ordens da *plantation*, em espaços de colonização francesa, como o Haiti, terra natal de Depestre, vencedor de vários prêmios, como o Goncourt, em 1982, O Renaudot, em 1988, e o Grande Prêmio da Société de Gens des Lettres, em 2016, pelo conjunto de sua obra.

Depestre vale-se do termo marronagem para aludir a estratégias literárias que recuperam a motivação dada pelas ações dos negros, os marrons, no enfrentamento de ordens estabelecidas pelos colonizadores. É com essa intenção que o termo passou a nomear tendências culturais das Antilhas Francesas (e do Caribe) e estratégias de linguagem e de construção textual que se concretizam em experiências estéticas e estilos literários bastante inovadores.

Que relações poderiam, de fato, ser observadas entre as tendências apontadas por René Depestre, em seu célebre artigo, as assumidas por autores antilhanos e caribenhos, no campo da literatura, e o termo-conceito legitimado por Conceição Evaristo? E, em decorrência dessa questão, poder-se-ia perguntar sobre como o termo marronagem poderia auxiliar a compreensão de formas de escrita literária que resgatam a vivência de sujeitos negros descendentes dos escravizados africanos.

As questões permitiriam afirmar que o termo escrevivência, ao nomear formas de escrita literária, poderia ser discutido com auxílio de visões e percepções críticas que indagam sobre formas de escrever a memória do povo negro e, sobretudo, como um elemento importante de uma história social do trabalho, que insistisse em considerar as inovações produzidas, nos espaços colonizados, pelos negros e negras tornados escravos pelo sistema escravocrata.

Para melhor se entender a possibilidade de aproximação entre os dois termos, é importante examinar o contexto em que surge o conceito de marronagem e, por extensão, o de marronagem literária. Escravizados originários da África reagiram ao processo de despersonalização e de despessoalização promovido pela colonização europeia, em várias partes do chamado Novo

Mundo, organizando estratégias e "táticas de enfrentarem os terríveis" mecanismos desculturalizantes e/ou assimilacionistas da colonização. Táticas importantes eram as que resultavam em fugas em massa e na criação de comunidades em locais de difícil acesso, sobretudo em densas florestas. Historicamente, a marronagem, no início, referia-se a essas fugas de escravizados que escapavam da plantação ou da casa dos senhores, conforme afirma Diva Damato, na obra *Edouard Glissant - Poética e Política* (1996).

Depestre considera que o termo marronagem deriva de marrom, corruptela do espanhol *cimarron*, nome de uma tribo do Panamá, os Symarrons, que se rebelou contra os espanhóis. O escritor e teórico explica ainda que, ao longo dos tempos, os termos *marrom e marronagem* passam a assumir não apenas os sentidos ligados à fuga dos escravizados, mas, sobretudo, às estratégias de subversão promovidas pelos escravizados, em destaque as criadas pelas comunidades de negros marrons. A história da marronagem torna-se, na visão de Depestre, a história de enfrentamento e reiterpretação da Europa da espada, da cruz e do chicote, através de mecanismos de subversão e de reelaboração de novos modos de sentir, de pensar e de agir.

Magdalena Ribeiro de Toledo, em artigo publicado em 2014, reitera as imagens de resistência que se foram fortalecendo no imaginário caribenho em referências ao *nègre marron*:

> O *nègre marron* (na língua *créoole, nèg mawon*) é um personagem central no imaginário caribenho. Na América e no Caribe, esses escravos fugidos das plantações, que em alguns casos formaram sociedades autônomas conhecidas como *palenques, quilombos, mocambos, cumbes, ladeiras ou mambises* (BASTIDE, 1965; PRICE, 1973, p. 2), foram protagonistas de episódios de resistência contra a escravidão, bem como de organização de rebeliões. (TOLEDO, 2014, p. 54).

O termo marrom tem o mesmo sentido de quilombola, no Brasil, sentido que, politicamente, permite que se pense em estéticas que se inspiram na capacidade de os escravizados africanos insurgirem contra os seus donos e, por extensão, contra o sistema que fez deles "um corpo de exploração", que, como considera Mbembe (2014), era significado pela submissão à vontade de um senhor e pela capacidade de produzir o máximo de rendimentos. No entanto, como acentua Mbembe, esse mesmo corpo foi capaz de enfrentar "o chicote e o sofrimento num campo de batalha em que se opõem grupos e facções sociorracialmente segmentadas" (MBEMBE, 2014, p. 40). Segundo Depestre, a marronagem nomeia um processo cognitivo que, nas culturas populares da *plantation*, transformou o drama existencial do estado de servidão em explosão de saúde criativa. Os relatos de vivências, como os encenados por romances, como os de Maryse Cond, vencedora do Nobel Alternativo, em 2018, conhecida, no Brasil, sobretudo pelo livro, *Eu Tituba, feiticeira negra de Salem* (1986), os de Edouard Glissant, principalmente, *O quarto século* (2002) e os de Patrick Chamoiseau, sobretudo, *Texaco* (1993), na diversidade de linguagens e estilos que exibem, retomam e releem o universo do "contador", do "marcador de palavras, da oralidade em seus múltiplos aspectos. Imersos em culturas orais, esses escritores recorrem a mitos, a narrativas populares e a histórias não contadas, e com elas marronizam saberes e poderes impostos pela cultura europeia e mesmo pelas demandas dos discursos nacionalistas. Nessa trajetória, o próprio gênero romance passa a significar uma experiência criativa em que o relato assume o compromisso de reler a História a contrapelo e de criar novas estratégias para fazer brotar do chão da cultura um manancial de vivências sufocadas e memórias negras esquecidas.

Fica claro, então, que o universo da marronagem abriga tendências, estéticas e expressões várias, todas elas próximas às vivências coletivas esquecidas da História da escravidão, da colonização e mesmo das narrativas que estruturam as novas nações que se ergueram nos espaços colonizados. Pensando na forma como os escritores caribenhos e antilhanos assumem o ato de escrever, é possível perceber, no conceito de marronagem, nos sentidos discutidos por Depestre, uma proximidade com o de escrevivência. No campo das insurreições de escravizados, assemelham-se marrons e quilombolas e suas ações irão inspirar formas de resistência que se mostram, inclusive, na maneira como escritores e escritoras assumem a escrita literária para fortalecer modos de resistência que se instalam no campo da literatura, sobretudo na literatura de autoria feminina negra, como a de Conceição Evaristo.

Vasculhar os rastros de memórias e histórias que transitam entre a população que preserva as heranças deixadas pelos escravizados trazidos da África para trabalharem em diferentes regiões do Novo Mundo é o que propõe, por exemplo, o romance *Becos da memória*, de Conceição Evaristo e também *Texaco*, de Patrick Chamoiseau, da Martinica. Nos dois romances, a escrita elabora processos de resistência à descaracterização de espaços significados pela experiência e pela força da palavra. É importante observar que o romance de Evaristo traz no próprio título a indicação de sua proposta: expor vivências e experiências dos moradores de espaços que, como a favela em que nasceu Maria Nova, a protagonista, é vista como inadequada e inviável ao plano arquitetônico da cidade. A intenção de contar as histórias plantadas no solo de um espaço fadado ao desaparecimento também se mostra no romance *Texaco*, de Patrick Chamoiseau. O romance do martinicano Chamoiseau se configura como um relato das lutas desenvolvidas por seus habitantes para transformar um lugar condenado pelo plano arquitetônico da prefeitura em espaço em que está registrada a história dos diversos povos que o habitaram. O espaço demarcado pela favela Texaco acaba por ser um "lugar de memória" que não pode ser esquecido pela cidade que o quer extinguir. Diferente de Maria Nova, que anota as histórias que ouve dos habitantes da favela condenada à demolição, Marie-Sophie Laborieux mostra-se como a legítima herdeira das histórias que ouve de seu pai, Esternome, sobre a luta dos antepassados que habitaram a região desde antes da chegada dos interessados somente em explorar o solo rico em petróleo, sem se preocuparem com melhorias a serem usufruídas pelos habitantes do lugar. É nesse sentido que se pode dizer que Marie-Sophie Laborieux, ao se encarregar de narrar a história dos habitantes do bairro intenta "travar sozinha a decisiva batalha pela sobrevivência de Texaco" (CHAMOISEAU, 1993, p. 34), assumindo o direito que tem de falar pelos habitantes de Texaco e de ser ouvida.

Nos dois romances, o registro de memórias silenciadas é uma estratégia de resistência que restaura a força dos escravos dissidentes, os quilombolas, os marrons, na luta contra os poderosos, sejam eles os donos da força de trabalho dos escravizados ou os que determinam quais espaços podem compor os cenários legitimados por uma modernização excludente. A força dessa luta está presente nos sentidos construídos pelos conceitos de escrevivência e marronagem, já que neles se instala a demanda pela legitimação do direito à fala e à escuta. O discurso produzido por escritores "marcadores de palavras" recolhem as palavras que brotam da boca dos marginalizados e alcançam os ecos das ações desenvolvidas pelos marrons, quilombolas e outros grupos de escravizados que conseguiram cunhar com a sua força signos de resistência e determinação.

A escrita de Conceição Evaristo aproxima-se, nesse sentido, das experiências literárias desenvolvidas por escritores do Caribe, das Antilhas e de espaços onde se observa a luta dos escravizados e descendentes de escravizados por implantar a decisão de legitimar "um ponto de vista ou lugar de enunciação política e culturalmente identificado à afrodescendência" (DUARTE, 2010, p. 122). Ao propor essa característica como uma das feições da literatura produzida por escritores e escritoras afrodescendentes, Eduardo Duarte a assume como marca de um processo de escrita literária que está atento às experiências e vivências dos descendentes dos escravizados africanos e às políticas de silenciamento que os ameaçam desde sempre. A intenção de abordar o cotidiano vivenciado por negros e negras, de apreender as experiências registradas na pele-memória negra é o que torna possível aproximar os conceitos escrevivência e marronagem e percebê-los como estratégias significativas assumidas por escritas literárias que resgatam histórias de vida muitas vezes relegadas ao esquecimento.

Com essa intenção, pode-se dizer que tanto as escrevivências quanto os textos criados por escritores e escritoras afrodescendentes, com os olhos postos nas ações de resistência praticadas por marrons e quilombolas, utilizam-se de ferramentas apropriadas à composição de um painel de lembranças e vivências calcadas no trabalho duro, na pobreza e na exclusão. Escrever a experiência vivida pelos escravizados africanos e por seus descendentes intenta abrir a cortina do esquecimento para que os olhos viciados pela imposição de padrões de comportamento possam vislumbrar outras histórias trazidas à cena por um processo de escrita literária que segue as trilhas abertas pelos negros marrons, no Caribe, e os quilombolas, no Brasil. A esse processo de resistência filiam-se as nuances do termo escrevivência que, aos poucos, vai assumindo os contornos de um conceito que, dizendo da escrita literária de Conceição Evaristo, estende-se à literatura produzida por mulheres negras que tecem os fios de uma história calcada em experiências vividas por "um corpo-mulher-negra em vivência", como lucidamente acentua Conceição Evaristo, em texto publicado em 2018.

REFERÊNCIAS

BARBIERI, Carolina Luisa Alves; COUTO, Márcia Thereza. As amas de leite e a regulamentação biomédica do aleitamento cruzado: contribuições da socioantropolologia e da história. *In: Cad. hist. ciênc.* São Paulo, v. 8, n. 1, jan./jun. 2012. Disponível em: <http://periodicos.ses.sp.bvs.br/scielo.php?script=sci_arttext&pid=S1809-76342012000100003&lng=pt>. Acesso em: 18 jun. 2019.

BENJAMIN, Walter. Experiência e pobreza. *In: Walter Benjamin: obras escolhidas* – magia e técnica, arte e política. Tradução de Sérgio Paulo Rouanet, 3. ed. São Paulo: Brasiliense, 1987, p. 130.

BIBLIOTECA NACIONAL. *Entrevista com Conceição Evaristo.* 2015. Disponível em: <https://www.bn.gov.br/es/node/1774>. Acesso em 22 jun. 2019.

CÔRTES, Cristiane. Diálogos sobre escrevivência e silêncio. *In*: DUARTE, Constância Lima; CÔRTES, Cristiane; PEREIRA, Maria do Rosário (Orgs.). *Escrevivências: identidade,* gênero e violência na obra de Conceição Evaristo. 2. ed. Belo Horizonte: Idea, 2018. p. 51 - 60.

DAMATO, Diva. *Édouard Glissant*: Poética e Política. Porto Alegre: Rota Literária, 1996.

DELEUZE, Gilles; GUATTARI, Félix. *Kafka:* por uma literatura menor. Tradução de Júllio Castañon Guimarães. Rio de Janeiro: Imago, 1977.

DUARTE, Constância Lima; CÔRTES, Cristiane; PEREIRA, Maria do Rosário (Orgs.). *Escrevivências: identidade,* gênero e violência na obra de Conceição Evaristo. Belo Horizonte: Idea, 2018. p. 307-321.

DUARTE, Eduardo de Assis. O *Bildungsroman* afro-brasileiro de Conceição Evaristo. *Rev. Estud., Fem.* v. 14, n. 1, Florianópolis, jan./abr. 2006.

Disponível em: <http://www.scielo.br/scielo.php?script=sci_arttext&pid=S0104-026X2006000100017> Acesso em: 8 jun. 2019.

DEPESTRE, René. *Bom dia e adeus à Negritude*. Tradução de Maria Nazareth Soares Fonseca; Ivan Cupertino. Paris: Robert Laffont, 1980.

DUARTE, Eduardo de Assis. Por um conceito de literatura afro-brasileira. *Revista Terceira Margem*, Rio de Janeiro, n. 23, p. 113-138, jul./dez. 2010.

DUARTE, Eduardo de Assis. Rubem Fonseca e Conceição Evaristo: olhares distintos sobre a violência. In: *Escrevivências: identidade, gênero e violência na obra de Conceição Evaristo*. 2. ed. Belo Horizonte: Idea, 2018. p. 209-219.

EVARISTO, Conceição. Literatura negra: uma poética de nossa afro-brasilidade. *Scripta*, Belo Horizonte, n. 25, v. 13, 2.sem., 2009, p. 17 - 31.

EVARISTO, Conceição. *Entrevista* à jornalista Ivana Dorali, para o Instituto Maria e João Aleixo – IMJA, em 16 julho de 2018. Disponível em:
<https://pt-br.facebook.com/InstitutoMariaeJoaoAleixo/videos/nesta-segunda-feira-dia-16-a-jornalista-do-instituto-maria-e-jo%C3%A3o-aleixo-e-edito/2110402662562349/> Acesso em: 12 jun. 2019.

EVARISTO, Conceição. *Entrevista* à jornalista Juliana Domingos de Lima, para o *Nexo Jornal*, em 26 de maio de 2017. Disponível em:
<https://www.nexojornal.com.br/entrevista/2017/05/26/Concei%C3%A7%C3%A3o-Evaristo-%E2%80%98minha-escrita-%C3%A9-contaminada-pela-condi%C3%A7%C3%A3o-de-mulher-negra%E2%80%99>. Acesso em: 18 jun. 2019.

FONSECA, Maria Nazareth Soares. Costurando uma colcha de memórias. In: EVARISTO, Conceição. *Becos da memória*. Belo Horizonte: Mazza Edições, 2006, p. 11 - 21.

FONSECA, Maria Nazareth Soares. Costurando uma colcha de memórias. In: EVARISTO, Conceição. *Becos da memória*. Florianópolis: Editora Mulheres, 2013. p. 11-18.

ITAÚ CULTURAL. *Conceição Evaristo – Escrivência*. Disponível em: <https://www.itaucultural.org.br/ocupacao/conceicao-evaristo/escrevivencia/>. Acesso em: 18 jul. 2019.

MAGALHÃES, Elizabeth K. C. de; GIACOMINI, Sonia Maria. A escrava ama de leite: anjo ou demônio?. *In*: BARROSO, Carmen; COSTA, Albertina Oliveira (Orgs.). *Mulher, mulheres*. São Paulo: Fundação Carlos Chagas, 1983. p. 73-88.

MBEMBE, Achille. *Crítica da razão negra*. Tradução de Marta Lança. Lisboa: Antígona Editores, 2014.

OLIVEIRA, Luiz Henrique Silva de. O romance afro-brasileiro de corte autoficcional: "Escrevivências" em *Becos da memória*. *In: Escrevivências: identidade, gênero e violência na obra de Conceição Evaristo*. 2. ed. Belo Horizonte: Idea, 2018. p. 71-80.

SEBASTIÃO, Walter. Negras memórias femininas. *Estado de Minas*. Caderno Cultura. Belo Horizonte, 7 jan. 2004. p. 4-5.

TOLEDO, Magdalena Sophia Ribeiro de. O nègre marron e as marronagens conceituais na Martinica contemporânea: reflexões sobre teórica estética do marronismo moderno de René-Louise. *Teoria e Cultura*, revista do Programa de Pós-graduação em Ciências Sociais - UFJF, v. 9, n. 2, jul./dez. 2014. p. 53-61.

CONCEIÇÃO EVARISTO: CIRCUITOS TRANSNACIONAIS, ENTRELAÇAMENTOS DIASPÓRICOS

Stelamaris Coser

Minha mãe trazia, serenamente em si, águas correntezas.
Por isso, prantos e prantos a enfeitar o seu rosto.
Conceição Evaristo, "Olhos d'água"

  O respeito e a visibilidade no âmbito acadêmico brasileiro e a crescente circulação no cenário internacional são hoje marcas da carreira da escritora Conceição Evaristo. Quando ela fala e escreve sobre a condição dos afro-brasileiros, afirma o propósito de recriar e registrar sua cultura e história ao mesmo tempo que descreve a experiência contemporânea. Impressiona a fluidez com que transita entre gêneros literários, a poesia, a prosa curta, o romance e o ensaio, assim como a desenvoltura de seu discurso em apresentações e entrevistas. Conceição integra a diáspora africana nas Américas de forma determinada e dinâmica, dialogando sobre a literatura de autoria feminina e negra nos cenários nacional, continental e internacional, insistindo a favor do respeito e da justiça social, fazendo uso dos espaços e recursos que se abrem na contemporaneidade. Em processo subjacente, expandem-se pesquisas e publicações que abordam suas obras em contexto diaspórico e transnacional.

  O interesse pela diáspora africana se faz notar na temática de seminários, encontros e publicações nacionais tais como a *Enciclopédia brasileira da diáspora africana* de Nei Lopes (2004) e a III Conferência Internacional da Diáspora Africana, no Rio de Janeiro (2005), entre outros eventos. Em 2013, Evaristo é a escritora homenageada no IV Latinidades: Festival da Mulher Afro-latino-

-americana e Caribenha (em Brasília), além de palestrante na mesa "Literatura Negra – Nossas letras e vozes". No espaço acadêmico brasileiro das primeiras décadas do século XXI, observam-se cursos, seminários, projetos de pesquisa, artigos publicados, edições especiais de revistas, dissertações e teses que abordam sua trajetória e obra. No programa do Seminário Nacional e Internacional Mulher & Literatura de 2015, por exemplo, diversas apresentações tratavam da escritora, o que já ocorria antes e continua em anos posteriores. No país, produzem-se trabalhos significativos não só sobre Evaristo, como sobre a literatura e a cultura afro-brasileira de modo geral, devendo-se destacar a antologia crítica *Literatura e afrodescendência no Brasil*, organizada por Eduardo de Assis Duarte em quatro 4 volumes (2011, reimpressa em 2014).

Em 2017, quando Conceição Evaristo completou 70 anos, dois outros eventos evidenciaram o reconhecimento de seu trabalho e a consolidação de seu nome na literatura brasileira. Entra oficialmente como escritora convidada na Flip (Festa Literária Internacional de Paraty) e sua vida e obra recebem grandes exposições patrocinadas pelo Instituto Itaú Cultural em plena Avenida Paulista, São Paulo, sede do Instituto, e na Favela da Maré, no Rio de Janeiro (MEIRELES, 2017). Na Universidade Federal do Espírito Santo, contos de Evaristo fizeram parte da lista de obras indicadas no processo seletivo para ingresso no Doutorado em Letras em 2017/II. O Instituto Nacional de Estudos e Pesquisas Educacionais Anísio Teixeira (Inep), por sua vez, escolheu Conceição Evaristo como a homenageada do ano de 2018 no Exame Nacional de Ensino Médio (Enem); trechos selecionados de sua obra foram impressos nas capas das provas (ESCRITORA, 2018). No ano seguinte, Evaristo participou da Flip 2019 compondo a mesa "Escrevivências e andanças: prazer em ler, direito a escrever", cujo objetivo foi discutir "a apropriação ao direito da escrita e da literatura pelas classes mais populares" e promover "um entendimento mais democrático da leitura", nas palavras da própria escritora (DUNDER, 2019). Ela não reivindica o respeito, a educação e a justiça social para si ou para poucos – deseja e luta por uma sociedade inclusiva, já que, "em todas as áreas, os poucos negros que conseguem uma ascensão social são vistos como histórias de exceção" (EVARISTO, 2018).

O fato é que a atenção e as homenagens prestadas a ela e a outras escritoras negras do país chegaram com grande atraso. Em diversos momentos de sua carreira, Conceição Evaristo (2011, v. 4, p. 109; e 2018) comentou sobre o reconhecimento que recebeu de pesquisadores estrangeiros, as publicações e os encontros no exterior desde a década de 1990: uma recepção anterior e mais positiva do que a encontrada por ela no Brasil.

1. CIRCUITOS TRANSNACIONAIS

A voz de Conceição Evaristo tem-se feito sentir para além de nossas fronteiras, onde a atração exercida por sua escrita emocionada, que conjuga realidades sofridas com sentimento e lirismo, alimenta o interesse de leitores por novas letras e histórias. Seu trabalho foi traduzido e incluído primeiramente em antologias alemãs sobre literatura afro-brasileira (*Schwarze Prosa*, 1988, e *Schwarze Poesie*, 1993). Seus poemas também foram traduzidos para o inglês e apresentados, junto a outras 16 autoras afro-brasileiras, na antologia bilíngue *Enfim Nós/ Finally Us*: Contemporary Black Brazilian Women Writers, editada por Miriam Alves e Carolyn Richardson Durham nos Estados Unidos (1994). Sobre elas, escreveu o artigo "The beat of a different drum: Resistance in contemporary poetry by African-Brazilian women" (1995). Conceição participou da coleção *Moving beyond boundaries*: International dimension of black women's writing, organizada por Carole Boyce Davies e Molara Ogundipe (Londres, 1995). Em 1995 e depois em 2008 ela foi abordada em *Callaloo*, revista dedicada à diáspora africana; está presente também no artigo de Celeste Dolores Mann, "The search for identity in Afro-Brazilian women's writing" (1995) e na antologia *Fourteen female voices from Brazil*, organizada por Elzbieta Skoka (2002). Sua ficção curta aparece na coletânea *Women Righting*: Afro-Brazilian Women's Short Fiction, organizada por Miriam Alves e Maria Helena Lima (2004). Além dos citados, muitos outros trabalhos sobre Conceição Evaristo e outras escritoras afro-brasileiras têm sido apresentados e publicados no exterior.

Por outro lado, em se tratando de crítica literária, observa-se maior acessibilidade e inclusão de pesquisadores brasileiros em periódicos e coletâneas estrangeiras, colaboração em projetos ou grupos de pesquisas transnacionais e circulação de artigos e eventos através de recursos da Internet, entre outros aspectos. Restritos às primeiras décadas deste século XXI e sem pretensão de uma lista exaustiva, seguem-se alguns exemplos da circulação crítica da obra de Conceição Evaristo por meio de trabalhos de pesquisadores brasileiros inseridos no cenário internacional.

Em 2004, Heloisa Toller Gomes, Gizelda Melo do Nascimento e Leda Maria Martins assinam o capítulo "Black presence in Brazilian literature: From the Colonial period to the 20th Century" na enciclopédia *Literary Cultures of Latin America*, publicada pela Universidade de Oxford. Como indica o título do artigo, as três professoras alinhavam um panorama da presença negra nas letras brasileiras da era colonial ao século XX. A obra poética de Evaristo é destacada na produção do coletivo Quilombhoje e dos *Cadernos Negros*. Em 2008, Ana Beatriz Gonçalves publica "Black, Woman, Poor: The Many Identities of Conceição Evaristo" no periódico online *Vanderbilt E-Journal of Luso-Hispanic Studies*, abordando a representação poética da mulher negra e pobre. Em 2009, meu trabalho comparativo "Dores negras, culturas híbridas: Conceição Evaristo e Gayl Jones" foi traduzido e publicado em francês na revista *Plural/Pluriel*, da Université Paris-Ouest (dedicada às culturas de língua portuguesa). Uma versão reformulada em português saiu no livro *Literatura, história, etnicidade e educação*: Estudos nos contextos afro-brasileiro, africano e da diáspora africana (2011), organizado por Denise Almeida Silva e Conceição Evaristo. Ainda em 2011, Maria Aparecida Salgueiro publicou "Literature, Written Art and Historical Commitment: From *Cadernos* to Conceição Evaristo" na coletânea *(Re)Considering Blackness in Contemporary Afro-Brazilian (Con)Texts*: A Cultural Studies Approach, organizada pelo professor afro-estadunidense Antonio D. Tillis. Uma entrevista concedida por Evaristo a Claudia M. F. Correa e Irineia L. Cesario foi publicada em 2012 com o título "An Afro-Brazilian Griot: An Interview with Conceição Evaristo", através da *Research Online*, repositório vinculado à universidade australiana de Wollongong. Aproximando obras das Américas de norte e sul, a dissertação de mestrado *The contemporary Afro-Female Identity in The United States and Brazil*: comparative analysis between Toni Morrison's *Sula* and Conceição Evaristo's *Ponciá Vicêncio*, foi defendida por Lílian Lopes na Universidade de Sussex,

Inglaterra, em 2006. No seminário "72nd Annual Conference da SCMLA (South Central Modern Language Association)", em 2015 na Vanderbilt University, Tennessee, Danielle de Luna e Silva (UFPB) apresentou o trabalho "Representations of Slavery in *Ponciá Vicêncio*, by Conceicão Evaristo and *Um Defeito de Cor*, by Ana Maria Gonçalves", na mesa-redonda "Luso-Afro-Brazilian Language and Literature", abordando a escravidão em obras de duas importantes escritoras brasileiras.

Produzido em língua inglesa e dedicado a "Brazilian women of African descent", o blog *Black Women of Brazil* traz artigo que valoriza a obra de Evaristo ao mesmo tempo que expõe a ignorância popular sobre ela: "Conceição Evaristo: Literature and Black Consciousness – One of the country's most important black writers that most Brazilians have never heard of" (ARAUJO, 2013). A autora é associada a Carolina de Jesus e descrita como uma das escritoras negras mais proeminentes no campo literário brasileiro. Em 2014, ao celebrar o centenário do nascimento de Carolina Maria de Jesus (1914-1977), outro artigo do blog denuncia a contínua exclusão de mulheres negras da literatura brasileira. O título, que traduzo, ressalta que "No centenário de Carolina de Jesus, a ausência de mulheres negras na literatura revela a forma distorcida de representar a sociedade", o preconceito e o racismo existentes em todas as esferas sociais (MACIEL, 2014). Uma nota acrescenta que "o universo da literatura é mais uma área em que os afro-brasileiros, particularmente as mulheres, são praticamente invisíveis", o que se comprova na dificuldade de encontrar seus escritos em grandes redes de livrarias.[1]

Na visibilidade e divulgação da obra de Conceição Evaristo é da maior importância o seu próprio blog, *Nossa Escrevivência*, construído com charme e colorido desde 2012. A página principal é dividida em "Acontecências", "Andanças" e chamadas criativas que incluem desde o "Zum-zum crítico" até um "Ponto de encontro". Abrindo espaço para notícias sobre política, literatura e cultura negras, o blog traz fotos e comentários sobre suas atuações presenciais e publicações.[2] Pode se ver, por exemplo, a foto de Conceição Evaristo e Ana Maria Gonçalves (autora

---

[1] No mesmo site: "In the centennial of Carolina de Jesus, absence of black women in literature reveals a distorted way of representing society" [...] "The world of literature is yet another area in which Afro-Brazilians, particularly Afro-Brazilian women are nearly invisible".

[2] O blog também focaliza escritoras negras de outros países, registrando em 2014 fatos relevantes como a morte de Maya Angelou e nomes novos como Taiye Selasi e Chimamanda Ngozi Adichie.

do romance *Um defeito de cor*) em apresentação na Universidade de Tulane, Nova Orleans, em 2007.³ O site informa sobre participações da escritora em eventos internacionais, tais como conferências na Áustria, em Moçambique, África do Sul e Senegal. Em 2000, Evaristo foi palestrante na *7th International Caribbean Women Writers and Scholars*, em Porto Rico; em 2012, foi escritora residente na Middlebury Language Schools, nos Estados Unidos; em 2013, participou em São Tomé e Príncipe das comemorações da Comunidade dos Países de Língua Portuguesa (CPLP). Em junho de 2013, discorreu sobre *Insubmissas lágrimas de mulheres* em Nova York, a convite da Brazilian Endowment for the Arts (B.E.A.). Em março de 2015, apresentou-se no King's College de Londres, como parte do seminário "Other Voices in Brazilian Literature", patrocinado pelo Centro de Pesquisa em Humanidades da Universidade de Oxford (*TORCH: The Oxford Research Centre In The Humanities*). Sob o título "Conceição Evaristo and the Racial and Sexist Question", o anúncio da palestra sublinhava a relevância de obras de autores brasileiros não canônicos para o debate contemporâneo sobre o papel que a literatura pode exercer, tanto na manutenção, quanto no questionamento da exclusão social. Cito um trecho, em tradução livre:

> No Brasil, a maioria dos escritores é do sexo masculino, branca, heterossexual e pertencente à classe média urbana, de acordo com dados fornecidos pela pesquisa de âmbito nacional *Retratos da Leitura no Brasil* (2012). Os leitores são também predominantemente classe média. Uma questão importante é, então, até que ponto a literatura brasileira reflete a variedade e multiplicidade de experiências das pessoas que vivem no Brasil.⁴

Esse quadro elitista e nada inclusivo se baseou em ampla pesquisa coordenada pelo Instituto Pró-Livro desde 2001, abarcando as regiões metropolitanas e capitais dos estados brasileiros.⁵ Chegou a conclusões

---

³ Outro blog que leva o nome da escritora, o *Coletivo Feminista Conceição Evaristo*, é proposto por alunas de Letras e dedicado a questões feministas. Disponível em: http://coletivoconceicaoevaristo.blogspot.com.br/. Acesso em: 11 set. 2015.
⁴ "In Brazil, the majority of writers are male, white, heterosexual, middle-class and urban, according to data provided by the national research *Retratos da Leitura no Brasil* (2012). Their readership is also predominantly middle class. An important issue, therefore, is the extent to which Brazilian literature reflects the range and multitude of experiences of people living in Brazil".
⁵ Levantamentos feitos em 2001, 2007 e 2011. Sobre o último: http://www.cultura.gov.br/documents/10883/38605/Retratos-da-leitura-no-Brasil.pdf/8524bcf0-d7b4-4d16-bc42-b90edac8104c.

semelhantes a pesquisa desenvolvida pela professora Regina Dalcastagnè de 1990 a 2004 e publicada com o título *Literatura brasileira contemporânea*: um território contestado (2012). Corrobora a homogeneidade da cena literária brasileira com a alta predominância de homens brancos classe média, oriundos dos centros do poder, Rio [de Janeiro] ou São Paulo, e que atuam em "espaços já privilegiados de produção de discurso: os meios jornalístico e acadêmico" (LOBO, 2012). Dalcastagnè (2008a) observa que, na literatura, permanece "a invisibilidade de grupos sociais inteiros e o silenciamento de inúmeras perspectivas sociais".

A palestra londrina de Conceição Evaristo se deu após sua participação no *Salon du Livre* 2015 em Paris (20-23 de março). Tendo o Brasil como convidado de honra, o cartaz principal do *Salon* anunciava, em português, ser esse "um país cheio de vozes". Dentre os 48 escritores brasileiros oficialmente convidados incluíam-se Davi Kopenawa, descrito como porta-voz e xamã yanomami; Daniel Munduruku, um dos maiores autores indígenas do Brasil; e Conceição Evaristo, apontada como uma das representantes mais importantes da literatura afro-brasileira.[6] Na mesma época, o título da entrevista concedida por ela a Nicolas Quirion anunciava seu maior desejo, a visibilidade para as mulheres negras – "Conceição Evaristo, écrivaine: "Ce que je souhaite, c'est une visibilité pour les femmes noires" (EVARISTO, 2015b).

Em paralelo a suas apresentações no exterior, de que menciono apenas exemplos, o trabalho de Conceição também se dissemina graças ao melhor acesso internacional a publicações brasileiras em tradução. O romance *Ponciá Vicêncio* (2003) foi publicado em inglês nos Estados Unidos em 2007, com o mesmo título, em tradução de Paloma Martinez Cruz. Pela editora Anacaona foram publicados na França *L'histoire de Ponciá* (2015a, tradução de Patrick Schmidt), *Banzo, mémoires de la favela* e depois *Insoumises*, respectivamente em 2016 e 2018. Já *Poèmes de la mémoire et autres mouvements* (2019) e *Ses yeux d'eau* [Olhos d'água] (2020) foram publicados pela Éditions des Femmes em tradução de Izabella Borges. O uso de recursos digitais, intensificado pela pandemia, facilitou a divulgação do pensamento e de obras de Conceição Evaristo por meio de

---

[6] Sobre demais escritores convidados, veja SALON 2015.

debates, palestras e cursos online que cruzam fronteiras. Um exemplo é o curso oferecido em caráter interinstitucional (PACC/UFRJ e University of Miami) pelo professor Gabriel Chagas (2022) sobre "Quatro momentos da literatura afro-brasileira". A escritora é o destaque da atualidade com seu conto "A gente combinamos de não morrer" (2014), junto a grandes nomes que a precederam: Maria Firmina dos Reis (1822-1917), Machado de Assis (1839-1908) e Lima Barreto (1881-1922).

2. ENTRELAÇAMENTOS DIASPÓRICOS

No contexto de olhares e fronteiras cruzadas, ampliam-se as relações percebidas por pesquisadores e críticos literários entre os escritos de Evaristo e de outras escritoras, tanto do Brasil e de países africanos de língua portuguesa, quanto da diáspora negra nas Américas. Entre os inúmeros trabalhos apresentados em eventos acadêmicos, artigos publicados, dissertações e teses com esse tipo de abordagem comparativa no Brasil, destaco aqui alguns exemplos.[7]

Maria Aparecida Salgueiro publicou sua tese de doutorado com o título *Escritoras negras contemporâneas: estudo de narrativas, Estados Unidos e Brasil* (2004), onde aborda e aproxima Conceição Evaristo e Alice Walker. No livro *Afro-América: Diálogos Literários na Diáspora Negra das Américas* (2009), Roland Walter analisa escritore/as afrodescendentes de diversas partes das Américas: Evaristo e outros do Brasil, Toni Morrison (Estados Unidos), Patrick Chamoiseau e Jamaica Kincaid (Caribe) e Dionne Brand (Trinidad-Tobago/Canadá). Em 2012, no artigo "Poesia, diáspora e migração: quatro vozes femininas", Prisca Agustoni de A. Pereira coloca em diálogo poetas afrodescendentes das Américas e examina novos deslocamentos e diásporas: Conceição Evaristo, Lucille Clifton (EUA), Dionne Brand e Marie-Célie Agnant (Haiti/Canadá). Entre as teses de doutorado, *Com quantos retalhos se faz um quilt? Costurando a narrativa de três escritoras negras contemporâneas*, de Heloisa do Nascimento (2009, UERJ),

---

[7] Estudos comparativos restritos a autoras brasileiras com frequência relacionam a escrita de Conceição Evaristo a *Um defeito de cor*, de Ana Maria Gonçalves (2006), *A cor da ternura*, de Geni Guimarães (1989), *Quarto de despejo*: Diário de uma Favelada, e/ou *Diário de Bitita*, de Carolina de Jesus (1960 e 1986); à obra de Esmeralda Ribeiro; ou, ainda, à de Maria Firmina dos Reis. O recorte e a extensão limitada deste trabalho me impedem de analisar esse rico território.

alinhava referências à brasileira Evaristo, à norte-americana Toni Morrison e à moçambicana Paulina Chiziane. Em 2009, na USP, Rosa Maria Laquimia de Souza defendeu *Similaridades e diferenças: o negro nos Estados Unidos da América e no Brasil segundo Alice Walker e Conceição Evaristo*. Fernanda Felisberto da Silva, por sua vez, escreveu a tese *Escrevivências na diáspora – escritoras negras, produção editorial e suas escolhas afetivas*; uma leitura de Carolina Maria de Jesus, Conceição Evaristo, Maya Angelou e Zora Neale Hurston (UERJ, 2011). Em 2013, a tese de Irineia Lina Cesario (USP) focalizou *"Ventos do Apocalipse", de Paulina Chiziane, e "Ponciá Vicêncio", de Conceição Evaristo: laços africanos em vivências femininas*. A aproximação entre Evaristo, Chiziane e Walker ocorre também na tese de Jacqueline Laranja Leal Marcelino (2016), *Mulheres Negras: tradições orais, artes, ofícios e identidades* (Ufes). Aproximam-se, assim, autoras, livros, leitores e críticos que interligam Brasil, África e pontos da diáspora africana, experiências de ontem e de hoje ao longo das Américas ou de um lado e outro do Atlântico.

As obras de Conceição Evaristo se caracterizam pela ênfase na história, na memória e nas experiências de pessoas e comunidades afro-brasileiras em Minas ou no Rio de Janeiro, a sudeste do Brasil. Os focos principais incidem sobre a vivência da mulher negra e pobre, com as sombras e ecos da escravidão pairando sobre o presente. Quanto ao lugar que ocupa no mundo – e a partir de onde fala –, Evaristo já declarou em entrevista que sua escrita se faz com base numa identidade feminina e negra, ou seja, em sua "condição étnica e de gênero, ainda acrescida de outras marcas identitárias", o que lhe direciona o olhar e molda o ponto de vista narrativo (*apud* PEREIRA, 2007, p. 285). Seus dados biográficos podem remeter a outros traços recorrentes em depoimentos pessoais ou na ficção, muitas vezes fundidos: a pobreza material no interior de Minas Gerais, referentes culturais e econômicos, laços familiares e afetivos. Às influências iniciais se somam a mudança para o Rio de Janeiro, o casamento, a maternidade, a viuvez e os problemas das periferias metropolitanas, desagregação social e continuada pobreza.

Nos anos 1970 e 80, diversas escritoras contribuíram para entrelaçar marcas de gênero, cultura e raça na ficção produzida nos Estados Unidos. Um aspecto que caracteriza e interliga falas e escritos de Carolina Maria de Jesus e

Conceição Evaristo a Toni Morrison, Paule Marshall e Alice Walker, por exemplo, é o profundo laço com os familiares e ancestrais. Impulsionando a escrita, essa ligação visceral e as histórias ouvidas em família surgem com frequência reinventadas em personagens e tramas. "O primeiro romance que escrevi nasceu de uma frase que escutei de minha mãe", diz Evaristo (*apud* PRATES, 2010). Em outro momento, ela reitera a influência da mãe na sua inspiração literária em "Da grafia-desenho de Minha Mãe, um dos lugares de nascimento de minha escrita", texto-depoimento de 2007. Em *Diário de Bitita*, Carolina de Jesus "conta de sua infância cheia de sonhos, da sua mãe e do avô, o belo e sábio ex-escravo filho de cabindas, de quem ela guarda os conselhos e as histórias" (DALCASTAGNÉ, 2015).

Nos Estados Unidos, Alice Walker (1984) louvou a beleza e a arte das colchas de retalhos e dos jardins de mães e avós negras, fontes de força e inspiração, fazendo lembrar o trabalho no barro e as cantigas que ressoam nas páginas de *Ponciá Vicêncio*. Na Flip de 2021, Evaristo compartilhou com a escritora estadunidense a mesa "Em busca do jardim/ *In search of the garden*", título evocador do belo ensaio de Walker em livro homônimo sendo lançado no Brasil, "Em busca dos jardins de nossas mães" (2021), em que a autora reitera a riqueza da linguagem das mães. Na conversa online mediada por Djamila Ribeiro, as duas escritoras louvam suas ancestrais muitas vezes silenciadas, mas que hoje potencializam as vozes e semelhanças entre escritoras negras de países distintos, como atestam Conceição Evaristo e Alice Walker (FLIP 2021). Sabem que o caminho foi bem mais difícil para suas precursoras, longamente desprezadas e reprimidas em sua humanidade, linguagem e arte. Evaristo sublinha também a importância do trabalho pioneiro do grupo Quilombhoje e seus *Cadernos Negros*, que continuam sendo produzidos, e das pequenas editoras como a Mazza, a Nandyala e a Malê, que se destacam na publicação de textos de autoria negra. Os nomes de Carolina Maria de Jesus, Maya Angelou, Teresa Cárdenas, Paulina Chiziane, Angela Davis e Alice Walker, entre outros, são fontes de inspiração, abrem caminhos e possibilidades de escuta e diálogo. A linguagem, as histórias contadas e a performance do corpo são aspectos que enriquecem os textos de autoria negra. Confiante nas lutas e conquistas compartidas com Alice Walker e Djamila Ribeiro, esta pertencente a uma nova geração, Conceição percebe que estão afinal construindo juntas "o futuro que nossos ancestrais sonharam" (FLIP, 2021).

Em diversos momentos e lugares, a literatura negra tem se alimentado da oralidade, dos laços de família e da comunidade. A norte-americana Paule Marshall, filha de emigrantes da ilha de Barbados, aprendeu sobre a diáspora africana e a resistência do povo negro ouvindo histórias e conversas entre a mãe e vizinhas na cozinha da casa modesta onde viveu no Brooklyn, Nova York. Em sua simplicidade espontânea, elas foram sua principal influência literária (MARSHALL, 1984, p. 197). De forma semelhante, Conceição Evaristo (2005) declara: "[...] a gênese de minha escrita está no acúmulo de tudo que ouvi desde a infância. O acúmulo das palavras, das histórias que habitavam em nossa casa e adjacências", as conversas e os chamados alegres ou tristes das vizinhas. Sobre a importância dessas heranças, Toni Morrison (1987, p. 137) afirma que os antepassados e as raízes africanas constituem seu DNA, sua educação e cultura, seu escudo protetor (COSER, 2021).

Se a memória familiar e cultural fortalece e ampara, as violências e dores da escravidão também impulsionam a escrita de Ponciá e outros textos de Conceição Evaristo, assim como ocorre em *Corregidora*, de Gayl Jones, em *Amada* e *Canção de Solomon*, romances de Toni Morrison, e também na ficção de Paule Marshall. Os traumas que marcam a mulher negra na infância, adolescência e idade adulta, a violência, o estupro e o abandono são denunciados nos relatos pungentes de *Insubmissas lágrimas de mulheres* e de *Olhos d'água*, de Conceição Evaristo, e em obras de Gayl Jones, Morrison e Walker. Às estudantes universitárias que a entrevistaram e pediram sugestões de livro, filme, algo de sua escolha, Evaristo (2021) recomendou que lessem *Sula* e todas as obras de Morrison, inclusive os ensaios. Atenta às conexões diaspóricas, observou a semelhança entre as sofridas meninas negras na ficção de Morrison (Pecola, *O olho mais azul*), de Geni Guimarães (Geni, *A cor da ternura*) e de Teresa Cárdenas (garota in *Cartas al cielo*). Nos bairros, vilas e comunidades focalizadas pelas autoras entrelaçam-se a pobreza, a marginalidade social, deslocamentos e perdas, questões específicas de raça e gênero. A literatura da diáspora vai além do eu para abarcar experiências, tempos e espaços coletivos.

Ao abordar as ausências recorrentes na literatura brasileira contemporânea, Regina Dalcastagné (2008b, p. 87) reitera que, quando "séculos de racismo estrutural afastam" as pessoas negras "dos espaços de poder e de produção de discurso", o mesmo desequilíbrio ocorre na literatura, onde "são poucos os autores negros e poucas, também, as personagens". Conceição Evaristo conhece as barreiras de perto e trabalha para denunciá-las e removê-las: "A nossa escrevivência não pode ser lida como histórias para 'ninar os da casa grande' e sim para incomodá-los em seus sonos injustos" (2005). Apesar de todo o sofrimento, a esperança e a magia estão presentes na literatura e resistem na força ancestral e no sonho da liberdade que permite voar, como em Toni Morrison e Gayl Jones. Ou na renovação da vida em "Ayoluwa, a alegria do nosso povo", narrativa que encerra *Olhos d'água*, da qual cito: "Sempre inventamos a nossa sobrevivência. [...] E quando a dor vem encostar-se a nós, enquanto um olho chora, o outro espia o tempo procurando a solução" (EVARISTO, 2014, p. 114).

Em novembro de 2015, no mês em que se comemora o Dia da Consciência Negra, as histórias contadas por Evaristo foram oficialmente reconhecidas em sua beleza e importância nacional: *Olhos d'água* ficou entre os vencedores do prestigiado prêmio Jabuti, na categoria Contos e Crônicas. Na mesma época, a escritora e ativista Conceição pressionou por justiça e igualdade ao participar da Marcha das Mulheres Negras, em Brasília. Em 2022, graças a sua força e influência como escritora e pensadora das questões afro-brasileiras e femininas, projetou-se com brilhantismo na esfera acadêmica ao assumir como docente titular a prestigiosa Cátedra Olavo Setúbal de Arte, Cultura e Ciência na Universidade de São Paulo (USP), a instituição de ensino e pesquisa mais conceituada do país (COSTA, 2022). Por outro lado, Evaristo (2022) teve destaque também em outro tipo de ´academia`: ao som do samba-enredo "Fala, Majeté! Sete Chaves de Exu", ela foi uma das pessoas negras homenageadas pela Escola de Samba Acadêmicos do Grande Rio, agremiação consagrada campeã no maior desfile de carnaval do país (LIMA; FERNANDES, 2022). Misturando música popular, educação e raça, ainda participa da abertura do Festival LED (*Luz na Educação*) em 08 de julho deste ano, debatendo sobre "a construção de uma educação crítica e antirracista" com o cantor Emicida e a professora Ângela Figueiredo, coordenadora do Coletivo Angela Davis (EMICIDA, 2022).

É notável o trânsito de Conceição Evaristo entre camadas e grupos sociais e as diversas áreas da cultura. Nos dias atuais, a relevância, beleza e influência de sua obra colocam Evaristo em posição de liderança semelhante ao lugar ocupado por Toni Morrison no campo literário estadunidense nos anos 1990 (COSER, 2022). Jarid Arraes, nome de destaque entre autoras mais jovens, presta homenagem a Evaristo e declara seu débito, em depoimento marcante:

> [...] quando eu já tinha dezenove anos [...] me perguntei por que não conhecia mulheres negras que tinham feito grandes coisas na nossa História. Comecei, claro, pela literatura. E foi aí que encontrei os *Cadernos Negros* e a Conceição Evaristo. Encontrar a Conceição foi um momento muito emocionante, porque eu não sabia, conscientemente, que a ausência de mulheres negras escritoras nas minhas referências era uma espécie de bloqueio pra mim. Um tipo de impedimento para que eu enxergasse como possível o meu próprio caminho como escritora. Junto com a Conceição, vieram outras. Esmeralda Ribeiro, Miriam Alves, Toni Morrison, Maya Angelou, Alice Walker. Minhas primeiras referências. As primeiras referências de muita gente. (ARRAES, 2020)

Conceição Evaristo escreveu o prefácio ao romance *As doenças do Brasil* (2021), obra mais recente do aclamado escritor e artista português Valter Hugo Mãe, nascido em 1971 em Angola. Em formato Instagram, ele se declara publicamente à escritora amiga: "conceição evaristo é urgência. ela representa redenção. representa humanidade. [...] que honra haver-te encontrado. [...] você também me liberta" (2022). Que a força que impulsiona e o dom da palavra libertadora de Conceição Evaristo continuem a reverberar e a contagiar pensamentos, palavras e obras pelo Brasil e pelo mundo afora.[8]

---

[8] Versão anterior deste trabalho encontra-se na página *Literafro* (www.letras.ufmg.br/literafro). Foi apresentada no VII Congresso Internacional e XVI Seminário Nacional "Mulher e Literatura" (set. 2015) sob o título "Conceição Evaristo e a literatura da diáspora negra", na mesa-redonda "A participação da mulher na literatura brasileira nos últimos 150 anos".

REFERÊNCIAS

ARAUJO, B.. Conceição Evaristo: Literature and Black Consciousness – One of the country's most important black writers that most Brazilians have never heard of. *Black Women of Brazil*, 09 out. 2013. Disponível em: http://blackwomenofbrazil.co/2013/10/09/conceicao-evaristo-literature-and-black-consciousness-one-of-the-countrys-most-important-black-writers-that-most-brazilians-have-never-heard-of/. Acesso em: 11 jul. 2015.

ARRAES, J. Jarid Arraes e "A terceira vida de Grange Copeland". Entrevista concedida a TAG Livros. 04 jun. 2020. Disponível em: https://www.taglivros.com/blog/entrevista-jarid-arraes-tag-livros/. Acesso em: 7 maio 2022.

CAMPOS, M. C.C.; DUARTE, E. de A.. Conceição Evaristo. In: DUARTE, E. de A. (Org.). *Literatura e afrodescendência no Brasil*: antologia crítica. Belo Horizonte: EdUFMG, 2014. V. 2: Consolidação. p. 207-226.

CHAGAS, G.. Quatro momentos da literatura afro-brasileira. University of Miami/LEN-PACC|Letras|UFRJ. Transmissão Canal LEN, YouTube, julho 2022. Disponível em: https://youtu.be/igmSKWctiLE.

COSER, S.. Cultures hybrides et douleurs noires: Gayl Jones et Conceição Evaristo. Tradução M.A. Soubbotnik. *Plural/Pluriel*: Revue de Culture de Langue Portugaise, Université Paris-Ouest Nanterre-La Défense, n. 3, primavera-verão 2009. Tema: "Temps, corps, hybrides", dir. O.M.M.C. Souza et M.A. Soubbotnik. Disponível em: http://www.pluralpluriel.org/index.php?option=com_content&view=article&id=156:cultures-hybrides-et-douleurs-noires-gayl-jones-et-conceicao-evaristo&catid=71:numero-3temps-corps-hybrides&Itemid=554. Acesso em: 18 ago. 2015.

COSER, S.. Dores negras, culturas híbridas: Conceição Evaristo e Gayl Jones. In: SILVA, D.A.; EVARISTO, C. (Org.). Literatura, história, etnicidade e educação: estudos nos contextos afro-brasileiro, africano e da diáspora africana. Frederico Westphalen: URI, 2011. p. 297-312.

COSER. S.. Ancestralidade, a escrita de si e de nós: diálogos entre Toni Morrison, Paule Marshall e Conceição Evaristo. In: BARZOTTO, L.A.; CARRIZO, S. (Org.). *Filiações e Afiliações interamericanas*: legados familiares, étnicos e nacionais. Porto Alegre: Letra1, 2021. p. 155-172.

COSER. S.. African diasporic connections in the Americas: Toni Morrison in Brazil. *Feminismo/s*, Universidad de Alicante, n. 40, p. 53-78, julio 2022. Dossiê "Black Women's Writing and Arts Today: A Tribute to Toni Morrison" (Coord. María del Mar Gallego Durán). Disponível em: https://rua.ua.es/dspace/bitstream/10045/124885/1/Feminismos_40_03.pdf. Acesso em: 15 jul. 2022.

COSTA, C. Cátedra da USP recebe as "escrevivências" de Conceição Evaristo. *Jornal da USP*, 13 mai. 2022. Disponível em: https://www.geledes.org.br/catedra-da-usp-recebe-as-escrevivencias-de-conceicao-evaristo/. Acesso em: 17 maio 2022.

DALCASTAGNÈ, R. Homem, branco, rico e heterossexual. Entrevista concedida a Paula Santos. *Boletim*, UFMG, Belo Horizonte, v. 34, n. 1619, p. 5, 04 ago. 2008a.

DALCASTAGNÈ, R. Entre silêncios e estereótipos: relações raciais na literatura brasileira contemporânea. *Estudos de Literatura Brasileira Contemporânea*, Brasília, D.F., n. 31, p. 87-110, jan.-jun. 2008b.

DALCASTAGNÈ, R.. *Literatura brasileira contemporânea*: um território contestado. Rio de Janeiro, Vinhedo: Editora da UERJ, Horizonte, 2012.

DALCASTAGNÈ, R.. Para além da "perspectiva do alpendre" [*Revista Pernambuco*]. In: Portal Geledés, Questões de gênero/ Mulher negra, 13 set. 2015. Disponível em: https://www.geledes.org.br/para-alem-da-perspectiva-do-alpendre/. Acesso em: 08 nov. 2015.

DUARTE, E. de A. *Literatura e afrodescendência no Brasil*: antologia crítica. Belo Horizonte: EdUFMG, 2011.

DUNDER, K.. Maria da Conceição Evaristo, a voz da mulher negra na literatura. *Geledés*, 11 jul. 2019. Disponível em: https://www.geledes.org.br/maria-da-conceicao-evaristo-a-voz-da-mulher-negra-na-literatura/. Acesso em: 15 jul. 2019.

DURHAM, C. R.. The beat of a different drum: Resistance in contemporary poetry by African-Brazilian women. *Afro-Hispanic Review*, v. 14, n. 2, p. 21-26, Fall 1995.

EMICIDA e Conceição Evaristo vão estar juntos em debate. O GLOBO, Rio de Janeiro, 3 jul.2022, Brasil, p. 20.

ESCRITORA Conceição Evaristo é a homenageada do Enem deste ano. *DCM- Diário do Centro do Mundo*, 04 nov. 2018. Disponível em: https://www.diariodocentrodomundo.com.br/essencial/escritora-conceicao-evaristo-e-a-homenageada-do-enem-deste-ano/. Acesso em: 04 nov. 2018.

EVARISTO, C. *Ponciá Vicêncio*. Belo Horizonte: Mazza, 2003.

EVARISTO, C. *Ponciá Vicêncio*. Tradução P.M. Cruz. Austin, Texas: Host Publications, 2007.

EVARISTO, C. *L'histoire de Ponciá*. Tradução P. Anacaona e P. Louis. Paris: Anacaona, 2015a.

EVARISTO, C. Da grafia-desenho de Minha Mãe, um dos lugares de nascimento de minha escrita. Mesa de Escritoras Afro-brasileiras; XI Seminário Nacional Mulher e Literatura/II Seminário Internacional Mulher e Literatura, Rio de Janeiro, 2005. Disponível em: http://nossaescrevivencia.blogspot.com.br/2012/08/da-grafia-desenho-de-minha-mae-um-dos.html. Acesso em: 08 maio 2015.

EVARISTO, C. Conceição Evaristo por Conceição Evaristo. Depoimento concedido durante o I Colóquio de Escritoras Mineiras, maio 2009, FALE, UFMG. Disponível em: http://www.letras.ufmg.br/literafro/autores/conceicaoevaristo/dados.pdf. Acesso em: 08 maio 2015.

EVARISTO, C. Depoimento. Entrevista a E. de A. Duarte, nov. 2006. In: DUARTE, E.de Assis. *Literatura e afrodescendência no Brasil*. Belo Horizonte: EdUFMG, 2011a. v. 4, p. 103-116.

EVARISTO, C. *Insubmissas lágrimas de mulheres*. Belo Horizonte: Nandyala, 2011b. Col. Vozes da Diáspora Negra, v. 7.

EVARISTO, C. *Olhos d'água*. Rio de Janeiro: Pallas/ Fundação Biblioteca Nacional, 2014.

EVARISTO, C. Conceição Evaristo and the Racial and Sexist Question. Seminar in conference "Brazilian Literature: Other Voices". King's College, London, Mar 31, 2015. Disponível em: http://www.kcl.ac.uk/artshums/depts/splas/eventrecords/2014-15/brazilvoices2.aspx. Acesso em: 08 jul. 2015.

EVARISTO, C. Conceição Evaristo, écrivaine: "Ce que je souhaite, c'est une visibilité pour les femmes noires". Entrevista concedida a Nicolas Quirion. In: QUIRION, N.. *Carnets du Brésil depuis Rio de Janeiro*: Reportages, actualité et culture. 13 mars 2015b. Disponível em: https://carnetsbresil.wordpress.com/2015/03/13/conceicao-evaristo-ecrivaine-ce-que-je-souhaite-cest-une-visibilite-pour-les-femmes-noires/. Acesso em: 08 set. 2015.

EVARISTO, C. É preciso questionar as regras que me fizeram ser reconhecida apenas aos 71 anos, diz escritora. Entrevista concedida a Júlia Dias Carneiro. *BBC News Brasil*, Rio de Janeiro, 09 mar. 2018. Disponível em: https://www.bbc.com/portuguese/brasil-43324948. Acesso em: 04 jul. 2022.

EVARISTO, C. Escrevivência e narrativas de si: Resistências da negritude. In: *Narrativas e discursos pós-coloniais: Diálogos com a educação*. Escritores convidados: Conceição Evaristo e Jeferson Tenório. Faculdade de Educação, UFMG, 26 mar. 2021. Disponível em: https://www.youtube.com/watch?v=cJko2yanHus. Acesso em: 27 jun. 2022.

EVARISTO, C. *Nossa Escrevivência*. Blog. Desenvolvido por Patricia Custódio. Disponível em: http://nossaescrevivencia.blogspot.com.br/. Acesso em: 03 jul. 2022.

EVARISTO, C. @conceicaoevaristooficial. Instagram. Disponível em: https://www.instagram.com/p/CdAH2EVu8D8/?hl=en. Acesso em: 27 jun. 2022.

FLIP 2021- FESTA LITERÁRIA INTERNACIONAL DE PARATY. Mesa 16: Em busca do jardim com Alice Walker e Conceição Evaristo. Mediação D. Ribeiro. Transmitido ao vivo, 04 dez. 2021. Disponível em: https://www.youtube.com/watch?v=LQ6LGwOaxJY. Acesso em: 23 jun. 2022.

GOMES, H.T.; NASCIMENTO, G. M.do; MARTINS, L. M.. Black presence in Brazilian literature: From the Colonial Period to the Twentieth Century. IN: VALDÉS, M. J.; KADIR, D. (Ed.). *Literary Cultures of Latin America*: A Comparative History. V. 1: *Configurations of Literary Culture*. Chap. 28. Oxford University Press, 2004. p. 246-263.

GONÇALVES, A. B.. Black, Woman, Poor: The Many Identities of Conceição Evaristo. *Vanderbilt E-Journal of Luso-Hispanic Studies*, v. 4, 2008. Disponível em: http://ejournals.library.vanderbilt.edu/index.php/lusohispanic/article/view/3216/1417. Acesso em: 11 jul. 2015.

INSTITUTO Pró-Livro. *Retratos da literatura no Brasil*. 3 ed. CBL, SNEL, Abrelivros, IBOPE-Inteligência. Nov. 2011. Disponível em: http://www.cultura.gov.br/documents/10883/38605/Retratos-da-leitura-no-Brasil.pdf/8524bcf0-d7b4-4d16-bc42-b90edac8104c. Acesso em: 14 ago. 2015.

KING'S College/ Events: Brazilian Literature: Other Voices | Conceição Evaristo and the Racial and Sexist Question. Disponível em: http://www.kcl.ac.uk/artshums/depts/splas/eventrecords/2014-15/brazilvoices2.aspx. Acesso em: 16 jul. 2015.

LIMA, I.; FERNANDES, M.L. Acadêmicos do Grande Rio: Samba-enredo, rainha de bateria, carnavalesco e história da escola de samba do Rio de Janeiro. *Rádio Jornal UOL*, 26 abr. 2022. Disponível em: https://radiojornal.ne10.uol.com.br/entretenimento/2022/04/14996306-academicos-do-grande-rio-samba-enredo-rainha-de-bateria-carnavalesco-e-historia-da-escola-de-samba-do-rio-de-janeiro.html. Acesso em: 27 jun. 2022.

LOBO, R. Resenha da nova obra da crítica Regina Dalcastagnè. Jornal *O Globo*, Caderno Prosa, Rio de Janeiro, 20 out. 2012.

LOPES, N. *Enciclopédia brasileira da diáspora africana*. São Paulo: Selo Negro, 2004.

LUNA E SILVA, D. de. Representations of Slavery in *Ponciá Vicêncio*, by Conceicão Evaristo and *Um Defeito de Cor*, by Ana Maria Gonçalves. Mesa-redonda "Luso-Afro-Brazilian Language and Literature". 72nd Annual Conference da SCMLA (South Central Modern Language Association). Vanderbilt University, Nashville, Tennessee. Nov. 2015.

MACIEL, C. In the centennial of Carolina de Jesus, absence of black women in literature reveals a distorted way of representing society. Disponível em: http://blackwomenofbrazil.co/2014/03/20/in-the-centennial-of-carolina-de-jesus-absence-of-black-women-in-literature-reveals-a-distorted-way-of-representing-society/. Acesso em: 14 ago. 2015.

MÃE, Valter Hugo. *As doenças do Brasil*. Arte de Denilson Baniwa. Prefácio de Conceição Evaristo. São Paulo: Biblioteca Azul/Globo Livros, 2021.

MÃE, Valter Hugo. Instagram @valterhugomae. 12 mai.2022. Disponível em: https://www.instagram.com/p/CddMD9JuvvT/?utm_source=ig_web_copy_link. Acesso em: 15 jun. 2022.

MARCELINO, J. L. L. *Mulheres Negras*: tradições orais, artes, ofícios e identidades. 2016. Tese (Doutorado em Letras). 231 f. PPGL/ Centro de Ciências Humanas e Naturais, Ufes. Disponível em: http://repositorio.ufes.br/handle/10/9174. Acesso em: 30 jun. 2022.

MARSHALL, P. "Talk as a form of action": Interview to S. Bröck. In: LENZ, G.H. (Ed.). *History and tradition in Afro-American culture*. New York: Campus-Verlag, 1984. p. 194-206.

MEIRELES, M. Vinda da favela, Conceição Evaristo se consolida como escritora e vai à Flip. *Folha de São Paulo*, Ilustrada/Livros, 04 mai. 2017. Disponível em: http://www1.folha.uol.com.br/ilustrada/2017/05/1880711-vinda-da-favela-conceicao-evaristo-se-consolida-como-escritora-e-vai-a-flip.shtml. Acesso em: 04 maio 2017.

MORRISON, T. Toni Morrison Now. Interview to E.B. Washington. *Essence* v. 18, n. 6, p. 58, 136-137, Oct. 1987.

NASCIMENTO, H. do. *Com quantos retalhos se faz um quilt?* – costurando a narrativa de três escritoras negras contemporâneas. Tese de Doutorado. Rio de Janeiro: UERJ, 2008.

PEREIRA, E.de A. *Malungos na escola:* questões sobre culturas afrodescendentes. São Paulo: Paulinas, 2007.

PEREIRA, P. R.A.de A. Poesia, diáspora e migração: quatro vozes femininas, *Aletria*, v. 22, n. 3, p. 161-175, set.-dez. 2012.

PRATES, C. Discurso étnico-literário: memórias poéticas em Conceição Evaristo. *SCRIPTA*, Belo Horizonte, v. 14, n. 27, p. 133-142. 2º sem. 2010.

SALGUEIRO, M.A.A. *Escritoras negras contemporâneas*: estudo de narrativas, Estados Unidos e Brasil. Rio de Janeiro: Caetés, 2004.

SALGUEIRO, M.A.A. Literature, Written Art and Historical Commitment: From Cadernos to Conceição Evaristo. In: TILLIS, A. D. (Org.). *(Re) Considering Blackness in Contemporary Afro-Brazilian (Con) Texts*: A Cultural Studies Approach. v. 1. New York: Peter Lang, 2011. p. 07-26.

SALON du Livre à Paris, 2015. Disponível em: http://www.salondulivreparis.com/Bresil-2015.htm; e http://www.salondulivreparis.com/Conceicao-Evaristo.htm#jSqY8IXG8xfC5r4K.99. Acesso em: 08 set. 2015.

WALKER, A. *In search of our mothers' gardens*: Womanist prose. New York: Harcourt, Brace, Jovanovich, 1984.

WALKER, A. *Em busca dos jardins de nossas mães*: Prosa mulherista. Tradução de Stephanie Borges. Posfácio de Rosane Borges. Rio de Janeiro: Bazar do Tempo, 2021.

WALTER, R. *Afro-América*: Diálogos literários na diáspora negra das Américas. Recife: Bagaço, 2009.

ESCREVIVÊNCIA, FABULAÇÃO E OS PASSADOS INAUDITOS

Fernanda Rodrigues de Miranda

Como tal esse corpo/corpus não apenas repete um hábito, mas também institui, interpreta e revisa o ato reencenado. [...] O corpo, nessas tradições, não é portanto, apenas a extensão de um saber reapresentado, e nem arquivo de uma cristalização estática. Ele é, sim, local de um saber em contínuo movimento de recriação formal, remissão e transformações perenes do corpus cultural.
Leda Maria Martins. "Performances da Oralitura: corpo, lugar da memória"

1. ESCREVIVÊNCIA E FABULAÇÃO CRÍTICA

A inscrição literária da mulher negra está incomparavelmente mais visível nas duas últimas décadas, de modo que podemos assumir, como forma de ler o contemporâneo, a complexidade interna do campo enunciativo formado por mulheres negras. Metodológica e epistemologicamente, a intersecção de gênero e raça revela-se uma via produtiva para pensarmos, por exemplo, subjetividades, resistências e proposições interpretativas da realidade, da cultura e do discurso que restavam ocultas ou apagadas nos arquivos textuais da literatura nacional.

Este campo enunciativo pode ser analisado por meio do percurso que forma sua historicidade. Um índice importante nesse sentido remete ao início da década de 2000, quando a então doutoranda em Letras Conceição Evaristo publicou dois ensaios que se tornaram fundamentais: "Gênero e etnia: uma escre(vivência) de dupla face" (2003)[1] e "Da representação à autorrepresentaçao da mulher negra na literatura brasileira" (2005). Esta produção crítica – contemporânea à sua produção ficcional com a publicação do romance *Ponciá Vicêncio* (2003) – é norteada pelo conceito de *escrevivência*, que, conforme mencionamos, adquiriu notável impacto na literatura contemporânea.

Hoje, podemos partir destes textos ensaísticos de Conceição Evaristo para refletir sobre as dinâmicas internas e descentramentos gerados no interior do campo. Quais desdobramentos o conceito de *escrevivência* tem gerado, em termos de f(r)atura estética e política, para o estudo e recepção de textos literários de autoras/es negras/os?

Longe de querer responder essa questão, principalmente em um espaço curto como o deste artigo, podemos conjecturar que um primeiro aspecto a ser perscrutado diz respeito às formas como o sistema literário tem organizado tal produção, ou melhor dizendo, em como ela tem sido recebida quando consegue circular dentro de uma comunicabilidade literária mais "central". Como hipótese, podemos considerar a possibilidade do que tenho chamado "pacto de referencialidade implícito" (MIRANDA, 2019), um mecanismo a partir do qual se tem recebido os textos literários de autoras negras irredutivelmente como enunciados concretos – como se entre autor, texto e tema não houvesse nenhuma mediação.

Essa engrenagem reverbera em certa indeterminação entre os domínios do real e da invenção, como se a intensidade concentrada da experiência histórica (de ser mulher negra, no caso aqui pensado) plasmada sob a tessitura literária colocasse em suspenso (invisibilizasse) a própria construção estética. Neste ponto ressalta uma primeira pergunta: É possível afirmar que a intersecção de gênero e raça como *marcadores sociais da autoria* pode estar se configurando na contemporaneidade como um tipo novo de estética da recepção? No sentido de ser negociada sob este "pacto de referencialidade implícito", que pode antecipar-se à significação? Se isso for verificável, quais desdobramentos provoca no princípio ficção?

Essas questões apresentam implicações para a teoria literária. Afinal, quais convenções regem as fronteiras entre o real e a ficção, a autobiografia e a invenção

---

[1] Apresentado na mesa de escritoras convidadas do X Seminário Nacional Mulher e Literatura – I Seminário Internacional Mulher e Literatura/ UFPB, em 2003. E depois publicado em "Mulheres no Mundo – Etnia, Marginalidade e Diáspora", Nadilza Martins de Barros Moreira & Liane Schneider (Org.), em 2005.

nas produções literárias de autoria negra? Essas instâncias não seriam marcadas também pela *diferença* em relação aos pressupostos da tradição canônica?

O conceito de "fabulação crítica" (2020), articulado pela teórica e professora estadunidense Saidiya Hartman nos ajuda a refletir sobre essas problemáticas de uma perspectiva muito instigante, especialmente para pensarmos narrativa, narrador, arquivo, memória, fábula e os tênues intervalos entre os domínios da História e da Literatura.

Fabulação, como uma tecnologia de romper esquecimentos causados pela desigualdade sistemática com que a história tem registrado a experiência negra, é uma palavra-chave de impacto para pensarmos a literatura dentro dos processos da imaginação criadora de autores e autoras preocupados em construir elos em uma história fragmentada e transatlântica, como disse Beatriz Nascimento em *Ori*. No ensaio "Vênus em dois atos" (2020), pergunta Hartman:

> Entretanto, como recuperar vidas emaranhadas com e impossíveis de diferenciar dos terríveis enunciados que as condenaram à morte, dos livros de contabilidade que as identificaram como unidades de valor, das faturas que as afirmaram como propriedades e das crônicas banais que as despojaram de características humanas? "Pode o choque de [tais] palavras", como Foucault escreve, "dar origem a um certo efeito de beleza misturado com terror?" Nós podemos, como NourbeSe Phillip sugere, "conjurar alguma coisa nova a partir da ausência dos africanos como humanos que está no coração do texto?" Se sim, quais são as feições dessa nova narrativa? Colocando de modo diferente, como se reescreve a crônica de uma morte prevista e antecipada como uma biografia coletiva de sujeitos mortos, como uma contra-História do humano, como prática da liberdade? Como a narrativa pode encarnar a vida em palavras e, ao mesmo tempo, respeitar o que não podemos saber? (HARTMAN, 2020, p. 16)

O processo de fabulação crítica pensado por Saidiya Hartman implica no rearranjo e na reapresentação sequencial dos eventos, de modo a elaborar uma narrativa que transpareça a disputa nos pontos de vista e a divergência de histórias coexistentes. O que Hartman pretende é "deslocar o relato preestabelecido ou autorizado e imaginar o que poderia ter acontecido ou poderia ter sido dito ou poderia ter sido feito" (HARTMAN, 2020, p. 29). Ativada na pesquisa em arquivos históricos, a fabulação crítica faz-se da reinterpretação de traços fugidios, como fotografias, tramando para elas uma cena *experimental* na qual seus corpos e existências flanam livres, inclusive, da captura da representação. Essa cena, incorporada ao texto como processo de criação, constrói uma fragmentação nos discursos que reiteram a negação, a ausência, o sequestro da vida negra.

> Não se pode perguntar "Quem é Vênus?", porque seria impossível responder a essa pergunta. Há centenas de milhares de outras garotas que compartilham as suas circunstâncias, e essas circunstâncias geraram poucas histórias. E as histórias que existem não são sobre elas, mas sobre a violência, o excesso, a falsidade e a razão que se apoderaram de suas vidas, transformaram-nas em mercadorias e cadáveres e identificaram-nas com nomes lançados como insultos e piadas grosseiras. O arquivo, nesse caso, é uma sentença de morte, um túmulo, uma exibição do corpo violado, um inventário de propriedade, um tratado médico sobre gonorreia, umas poucas linhas sobre a vida de uma prostituta, um asterisco na grande narrativa da História. Dado isso, "é sem dúvida impossível apreender [essas vidas] de novo em si mesmas, como se elas estivessem 'em um estado livre.'" (HARTMAN, 2020, p. 15)

Segundo Tavia Nyong'o, autor de "Afro-fabulations: the queer drama of black life", ainda sem tradução no Brasil, o método de Hartman permite "(re)produzir um senso de instabilidade e potencialidade imanente ao evento" (NYONG'O, 2014, s/p) – nem história, nem ficção; nem verdadeiro, nem falso. Para Nyong'o o que a fabulação produz é simulacro e inautenticidade, viabilizados como estratégia para rearticular a representação (idem). Assim Nyong'o situa a fabulação dentro de um "tipo de tempo" especificamente importante para "negros e os minorias, para os quais a brecha aberta entre o possível e o potencial, por menor que seja, continua crucial" (Ibidem, 2018, s/p).

É justamente dessa "brecha aberta" entre o possível e o potencial que estamos tratando, pela qual a escrevivência abre caminhos não apenas no campo da criação, mas também da crítica, da teoria e da historiografia literária.

A fabulação crítica é um aparato conceitual que se aproxima da escrevivência porque ambos estão implicados em pensar tempo, história, arquivo, experiência, representação, narrativa e imaginação. O eixo principal dessa conexão talvez esteja na concepção de fabulação – termo que aparece na teoria da narrativa desde pelo menos a década de 1960, mas que tem sido retomado pelos estudos étnicos e diaspóricos desde tempos mais recentes.

> Como uma escritora comprometida em contar histórias, eu tenho me esforçado em representar as vidas dos sem nomes e dos esquecidos, em considerar a perda e respeitar os limites do que não pode ser conhecido. Para mim, narrar contra-Histórias da escravidão tem sido sempre inseparável da escrita de uma História do presente, ou seja, o projeto incompleto de liberdade e a vida precária do(a) ex-escravo(a), uma condição definida pela vulnerabilidade à morte prematura e a atos gratuitos de violência. Conforme eu a entendo, uma História do presente luta para iluminar a intimidade da nossa experiência com as vidas dos mortos, para escrever nosso agora enquanto ele é interrompido por esse passado e para imaginar um estado livre, não como o tempo antes do cativeiro ou da escravidão, mas como o antecipado futuro dessa escrita. (HARTMAN, 2020, p. 17)

No âmbito da literatura brasileira, especialmente pensando a obra de Conceição Evaristo, mas incluindo também um *corpus* mais amplo de obras de romancistas negras brasileiras, o conceito de escrevivência tem mobilizado agenciamentos autorais, textuais, teóricos e artísticos que ampliam as formas de compor tramas de um tecido de vazios na escrita da história, e da narrativa. Por essa razão, essas textualidades também estão comprometidas com o "antecipado futuro dessa escrita".

2. ESCREVIVÊNCIA E A MATRIZ IMAGINATIVA DA ESCRITA

Ponciá Vicêncio (2003) é a primeira obra individual publicada por Conceição Evaristo, embora sua produção literária aponte para o início da década de 1990, com poemas publicados na antologia *Cadernos Negros*. Seja no romance, na novela, no conto, na lírica ou na produção teórico-crítica, a autora tem produzido obras de alto relevo no edifício da literatura em língua portuguesa e alinhavado problemáticas centrais para o pensamento crítico em torno da literatura brasileira contemporânea.

No romance *Ponciá Vicêncio*, a *escrevivência* emerge como dispositivo conceitual que organiza os sentidos da obra, o que significa que, em um plano ético-estético, a ficção formula sua própria teoria. "A nossa escrevivência não pode ser lida como história de ninar os da casa-grande, e sim para incomodá-los em seus sonos injustos" (EVARISTO, 2007, p. 21). Eis a frase-manifesto que sintetiza o conceito enquanto plataforma enunciativa insubmissa, anunciando-se como contramemória colonial diante dos "da casa-grande" – metonímia dos signos coloniais ainda operantes na lógica do nosso tempo, instituindo o direito de falar (para uns) e o poder de impor o silêncio (aos outros).

O conceito de *escrevivência* foi formulado por Conceição Evaristo, inicialmente, como método de trabalho e instrumento cognitivo para a leitura de seus próprios textos, mas o conceito já ultrapassa sua obra, e tem sustentado um número diverso de textualidades de autoria negra contemporânea.

Escrevivência refere ao processo duplo – político e epistemológico – de "tomar o lugar da escrita como direito, assim como se toma o lugar da vida" (EVARISTO, 2005, p. 202). A partir de tal orientação, assume-se no texto a experiência vivida como fonte de construção literária, e, ao mesmo tempo, assume-se que a vivência, embora parta da realidade, é elaborada/tecida/significada no ato da escrita.

> Quando Ponciá Vicêncio resolveu sair do povoado onde nascera, a decisão chegou forte e repentina. Estava cansada de tudo ali. De trabalhar o barro com a mãe, de ir e vir às terras dos brancos e voltar de mãos vazias. De ver a terra dos negros coberta de plantações, cuidadas pelas mulheres e crianças, pois os homens gastavam a vida trabalhando nas terras dos senhores, e depois a maior parte das colheitas ser entregue aos coronéis. Cansada da luta insana, sem glória, a que todos se entregavam para amanhecer cada dia mais pobres,

enquanto alguns conseguiam enriquecer-se a todo o dia. Ela acreditava que poderia traçar outros caminhos, inventar uma vida nova. E avançando sobre o futuro, Ponciá partiu no trem do outro dia, pois tão cedo a máquina não voltaria ao povoado. Nem tempo de se despedir do irmão teve. E agora, ali deitada de olhos arregalados, penetrados no nada, perguntava-se se valera a pena ter deixado a sua terra. O que acontecera com os sonhos tão certos de uma vida melhor? Não eram somente sonhos, eram certezas! Certezas que haviam sido esvaziadas no momento em que perdera o contato com os seus. E agora feito morta-viva, vivia. (EVARISTO, 2003, p. 32-33)

Como visto, a escrevivência articula em seu bojo uma dialética estratégica entre escrita e experiência. Estratégica, justamente porque se destina a enunciar tessituras de sujeitos que têm sido mantidos em silêncio, e cujas experiências não são vertidas em arquivo – permitindo assim o sono tranquilo dos "da casa-grande".

Trata-se de um conceito que alça a escrita como uma performance da retomada de posse da própria vida e da história, e, por estes motivos, se aproxima e conversa com inúmeras produções literárias de mulheres negras que tem encadeado *escrita e poder* em múltiplas localidades do globo.

De fato, por articular em seu bojo a formalização da experiência histórica do sujeito negro decantada na escrita, o conceito de escrevivência constitui-se como um pensamento sobre a inscrição da mulher negra na autoria da ficção, produzindo narrativas que buscam fazer elos de ligação numa história fragmentada e transatlântica, como disse Beatriz Nascimento em seu *Orí* (2018). Elos que podem criar discursividades variadas de sujeitos negros vivendo diferentes experiências nacionais. Em si mesma, a escrevivência pressupõe um aporte conceitual interno forjado numa sensibilidade cultural, estética e histórica que não limita à fronteira e à língua nacional, mas que é supra e transnacional.

Ao trazer para o centro do escrito reflexões sobre os silenciamentos impostos à voz, a metalinguagem se mostra como um recurso muito presente nos textos de autoras negras contemporâneas. No caso da escrevivência em particular, a produção ficcional de Conceição Evaristo se empenha na chave da "metanarrativa", isto é, faz-se do romance plataforma para a construção de uma narrativa que parte da fabulação de fragmentos perdidos de histórias que são suas e também são pregressas, coletivas e fabuladas. Uma narrativa para si (mulher negra) constituída na encruzilhada entre o pessoal–biográfico–autoral e o político– comunitário–social. Justamente por ser forjada nessa encruzilhada, a escrevivência revisita, sob novos vieses, as fronteiras entre real, a fabulação e a autobiografia.

> Pajem do sinhô-moço, escravo do sinhô-moço, tudo do sinhô-moço, nada do sinhô-moço. Um dia o coronelzinho, que já sabia ler, ficou curioso para ver se negro aprendia os sinais, as letras de branco e começou a ensinar o pai de Ponciá. O menino respondeu logo ao ensinamento do distraído mestre. Em pouco tempo reconhecia todas as letras. Quando sinhô-moço se certificou que o negro aprendia, parou a brincadeira. Negro aprendia sim! Mas o que o negro ia fazer com o saber de branco? O pai de Ponciá Vicêncio, em matéria de livros e letras, nunca foi além daquele saber. (EVARISTO, 2003, p. 15)

Silviano Santiago (2002), debruçado sobre a "Prosa literária no Brasil atual", reflete sobre os movimentos que podem ser gerados na escrita a partir da mediação declarada da pessoa que escreve:

> A experiência pessoal do escritor, relatada ou dramatizada, traz como pano de fundo para a leitura e discussão do livro problemas de ordem filosófica, social e política. Não há dúvida de que, no palco da vida ou da folha de papel, o corpo do autor continua e está exposto narcisisticamente, mas as questões que levanta não se esgota na mera autocontemplação do umbigo. [...] A narrativa autobiográfica é o elemento que catalisa uma série de questões teóricas gerais que só poderiam ser colocadas corretamente por intermédio dela. (SANTIAGO, 2002, p. 36)

Essa proposição se aproxima da interpretação crítica da escrevivência, enquanto escrita que arregimenta e catalisa "uma série de questões teóricas" (SANTIAGO, 2002, p. 36) – em torno da construção da memória coletiva da nação; da dinâmica de poder colonial reconfigurada em hierarquias de raça, gênero e classe; do negro na formação do Brasil; da nação como dispositivo que hierarquiza as falas e os silêncios, etc. – "que só poderiam ser colocadas corretamente por intermédio dela" (SANTIAGO, 2002, p. 36).

Em termos amplos, diríamos que, sem sacrificar o cunho individual, filtro de tudo, as romancistas negras brasileiras narram uma parte da história do Brasil, do poder, das relações sociais, evidenciando que determinadas questões e problemáticas só assomam à superfície do texto nacional por meio da emergência dessa pessoa "heterobiográfica" no discurso – mulher negra, sujeito de experiências silenciadas. Em suma, a autoria da mulher negra na ficção brasileira produz significados na ordem discursiva e epistêmica que apontam a insurgência de sensibilidades descolonizadas. Conceição Evaristo contribui imensamente para esse empreendimento epistêmico.

Não obstante, o fato de a escrevivência posicionar abertamente um sujeito social (a mulher negra) como sujeito da fala (do texto literário) – ou seja, visibilizar a autora negra produzindo abertamente seu universo ficcional assentada sob o chão da sua experiência (que é pessoal, mas também histórica, política, coletiva, como a de todos os indivíduos em sociedade) – muitas vezes resvala em uma recepção que, no limite, é capaz de ler os textos fora da condição de ficcionalidade, gerando um universo interpretativo repetidamente centrado em abordagens sociológicas do texto literário, que trabalham os textos como categorias explicativas de análise, como se elas em si já não se constituíssem em problemáticas histórica e esteticamente consistentes.

As sutilezas entre o universo biográfico e o universo de criação literária já foram expostas por Conceição Evaristo em mais de um momento. Por exemplo, no prefácio de *Becos da memória* (2017), ela diz: "Já afirmei que invento sim e sem o menor pudor. As histórias são inventadas, mesmo as reais, quando são contadas. Entre o acontecimento e a narração do fato, há um espaço em profundidade, é ali que explode a invenção" (EVARISTO, 2017, [s.p.]). Mas, não se trata de uma questão facilmente resolvida, pelo contrário, são recorrentes as leituras em que se toma a ficção (de autoria negra) como autobiografia.

Desafio alguém a relatar fielmente algo que aconteceu. Entre o acontecimento e a narração do fato, alguma coisa se perde e por isso se acrescenta. O real vivido fica comprometido. E, quando se escreve, o comprometimento (ou o não comprometimento) entre o vivido e o escrito aprofunda mais o fosso. Entretanto, afirmo que, ao registrar estas histórias, continuo no premeditado ato de traçar uma escrevivência. (EVARISTO, 2007, p. 9)

Com efeito, a literatura de autoria negra, assumidamente problematiza uma realidade que é da ordem da experiência (histórica, coletiva) de um povo, mas, dado que essa experiência não foi arquivada, historicizada, discursivizada e transmitida, justamente por ter sido silenciada e soterrada, o texto é muitas vezes submetido a um horizonte de recepção e expectativas que, no limite, pouco considera a mediação da linguagem – isto é, a criação de realidades textuais.

Ao interceptar no texto de autoria negra apenas a representação mimética, pressupõe-se que a matéria prima da escrita será, irredutivelmente, extensão/expressão denotativa de quem escreve, tomando autor, tema e composição textual como instância única. Esse aspecto diz respeito ao fato de que paira sob a literatura de autoria negra a colagem total entre a voz narrativa e a pessoa física que escreve, como se (mesmo na ficção) não houvesse a mediação da linguagem e a própria imaginação criadora formando universos textuais representativos – mas apenas biografia. Como se a autoria negra desafiasse/suspendesse a própria categoria autor e seu devir criativo.

Justamente porque inscreve na ficção uma perspectiva pautada na *vivência* da mulher negra, a escrevivência promove um esgarçamento dos limites imaginativos que o realismo – como elaboração literária da realidade – sempre atingiu. Nesse sentido, faz-se necessário insistir que os limites do imaginário são alargados com essa escrita, pois o realismo nem sempre assumiu no discurso a variedade de experiências que articulam o real. Dessa forma, a noção de realismo se amplia, da mesma forma que é ampliado o alcance da ficção e, consequentemente, do nosso conhecimento de experiências históricas que, ao serem enunciadas na narrativa, também expandem o alcance da História enquanto organização de arquivos (mutáveis) do pretérito.

No entanto, é preciso ainda afirmar o livre território da imaginação, invenção, criação, fabulação: o direito a significar, o direito ao transitório e aos escapes da mesma cena. Em suma, o fato de a escrevivência se localizar num intermédio entre realidade vivida e elaboração literária não reduz o caráter e o alcance ficcional dos textos, pelo contrário, amplia seu espectro.

3. TANGÊNCIAS NARRATIVAS NA FICÇÃO DE AUTORAS NEGRAS

Ao articular a enunciação da mulher negra como narradora e protagonista da história, que, por sua vez, narra os processos fragmentados que envolvem a retomada do protagonismo sobre a própria vida, a escrevivência insurge como possibilidade narrativa de produzir futuros para mulheres negras, suas comunidades, seus solos partilhados.

Pela forma narrativa, *Ponciá Vicêncio* se comunica e compõe o conjunto de romances escritos por autoras negras brasileiras, sendo a primeira publicada no século XXI. Muitos elementos constroem a tessitura de tangência entre essas obras, por exemplo, o diálogo aberto que instituem com a História, contrapondo-se aos silenciamentos que subjazem ao texto nacional canônico. É o que se nota desde o precursor *Úrsula*, de Maria Firmina dos Reis, publicado no século XIX, até *O crime do cais do Valongo*, de Eliana Alves Cruz, lançado em 2018.

O enredo de *Ponciá Vicêncio* se comunica com *Água funda* (1946), de Ruth Guimarães, e com *Diário de Bitita* (1986), de Carolina Maria de Jesus, tendo em vista que nessas obras existe uma confluência de tempo, espaço e experiência apontando para os resquícios do passado colonial nas memórias do pós-abolição; para as diferenças e semelhanças entre o espaço rural, de raízes escravocratas, e o urbano, na iminência da modernidade; e para a experiência histórica do sujeito negro, filtrada pelo olhar e palavra da mulher negra.

Em outro aspecto, assim como Kehinde, narradora e protagonista de *Um defeito de cor* (2006), de Ana Maria Gonçalves e Rísia, narradora e protagonista de *As mulheres de Tijucopapo* (1982), de Marilene Felinto, Ponciá rastreia o trilho de uma comunidade perdida, buscando-a pela memória e pela escrita.

Lidas de forma comparada, todas essas obras oferecem ricos caminhos de contato entre si e debatem com a literatura brasileira naquilo que ela representa de tradição: em exercícios imaginativos de retorno, tais romances reelaboram o passado trazendo para o centro da problemática o principal eixo cognoscível que a colônia nos legara, ou seja, a escravidão, como paradigma social, político e histórico que persiste em produzir hierarquias e desigualdades no presente.

As tramas do tempo presente guardam relevos para a inscrição crítica de autoras negras, em diversos idiomas e territórios. Um dos aspectos possíveis para a análise dessas vozes aponta para a questão da fabulação do passado, seja reescrevendo instantes do tempo em movimento por meio de experimentos de vida livre, como diria Saidiya Hartman; seja criando novos ângulos e outros enfoques que subvertem a repetição do texto colonial (com seus sujeitos e objetos), através de exercícios de criação ficcional, como a escrevivência, da imensa Conceição Evaristo.

REFERÊNCIAS BIBLIOGRÁFICAS

EVARISTO, Conceição. *Ponciá Vicêncio*. Belo Horizonte: Mazza, 2003.

EVARISTO, Conceição. Gênero e etnia: uma escre(vivência) de dupla face. In: SCHNEIDER, MOREIRA, Nadilza Martins de Barros; SCHNEIDER, Liane (Org.). *Mulheres no mundo*: etnia, marginalidade e diáspora. João Pessoa: Ideia, 2005, p. 201-212.

EVARISTO, Conceição. Da grafia-desenho de minha mãe, um dos lugares de nascimento de minha escrita. In: ALEXANDRE, Marcos Antônio (Org). *Representações performáticas brasileiras*: teorias, práticas e suas interfaces. Belo Horizonte: Mazza, 2007 p. 16-21.

EVARISTO, Conceição. Da representação à auto-apresentação da Mulher Negra na Literatura Brasileira. *Revista Palmares*, v. 1, n. 1, p. 52-57, 2005.

HARTMAN, Saidiya. Vênus em dois atos. *Revista ECO-Pós*, v. 23, n. 3, p. 12-33, 2020.

MARTINS, Leda Maria. Performances da oralitura: corpo, lugar da memória. *Revista do Programa de Pós-Graduação em Letras*, [S.l.], n. 26, p. 63-81, nov. 2013. ISSN 2176-1485.

MIRANDA, Fernanda Rodrigues de. *Corpo de romances de autoras negras brasileiras (1859- 2006)*: posse da história e colonialidade nacional confrontada. 2019. 252 f. Tese (Doutorado em Estudos Comparados de Literaturas de Língua Portuguesa) – Faculdade de Filosofia, Letras e Ciências Humanas, Universidade de São Paulo, São Paulo, 2019.

NASCIMENTO, Beatriz. *Quilombola e intelectual, possibilidade nos dias da destruição*. São Paulo: UCPA/Filhos da África, 2018.

NYONG'O, T. "Unburdening Representation." *The Black Scholar*, v. 44, n. 2, 2014.

SANTIAGO, Silviano. *Nas malhas da letra*: ensaios. Rio de Janeiro, Rocco, 2002.

INTELECTUAL NEGRA: A PRODUÇÃO LITERÁRIA DE CONCEIÇÃO EVARISTO

Mirian Santos

Não é de hoje que a literatura negro-brasileira escrita por mulheres circula pelo cenário cultural nacional. No entanto, o reconhecimento do pensamento feminino negro ainda enfrenta barreiras de cunho racista, machista e classista. Exemplo disso é a não consideração de mulheres negras brasileiras enquanto produtoras de conhecimento. Sendo assim, proponho reflexões sobre Conceição Evaristo enquanto intelectual, a partir de discussões sobre sua produção literária.

Consoante tais apontamentos, em *Intelectuais Negras*: prosa negro-brasileira contemporânea (2018), considerando que a acolhida de textos de autoria negra ainda está em um processo incipiente pela crítica literária, por meio da obra literária de Miriam Alves, Conceição Evaristo e Cristiane Sobral, propus a leitura das escritoras negras enquanto intelectuais, uma vez que em seus livros elas "abordam as principais demandas da mulher negra na contemporaneidade, dão visibilidade às culturas africanas e afro-brasileiras, denunciam a condição marginalizada e subalternizada do negro e fazem dessa literatura escrita por mulheres local de força, resistência, afirmação e denúncia" (SANTOS, 2018, p. 15).

Nessa discussão, reivindicar o espaço intelectual para mulheres negras literatas, adveio principalmente de um diálogo estreito com o conceito de Literatura negro-brasileira, do poeta e ensaísta Cuti, em que o autor relocaliza a escrita de autoria negra na crítica, a partir de um lugar político de pertencimento: "Um afro-brasileiro ou afrodescendente não é necessariamente um negro-brasileiro" (2010, p. 38), uma vez que o prefixo afro abriga também outros brasileiros, que não partilham da experiência da discriminação racial. Além disso, as reflexões da pensadora norte-americana bell hooks (1995), ao propor a urgência de decolonizar, desandrogenizar e desnortear a concepção eurocêntrica de intelectual, também estiveram no fio da abordagem, visto que não é concebível que ainda hoje nosso entendimento de intelectualidade ainda esteja congelado na figura de homens brancos acadêmicos, cis, do centro do mundo. A pensadora norte-americana também, a partir dos estudos de Terry Eagleton, observa que o "intelectual é alguém que lida com ideias transgredindo fronteiras" (hooks, 1995, p. 468). Dessa forma, considerar o caráter transgressor, para além das paredes acadêmicas, da produção literária de Conceição Evaristo torna-se pertinente.

Refletir sobre a literatura de Conceição Evaristo enquanto trabalho intelectual impulsiona seguir o fio da "escrevivência", termo cunhado no rastro da literatura evaristiana: "Escrevivência, em sua concepção inicial, se realiza como um ato de escrita das mulheres negras, como uma ação que pretende borrar, desfazer uma imagem do passado" (EVARISTO, 2020, p. 30). Dessa forma, uma escrita-liberdade ecoa dos gritos antes agarrados em gargantas diaspóricas, vozerio aproximado por um lugar de intersecção atravessado pela tríade, gênero, raça e classe – e também pela "dororidade, pois contém as sombras, o vazio, a ausência, a fala silenciada, a dor causada pelo racismo" (PIEDADE, 2017, p. 16).

Nessa perspectiva, a princípio, "escrevivência" parece dispensar definição, uma vez que essa escrita que se quer comprometida com a vida aparenta exigir de escritoras negras uma consciência do seu lugar e suas especificidades na sociedade enquanto mulheres e negras: "creio que a gênese de minha escrita está no acúmulo de tudo que ouvi desde a infância. O acúmulo das palavras, das histórias que habitavam em nossa casa e adjacências" (EVARISTO, 2020, p. 52). Relacionando "escrevivência" com literatura, percebe-se que uma aproximação rasa entre literatura e vida real propicia uma confusão entre ficção e realidade, desconsiderando por vezes o trabalho estético. O diálogo entre o texto literário e a experiência de vida requer mais que uma mera repetição da realidade, conforme apontado pela pesquisadora Cristiane Côrtes:

> A perspectiva da "escrevivência" alcança uma dimensão cultural e política, mas sem recair nas armadilhas da literatura puramente engajada, preservando a potência da realidade social na ficção. É uma literatura que suplementa aquela habitual, não deseja golpeá-la, mas sabotá-la, repetir para transformá-la (CÔRTES, 2016, p. 54).

Nesse sentido, a escrita dessas mulheres negras aparece articulada com experiências vividas, aspirando trazer para a discussão as experiências da população negra de forma humanizada, que esteve à margem da literatura oficial. Assim, "suas experiências pessoais são convertidas numa perspectiva comunitária. O seu discurso sabota o oficial porque cria um devir mais justo e coerente com o povo que quer representar" (CÔRTES, 2016, p. 56). É importante considerar que essa aproximação entre trabalho intelectual e experiências vividas não abrange uma mera transposição de realidades ou de trocas de papéis entre personagens brancas e negras em suas representações. Essas narrativas, a partir da compreensão da realidade experiencializada pela população negra, trazem a dor, a falta e a violência no âmago da fruição.

> (...) a escrevivência extrapola os campos de uma escrita que gira em torno de um sujeito individualizado. Creio mesmo que o lugar nascedouro da Escrevivência já demanda outra leitura. Escrevivência surge de uma prática literária cuja autoria é negra, feminina e pobre. Em que o agente, o sujeito da ação, assume o seu fazer, o seu pensamento, a sua reflexão, não somente como um exercício isolado, mas atravessado por grupos, por uma coletividade (EVARISTO, 2020, p. 38).

Sendo assim, observa-se que a literatura de autoria feminina negra extrapola o individual, abrangendo uma escrita coletiva. Ou seja, ela parte de uma subjetividade, mas abarca uma subjetividade coletiva diaspórica. "Assim, quando uma intelectual negra fala a partir de um eu, ela não fala a partir do fetiche autolaudatório da autobiografia, ela delimita, nessa fala, as fronteiras de um país desconhecido, que vai se construindo no texto" (SOUZA, 2020, p. 218). É o que pode ser observado na literatura de Conceição Evaristo, ao trazer histórias não contadas e "descobrir" espaços e corpos antes não considerados, mesclando vida e arte, a partir de uma "subjetividade coletiva".

Nesse sentido, ler, analisar e interpretar a produção literária dessas mulheres é de suma importância, "porque a literatura pode dar a ver situações que são tornadas 'invisíveis' e, assim, contribuir minimamente para a sua discussão, [sendo] importante que sejam inseridas novas vozes, provenientes de outros espaços sociais, em nosso campo literário" (DALCASTAGNÈ, 2014, p. 299), de forma que o acesso a obras de autoria negra feminina possibilitará uma releitura sobre a literatura e a sociedade brasileiras, visto que "ser mulher e ser negra marca um espaço de interseccionalidade – onde atuam diferentes modos de discriminação – que ainda é pouco reconhecido" (op. cit.). Sendo assim, a produção de Evaristo revela um mundo plural e um outro modo de representação de espaços e corpos antes desconsiderados ou, quando sim, submersos em uma representação estereotipada. Contudo, é importante pontuar que, conforme observado pela poeta, professora e pesquisadora Lívia Natália, em relação à produção de autoria feminina negra, "instrumentos e paradigmas de análise que comumente são acionados nos estudos de literatura não seriam suficientes para abarcar a complexidade das representações e das opções éticas e estéticas oferecidas pelos textos destas mulheres" (SOUZA, 2015, p. 91), uma vez que tais textos trazem uma "teorização própria" ainda pouco considerada na teoria literária brasileira.

ECOAR NOSSAS VOZES: A EDUCAÇÃO PELA ESCUTA

Diferentemente de obras que naturalizam a situação de subsistência do negro ou do corpo feminino negro enquanto objeto de troca, Conceição Evaristo traz para a cena contemporânea personagens negras como sujeitos e reafirma o compromisso da literatura negro-brasileira com uma representação não estereotipada. Isso ocorre, de forma paradigmática, no livro *Becos da memória* (2006), a partir da junção de histórias vividas por moradores de uma favela. A protagonista Maria-Nova é a grande articuladora da narrativa, uma vez que reconta as histórias das diferentes personagens reconstruindo a história local e construindo a sua história a partir da reorganização da memória coletiva. As histórias de sua família são fundamentais nesse processo, já que Totó e Maria-Velha narram para a menina suas experiências, enquanto expõem à Maria-Nova "pedras pontiagudas que os dois colecionavam" (EVARISTO, 2006, p. 33)[1], das quais a narradora "escolhia as mais dilaceradas e as guardava no fundo do coração" (op. cit.). Assim, a formação da personagem ocorre a partir do constante ouvir narrativas.

Constantemente, as personagens Bondade, Vó Rita, Tio Totó, Tio Tatão, Filó Gazogênia e Maria-Velha participam, direta e indiretamente, do processo de composição da narrativa, ao fornecerem vislumbres de passados rasurados. Entre essas histórias destacam-se as de Tio Totó, com narrativas de perda e morte: primeira mulher, Miguilina, e filha Catita, na travessia de um rio na juventude; Negra Tuína; filhos; e homens-vadios. "Foram tantas dores: esta, a outra, aqueloutra, aquelainha, o acabar com a favela. [...] Condoído de si, de Maria-Nova e da vida, chorou" (BM, p. 72). Após passar por tantos traumas, Tio Totó alcança a velhice – "são, salvo e sozinho" (BM, p. 31). Mas nem tão sozinho assim, pois narra suas experiências e amplia a coleção de histórias de Maria-Nova. O constante choro, o medo, o eterno retorno das histórias, tudo isso marca o envelhecimento de Tio Totó, que se agarra às memórias de infância e de um passado distante: "É, Totó está ficando velho, deu para ter medo!" (BM, p. 72). Se inicialmente ele traz histórias novas, essas narrativas passam a ser repetidas como fantasmas do passado, assombrando o presente. Com o processo do envelhecimento, aos poucos Tio Totó apresenta-se frágil, situação que expressa a decadência do modelo tradicional paradigmático de masculinidade, que antes se apresentava através de uma subjetividade construída a partir da concepção do homem como valente, provedor, forte e, sobretudo, que não chora.

Em processo semelhante, Maria-Velha – a terceira mulher de Tio Totó – também sente o peso da idade e das desilusões advindas de suas experiências traumáticas: "Ela também já tinha uma longa coleção de pedras. Já vinha também de muitas dores e era por isso, talvez, que ela sorrisse só para dentro" (BM, p. 33).

---

[1] Doravante o texto será referenciado como BM, seguido do número da página.

Na narrativa, a insegurança se faz presente e, na mulher experiente, desaparece a menina saltitante e sorridente dos tempos de meninice. A tia de Maria-Nova também conta muitas histórias – narrativas dela, de Mãe Joana e de outros familiares –, mas a mais recorrente é aquela do choro triste e saudoso de seu avô, quando ela, ainda criança, brinca em sua frente: naquele momento o velho chora ao lembrar-se da filha Ayaba.

Nesse sentido, podem ser apontados também Vó Rita e Tio Tatão. A primeira, por ter "o coração enorme", é mencionada em vários momentos da narrativa como modelo positivo, afinal, ela abdica dos seus para tomar conta da Outra. Já Tio Tatão, personagem cujas histórias de guerra Maria-Nova não gosta de ouvir e que, aparentemente, não constitui o arquétipo ideal do contador de histórias, interpela a menina sobre suas responsabilidades enquanto mulher negra: "a sua vida, menina, não pode ser só sua. Muitos vão se libertar, vão se realizar por meio de você. Os gemidos estão sempre presentes. É preciso ter os ouvidos, os olhos e o coração abertos" (BM, p. 103).

Mediante exemplos e ensinamentos dos velhos da favela, Maria-Nova atenta para as necessidades de seu povo, como também para a preservação de suas memórias. Nesse sentido, seguindo o conselho de Tio Tatão, ouvir e observar as experiências dos próximos, sobretudo dos mais velhos, são fatores essenciais para a sua formação. Para melhor recordar, a personagem-narradora recorre aos fatos narrados, às imagens, aos moradores, aos becos da favela, tecendo e mantendo a memória coletiva da comunidade.

Ainda sobre a contribuição dessas narrativas orais para a manutenção da memória e de uma tradição, as reflexões de Edouard Glissant (2005) – a partir da imagem do "homem nu" – são imprescindíveis para repensar a condição dos descendentes de africanos, que chegaram à América "despojados de tudo, de toda e qualquer possibilidade, e mesmo despojados de sua língua" (GLISSANT, 2005, p. 19)[2]. Eles contavam apenas com suas memórias. Assim, a partir de

---

[2] Édouard Glissant (2005), ao refletir sobre o povoamento nas Américas, traz a imagem do homem negro escravizado enquanto "migrante nu", "aquele que foi transportado à força para o continente [...], despojado de tudo, de toda e qualquer possibilidade" (p. 17-19). Isso acontece porque, de acordo com Glissant, "o ventre do navio negreiro é o lugar e o momento em que as línguas africanas desaparecem, porque nunca se colocavam juntas no navio negreiro, nem nas plantações, pessoas que falavam a mesma língua. O ser se encontrava dessa maneira despojado de toda espécie de elementos de sua vida cotidiana, mas também, e, sobretudo, de sua língua. O que acontece com esse migrante? Ele recompõe, através de *rastros/ resíduos*, uma língua e manifestações artísticas, que poderíamos dizer válidas para todos" (GLISSANT, 2005, p. 19).

uma atualização, já que a História escrita dos negros enquanto sujeitos também é praticamente inexistente na história oficial brasileira, a memória oral passa igualmente a ser um elemento indispensável na articulação dessa narrativa de experiências negro-brasileiras, que, de fato, se constituem como contranarrativas da nação. Uma vez que é por meio das narrativas de memória que o leitor conhece as histórias das personagens, a questão memorialística e a reconstituição da história através da oralidade são de suma importância para reflexões sobre *Becos da Memória*, pois o texto é tecido a partir do entrelaçamento de narrativas de pessoas da favela.

Nesse livro, a articulação entre memória individual e coletiva (HALBWACHS, 2003) possibilita a reconstrução do passado a partir da narradora Maria-Nova, que é interpelada a reunir e tecer a história dos seus. Maria-Nova – conforme sinaliza seu próprio nome – seria portadora de uma nova história. Ela ouve as narrativas da favela com muita atenção: "Ela precisava ouvir o outro para entender" (BM, p. 53). E assim ocorre um interessante processo de aprendizagem, em que o compartilhar das vivências faz da favela uma "escola-mundo" – extremamente importante para o conhecimento.

"ENGOLIR OS ÓDIOS DA VIDA": OUTRAS VIOLÊNCIAS

Becos da Memória também se abre enquanto narrativa que problematiza relações sociais, de forma que a violência ou o machismo não são representados como algo natural ou biológico, já que se infere a masculinidade dominadora e violenta como algo construído, que pode ser modificado, ao se sublinhar a violência de gênero enquanto falta de amor ou como um tipo de miséria humana.

Trazer para a literatura a representação da violência contra mulheres negras torna-se necessário, uma vez que a sua recorrência faz parte da realidade de muitas mulheres brasileiras. Consoante isso, Conceição Evaristo faz da literatura território profícuo de discussão desse grave e rotineiro problema social. Dessa forma, "escrita de dentro (e fora) do espaço marginalizado, a obra é contaminada da angústia coletiva, testemunha a banalização do mal, da morte, a opressão de classe, gênero e etnia" (DUARTE, 2010, p. 233). E é nesse espaço que a personagem Custódia se apresenta como vítima da violência doméstica. No entanto, diferentemente de inúmeras mulheres, que são agredidas por um homem, essa por vezes sofre com agressões físicas da sogra, especialmente quando se encontra grávida.

Acerca dessa relação conflituosa, seguem alguns apontamentos. De acordo com Saffioti, apesar de "o vetor mais amplamente difundido da *violência de gênero* caminha[r] no sentido homem contra mulher" (SAFFIOTI, 2015, p. 75, grifo da autora), a violência de gênero também pode ser praticada por um homem contra outro ou por uma mulher contra outra. Nesse sentido, a violência familiar, compreendida na violência de gênero, engloba todos os membros da família. Já a pesquisadora Sônia Maria Araújo Couto entende a violência doméstica, mesmo se praticada por uma mulher, como masculina, "não importando o sexo do agressor, pois corresponde ao estereótipo de macho/dominador que considera que 'é da condição natural que os grandes oprimam os pequenos'" (COUTO, 2005, p. 25).

Assim, o conflito de Custódia com Dona Santinha pode ser analisado a partir das conflituosas relações de poder existentes dentro da estrutura familiar, o que Saffioti (op. cit.) considera como síndrome do pequeno poder. Nas análises da pesquisadora, a relação de poder entre mulheres e crianças é usada como exemplo: "A mulher, ou por síndrome do pequeno poder ou por delegação do macho, acaba exercendo, não raro, a tirania contra crianças, último elo da cadeia de assimetrias" (p. 78). Isto é, "o *gênero*, a família e o território domiciliar contêm hierarquias" (op. cit., p. 78, grifo da autora). No caso aqui analisado, a sogra "figura como dominadora-exploradora" (Cf. SAFFIOTI, 2015) contra os outros elementos do grupo familiar, uma vez que o controle sobre o filho já existe.

Considerar tal interpretação torna-se pertinente ao retomarmos as reflexões de Custódia: "Havia sido uma violência, mas tinha medo de falar alguma coisa" (BM, p. 78). A partir de então, a voz narrativa interpreta a relação entre nora e sogra: "Toda vez que Custódia ficava de barriga, a sogra tornava-se sua inimiga" (BM, p. 80). O medo também faz parte da dinâmica dessas relações opressivas, já que, conforme apontado por Couto, "a espinha dorsal de todas as formas de violência é o medo que se desencadeia na pessoa que a ela está submetida" (COUTO, 2005, p. 21), fazendo com que a vítima se comporte de acordo com o desejo do agressor.

Mediante declarações acerca da violência sofrida, Custódia apresenta-se como uma mulher aparentemente conformada com a vida que tem, relevando até mesmo o problema de alcoolismo do marido. Nesse percurso, o alcoolismo constante é perdoado devido às dificuldades do cotidiano: "Tonho bebia o cansaço da semana anterior e o cansaço da semana posterior. Bebia pelo mísero salário. Bebia pelas compras, os quilinhos de arroz quebradinho, o feijão duro que era preciso pôr de molho, o açúcar que era regrado durante toda a semana" (BM, p. 79). No entanto, o vício do marido é também justificado pela presença da mãe, que, na manutenção do controle, invalida a masculinidade do filho: "Também, ele ali ajudaria tão pouco!... Se a sogra ainda não existisse, talvez fizesse alguma coisa. Por que o Tonho deixava que a mãe mandasse tanto nele?" (BM, p. 78). O questionamento acerca da relação de Dona Santinha e Tonho sinaliza um desejo de mudança, principalmente porque Custódia, por delegação, também faz parte dessa cadeia de controle.

O nome da sogra, Dona Santinha, também deve ser observado. Aos olhos de Custódia, a mulher que vive sempre rezando e com a Bíblia na mão não pode ser a responsável pela morte de seu filho, ainda no ventre: "Custódia apanhava da sogra, que gritava como se fosse Tonho o agressor" (BM, p. 80). Conforme a narrativa, a sogra figura-se ainda mais cruel quando se observa que ela se aproveita da situação em que Tonho chega bêbado para bater em Custódia, e livrar-se do neto indesejado.

No momento da mudança, a mulher violentada ainda sofre hemorragia: "Custódia não entendia por que Dona Santinha fizera aquilo" (BM, p. 80). No entanto, embora se admita o requinte de crueldade da situação, percebe-se que, diante da vida difícil que levam, ainda mais considerando o processo de desfavelização, mais uma criança sinaliza mais dificuldades, mais faltas, mais miséria. Principalmente quando se leva em conta que Tonho também bebe pela frustração em não poder realizar os pequenos desejos dos quatro filhos: "Sonhos tão pobres, mas que ele não podia realizar. Uma semana ou outra, em vez de beber, eram doces e biscoitos que ele levava para casa. Então ficava de garganta seca, engolindo o ódio que tinha da vida. Eram os piores dias" (BM, p. 79). Talvez, a ação de Dona Santinha – embora questionável do ponto de vista religioso, já que se aprecia a vida como um bem maior, e essa não é uma atitude esperada de alguém que anda com a Bíblia na mão – possa ser interpretada como uma tentativa de amenizar o sofrimento do filho. Nesse processo, as reflexões da professora e pesquisadora Constância Lima Duarte sobre as narrativas de Evaristo tornam-se pertinentes: "A autora pontua poeticamente mesmo as passagens mais brutais, e cada personagem tem a consciência de pertencimento a um grupo social oprimido, e traz na pele a cor da exclusão" (DUARTE, C., 2010, p. 230). Assim, a história de Custódia, para além da soma de mais uma narrativa de violência na favela, ou de uma tática de esterilização da mulher negra, ou ainda da perversidade de uma mulher que carrega a Bíblia, pode ser entendida como uma atitude desesperada de uma mulher-negra-mãe, que revela a personagem de Dona Santinha, consciente das precárias condições de sobrevivência dos negros, para suavizar o sofrimento do filho.

"MORRER DE NÃO VIVER": PROSTITUTAS E DOENTES

Além das diversas misérias que perpassam o cotidiano dos moradores de *Becos da Memória*, duas doenças atravessam a vida de personagens, trazendo a incapacidade e a solidão como consequência: a tuberculose e a lepra. Embora personagens como Vó Rita, Bondade e Negro Alírio busquem auxiliar e cuidar de todos, principalmente daqueles mais necessitados, desamparo e abandono permeiam o dia a dia de Filó Gazogênia, da personagem Outra e de Cidinha-Cidoca.

É da janela que Maria-Nova presencia a morte da velha lavadeira, Filó Gazogênia, que instantes antes roga pelo receio de morrer solitária: "'Deus meu, eu não quero ir assim, tão sozinha!'" (BM, p. 100). Nesse instante, além de lembrar-se dos amigos, Vó Rita e Tio Totó, primeiros moradores da favela, as lembranças de um passado pouco distante atravessam sua memória, trazendo o fantasma da culpa pela doença da neta e da filha, que permanecem internadas na esperança de cura.

Em meio às lembranças antigas, a constatação da miséria lhe traz indignação: "No cantinho, o fogão de lenha e a prateleira de madeira onde estavam as latas de mantimentos vazias, as louças velhas, as canequinhas de latas e as duas panelas" (BM, p. 100). A casa, assim como tudo que tem dentro, parece deteriorar com a mulher, que não quer mais manter os olhos abertos testemunhando tamanha pobreza: "De olhos fechados, viu a lata de 'gordura de coco carioca' e teve ódio, muito ódio. Gordura e a vida tão magra!" (BM, p. 100). Diante desse contexto, Maria-Nova não parece errar ao observar que a velha aparenta sorrir no momento da morte. Há sim o amparo de Bondade – que nesse momento não é um mero atravessador de histórias –, que chega a tempo de dar-lhe um copo de água no momento da morte, finalizando uma espécie de "ritual de passagem", mas também há o alívio ao sofrimento da vida.

No olhar para o espaço privado de Filó Gazogênia mais uma vez tem-se um barraco permeado pela falta e abandono, onde uma espécie de "violência social", sustentada pela ausência de assistência de órgãos governamentais ou da família, faz-se candente. Segundo, Adriana Soares de Souza, "a violência se faz presente pelo descaso ou negligência do Estado, que não dá a devida assistência a esse segmento excludente, pois, se a filha e a neta estavam internadas em um hospital, foi porque o patrão usou da própria influência para conseguir ampará--las" (SOUZA, 2011, p. 132-133). No entanto, sem auxílio da filha, que trabalhava outrora pelo sustento da família, e sem saúde, a velha definha, contando apenas com o auxílio dos vizinhos, que, solidários, dividem o pouco que têm.

Essa mesma violência perpassa o cotidiano da personagem Outra, violência tamanha que nem o seu nome aparece na narrativa – justamente ela que foi o mote da narrativa "Vó Rita dormia embolada com ela" (BM, p. 19). Desde o início do romance, uma mistura de curiosidade e aversão em relação a essa personagem atravessa o imaginário da menina-narradora: "Eu olhava para Vó Rita de cima a baixo. Procurava alguma marca, algum vestígio da Outra em seu rosto, em seu corpo. Nem uma marca, nem um sinal. Entretanto, por maior que fosse minha curiosidade, eu guardava uma certa distância" (BM, p. 30-31). No entanto, embora ao longo do texto apareçam vestígios de que a Outra foi acometida por alguma doença, somente no final do livro, a lepra, Mal de Hansen, é nomeada, juntamente com uma série de efeitos, que justificam a busca por sinais na aparência de Vó Rita e dificultam a sobrevivência de Outra: "já pouco enxergava e na garganta a voz estava quase a faltar, a doença ia esparramando por todo o corpo" (BM, p. 165).

Aos poucos, a mulher doente sofre as consequências do preconceito, permeado pelo medo, e nem sequer os mais próximos perdoam: "A Outra não tinha parente algum que se importasse com ela. O marido havia fugido dela há anos. E nos últimos tempos, o filho também" (BM, p. 164). Semelhante à Filó Gazogênia, a mulher só pode contar com a caridade de Bondade e a companhia de Vó Rita, pois todos os outros, como Maria-Nova, lançam-lhe olhares "curiosos, cruéis e desesperados" (BM, p. 44).

Ao pensar sobre a violência social e a solidão das mulheres negras, a situação da prostituta Cidinha-Cidoca, de *Becos da Memória*, pode ser refletida. Diferentemente das outras personagens femininas, que possuem um barraco para o próprio pouso, a prostituta enlouquecida Cidinha-Cidoca vive pelos becos da favela. Sua descrição é colocada a partir da comparação entre passado e presente na tentativa de uma explicação para a falta de razão: "A apresentação de Cidinha fala paralelamente do passado e do presente da personagem, [...] primeiramente, as características próprias a uma mulher bonita e sedutora, em que se percebe a insinuação erótica, na referência à 'sombra de sua negra nudez'" (CAMPELLO, 2014, p. 466). Posteriormente, a mulher enlouquecida "doida mansa, muito mansa" (BM, p. 26) prevalece ao longo da narrativa.

Embora o texto não faça referência ao barraco de Cidinha-Cidoca, e ela apenas perambulasse pelos becos da favela, é possível uma aproximação entre o espaço da favela e o espaço privado, já que não é permitido que Cidinha saia da favela: "Deitar-se com ele ou outro, sim, ela podia, afinal era fama, prestígio para a favela, mais um para contar as delícias da mulher. Porém, Cidinha ir, saltar as divisas, ultrapassar os limites do campo empoeirado... Não!" (BM, p. 30). Sendo assim, a prostituta é tida como "patrimônio" da favela, e sua atuação limitada a tal espaço, sob constante vigília de homens e mulheres, faz de Cidinha mais uma vítima social.

Até na ocasião de sua morte, Cidinha aparece enquanto miserável, despojada de tudo, inclusive de lucidez. É apenas um corpo enlouquecido, sujo, inerte que transita na favela. Dias antes, a mulher ameaçara a vida: "ia morrer de não viver" (BM, p. 144). Afinal, o que é viver? Naquele contexto, ser mulher, negra e pobre, e ainda doida, não parece condição digna de viver. A lúcida interpretação da vida só pode ser observada depois que a mulher é achada morta de forma inexplicável dentro do "buracão". Assim como outros moradores da favela, Maria-Nova fica muito abalada com a morte de Cidinha: "A menina ficou pensando na mulher que seria enterrada como indigente. Afinal, todos ali na mesma miséria, o que eram senão indigentes? Reconstituiu a sua vida e a dos outros. Lembrou-se da fome que passara desde o momento em que nascera" (BM, p. 146). Consequentemente, ao aproximar a constante falta e a condição de indigente, "morrer de não viver" surge como destino certo de inúmeros moradores da favela.

CORPOS NÃO-ESTÉREIS: A MATERNIDADE COMO ESCOLHA

Pelos becos da favela, a casa de Dora também é observada: "Seu barracão era bem na esquina de um beco que se bifurcava em três becos que originavam outras ruelas. Passar na porta de Dora era um caminho obrigatório para quase todos" (BM, p. 85). Diferentemente das demais mulheres, a dona desse barraco é uma mulher bastante independente, dona de seu corpo e, por conseguinte, dona de sua vida: "Aprendeu cedo a deixar a passividade da mulher que só recebe a mão do homem sobre si e começou a vasculhar o corpo dos homens" (BM, p. 87).

Ao narrar seu passado para seu novo parceiro, Negro Alírio, Dora descortina esse período de sua vida, revelando seus desejos e escolhas, sem autocensuras. Contando apenas com a memória oral, antes de dizer seu nome, essa mulher traz à luz suas "vivências". Os fatos vêm rápidos, sem rodeios, engasgos ou confrontos, como um fluxo de consciência. "Contava isto a Negro Alírio como contava tudo de sua vida: a fome, o pai que um dia saíra de casa e nunca mais voltara, o espanhol rico que queria casar com ela" (BM, p. 87). A memória traz as experiências do passado, que possibilitaram a construção da mulher alegre, que "ria feliz" (BM, p. 85).

Essa mulher, nesse contar e recontar, relembrou-se do menino que tivera e entregara para o pai. Na ocasião, "Dora não queria nada, nem casar, nem ter filhos, nem barriga. Dora não queria nada. Deitou-se aquele dia e deitava sempre, apenas querendo o prazer. Entregou o menino para o homem e saiu daquela casa. Continuou a vida, era feliz" (BM, p. 88). Negro Alírio, ao ouvir a história contada, não compreende o desapego da mulher em relação ao filho.

Aqui, na narrativa de *Becos da Memória*, a construção do papel da mulher como mãe é problematizada, visto que o lugar de gênero reservado à mulher essencializaria seu papel como mãe devotada. No entanto, Negro Alírio, como homem que "sabia ler o que estava escrito e o que não estava" (BM, p. 135), reconhece o que Dora é e não o que deveria ser, visto que ele também, enquanto indivíduo, já agira de modo semelhante: "Se bem que ela até que tinha suas razões. Ele mesmo já se deitara com tantas mulheres, só buscando o amor, só buscando o prazer. Filho quase sempre vem sem querer. E a mulher sempre carrega tudo. Carrega a barriga e as dificuldades" (BM, p. 88). Diante disso, infere-se do discurso de Negro Alírio que filho deveria ser uma escolha também para a mulher, principalmente ao considerar a realidade de mulheres periféricas, que assumem, geralmente completamente sozinhas, as consequências físicas, sociais e emocionais da maternidade, na maioria das vezes inesperada e desesperada.

No entanto, a constituição da personagem Dora sinaliza a desconstrução de estereótipos negativos da mulher negra e aponta para a elaboração de uma nova história. Em um primeiro momento, Dora pode ser percebida como mais uma representação do corpo feminino negro estereotipado, através de uma sensualidade exacerbada, "desgarrada da família, sem pai nem mãe, e destinada ao prazer isento de compromissos" (DUARTE, E., 2010, p. 24), conforme diversas configurações literárias ao longo dos séculos XIX e XX.

Ao pesquisar a afrodescendência na literatura brasileira, Eduardo de Assis Duarte (2010) questiona, o porquê de nossa literatura canônica insistir em marcar mulheres negras com a esterilidade. A resposta para tal investigação perpassa questões de discriminação e necessidade de "apagamento da contribuição africana presente em nossa história e cultura" (p. 31). No entanto, diferentemente de outras obras, fazendo o movimento contrário, o corpo estéril em *Becos da*

Memória já não é uma realidade. Muito pelo contrário, as mulheres engravidam, têm filhos ou não, – já que o aborto também aparece como realidade, embora por vezes não seja concretizado –, e têm que assumir as consequências desse ato. Sendo assim, na narrativa, a atividade sexual traz consigo a gravidez e a maternidade, contribuindo para continuidade da população negra. E é justamente isso, essa continuidade de gerações representada na obra, que possibilita a ideia de coletividade, muito bem enfatizada por meio da fala do personagem Negro Alírio na ocasião em que ele conheceu a família de Tio Totó: "teve a sensação que diante de si estava a eternidade. Pensou que Deus é eterno sim, mas o homem também é. A menina parecia ser a continuação dos dois. O velho e a mulher se eternizavam por meio da menina" (BM, p. 86). Dessa forma, a aproximação da família negra com a eternidade também sinaliza a potência da afrodescendência enquanto continuidade ininterrupta.

De modo semelhante, a representação da jovem Natalina, do conto "Quantos filhos Natalina teve?", possibilita leituras complexas: "Nascida na pobreza e marcada pela carência de afeto e informação, a adolescente favelada torna-se mãe precoce obrigada a entregar os filhos imprevistos, num processo de embrutecimento que passa até pela 'barriga de aluguel'" (DUARTE, E., 2010, p. 35). Nesse processo, a fertilidade da moça é taxada como sinônimo de vergonha, e marcada por pedidos de desculpas.

Na primeira gravidez, Natalina, então com quatorze anos, pede desculpas à mãe e de prontidão rejeita o filho: "Sabia, porém, que ela, Natalina, não queria. Que a mãe a perdoasse, não batesse nela, não contasse nada para o pai. Que fizesse segredo até para Bilico. Ela estava com ódio e com vergonha" (EVARISTO, 2014, p. 44)[3]. A mãe, empregada doméstica, e mãe de mais seis filhos, é complacente com a decisão da filha: "Ia tentar mais um pouco com as beberagens, se não desse certo, levaria a menina a Sá Praxedes. A velha parteira cobraria um pouco, mas ficariam livres de tudo" (op. cit., p. 44). A interrupção da gravidez através do aborto aparece como solução para o problema. No entanto, o processo de desinformação persiste e a menina continua aprendendo o pouco que sabe apenas por meio da

---

[3] Doravante o texto será referenciado como OD, seguido do número da página.

audição de conversas da mãe com as vizinhas. A imaginação infantil associada à falta de informação completa uma visão peculiar da vida. Por isso, a figura da parteira, aliada a espectros fantasmagóricos, que assombram o imaginário infantil, aterroriza a menina-quase-mãe, que foge de casa.

A partir daí, inúmeros desencontros atravessam as gravidezes da menina. Durante a narrativa, todas elas aliadas à "vergonha" parecem exigir da menina um posicionamento contrário, permeado por um senso-comum. Afinal, como entender Natalina? Assim como Dora, na primeira gravidez, "ela não queria ficar com ninguém. Não queria família alguma. Não queria filho" (OD, p. 46). Talvez o processo de embrutecimento vivido pela moça, apontado pelo professor Eduardo de Assis Duarte (2010), impeça a jovem de acreditar na instituição familiar enquanto vertente de uma nova aurora, uma vez que Natalina passou sua infância cuidando dos irmãos. Dessa forma, o modelo de família vigente surge como uma instituição falha, incapaz de zelar pelos seus membros. Nesse processo, Natalina rejeita também o segundo filho e Tonho, pai da criança, fica "sem nunca entender a recusa de Natalina diante do que ele julgava ser o modo de uma mulher ser feliz. Uma casa, um homem, um filho" (OD, p. 46).

Acerca desse ideal de felicidade da mulher, a contribuição dos estudos de Beauvoir (1990) é de suma importância: "Ninguém nasce mulher: torna-se mulher. Nenhum destino biológico, psíquico, econômico define a forma que a fêmea humana assume no seio da sociedade" (BEAUVOIR, 1990, p. 09). A constatação da formação da mulher a partir da construção cultural e não de dados biológicos fomenta reflexões, uma vez, que ao atentar para a feminilidade enquanto um aprendizado constante, o questionamento de um ideal de formação de família, enquanto sinônimo de felicidade da mulher, torna-se coerente. Dessa forma, Natalina, ao abdicar da família, destrona o "mito de feminilidade" (Cf. BEAUVOIR, 1990) permeado pela maternidade, imposto às mulheres. Assim, a vergonha pelas gravidezes parece fazer sentido, já que, para essa interpretação, o modelo de família patriarcal vigente frustra expectativas.

Na terceira gravidez, o constrangimento aparece relacionado à patroa: "A mulher queria um filho e não conseguia. Estava desesperada e envergonhada por isso" (OD, p. 47). Natalina, que não conseguia entender a humilhação da patroa por não engravidar, aceita carregar em seu ventre o filho da outra. Diante de "tantas vergonhas", infere-se que, para Natalina, vergonha era justamente o contrário, a mulher engravidar, perpassando nessa perspectiva a esterilidade da mulher negra na literatura, apontada por Eduardo de Assis Duarte (2010).

O que em princípio foi acordado com certa "naturalidade" enfim gera desconforto na menina, e o filho da outra passa a ser um incômodo: "O estorvo que ela carregava na barriga faria feliz o homem e a mulher que teriam um filho que sairia dela. Tinha vergonha de si mesma e deles" (OD, p. 48). Além disso, verifica-se na narrativa o sentimento de rejeição dos pais da criança para com a empregada, mera "depositária de um filho alheio" (OD, p. 49). Talvez isso também justifique, em meio a suas lembranças, Natalina trazer essa terceira como a sua pior gravidez. Enfim, destronando mais uma vez o mito do "amor materno" e do instinto maternal, Natalina abandona mais um filho.

Após ser estuprada e assassinar seu algoz, a moça novamente se descobre grávida: "Quase contraditoriamente, será a semente deste estupro que ela vai transformar no filho bem-amado, depois de tantos que rejeitou" (DUARTE, C., 2010, p. 232). E é justamente a expectativa da chegada desse filho que desencadeia as lembranças das outras gravidezes. Dessa forma, embora o texto seja narrado em terceira pessoa, através da estratégia de *flashback*, é o ponto de vista de Natalina, menina-mulher experiente, que perpassa a narrativa na busca de memórias pouco distantes, que justificam sua realização em uma gravidez independente.

Na análise do conto, o título aponta para um questionamento de suma importância dentro da narrativa. A pergunta "Quantos filhos Natalina teve?" é de certa forma respondida já no início do texto: "Era a sua quarta gravidez, e o seu primeiro filho. Só seu. De homem algum, de pessoa alguma" (OD, p. 43). Sendo assim, a escolha por esse filho e a rejeição aos demais indica uma autonomia de alguém que não tem dúvidas de suas preferências, afinal, considerando aspectos legais, esse seria o único o qual ela poderia optar por não o ter. Isso, considerando que é a Natalina madura que está olhando para suas vivências: "Os outros eram como se tivessem morrido pelo caminho. Foram dados logo após e antes até do nascimento" (OD, p. 43).

Esse desapego da personagem e a escolha do fruto do estupro, em princípio, causa certo desconforto no leitor, quebrando expectativas, exigindo reflexões e, com Silviano Santiago (2004), alertamos sobre a capacidade da literatura de auxiliar na compreensão dos problemas sociais: "É comum que a obra literária [...] se interesse pelos que escapam às malhas sedutoras do progresso tecnológico, podendo ser a sobremesa bem pouco palatável para o depois do jantar do homem cansado pelo trabalho e tranquilo nas suas convicções" (SANTIAGO, 2004, p. 181). Sendo assim, essa literatura não apenas fruitiva traz novos pontos de vista, a fim de provocar mudanças. É a obra literária sendo acionada para combater estereótipos já arraigados no imaginário coletivo brasileiro.

No caso do conto de Conceição Evaristo aqui analisado, pode-se considerar o caráter político da literatura negro-brasileira. Ao dar visibilidade às precárias condições da população negra, principalmente no que tange a educação, moradia e trabalho, e também sua posição subalterna no espaço privado, as escolhas de Natalina passam a ser coerentes. Assim como Dora, personagem de *Becos da Memória*, considero Natalina também uma mulher emancipada e liberta, pois, embora portadora de pouca instrução, conquistou sua autonomia, livrando-se de várias amarras do patriarcado, na rua, com suas experiências.

CONSIDERAÇÕES FINAIS

Ao finalizar minhas reflexões sobre Conceição Evaristo enquanto intelectual, a partir de discussões sobre sua produção literária, o questionamento "O que é o lugar de fala?", da filósofa negra Djamila Ribeiro, parece-me bastante apropriado. Isso porque, de acordo com a pesquisadora, "pensar em lugar de fala [a partir do ponto de vista feminista negro] seria romper com o silêncio instituído para quem foi subalternizado" (RIBEIRO, 2017, p. 90). Nesse sentido, considero que perceber Conceição Evaristo como intelectual é refletir sobre o lugar de fala da mulher negra letrada, que, a meu ver, consoante Ribeiro, perpassa também o lugar de "divulgar a produção intelectual de mulheres negras, colocando-as na condição de sujeitos e seres ativos que, historicamente, vêm pensando em resistências e reexistências" (RIBEIRO, 2017, p. 14).

Nesse processo, retomo as reflexões de bell hooks sobre o fato de as mulheres negras serem "consideradas só corpo, sem mente" (hooks, 1995, p. 469), ou seja, raramente serem concebidas enquanto intelectuais. "Para além disso, a própria conceituação ocidental branca do que seria uma intelectual faz com que esse caminho se torne mais difícil para mulheres negras" (DJAMILA, 2017, p. 28). Confrontando esse enquadramento, hooks alia trabalho intelectual à política do cotidiano, ou seja, aproxima teoria e prática, para entender a realidade, bem como perceber a intelectual negra a partir de outra perspectiva. Isso indica que "trabalho intelectual pode nos ligar a um mundo fora da academia, aprofundar e enriquecer nosso senso de comunidade" (hooks, 1995, p. 476). E é justamente a partir dessa lógica que propus compreender Conceição Evaristo enquanto pensadora que contribui com sua produção literária para um outro projeto de sociedade. Contudo, é importante mencionar que a aproximação da obra da escritora com uma realidade social, em alguns momentos da análise, não desconsidera o aspecto criativo e ficcional do fazer literário, uma vez que o principal ponto das reflexões aqui propostas se baseia na potência de uma literatura que avança para além da fruição.

REFERÊNCIAS

BEAUVOIR, Simone de. *O segundo sexo*. 2 v . Tradução Sérgio Milliet. Rio de Janeiro: Nova Fronteira, 1990.

CAMPELLO, Eliane. Corpos Tatuados, em *Becos da Memória*, de Conceição Evaristo. In: *La lengua portuguesa*. Salamanca, n. 1, julho, 2014, p. 463-470.

COUTO, Sonia Maria Araújo. A violência e a agressividade. In: COUTO, Sônia. *Violência doméstica – uma nova intervenção terapêutica*. Belo Horizonte: Autêntica/FCH-FUMEC, 2005, p. 21-30.

CÔRTES, Cristiane. Diálogos sobre Escrevivência e silêncio. In: DUARTE, Constância Lima; CÔRTES, Cristiane; PEREIRA, Maria do Rosário A. (Orgs.). *Escrevivências*: Identidade, gênero e violência na obra de Conceição Evaristo. Belo Horizonte: Idea, 2016, p. 51-60.

CUTI (Luiz Silva). *Literatura negro-brasileira*. São Paulo: Selo Negro, 2010.

DALCASTAGNÈ, Regina. Para não ser trapo no mundo: As mulheres negras e a cidade na narrativa brasileira contemporânea. *Estudos de literatura brasileira contemporânea*, n. 44, Brasília, jul./dez. 2014, p. 289-302. Disponível em: <http://www.scielo.br/pdf/elbc/n44/a14n44.pdf>. Acesso em 13 de março de 2015.

DUARTE, Constância Lima. Gênero e Violência na literatura afro-brasileira. In: DUARTE, Constância Lima; DUARTE, Eduardo de Assis; ALEXANDRE, Marcos Antônio (Orgs.). *Falas do Outro*: Literatura, gênero, etnicidade. Belo Horizonte: Nandyala; NEIA, 2010, p. 226-233.

DUARTE, Eduardo de Assis. Mulheres Marcadas: literatura, gênero, etnicidade. In: DUARTE, Constância Lima; DUARTE, Eduardo de Assis; ALEXANDRE, Marcos Antônio (Orgs.). *Falas do Outro*: Literatura, gênero, etnicidade. Belo Horizonte: Nandyala; NEIA, 2010, p. 24-37.

EVARISTO, Conceição. Da grafia-desenho de minha mãe, um dos lugares de nascimento de minha escrita. In: DUARTE, Constância Lima; NUNES, Isabella Rosado. *Escrevivência*: a escrita de nós-reflexões sobre a obra de Conceição Evaristo. Rio de Janeiro: Mina Comunicação e arte, 2020, p. 48-54.

EVARISTO, Conceição. A escrevivência e seus subtextos. In: DUARTE, Constância Lima; NUNES, Isabella Rosado. *Escrevivência*: a escrita de nós-reflexões sobre a obra de Conceição Evaristo. Rio de Janeiro: Mina Comunicação e arte, 2020, p. 26-46.

EVARISTO, Conceição. *Olhos d'água*. Rio de Janeiro: Pallas, 2014.

EVARISTO, Conceição. *Becos da memória*. Belo Horizonte: Mazza Edições, 2006.

GLISSANT, Édouard. *Introdução a uma poética da diversidade*. Tradução de Enilce Albergaria Rocha. Juiz de Fora: Editora da UFJF, 2005.

HALBWACHS, Maurice. Memória individual e memória coletiva. In: _____. *A memória coletiva*. Tradução Beatriz Sidou. São Paulo: Centauro, 2003, p. 29-70.

hooks, bell. Intelectuais Negras. Tradução de Marcos Santarrita. *Estudos feministas*, ano 3, n.2, 1995, p. 464-478. Disponível em: <https://periodicos.ufsc.br/index.php/ref/article/view/16465/15035 >. Acesso em 30 de maio de 2015.

PIEDADE, Vilma. *Dororidade*. São Paulo: Editora Nós, 2017.

SAFFIOTI, Heleieth. *Gênero, Patriarcado, Violência*. São Paulo: Expressão Popular: Fundação Perseu Abramo, 2015.

SANTIAGO, Silviano. Leitor e Cidadania. In:_____. *O cosmopolitismo do pobre*: crítica literária e crítica cultural. Belo Horizonte: UFMG, 2004, p. 168-193.

SANTOS, Mirian Cristina dos Santos. *Intelectuais Negras*: prosa negro-brasileira contemporânea. Rio de Janeiro: Malê, 2018.

SOUZA, Adriana Soares de. *Costurando um tempo no outro*: vozes femininas tecendo memórias no romance de Conceição Evaristo. Dissertação. (Programa de Pós-graduação em Literatura) – Faculdade de Letras, Universidade Federal de Santa Catarina. Santa Catarina, 2011.

SOUZA. Lívia Maria Natália de. Intelectuais escreviventes: enegrecendo os estudos literários. In: DUARTE, Constância Lima; NUNES, Isabella Rosado. *Escrevivência*: a escrita de nós- reflexões sobre a obra de Conceição Evaristo. Rio de Janeiro: Mina Comunicação e arte, 2020, p. 206-224.

SOUZA. Lívia Maria Natália de. Negropoéticas e negropolítcas na Literatura negro-feminina brasileira contemporânea. *Tabuleiro de Letras*, v. 9, n. 2, Salvador, 2015, p. 83-101. Disponível em: < http://www.revistas.uneb.br/index.php/tabuleirodeletras/article/view/1498> Acesso em 03 de junho de 2016.

VOZES DIASPÓRICAS E SUAS REVERBERAÇÕES NA LITERATURA AFRO-BRASILEIRA[1]

Marcos Antônio Alexandre

> *Pode o negro falar? Expressar seu ser e existir negros em prosa ou verso? Publicar?*
> *Nem sempre.*
> *Sobretudo no passado: falar de sua condição de escravizado, ou de homem livre na sociedade escravocrata, levantar a sua voz contra a barbárie do cativeiro; ou, já no século XX, enquanto sujeito dolorosamente integrado ao regime do trabalho assalariado; ou excluído e submetido às amarras do preconceito, com suas mordaças. Apesar de tudo, muitos falaram, escreveram, publicaram. E não só no Brasil; não só nos países que receberam corpos prisioneiros e mentes tomadas de razão e sentimentos, como escreveu Solano Trindade décadas atrás.*
> *Viradas as páginas dos séculos, continuam a falar, escrever, publicar. Ao percorrermos os arquivos da literatura brasileira canônica – e seus suplementos –, encontramos o negro não só como raro tema da escrita do branco, mas como voz/vozes voltadas para a expressão de seu ser e existir. Mesmo quando fazem do branco o objeto de sua fala. No entanto, o que restou desses escritos em nossa memória de país multiétnico e miscigenado?* (DUARTE, 2011, p. 11)

Retomo as palavras e questionamentos de Eduardo de Assis Duarte para abrir esta reflexão acerca da presença do negro na literatura brasileira, ou

---

[1] Uma versão deste texto está publicada em *Estéticas Migrantes*, Org. por Marsal, Meritxell Hernando; Diniz, Alai Garcia; Custódio, Raquel Cardoso de Faria. Rio de Janeiro: Editora Comunitá, 2014.

melhor, para discutir como a literatura afro-brasileira vem tratando as questões relacionadas às identidades negras. Esta literatura afro-brasileira é gestada em meio a um constante processo de negociação, que é ideológico e, por sua vez, busca o reconhecimento, a inserção e a legitimação da importância do negro e de sua cultura dentro do campo literário brasileiro. Trata-se de dar voz à escrita produzida pelos afro-brasileiros a partir de um ponto de vista interno em que o centro de referência seja a sua história, as suas identidades, a sua memória. Assim, os textos produzidos dentro da concepção de literatura afro-brasileira são vistos como um espaço interdisciplinar em que a temática, a autoria negra e os sujeitos afrodescendentes se fazem presentes tanto no plano sociopolítico, humano, ideológico quanto no artístico, cultural etc. São textos construídos e nutridos por narrativas orais e escritas, oralituras, poéticas e tessituras textuais, que trazem distintos apontamentos para discussão, entre as quais me interessam as relações estabelecidas com as identidades, as memórias, as religiões, as formas de representação e de leitura do outro em suas subjetividades e em sua imbricação direta com a sua enunciação, com o meio em que vive e aquele em que se vê confrontado, desvelando, muitas vezes, nuances que evidenciam rastros de sua errância diaspórica e as formas de violência sofridas. Desta maneira, as vozes diaspóricas se constituem como um dos elementos fundamentais para a leitura dos textos que compõem a literatura afro-brasileira.

  A diáspora se presentifica de distintas formas nas vidas dos negros e de seus descendentes que se veem representados em obras de autores, alguns já canonizados como Cruz e Souza (1861-1898) e Machado de Assis (1839-1908), outros ainda poucos reconhecidos no âmbito acadêmico como a maranhense Maria Firmina dos Reis (1825-1917), autora do romance *Úrsula* (1859), mulher contemporânea de grandes autores para citar alguns nomes, além dos anteriores mencionados, destacam-se Gonçalves Dias (1823-1864), Aluísio de Azevedo (1857-1913) e Arthur Azevedo (1855-1908). Firmina dos Reis é considerada hoje como a pioneira do romance de autoria feminina. Mesmo escrevendo dentro dos moldes do romantismo subjetivo, em sua obra, a autora não deixa de apresentar seu ponto de vista em relação às agruras vividas pelos escravizados, como podemos observar por meio do discurso de Mãe Susana, quando relata parte de sua história para Túlio:

> Ainda não tinha vencido cem braças de caminho, quando um assobio, que repercutiu nas matas, me veio orientar acerca do perigo iminente, que aí me aguardava. E logo dois homens apareceram, e amarraram-me com cordas. Era uma prisioneira – era uma escrava! Foi embalde que supliquei em nome de minha filha, que me restituíssem a liberdade: os bárbaros sorriam-se das minhas lágrimas, e olhavam-me sem compaixão. Julguei enlouquecer, julguei morrer, mas não me foi possível... a sorte me reservava ainda longos combates. [...]
>
> Meteram-me a mim e a mais de trezentos companheiros de infortúnio e de cativeiro no estreito e infecto porão do navio. Trinta dias de cruéis tormentos, e de falta absoluta de tudo quanto é mais necessário à vida passamos nessa sepultura até que abordamos as praias brasileiras. Para caber a *mercadoria humana* no porão fomos *amarrados* em pé e para que não houvesse receio de revolta, acorrentados como os animais ferozes das nossas matas, que se levam para recreio dos potentados da Europa. Davam-nos a água imunda, podre e dada com mesquinhez, a comida má e ainda mais porca: vimos morrer ao nosso lado muitos companheiros à falta de ar, de alimento e de água. É horrível lembrar que criaturas humanas tratem a seus semelhantes assim e que não lhes doa a consciência de levá-los à sepultura asfixiados e famintos! (REIS, 2004, p. 116-117, grifos da autora)

Vale destacar que a autora, ainda que impregnada da subjetividade romântica para relatar a história de amor impossível entre Úrsula e Tancredo, dá voz justamente a uma personagem escravizada para refletir sobre o sistema escravocrata.

Ao mencionar a escritura comprometida destes escritores, busco reforçar a importância do conceito de literatura afro-brasileira[2], que sempre contou com autores e intelectuais negros que trouxeram as temáticas afro-brasileiras para os

---

2   Sobre a conceituação desta literatura afro-brasileira, vale a pena consultar o texto "Por um conceito de Literatura Afro-brasileira", de Eduardo de Assis Duarte, que integra o volume 4 da Coleção *Literatura e afrodescendência no Brasil*: antologia crítica (História, teoria, polêmica), sob sua organização e de Maria Nazareth Soares Fonseca. Sobre a leitura de Machado de Assis como escritor afrodescendente, é fundamental a leitura de *Machado de Assis Afrodescendente*, também de Eduardo A. Duarte.

centros discursivos. Com estes objetivos, ficcionistas, *griots*, narradores, poetas, entre outros intelectuais, constituíram e se organizaram em grupos e coletivos como o "Negrícia" e o TEN – Teatro Experimental do Negro, que teve como um de seus fundadores Abdias do Nascimento, em 1944, ambos do Rio de Janeiro; o "Palmares", de Porto Alegre; e o "Quilombhoje", de São Paulo, que, fundado em 1980 por, entre outros, Cuti, Oswaldo de Camargo, Paulo Colina, Abelardo Rodrigues, com objetivo de discutir e aprofundar a experiência afro-brasileira na literatura, continua ativo até os dias de hoje. Deste grupo surgiram os *Cadernos Negros*, publicação cujo primeiro volume saiu em 1978 e, em 2012, lançou o número 35.[3] Trata-se de um trabalho imprescindível, que retrata, em forma de prosa e poesia, as preocupações e inquietações dos sujeitos afro-brasileiros, dando visibilidade à literatura negra, como aponta Eduardo de Assis Duarte (2011, p. 27), retomando um trecho da publicação de 1978: "*Cadernos Negros* é a viva imagem da África em nosso continente. É a Diáspora Negra dizendo que sobreviveu e sobreviverá, superando as cicatrizes que assinalaram sua dramática trajetória, trazendo em suas mãos o livro".

Segundo Regina Dalcastagnè (2012, p. 17, grifo da autora), "O silêncio dos marginalizados é coberto por vozes que se sobrepõem a eles, vozes que buscam falar *em nome* deles, mas também, por vezes, é quebrado pela produção literária de seus próprios integrantes". São estas vozes que busco trazer para minha reflexão, pelo fato de acreditar que, a partir delas, podemos recuperar a "representatividade" de um grupo que é, muitas vezes, invisibilizado socialmente. Em seu livro, *Literatura brasileira contemporânea: um território contestado*, Dalcastagnè relata que

> [...] de todos os romances publicados pelas principais editoras brasileiras, em um período de 15 anos (de 1990 a 2004), 120 em 165 autores eram homens, ou seja, 72,7%. Mais gritante ainda é a homogeneidade racial: 93,9% dos autores são brancos. Mais de 60% deles vivem no Rio de Janeiro e em São Paulo. Quase todos estão em profissões que abarcam espaços já privilegiados de produção de discurso: os meios jornalístico e acadêmico.[4]

---

[3] *Cadernos Negros*, importante publicação do coletivo cultural Quilombhoje, lançou, em 2022, seu volume 41 (Nota da Organização).
[4] Para ter acesso a dados mais concretos, vale a pena consultar o último capítulo do livro da autora, "Um mapa de ausências".

Os dados apontados pela autora são relevantes e justificam o porquê de meu interesse em estudar a literatura afro-brasileira e o teatro negro produzido em nosso país, dando visibilidade a seus autores e às personagens/personas por eles criadas. Dentre esses escritores, muitos têm publicado em *Cadernos Negros*, além dos já citados anteriormente merecem destaque Ademiro Alves (Sacolinha), Allan da Rosa[5], Conceição Evaristo, Cristiane Sobral[6], Décio Vieira, Esmeralda Ribeiro, Geni Guimarães, Lia Vieira, Márcio Barbosa, Miriam Alves.

Analisando as obras que fizeram parte do escopo de sua pesquisa, Regina Dalcastagnè (2012, p. 176) ainda revelou que, em relação ao sexo, cor e posição das personagens, somente três mulheres negras foram encontradas na posição de protagonistas e apenas uma narradora negra fora detectada nas tramas romanescas. Por causa deste número inexpressivo, neste trabalho, trago para reflexão, exposição e discussão a obra de Conceição Evaristo e, principalmente, pela recepção que autora tem recebido nos últimos tempos. Além dos textos em prosa e poesia veiculados em *Cadernos Negros*, Evaristo publicou, em prosa, *Ponciá Vicêncio* (2003) e *Becos da Memória* (2006); reuniu sua obra poética na coletânea *Poemas de recordação e outros movimentos* (2008); lançou as antologias de contos *Insubmissas lágrimas de mulheres* (2011) e *Olhos d'água* (2014).[7] Sua obra *Ponciá Vicêncio* foi traduzida e publicada nos Estados Unidos, a autora tem participado de eventos nacionais e internacionais, sendo convidada para ministrar palestras e conferências em Congressos e Encontros relacionados com a temática das mulheres e sobre a afrodescendência. Ademais, a sua escrita e as vozes reverberadas pelas suas personagens focalizam uma perspectiva feminina negra e, ao mesmo tempo, trazem para discussão distintas formas de violências pelas quais os afro-brasileiros são subjugados.

Maria da Conceição Evaristo nasceu em Belo Horizonte em 1946 e, desde os anos 70, está radicada no Rio de Janeiro onde concluiu o mestrado em Literatura Brasileira, pela PUC-RIO, e o doutorado em Literatura Comparada,

---

[5] Um bom exemplo da importância da letra de Allan da Rosa pode ser apreciado em seu texto "As homenagens – Do bombril à escopeta", disponível em http://revistaforum.com.br/spressosp/2013/03/as-homenagens-do-bombril-a-escopeta/.
[6] Merece destaque o seu livro de poesia *Não vou mais lavar os pratos*, publicado, em 2010, pela Gráfica e Editora.
[7] Posteriormente, em 2014 a escritora publicou *Histórias de leves enganos e parecenças*, pela Editora Malê; e, em 2019, a escritora publicou a novela *Canção para ninar menino grande*, pela editora UniPalmares.

pela UFF, em 2011. Desde os anos 90, começou a publicar nos *Cadernos Negros* e tem escrito contos, poesias, ensaios e romances em que os negros aparecem como protagonistas e não, simplesmente, como "sombras tênues" como pode ser observado na grande maioria das obras da Literatura Brasileira canônica dos séculos XIX e XX.

A obra literária de Conceição Evaristo é voltada para a ressignificação das identidades e enunciações negras. Em seus textos, os afrodescendentes são o centro de sua letra contestatória, palavras-reminiscências que nos permitem repensar os lugares de representação aos quais os sujeitos negros são e estão relegados em nossas sociedades. Assim, a escritora, por meio de sua obra ensaística e literária, não defende apenas uma escrita negra, mas uma escrita das [sobre as] mulheres negras, aspecto que considero fundamental para leitura de seus romances, poemas e contos.

> Leda Maria Martins, em seu artigo "O feminino corpo da negrura", argumenta que: Das cartografias literárias, rostos de personagens femininas pousam o olhar em nós, seus leitores, caligrafados por significantes textuais que parecem solicitar nosso encanto e nossa perda. No entanto, muitos desses perfis, por mais encantatórios que pareçam ser, traduzem miragens do feminino, escritas em um registro alheio e alienante. (MARTINS, in: MACIEL et. al., 1996. p. 111)

Os argumentos de Martins aqui citados dizem respeito às configurações das personagens femininas que são produzidas a partir do registro do masculino, o que não coincide com a figura da mulher, que, nesses casos, respondem a estereótipos que se reafirmam na visão do corpo da mulher como "a mãe preta", "a empregada doméstica" e "a mulata insinuante". Retomar as palavras de Martins é importante para que possamos ler a obra de Conceição Evaristo, uma vez que esta autora, por meio de seus textos, se nega a enquadrar as suas personagens nas visões estereotipadas perpetuadas pelo discurso patriarcal hegemônico. O discurso de Evaristo se funda por meio das experiências vividas e a partir da observação das histórias de mulheres fortes que, de alguma maneira, cruzaram e cruzam o seu caminho de formas e enunciações distintas: a família, os ancestrais, as obras ficcionais e teóricas que a constituíram e a constituem como mulher, escritora e pesquisadora sobre a cultura negra.

A enunciação da escrita de Evaristo, os traços e ecos das reminiscências mnemônicas que fundamentam seus textos podem ser observados em seu ensaio "Da grafia-desenho de minha mãe, um dos lugares de nascimento de minha escrita". Neste texto, construído e constituído por uma linguagem e um formato híbrido – ensaio, depoimento, prosa contista e poética, testemunho –, a autora se impõe o seguinte questionamento: "O que levaria determinadas mulheres, nascidas e criadas em ambientes não letrados, e quando muito, semialfabetizadas, a romperem com a passividade da leitura e buscarem o movimento da escrita?" (EVARISTO. In: ALEXANDRE, 2007, p. 20); e, logo, ela o contesta reforçando a sua visão crítica:

> Tento responder. Talvez, estas mulheres (como eu) tenham percebido que se o ato de ler oferece a apreensão do mundo, o de escrever ultrapassa os limites de uma percepção da vida. *Escrever pressupõe um dinamismo próprio do sujeito da escrita, proporcionando-lhe a sua auto inscrição no interior do mundo.* E, em se tratando de um ato empreendido por mulheres negras, que historicamente transitam por espaços culturais diferenciados dos lugares ocupados pela cultura das elites, escrever adquire um sentido de insubordinação. Insubordinação que se pode evidenciar, muitas vezes, desde uma escrita que fere "as normas cultas" da língua, caso exemplar o de Carolina Maria de Jesus, como também pela escolha da matéria narrada. (p. 20-21, grifos meus)

A autora conclui os seus argumentos de forma contundente: "A nossa *escrevivência* não pode ser lida como histórias para "ninar os da casa grande" e sim para incomodá-los em seus sonos injustos." (p. 21, grifo da autora). Os dizeres de Evaristo, ao utilizar o conceito de "escrevivência", ampliam e ressignificam a discussão aqui empreendida relacionada à questão da *escritura* negra, mais especificamente, no campo relacionado à escrita feminina. O "movimento de sua escrita" revela diversas temáticas que se relacionam às identidades negras. Suas palavras se inscrevem num espaço de reflexão que é reverberado por uma linguagem performática em que a autora escreve e se inscreve a partir de uma memória corporal que redefine o seu lugar enunciação em nossa contemporaneidade. Esses aspectos podem ser corroborados, a título de exemplo, a partir da leitura do poema "Vozes-mulheres", texto publicado originalmente em 1990, no número 13, dos *Cadernos Negros*:

> A voz da minha bisavó ecoou criança
> nos porões do navio.
> Ecoou lamentos
> de uma infância perdida.
> [..]
> A voz de minha mãe
> ecoou baixinho revolta
> no fundo das cozinhas alheias
> debaixo das trouxas
> roupagens sujas dos brancos
> pelo caminho empoeirado
> rumo à favela.
> A minha voz ainda
> ecoa versos perplexos
> com rimas de sangue
> e
> fome.
> A voz de minha filha
> recorre todas as nossas vozes
> recolhe em si
> as vozes mudas caladas
> engasgadas nas gargantas.
> [...]
> O ontem – o hoje – o agora.
> Na voz de minha filha
> se fará ouvir a ressonância
> O eco da vida-liberdade. (EVARISTO, 2011, p. 18)

Nesta poesia, Evaristo nos convida a refletir sobre o processo de violência e de segregação que milhares de negros viveram dentro do contexto da escravização.

O eu-lírico convoca a sua ascendência e descendência feminina para reivindicar e denunciar um sistema opressor que foi imposto pela branquitude através dos séculos. A voz diaspórica se configura a partir da presença da bisavó, escravizada que traz e reconfigura para a cena poética a imagem dos negreiros, a travessia que foi marcada pela perda da identidade, personificada nos porões dos navios onde à criança lhe é negado o direito à vida. Esta mesma voz é transmitida de geração para geração: a Avó ainda não consegue "ecoar" nada que não seja a obediência, o silêncio, a inação; a Mãe, por sua vez, instaura um matiz ínfimo de revolta, desvelando-se sua condição e lugar de enunciação diante da sociedade: empregada doméstica e moradora das regiões periféricas, como inúmeras outras mães negras brasileiras. Por sua vez, o eu-lírico assume para si o legado de uma busca pela mudança e por uma luta sociopolítica e ideológica: os versos emitidos não são romantizados, são "versos com rimas de sangue". O corpo é convocado para o texto e dá vazão à voz da filha, aquela a quem se destina a função de recuperação de uma memória coletiva, aquela que recolherá "as vozes mudas caladas engasgadas nas gargantas" e também terá como legado o ato de fazer com que dessas vozes ecoem todos os gestos que foram subjugados, esgarçados, derruídos.

Em *Insubmissas lágrimas de mulheres*, Conceição Evaristo nos apresenta 13 narrativas, nas quais todas as protagonistas são mulheres negras, sendo que os contos são também narrados por uma personagem feminina e negra. Tatiana Sena escreve uma resenha sobre a obra da autora e argumenta:

> De fato, o traço poético é uma característica marcante da autora, presente também nas narrativas, contribuindo para a dissolução das fronteiras entre conto e poesia, em sintonia com a produção literária contemporânea, na qual se observa o embaralhar de gêneros e a construção de formas híbridas. Esse procedimento literário é um ponto alto em *Insubmissas lágrimas de mulheres*, cujos contos pecam pelo desenvolvimento temático repetitivo (maternidade, rejeição paterna), resvalando por vezes numa elaboração melodramática, além de não explorarem mais corajosamente as potencialidades do relacionamento entre as vozes narrativas.

Apesar de reconhecer que nesta obra há uma repetição de temas e que em alguns contos podemos observar uma leitura melodramática como aponta Tatiana Sena, acredito que a autora tem consciência que sua escritura assume esta característica e busca, em seu leitor, esta identificação. Cada personagem nova que é trazida para o relato vem com uma carga de subjetividade muito expressiva. Logo na abertura do livro, em um texto introdutório – uma espécie de prólogo/apresentação ficcionalizado –, a narradora, aquela que "entrevistará" cada personagem, busca a cumplicidade de seu leitor:

> *Gosto de ouvir, mas não sei se sou a hábil conselheira. Ouço muito. Da voz outra, faço a minha, as histórias também, E no quase gozo da escuta, seco os olhos. Não os meus, mas de quem conta. E, quando de mim uma lágrima se faz rápida do que o gesto de minha mão a correr o meu próprio rosto, deixo o choro viver.* (EVARISTO, 2011, p. 9, os grifos são da autora)

A prosa é impregnada pela linguagem poética inerente à obra de Evaristo, que joga com sua "escrevivência", mais uma vez por meio da narradora- -entrevistadora-ouvinte:

> *Portanto, estas histórias não são totalmente minhas, mas quase que me pertencem, na medida em que às vezes, se (con)fundem com as minhas, Invento? Sim invento, sem o menor pudor. Então, as histórias não são inventadas? Mesmo as reais, quando são contadas. Desafio alguém a relatar fielmente algo que aconteceu. Entre o acontecimento e a narração do fato, alguma coisa se perde e por isso se acrescenta. O real vivido fica comprometido. E, quando se escreve, o comprometimento (ou o não comprometimento) entre o vivido e o escrito aprofunda mais o fosso. Entretanto, afirmo que, ao registrar estas histórias, continuo no premeditado ato de traçar uma escrevivência.* (EVARISTO, 2011, p. 9, grifos da autora)

Ora, sabemos que a "História Oficial" é e tem sido negociada através dos tempos e que a memória, muitas vezes, também foi e é manipulada em prol de finalidades distintas. A literatura, neste caso, não se exime de trabalhar estes aspectos e a própria Conceição Evaristo, em várias entrevistas, já declarou que suas personagens muitas vezes trazem traços de pessoas que passaram por sua vida, e que são ficcionalizadas em seus textos.

Em outra resenha, Adélcio de Sousa Cruz argumenta que Evaristo

> [...] coloca seu texto também sob o escopo do que denominamos *literatura ruidosa* (Cruz, 2009)[8], já que, além de tratar da questão feminina em si, apresenta aos leitores tanto a escuta quanto a fala afro-brasileira. Aspecto importante quanto a essa a filiação gira em torno da violência. É sabido que a prosa produzida por Conceição Evaristo não se exime de focalizar, a partir da perspectiva feminina e negra, tanto a temática quanto a utilização estética. (http://www.letras.ufmg.br/literafro/, grifo do autor)

A partir do argumento de Cruz, afirmo que a narrativa de Conceição Evaristo é "ruidosa" no sentido de trazer para a cena contemporânea personagens que são traçadas e atravessadas por atos de violência física, simbólica e psicológica, por reminiscências de memórias coletivas que reverberam nuances relacionadas aos negros e às suas identidades.

Vale destacar que esta narradora-ouvinte não é nomeada, mas nos traz a história de mulheres fortes e com nomes marcantes: Aramides Florença, Natalina Soledad, Shirley Paixão, Adelha Santana Limoeiro, Maria do Rosário Imaculada dos Santos, Isaltina Campo Belo, Mary Bendita, Mirtes Aparecida Daluz, Líbia Moirã, Lia Gabriel, Rose Dusreis, Saura Benevides Amarantino e Regina Anastácia. Como em "Vozes-Mulheres", a voz da narradora se faz ouvir, busca uma ressonância. Como uma *griot* ela divaga sobre o tempo, os amores, os desejos, enfrentamentos, dúvidas, revoltas, silenciamentos etc. Como comprova a história de Natalina Soledad, "a sétima, depois de seis filhos homens, não foi bem recebida pelo pai e não encontrou acolhida no colo da mãe." (EVARISTO, 2011, p. 19). O pai esperava mais um varão, prova de sua hombridade e nasce uma menina: "Como podia ser? – pensava ele. De sua rija vara só saía varão! Estaria falhando? Seria a idade? Não podia ser... [...] vê agora um troço menina,

---

[8] O termo foi cunhado pelo autor em sua Tese de Doutorado defendida pelo Programa de Pós-Graduação em Letras da FALE-UFMG, publicada no livro *Narrativas contemporâneas da Violência: Fernando Bonassi, Paulo Lins, Ferréz* (Rio de Janeiro: 7Letras, 2012).

que vinha ser sua filha. Traição de seu corpo? Ou quem sabe, do corpo de sua mulher? Traição, traição de primeira!" (idem, p. 20). Desprezada pelo pai e pela mãe, que cada vez que a via lembrava da desconfiança do marido, recebeu o nome de Troçoleia Malvina Silveira e viveu quase uma vida como "troço", ignorada pelos pais, pelos irmãos, debochada pelos colegas na escola, a tia esquisita dos sobrinhos que vieram. A menina Silveira, que por sinal era a "cara do pai", transformou-se em uma autodidata. A todos que a chamavam de Silverinha, ela tinha como resposta que seu nome era Troçoleia Malvina Silveira, mas, com o passar o tempo, passou a ignorar a presença dos familiares, cresceu e sempre quis mudar o nome. Aos dezoito anos tomou consciência de que, pela lei, podia fazê-lo, mas só aos trinta, depois que os pais morreram em um acidente de carro que o fez:

> [...] Rejeitou também a incorporação do sobrenome familiar – Silveira – ao seu novo nome. E, sonoramente, quando o escrivão lhe perguntou qual nome adotaria, se seria mesmo aquele que apareceria escrito na petição de troca, ela respondeu feliz e com veemência na voz e no gesto: Natalina Soledad. (EVARISTO, 2011, p. 24)

Autodenominar-se se converte em um ato de rebeldia, uma forma de ir contra a invisibilidade social que lhe foi imposta, um ato de ressignificação de sua história de vida, um encontro com sua "identidade".

Assim, por meio de uma tessitura de narrativas de mulheres, Conceição Evaristo legitima histórias de outras mulheres. Seus contos se tornam macrossignos que nos permitem rememorar histórias e vozes diaspóricas que têm urgência de se fazerem ouvidas. Neste sentido, Leda Martins argumenta que "A mulher negra rememora. Nos burburinhos da memória, sua mais íntima residência, resguarda a tapeçaria de vozes e de olhares, familiares e estrangeiros, que a constituem. Dali, germinam seus muitos atos de silêncio e seus indiretos atos de fala." (MARTINS, in: MACIEL et. al., 1996. p. 111). Em minha leitura, as personagens femininas de Conceição Evaristo, além de rememorarem atos simbólicos de resistência, elas fazem dialogar as memórias de nossos ancestrais com as subjetividades negras de nossa contemporaneidade. Quais os lugares que os sujeitos negros ocupam em nossa sociedade? Quais identidades forjadas por um discurso opressor são ressignificadas e trazidas para discussão por meio da obra literária de Evaristo? A resposta a esses questionamentos aparece diluída em sua obra poética como um todo, bem como em seus textos ensaísticos e narrativos por meio de personagens marcantes como Ponciá, do romance *Ponciá Vicêncio*; Maria Nova, de *Becos da Memória*; e, entre outras, as personagens Ana Davenga, Duzu, Maria, Natalina e Salinda; respectivamente, dos contos "Ana Davenga", "Dudu-Querença", "Maria", "Quantos filhos Natalina teve" e "Beijo na Face"[9].

O último texto ao qual faço alusão neste trabalho é "Olhos d'água". Conto que tive o privilégio de escutar, algumas vezes, a autora "narrando-o", ou melhor, "performatizando-o", e, em todas essas oportunidades, vi-me em prantos ao final de sua apresentação. Poder escutar Conceição Evaristo "performatizar"[10] "Olhos d'água" é uma experiência ímpar. A autora, por meio de sua personagem/narradora, consegue seduzir toda a sua audiência com sua voz serena e pausada, marcada por um tom tranquilo e, ao mesmo tempo, marcante. Como os grandes *griots*, Evaristo deixa todos em estágio de contemplação e reflexão. Jovens e adultos se veem subjugados ao seu discurso. Suas palavras, metonimicamente, corporificam-se diante de seus expectadores e o que pude presenciar, todas as vezes em que vi a autora em cena, foi o público se converter em "olhos d'água". Águas que não hesitam em deixar de verter. Como enuncia a autora, são as "Águas de Mamãe Oxum", o Orixá que controla a fecundidade, aquela a quem as mulheres que querem ser mães recorrem; a rainha de todos os rios, a que "exerce o poder sobre a água doce, sem a qual a vida na terra seria impossível". (VERGER, 1997, p. 174)

A personagem/narradora se recusa a ficar em uma posição de inércia. O mote que origina o conto – o ato de não recordar a cor dos olhos da mãe, reiterado, inúmeras vezes, por meio da pergunta "De que cor eram os olhos de minha mãe?" – configura-se na busca pessoal de seu reencontro com as suas

---

[9] Todos esses contos foram publicados em *Cadernos Negros*, publicação do Quilombhoje, respectivamente, nos volumes 18, 16, 14, 22 e 26.
[10] Aqui faço questão de marcar essa ideia de performatizar, pois acredito que os verbos narrar, atuar ou representar são vocábulos que não dão conta de ressignificar o rito cênico que é proposto pela autora por meio de seu discurso/palavras. Por isso propus o termo performatizar – palavra do mesmo campo semântico de "performer", que, a meu ver, abre o campo lexical e semântico aqui proposto. Mais que uma narradora, de fato, Evaristo se transforma em uma intérprete; ou melhor, em um sujeito atuante que, como os *griots*, é portador de valores culturais e interculturais.

identidades, com suas memórias e, por sua vez, pode ser interpretado como a busca interior que nos impulsiona a seguir em frente:

> E assim fiz. Voltei, aflita, mas satisfeita. Vivia a sensação de estar cumprindo um ritual, em que a oferenda aos Orixás deveria ser a descoberta da cor dos olhos de minha mãe.
>
> E quando, após longos dias de viagem para chegar à minha terra, pude contemplar extasiada os olhos de minha mãe, sabem o que vi? Sabem o que vi?
>
> Vi só lágrimas e lágrimas. Entretanto, ela sorria feliz. Mas, eram tantas lágrimas, que eu me perguntei se minha mãe tinha olhos ou rios caudalosos sobre a face? E só então compreendi. Minha mãe trazia, serenamente em si, águas correntezas. Por isso, prantos e prantos a enfeitar o seu rosto. A cor dos olhos de minha mãe era cor de olhos d'água. Águas de Mamãe Oxum! Rios calmos, mas profundos e enganosos para quem contempla a vida apenas pela superfície. Sim, águas de Mamãe Oxum.
>
> Abracei a mãe, encostei meu rosto no dela e pedi proteção. Senti as lágrimas delas se misturarem às minhas.
>
> Hoje, quando já alcancei a cor dos olhos de minha mãe, tento descobrir a cor dos olhos de minha filha. Faço a brincadeira em que os olhos de uma são o espelho dos olhos da outra. E um dia desses me surpreendi com um gesto de minha menina. Quando nós duas estávamos nesse doce jogo, ela tocou suavemente o meu rosto, me contemplando intensamente. E, enquanto jogava o olhar dela no meu, perguntou baixinho, mas tão baixinho como se fosse uma pergunta para ela mesma, ou como estivesse buscando e encontrando a revelação de um mistério ou de um grande segredo. Eu escutei, quando, sussurrando minha filha falou:
>
> — Mãe, qual é a cor tão úmida de seus olhos?[11] (EVARISTO, In: BARBOSA e RIBEIRO, 2005, p. 32-33)

---

11 O texto integral pode ser consultado no vol. 28 de *Cadernos Negros* (2005).

Há que se destacar que as águas são comparadas com o curso dos rios: "Rios calmos, mas profundos e enganosos para quem contempla a vida apenas pela superfície." Contemplar a vida pela superfície seria negar a busca de suas identidades, de suas origens, de seus ancestrais. Ouso ler esta passagem como um chamado à ação, uma negação ao ato de ficar à mercê de um sistema que tenta omitir e silenciar as vozes negras e ou subalternas.

Como vários outros textos de Evaristo, "Olhos d'água" apresenta um caráter poético. Nota-se uma escolha apurada da autora quanto ao uso de cada vocábulo, revelando a arte da tessitura de sua escrita. Por meio da metáfora dos "olhos d'água" e da "simplicidade" do enredo do conto – a descoberta da narradora/personagem, a redescoberta do outro em si mesma: encontrar nos olhos da mãe, a cor de seus olhos, que reflete e refletirá os olhos da filha. Aqui, Evaristo, como em outros textos, evidencia o devir, a esperança que se reconfigura através do olhar de uma criança.

A partir da recuperação e análise dos textos de Conceição Evaristo quis evidenciar a importância de se resgatar as distintas formas de ressignificação das identidades, das subjetividades e das (ou dos lugares de) memórias – individuais e coletivas – que integram a literatura afro-brasileira e, sem sombra de dúvida, a sua escrita, seja na poesia ou na prosa (contos ou romances), cumpre com o legado de não permitir que as vozes diaspóricas negras caiam no esquecimento, pois como podemos corroborar por meio da própria fala/testemunho da autora, que, em um depoimento concedido no V Colóquio Mulheres em Letras, afirma:

> [...] Gosto de divagar entre o passo e outro, olho para trás, em volta e para frente. Se tiver de escolher entre a velocidade da narrativa e a lentidão da procissão fico com a vagarosidade do passo em procissão, mas vou carregada de fé, calma e em frente mirando o andor sagrado e *levo a minha vela, que é a minha escrita*, mas não julguem que sou ingênua. Eu sei quando o santo é de barro e sei também da tática do santinho do pau-oco. Jogos de sobrevivência, negaceio do corpo pra isso eu observo os movimentos da capoeira. Anastácia brada pelos orifícios da máscara; Oxum gritando, conquistou o ouro; e, na procissão, orientada por estas e outras imagens de mulheres negras, *sigo e levo a minha vela que é a minha escrita*. Eu sei da ardência da vela,

parafina chorando na pele de minha mão, como *sei de outros ardores meus e de minha gente. Devolvo uma queimação antiga através da minha escrita e continuo, pois quem quer verdadeiramente não abandona o cortejo*.[12] (EVARISTO, 2013, grifos meus)

Em suma, mais uma vez, as palavras de Evaristo se propagam e ecoam como tessituras mnemônicas, convertem-se em palavras-escrevivências...

REFERÊNCIAS

CRUZ, Adélcio de Sousa. Conceição Evaristo – *Insubmissas lágrimas de mulheres*. Resenha. Disponível em http://www.letras.ufmg.br/literafro/. Acesso em 30 de mar. 2013.

CRUZ, Adélico de Sousa. *Narrativas contemporâneas da violência*: Fernando Bonassi, Paulo Lins, Ferréz. Rio de janeiro: 7letras, 2012.

DALCASTAGNÈ, Regina. *Literatura brasileira contemporânea*: um território contestado. Vinhedo: Editora Horizonte; Rio de Janeiro: Editora da UERJ, 2012.

DUARTE, Eduardo de Assis (Org.). *Literatura e afrodescendência no Brasil*: antologia crítica. Vol. 1. Precursores. Belo Horizonte: Editora UFMG, 2011.

DUARTE, Eduardo de Assis. Por um conceito de literatura afro-brasileira. In: DUARTE, Eduardo de Assis e FONSECA, Maria Nazareth Soares (Org.). *Literatura e Afrodescendência no Brasil*: antologia crítica. Vol. 4. História, Teoria, Polêmica. Belo Horizonte: Editora UFMG, 2011. p. 375-403.

EVARISTO, Conceição. *Becos da memória*. Belo Horizonte: Mazza, 2006.

EVARISTO, Conceição. Da grafia-desenho de minha mãe, um dos lugares de nascimento de minha escrita. In: ALEXANDRE, Marcos Antônio (Org.) *Representações performáticas brasileiras*: teorias, práticas e suas interfaces. Belo Horizonte: Mazza Edições, 2007. p. 16-21.

---

[12] Trecho final do depoimento da autora transcrito de gravação em vídeo, realizada em 20 abril de 2013, na Faculdade de Letras da UFMG que integrou a programação do V Colóquio Mulheres em Letras.

EVARISTO, Conceição. Depoimento. In: *V Congresso Mulheres em Letras*. Belo Horizonte: Faculdade de Letras. 20 abr. 2013 (não publicado).

EVARISTO, Conceição. *Insubmissas lágrimas de mulheres*. Belo Horizonte: Nandyala, 2011.

EVARISTO, Conceição. Olhos d'água. In: BARBOSA, Márcio; RIBEIRO, Esmeralda (Org.). *Cadernos Negros*, vol. 28. São Paulo: Quilombhoje, 2005. p. 29-33.

EVARISTO, Conceição. *Ponciá Vicêncio*. 2. ed. Belo Horizonte: Mazza Edições, 2003.

EVARISTO, Conceição. *Poemas da recordação e outros movimentos*. 2. ed. Belo Horizonte: Nandyala, 2011.

MARTINS, Leda Maria. O feminino corpo da negrura. In: MACIEL, Maria Esther; MARQUES, Reinaldo Martiniano; OTTE, Georg (Org.). *Revista de Estudos de Literatura*. Dossiê América Latina. Vol. 4. Belo Horizonte: Centro de Estudos Literários – CEL; Faculdade de Letras da UFMG, 1996. p. 111-121.

REIS, Maria Firmina dos. *Úrsula; A escrava*. Atualização do texto e posfácio de Eduardo de Assis Duarte. Florianópolis: Editora Mulheres; Belo Horizonte: PUC Minas, 2004.

ROSA, Allan. As homenagens – Do bombril à escopeta. Disponível em http://revistaforum.com.br/spressosp/2013/03/as-homenagens-do-bombril-a-escopeta/. Acesso em 27 mar. 2013.

SOBRAL, Cristiane. *Não vou mais lavar os pratos*. Brasília: Athalaia Gráfica e Editora, 2010.

SENA, Tatiana. *Insubmissas lágrimas de mulheres*. Resenha, 2013. (não publicada, texto fornecido pela autora)

VERGER, Pierre. *Orixás, deuses Iorubás na África e no novo mundo*. Trad. Maria Aparecida da Nóbrega. 5. ed. Salvador: Corrupio, 1997.

PONCIÁ VICÊNCIO:
UMA TRADUÇÃO INTERCULTURAL

Dalva Aguiar Nascimento

A tradução inédita para o italiano do romance de Conceição Evaristo, *Ponciá Vicêncio*, foi uma experiência rica de onde surgiu um percurso único que ainda deve ter o seu desfecho com a publicação do texto na Itália. O projeto tradutório foi desde o início norteado por uma abordagem intercultural, partindo do princípio que a tradução é uma reescrita de um texto que jamais poderá reproduzir fielmente o conjunto língua-conteúdo-intenção do original – ideia conforme as reflexões expostas em *A tarefa do tradutor*, ao serem abordadas as relações entre língua, conteúdo e *"modo-de-querer-dizer"* e *"modos-de-querer-ver"* (BENJAMIN, 2008, p. 32) –, que deve, todavia, contar com um posicionamento intercultural do tradutor, na busca de um equilíbrio no texto traduzido, evitando o que Venuti chama de domesticar o texto original e atentando para não abusar do poder da tradução:

> A tradução exerce um poder enorme na construção de representações de culturas estrangeiras. A seleção de textos estrangeiros e o desenvolvimento de estratégias de tradução podem estabelecer cânones peculiarmente domésticos para literaturas estrangeiras, cânones que se amoldam a valores estéticos domésticos, revelando assim exclusões e admissões, centros e periferias que se distanciam daqueles existentes na língua estrangeira (VENUTI, 2002, p. 130).

Nesta mesma linha foi assumida a tarefa da tradução, como tradutora nativa da língua de saída, a mesma da autora do romance, estando aí já intrínseca, e estendida inclusive ao ato tradutório, a proposta de escrevivência da própria Evaristo. No percurso intercultural da tradução foi necessário também adotar a contribuição na escrita de "interlocutores" de língua e cultura nativa italiana, que gentilmente fizeram uma intervenção dialogada, proporcionando o aprofundamento no projeto tradutório do confronto intercultural e, claramente, melhorando o resultado. Preceitos dominantes como a busca da fidelidade e da invisibilidade do tradutor, passando pela convicção de que uma boa tradução é aquela que o leitor não percebe como tal, tem gerado outros preceitos e convicções tão discutíveis quanto difundidos, como o de que uma boa tradução só pode ser feita por um tradutor nativo da língua de chegada.

A abordagem intercultural assumida no projeto se contrapôs a essas ideias, considerando que a fórmula para uma boa tradução deve ir além do conhecimento profundo, indiscutivelmente essencial, de ambas as línguas. Meschonnic (2010) chama a atenção para a coexistência no mundo contemporâneo de diversos pontos de vista sobre a tradução. Há o ponto de vista da linguística, relacionado aos sistemas de tradução automática, rejeitados pelo autor pois "[...] não procura absolutamente uma teoria em conjunto da linguagem e da literatura" (MESCHONNIC, 2010, p. XXIII); há o ponto de vista abraçado pelo mesmo, o da poética, "[...] um reconhecimento da inseparabilidade entre história e funcionamento, entre linguagem e literatura." (MESCHONNIC, 2010, p.XXIII); há o ponto de vista empirista que tem entre seus preceitos maiores "a procura da fidelidade e o apagamento do tradutor diante do texto. [...]

Sua fraqueza consiste em não ser mais do que um pensamento da língua, não um pensamento da literatura. E como a especificidade da literatura lhe escapa, este ponto de vista não saberia comunicá-la à prática que ele produz". (MESCHONNIC, 2010, p.XXII) e há o ponto de vista fenomenológico-hermenêutico onde "a fenomenologia da tradução [...] reduz a linguagem à informação no reino do racional e da harmonia universal". (MESCHONNIC, 2010, p.XXIII). O projeto tradutório do português ao italiano da obra *Ponciá Vicêncio* foi realizado buscando-se fugir o máximo possível a efeitos de poder exercidos pelo ponto de vista empirista – o mais institucionalizado – e pelo ponto de vista fenomenológico-hermenêutico – o mais difundido no mundo literário –, como nos alerta Meschonnic (2010).

PONCIÁ VICÊNCIO NO MUNDO

A tradução para o italiano une-se às já publicadas traduções do romance em língua inglesa e francesa, e àquela ainda inédita em espanhol – em meio à rica fortuna crítica de Evaristo, constelada de textos dedicados ao *Ponciá Vicêncio*. O texto da autora é por si mesmo intercultural e contribui a dar voz no mundo a uma literatura mantida por muito tempo à margem, no contexto de desigualdade brasileiro. As quarenta e seis partes em que se divide o livro, sem nenhum título ou numeração, são fragmentos cujo início é marcado pela letra inicial da primeira frase de uma nova página em negrito, num tamanho maior do que as outras. Esta organização parece integrar a construção narrativa, feita de idas e vindas no tempo, no espaço e na memória, traçando um mosaico de memória coletiva e de história não oficial no qual se movem personagens pertencentes a um grupo populacional considerável do Brasil, hoje chamado afrodescendente.

Os personagens protagonizam o contínuo denunciar, no passado e no presente, dos abusos e desmandos infligidos aos negros, que passam de escravos a ex-escravos e daí a excluídos sociais, sempre explorados. As imagens do cotidiano mostram a pobreza, o desamparo, a injustiça, o analfabetismo, a exploração em zona rural e urbana, a semiescravidão, a emigração do campo, a vida nas favelas, a violência doméstica e de gênero e a violência social. A proposta do projeto tradutório intercultural foi manter a transparência das imagens suscitadas pelo texto, em outra língua.

Como romance de formação, o livro nos apresenta a protagonista Ponciá em busca de uma identidade perdida, da menina – que aparece destinada a ser ligação entre um mundo real e um mundo sobrenatural de ligação atávica com a ancestralidade africana – passa à jovem Ponciá, confiante e otimista, ao ponto de buscar uma opção de vida na cidade; chegando à Ponciá madura, triste e desiludida, identificando-se com a imagem de porcos destinados ao abate. Será a Ponciá do final a fechar o ciclo da aprendizagem destacando-se da realidade árida e criando o seu próprio destino de guardiã de memórias, que um dia talvez passem de vozes silenciadas a moldadoras de novos destinos, como expresso pela palavra-pensamento da personagem Luandi sobre sua irmã Ponciá:

> Bom que ela se fizesse reveladora, se fizesse herdeira de uma história tão sofrida, porque enquanto o sofrimento estivesse vivo na memória de todos, quem sabe não procurariam, nem que fosse pela força do desejo, a criação de outro destino. (EVARISTO, 2003, p.126)

A autora de *Ponciá Vicêncio*, como a protagonista do romance, também muda à sua maneira o destino a que parecia estar fadada. Da favela belo-horizontina onde nasceu e cresceu, ao doutorado na Universidade Federal do Rio de Janeiro, Evaristo constrói o que ela mesma denomina a sua "escrevivência". Escritora amplamente estudada nos últimos anos, Conceição Evaristo conta com dezenas de trabalhos sobre sua obra e há, inclusive, a proposta de um filme baseado no romance *Ponciá Vicêncio* que está sendo cogitado pelo diretor Luiz Antônio Pillar. Em março de 2015, a autora lançou a edição francesa – *L'histoire de Ponciá*, no Salão do Livro em Paris, evento em que a própria escritora descreve sua presença, em tom um tanto quanto polêmico, como causa de furor, marcando mais uma vez sua contínua militância pela reflexão crítica em relação ao mundo afrodescendente no Brasil e no exterior. Sempre na condição de mulher, ela escreve também sobre outras mulheres, construindo personagens que vêm da sua vivência pessoal e de memórias, suas e das *Griots* da família, como ela mesma as chama. Vinda de um meio em desvantagem econômica e social, a autora reconstrói e revaloriza as memórias ancestrais da própria família, mesmo que só a partir de traços da cultura perdida nos porões dos navios negreiros, nas senzalas, nas plantações, minas e cidades, em meio ao desumano imposto aos antepassados afrodescendentes.

O testemunho literário da autora, a sua escrevivência, a sua maestria como escritora mulher – *mulher-fala, mulher-gozo, mulher-vida, mulher-povo*, como escreve o jornalista Farias Alves – é um manifesto de história e sentimentos, de dores e alegrias, constantemente silenciados, de milhões de pessoas no Brasil. É o que percebe o jornalista Lucas Neves durante entrevista a Evaristo no Salão do Livro em Paris: "mas [ela] não se deixa levar pelos afagos. Diz apenas querer trocar o rótulo de "escritora afro-brasileira" pelo de "brasileira" – e ser avaliada por sua capacidade de construção estética e labor literário". A escritora se mostra mais uma vez coerente com a sua militância literária em prol da posição de igual em qualquer condição, não para esquecer a negritude, mas para valorizá-la. Esta militância literária a coloca, de fato, para além de representante de seus pares escritores no Salão do Livro de Paris, como representante de nós brasileiros, tornando a sua obra de interesse nacional e internacional, merecedora de traduções em diversas línguas.

A TRADUÇÃO INTERCULTURAL E ÉTICA

No âmbito da teorização sobre traduções discute-se sobre a validade das mesmas desde tempos remotos. Partindo da noção de estilo pessoal como escolha feita na e para a língua de chegada, apregoada na Antiguidade por Cícero, até a tradução dos textos sagrados, que levou à sacralização da palavra. Este último autor afirma que, a partir do século XX, a tradução se transforma e passa-se pouco a pouco da língua ao discurso, ao texto como unidade (MESCHONNIC, 2010). A busca de fidelidade determinada pela teoria tradicional deve, então, ser descartada e substituída por fidelidade a outros valores para além daqueles estritamente de fidelidade linguística, como a valorização da alteridade, que está na base da concepção de tradução intercultural proposta. Usamos a adaptação de uma abordagem que Osimo (2011) aplica à tradução poética, considerando-se inclusive poética a prosa de Conceição Evaristo em *Ponciá Vicêncio*. Osimo reflete sobre a tradução como modalidade de acesso à poesia e tece uma série de considerações sobre as escolhas aí imbuídas:

> [...] uma tradução orientada com base no movimento da linguagem, que dinamiza as relações entre culturas nacionais. [...] No debate moderno e contemporâneo predomina a abordagem de estranhamento em lugar da falsa alternativa entre fidelidade, liberdade ou impossibilidade de traduzir, e, junto a esta concepção, o texto da tradução

> deverá ser tratado com uma nova atitude receptiva. (tradução livre de OSIMO, 2011, p.167).

Trata-se de enfatizar o texto da cultura de partida, exigindo do leitor da cultura de chegada o esforço de se confrontar com estruturas que fogem dos seus hábitos. Estendendo a ideia de Osimo à concepção de tradução intercultural, usamos na tradução o seu método de análise tradutória considerando a hierarquia de elementos dominantes e subdominantes.

> Considera a impossibilidade matemática de reproduzir todos os elementos do texto, e prevê uma escolha racional em que tais elementos são colocados em uma hierarquia do mais importante ao menos importante. Prevê uma análise tradutória aprofundada do texto fonte, para identificar quais são os elementos dominantes para a cultura de saída, e uma projeção destes na cultura de chegada, a fim de desenvolver uma análise comparativa e estabelecer quais podem ser recebidos com a mesma intensidade e quais com menos ou mais. A escolha da hierarquia dos dominantes deve ser feita considerando o leitor modelo, estratégia editorial, tipo de publicação (e implicitamente o gosto do tradutor). Os elementos identificados como resíduos são submetidos à tradução metatextual. O fato que no metatexto sejam explicadas as escolhas tradutórias e os resíduos é fundamental para fazer o leitor entender que não foi manipulado, ou instrumentalizado por alguém que o faz pensar que tem à disposição não o original, mas a única sua possível tradução em uma dada língua. (tradução livre de OSIMO, 2011, p.168-169)

Na tradução colocamos no topo de dominantes e subdominantes os traços de cultura brasileira que Evaristo faz aflorar deliberadamente no seu escrito. A ideia prevalecente é tentar não permitir o apagamento da "outra" cultura a favor de uma suposta melhor fluência na cultura de chegada, e é também exigir do leitor estrangeiro o esforço de navegar na direção do outro.

Outro conceito fortemente ligado à nossa proposta de tradução intercultural é o de *tradução ética*, tratando-se da importância de preservar no texto traduzido os traços da cultura regional, brasileira e afrodescendente, marcantes ou sutis, respeitando a estética e a poética da autora, e recorrendo às notas do tradutor lá onde uma tradução domesticadora corresponderia à amputação do significado histórico-cultural de uma expressão ou palavra. Vejamos o que escreve Venuti:

> Berman baseou seu conceito de tradução ética na relação entre culturas doméstica e estrangeira que está incorporada ao texto traduzido. A tradução de má qualidade forma uma atitude doméstica que é etnocêntrica com relação à cultura estrangeira: "geralmente sob o disfarce de transmissibilidade, ela realiza uma negação sistemática da estranheza da obra estrangeira" (*apud* BERMAN, 1992). A tradução de boa qualidade visa a limitar essa negação etnocêntrica: ela representa "uma abertura, um diálogo, uma hibridação, uma descentralização" e, dessa forma, força a língua e a cultura domésticas a registrarem a estrangeiridade do texto estrangeiro (*apud* BERMAN, 1992). Os julgamentos éticos de Berman dependem das estratégias discursivas empregadas no processo tradutório. A questão é se elas são completamente domesticadoras ou se incorporam tendências de estrangeirização; se recorrem a "truques" que encobrem suas "manipulações" do texto estrangeiro ou se mostram "respeito" por ele "oferecendo" uma correspondência que "engrandece, amplia e enriquece a língua que traduz". (*apud* BERMAN, 1995). (VENUTI, 2002, p.155)

A tradução de *Ponciá Vicêncio* para o italiano foi pautada, portanto, por três escolhas fundamentais: a não domesticação do texto, exigindo assim um esforço do leitor italiano rumo ao outro; a abordagem ética do ato tradutório, respeitando o texto original no que se refere a aspectos culturais e poéticos e evitando ao máximo um etnocentrismo focado na língua de chegada; e a análise comparativa dos elementos dominantes no texto da cultura de saída e a sua projeção na cultura de chegada, com a determinação de uma hierarquia de elementos dominantes, buscando equilíbrio na tradução.

O PROCESSO TRADUTÓRIO

Voltando a trilhar o percurso de trabalho para a tradução de *Ponciá Vicêncio* constatamos que houve uma experiência rica de descobertas ao lidar com a alteridade na própria cultura e na cultura de outros. A complexidade da tarefa incluía a origem especial da obra – escrita literária de uma mulher negra e militante –, seu significado sociocultural e sua estética literária, ligada a uma linguagem repleta de expressões que podemos considerar interioranas ou anacrônicas, muitas vezes provindas da oralidade. Era preciso traduzir a força e o sentimento de pertencimento embutidos nas palavras. Daí a proposta de um projeto tradutório intercultural, equilibrando competência nas línguas e pertencimento cultural do tradutor à cultura de saída, como observa Venuti.

> [...] os projetos tradutórios podem produzir uma mudança na representação doméstica de uma cultura estrangeira, não somente quando revisam os cânones das comunidades culturais mais influentes, mas também quando outra comunidade numa situação social diferente produz as traduções e se manifesta sobre elas. (VENUTI, 2002, p.141)

O projeto de tradução intercultural também considerou o papel que o futuro leitor poderá desempenhar nesta construção de complementaridade, inclusive através de elementos de estranhamento que possam suscitar a vontade de conhecer o outro, o diverso.

Através da palavra literária, Evaristo questionou temas socioculturais, algumas vezes como denúncia explícita e, em outras, entremeados sutilmente no texto, em ambos os casos, consideramos fundamental e ético resgatar na tradução a significância social brasileira das palavras. Daí, no topo da hierarquia de elementos dominantes do texto de saída colocamos, entre outras, a palavra "negro". A palavra em português no livro de Evaristo é um signo com significância de afirmação da negritude, cerne da narrativa. A tradução domesticada em italiano, politicamente correta, seria *nero*, uma palavra substituta da palavra italiana *negro*, que passou a ser considerada predominantemente pejorativa na Itália a partir dos anos 70, devido à influência de culturas anglo-americanas.

Negro era originalmente usada para identificar o indivíduo que pertence a um grupo étnico, originário da África, com a pele escura. O uso do termo sem conotações pejorativas ainda apresenta, de qualquer forma, certa difusão e um uso literário na Itália. Ademais as autoridades judiciárias italianas julgaram condenáveis como incitamento ao ódio racial só locuções explicitamente ofensivas como *sporco negro* – negro sujo. A escolha foi, portanto, do uso do termo italiano *negro*, como palavra de expressão mais intensa e pungente dos sentimentos de dor, mas também de força e afirmação de pertencimento e identidade invocados.

Por outro lado, mantivemos diversas palavras na língua original. Consideramos que uma eventual tentativa de tradução com uma palavra italiana reduziria a significância histórica e cultural do termo, e a inserção de expressões explicativas no texto romperiam o ritmo e a poética da autora. Em outros casos – nomes de plantas, frutas e produtos rurais –, como por exemplo, o termo *rapadura*, foram mantidos os termos originais por não encontrarmos nenhuma palavra servível em italiano. A escolha de manter termos como pequi, coco-de--catarro; fazenda, coronelzinho, senzala; goiabada; rapadura; alforria, Lei Áurea, Ventre-Livre; favela; Quilombo; atabaque em língua portuguesado Brasil exigiu a criação de um peritexto – notas do tradutor explicativas que, sucessivamente, poderiam ser transformadas em glossário. É interessante notar que, dentre os termos mantidos em língua original, encontramos dois que constam no dicionário italiano *Zingarelli* – similar ao *Dicionário Aurélio* do Brasil – como verbetes de origem brasileira. As duas palavras não são estranhas ao público italiano, em particular a *favela*, que aparece com certa frequência em notícias e textos informativos sobre o Brasil.

No texto, são usados também os termos brasileiros "morro" e "barraco", ambos com significâncias sociais que nos levaram a refletir sobre a tradução mais adequada. Inicialmente pensamos na palavra *baraccopoli* para a nossa favela, mas havia o termo original assinalado no *Dicionário Zingarelli*, um dos mais difundidos na Itália, e o seu uso tornou-se mais condizente com uma abordagem intercultural. Já a moradia da favela foi traduzida como *baracca*. O termo "morro", entre os vários significados assumidos no português do Brasil, pode ser uma metonímia da favela, principalmente na cidade do Rio de Janeiro, e embora não haja nenhuma menção ao nome da cidade onde se passa parte da ficção, acreditamos que seja esta a acepção no *Ponciá Vicêncio*. Numa tradução inicial, pensamos na palavra italiana *collina*, descartada imediatamente por ser claramente desviante desta imagem da realidade brasileira proposta por Evaristo. A imagem brasileira associada a morro pode ser a de uma ocupação de colinas, inseridas na planta urbana da cidade, com moradias inicialmente improvisadas e depois remediadas em termos de idoneidade habitacional, e não condiz com a imagem quase romântica da palavra italiana *collina*. O "barraco" é a dura versão real da sonhada "casinha" de Ponciá. O termo italiano *baracca* consta em dicionários italianos e é definido como abrigo provisório para pessoas, animais, materiais e equipamentos.

Na tradução, a palavra "fazenda" teve uma primeira versão com o uso do termo italiano *latifondo*, que nos pareceu o mais adequado em relação à proposta de não domesticação da tradução. A palavra *fattoria* se prestava só parcialmente: podia resultar no texto como uma imagem domesticada de uma empresa agrícola de tipo europeu, enquanto a palavra *latifondo* estava mais associada às grandes extensões de terras brasileiras e à ideia de exploração da força de trabalho para a produção em grande escala. Prevaleceu enfim *fazenda*, após a descoberta do verbete no *Dicionário Zingarelli*.

A palavra "mulher" também despertou reflexões quanto ao respeito das significâncias em português. O *Dicionário Houaiss* apresenta o verbete com 12 significados ou significâncias. Interessa-nos aqui, todavia, somente a seguinte acepção: "[...] 5 (sXIV) companheira conjugal; esposa / 5.1 companheira, ger. constante; a outra; amante, concubina [...]". A palavra "mulher" vale seja para designar a parceira de uma relação institucionalmente reconhecida – *moglie* em italiano – seja para designar a parceira não institucional, *donna* em italiano. Traduzimos "mulher" com *donna* todas as vezes que se referia a uma relação de convivência não institucionalizada de um casal, em particular a de Ponciá com o inominado "homem de Ponciá". Usamos a palavra *moglie* somente quando referida a uma relação institucionalizada percebida em alguns trechos do livro. A diferença entre uma situação e outra era marcante no contexto de um passado distante do romance, embora pela legislação brasileira atual seja atenuada. Já na passagem do texto que apresenta pela primeira vez no texto Ponciá e o seu homem juntos, usamos "o homem de Ponciá", e não "o marido de Ponciá".

Outro termo complexo é "zona", palavra que cria uma atmosfera e um imaginário coletivo no Brasil não facilmente reproduzíveis em uma única palavra em italiano. A palavra aparece no texto na sua acepção regional brasileira, equivalente ao termo italiano *quartiere a luci rosse*, sendo este último originário dos Estados Unidos, e utilizado para designar bairros onde se concentram atividades de prostituição, assim como o termo brasileiro "zona" tem entre as suas acepções a de denominação para bairros que abrigavam bordéis e casas de tolerância. Escolhemos a palavra italiana *meretricio* para a tradução. No *Dizionario Zingarellihá*, além da acepção moderna equivalente a *prostituzione* – uma acepção já em desuso: *Luogo, quartiere in cui si esercita la prostituzione*. Consideramos, portanto, o termo *meretricio* como o mais adequado a fim de manter no texto a mesma temporalidade do original, exigindo do leitor italiano um eventual esforço de aprofundamento terminológico, menos domesticado.

Quanto à temporalidade do texto cabe observar que, não havendo uma referência explícita ao período em que se passa a narrativa, é possível situá-la na primeira metade do século XX, coerentemente com o contexto apresentado no romance: o avô de Ponciá era um escravo, o pai de Ponciá era nascido certamente antes de 1888, pois testemunha o ato de loucura do vô Vicêncio, que leva os donos a tentaram "vendê-lo" (EVARISTO, Primavera de 2006, p. 51). Assim, deduz-se que a personagem nasce e vive em contexto de pós-escravidão recente, arco de tempo a partir da Abolição até a primeira metade do século XX.

Outro termo já em desuso presente no romance, é a expressão "mulher-dama", apresentado no *Dicionário Houaiss* com a acepção de prostituta, meretriz, de uso regional no Nordeste e em Minas Gerais. O termo foi deliberadamente escolhido – como confirmado pela autora – para denotar o pertencimento das personagens a um determinado contexto histórico-sociocultural. Com esta premissa, a escolha tradutória, embora controversa entre os interlocutores de língua nativa italiana, foi o termo *donna-galante*, extraído do verbete *donna* do *Dizionario Zingarelli*, onde aparece, entre outros, como antigo eufemismo: "[...] Donna di vita, di malaffare, di strada, prostituta | (eufem., disus.) Donna galante, perduta, pubblica, da prezzo, da trivio, prostituta". O termo *donna-galante* propõe na tradução a mesma significância de "mulher-dama", ambos termos do passado, onde a palavra italiana *galante* invoca um eufemismo semelhante ao do termo brasileiro "*dama*" – algo especial, de alguma maneira um atenuante para a condição de prostituta. Luandi, o irmão de Ponciá, ama Bilisa, uma prostituta, e se refere à moça como "mulher-dama". A palavra mais lúbrica para se referir a prostituta – "puta" – também é usada, mas em contexto diferente, sempre em chave de análise crítica em relação a espaços afirmativos da mulher e, portanto, aqui foi escolhido o termo italiano puttana.

> Moça Bilisa se sabia ardente, deitara algumas vezes com os companheiros de roça e alguns saíam mais e mais desejosos de encontros com ela. Um dia, um homem enciumado chamou Bilisa de puta. A moça nem ligou. Puta é gostar do prazer. Eu sou. Puta é esconder no mato com quem eu quero? Eu sou. Puta é não abrir as pernas para quem eu não quero? Eu sou. E agora, novamente era chamada de puta pela patroa, só porque contou de repente que o rapaz dormia com ela. Tinha a impressão de que a patroa sabia (EVARISTO, 2003, p. 99).

O romance começa e termina com uma referência às culturas bantu: a palavra "angorô" – arco-íris – originária da mitologia bantu – que optamos por deixar no original, com uma Nota do Tradutor explicativa. Trata-se claramente de uma proposta de resgate cultural da autora, relativo à afrodescendência e, como tal, a palavra foi deixada intacta. Assim como a crença na história do arco-íris, outro traço-referência que Evaristo coloca como proposta de reconstrução cultural. Uma lembrança, uma história contada por alguém da família, um traço-referência. O arco-íris, Vô Vicêncio e Ponciá fazem parte desta reconstrução, assim como o barro e o rio.

A reflexão sobre o processo tradutório do *Ponciá Vicêncio* para o italiano deixa espaço para aperfeiçoamento. Consideramos, todavia, que o trabalho de tradução foi realizado com sucesso no que se refere à viabilidade e até mesmo à exigência de uma abordagem intercultural no processo. A possibilidade de diálogo com a autora e com interlocutores da língua de chegada e de saída abriu novas perspectivas, dando fôlego ao trabalho de tradução. Embora tenha ficado claro também que, no processo tradutório, mesmo se realizado a quatro mãos, tradução/revisão, e após a construção intercultural, o tradutor deve se manter sempre consciente de ser a figura última na tomada de decisão sobre as escolhas tradutórias, único responsável pelo resultado final.

REFERÊNCIAS

ARAÚJO, Rosângela. *A "Escrevivência" de Conceição Evaristo em Ponciá Vicêncio*: encontros e desencontros culturais entre as versões do romance em português e inglês. 2012. 198 f. Tese (Doutorado em Literatura e Cultura) – Faculdade de Letras da Universidade Federal da Paraíba, João Pessoa, 2012.

ARRUDA, Aline Alves. *Ponciá Vicêncio, de Conceição Evaristo*: um *bildungsroman* feminino e negro. 2007. 106 f. Dissertação (Mestrado em Teoria da Literatura) – Universidade Federal de Minas Gerais, Belo Horizonte, 2007.

ATHAYDE, Mara Bilk de. *Mito, arquétipos e estereótipos em Ponciá Vicêncio, de Conceição Evaristo*. 2015. 149 f. Dissertação (Mestrado em Teoria Literária) – Centro Universitário Campos de Andrade, Curitiba, 2015.

BENJAMIN, Walter. *A tarefa do tradutor, de Walter Benjamin*: 4 traduções para o português. CASTELLO BRANCO, Lúcia (Org.). Belo Horizonte: Viva Voz FALE/UFMG, 2008.

CORRIERI DELLA SERA. *Dicionário de Italiano*. Disponível em: <http://dizionari.corriere.it/>. Acesso em: 01 nov. 2015.

DICIONÁRIO INFORMAL. *Dicionário de Português*. Disponível em: <http://www.dicionarioinformal.com.br>. Acesso em: 20 out. 2015.

EVARISTO, Conceição. *Ponciá Vicêncio*. Belo Horizonte: Mazza Edições, 2006.

NEVES, Lucas. Negra em Salão do Livro causa furor, diz autora brasileira. *Folha de S. Paulo*, São Paulo, 23 mar. 2015. Disponível em: <http://www1.folha.uol.com.br/ilustrada/2015/03/1606652-negra-em-salao-do-livro-causa-furor-diz-autora-brasileira.shtml>. Acesso em: 20 out. 2015.

ALVES, Uellinton Farias. O fio da memória de Conceição Evaristo. *O Globo*, Rio de Janeiro, 04 abr. 2016. Disponível em: <http://oglobo.globo.com/cultura/livros/o-fio-da-memoria-de-conceicao-evaristo-15766815>. Acesso em: 20 out. 2015.

HOUAISS, Antônio. *Dicionário Houaiss da Língua Portuguesa*. Rio de Janeiro: Objetiva, 2001.

LITERAFRO. <http://150.164.100.248/literafro/>. Acesso em: 20 out. 2015.

MESCHONNIC, Henri. *Poética do traduzir*. Trad. Jerusa Pires Ferreira e Suely Fenerich. São Paulo: Perspectiva, 2010.

OSIMO, Bruno. *Manuale del Tradutore*. 3. ed. Milano: Hoepli, 2011.

VENUTI, Lawrence. *Escândalos da tradução*: por uma ética da diferença. Trad. Laureano Pelegrin, Lucinéia Marcelino Villela, Marileide Dias Esqueda e Valéria Biondo. Bauru: EDUSC, 2002.

WIKIPEDIA ITALIANA. Disponível em: <https://it.wikipedia.org/>. Acesso em: 01 jul. 2016.

PORTUGUÊS BRASILEIRO. In: Wikipedia. Disponível em:<https://pt.wikipedia.org/wiki/Português_brasileiro>. Acesso em: 01 jul. 2016.

ZINGARELLI, N. *Vocabolario della língua italiana*. Bologna: Zanichelli, 2010. CD-ROM.

DIÁSPORA E MEMÓRIA: DESAFIOS DA CONTEMPORANEIDADE

DIÁLOGOS SOBRE ESCREVIVÊNCIA E SILÊNCIO

Cristiane Côrtes

O silêncio escapou
Ferindo a ordenança
E hoje o inverso
Da mudez é a nudez
Do nosso gritante verso
Que se quer livre.

Conceição Evaristo,
"Da conjugação dos versos"[1]

Hoje, considerada uma escritora brasileira de relevância internacional, Conceição Evaristo ainda extrai o conformismo da tradição ao traçar uma estética que, como afirma Marcos Fabrício da Silva[2], culmina numa atitude de emancipação epistemológica e performática a partir de uma articulação entre ficção e história, nomeado, pela autora, de escrevivência. Em um artigo autobiográfico publicado em 2007, Conceição resgata um dos aspectos mais importantes da escrevivência. Nele, o universo de histórias, fantasia e imagens se mistura à fome e à "servidão" da família de lavadeiras. Mãe, avó, tias, mulheres-símbolo, exemplos de luta e inspiração para a criação de histórias que não servem para "ninar os da casa grande e sim para incomodá-los em seus sonhos injustos" (EVARISTO, 2007, p. 21). A tradição dessas mulheres que faziam do chão e do

---

[1] EVARISTO. "Da conjugação dos versos", 2008, p. 49.
[2] Disponível em: <http://nossaescrevivencia.blogspot.com.br/2013/03/a-poetica-da-ancestralidade-em-poemas.html.> Acesso em 20 de set. de 2022.

barro o papel-tela para desenhar e chamar o sol, num gesto performático, um ritual para afastar a fome e trazer a fantasia, é o pano de fundo para a autora de "Vozes mulheres", o escopo da escrevivência está ali: criação de uma tradição que tece a dor num faz de conta impactante, ascende os seus, joga luz onde só havia relampejos, dá voz ou inventa formas de adentrar o silêncio daqueles que não se reconhecem na tagarelice da pós-modernidade ainda cartesiana.

A palavra escrevivência é um neologismo que, por uma questão morfológica, facilmente compreendemos do que se trata. A ideia de juntar escrita e experiência de vida está em vários textos ligados à literatura contemporânea. Entretanto, Evaristo se apropria do termo para elucidar o seu fazer poético e lhe fornece contornos conceituais. Traçando a trajetória do conceito, podemos partir do texto, de 2005, publicado pela Editora Universitária da UFBA referente a uma conferência dada dois anos antes na mesma faculdade intitulada "Gênero e Etnia: uma escre(vivência) de dupla face". Nele, há uma definição que acaba por se aplicar a toda uma geração de escritoras negras que imprimem em seu texto o desejo de que as marcas da experiência étnica, de classe ou gênero estejam realmente representadas no corpo do texto literário. Nas palavras da autora:

> Assenhoreando-se "da pena", objeto representativo do poder falocêntrico branco, as escritoras negras buscam inscrever no corpus literário brasileiro imagens de uma autorrepresentação. Surge a fala de um corpo que não é apenas descrito, mas antes de tudo vivido. A escre(vivência) das mulheres negras explicita as aventuras e as desventuras de quem conhece uma dupla condição, que a sociedade teima em querer inferiorizada, mulher e negra. (EVARISTO, 2005, p. 204)

O conceito, então, se destaca pela aproximação por um lado e distanciamento por outro da realidade transformada em ficção com o objetivo de trazer um diferente olhar para a cena literária habitual em que os estereótipos e os lugares dos negros, brancos pobres e ricos estão muito demarcados. Levando a questão da identidade e diferença para o texto literário, a escrevivência teria esse duplo papel de releitura ou rasura da história e de reversão do estereótipo da mulher negra no país, pois tem à frente mulheres intelectuais e conscientes do poder de transformação da leitura e da escrita.

É notório que o termo escrevivência passa a ter então uma importância histórica e dialoga intimamente com as dimensões do silêncio que estamos delineando aqui, isso porque, nas entrelinhas da literatura canônica e história oficial há um lugar silenciado que as autoras desejam reparar. Nas palavras de Evaristo:

> Essas escritoras buscam na história mal contada pelas linhas oficiais, na literatura mutiladora da cultura e dos corpos negros, assim como em outros discursos sociais, elementos para comporem as suas escritas. Debruçam-se sobre as tradições afro-brasileiras, relembram e bem relembram as histórias de dispersão que os mares contam, se postam atentas diante da miséria e da riqueza que o cotidiano oferece, assim como escrevem as suas dores e alegrias íntimas. (EVARISTO, 2005, p. 204)

O corpo mutilado está alegoricamente representando uma dimensão do silêncio que traço em minha tese. Há aqui uma falta irreparável no que tange a história de uma cultura negligenciada. A camada mais profunda do que chamo de poéticas de silêncio está no desdobramento da invisibilidade histórica dos negros e pobres no projeto de nação. O *silêncio transgressor* traz a diversidade e a identidade junto dos seus conflitos para o espaço da escrita. Seu caráter é de denúncia e sua ferramenta é a experiência, pois nela há a possibilidade de leitura do que foi negligenciado. O silêncio transgressor salta dos escombros, está no acolhimento do vazio de Ponciá, no abandono da farda de Luandi. Sua representação no espaço literário dialoga, portanto, com o conceito de escrevivência que Evaristo delineia.

A perspectiva da escrevivência alcança uma dimensão cultural e política, mas sem recair nas armadilhas da literatura puramente engajada, preservando a potência da realidade social na ficção. É uma literatura que suplementa aquela habitual, não deseja golpeá-la, mas sabotá-la, repetir para transformá-la. A personagem Tio Totó, no romance *Becos da memória*, de Evaristo, traz a questão do difícil acesso dos negros e pobres à escrita – situação, diga-se de passagem, encontrada em várias personagens da prosa evaristiana – e o processo de reversão da situação que dialoga com o conceito em questão:

Nas andanças de lá para cá, consegui um punhado de almanaque, li todos, foi o tempo em que eu mais li. [...] Senti que lia melhor. [...] Uma vez li em voz alta pra mim e senti que quase não gaguejava mais. Passei então a copiar tudo que eu gostava num caderno e veja isso aqui. [...] Os sonhos dão para o almoço, para o jantar, nunca.
- *Fiquei embatucado com aquele dizer. Primeiro pensei que era sonho* (doce, daquele tão gostoso que sua tia Maria-velha faz). [...] perguntei ao Zé Noronha [...] ficou de levar para a escola. Era pedreiro de dia e estudava de noite. E, se levou, nunca me deu resposta. Um dia, encontrei novamente o almanaque nos pertences meus. [...] Hoje só tenho comigo o caderno e agora entendo o que quer dizer. Hoje sei que o escrito fala do sonho. [...]
Hoje descobri a verdade do dizer daquele ditado. Sonho só alimenta até a hora almoço, na janta, a gente precisa de ver o sonho acontecer. Tive tanto sonho no almoço de minha vida, na manhã de minha lida, e hoje, no jantar, eu só tenho a fome e a desesperança. (EVARISTO, 2013, p. 73-74, grifo nosso, itálico da autora)

O trecho dialoga com a teoria aqui descrita em várias esferas. No texto, a ideia da gagueira nos mostra a interferência do pobre e subalterno na língua oficial: a necessidade de repetição para o possível encontro com o seu sentido. Gaguejar muito ou pouco denota o grau de dificuldade em lidar com um idioma que deveria lhe ser familiar e a impossibilidade de usá-lo com destreza para a construção de sua realidade. O trecho ilustra um entendimento da língua que vai do literal ao metafórico e, nessa crescente, o entendimento se torna doloroso. Ao saber de que "sonho" o dizer tratava, a personagem cai em desesperança. O acesso à língua escrita abriu caminhos, mas também abriu os olhos de tio Totó para compreender tudo que estava fora de seu alcance. A reiteração do advérbio de tempo "hoje" comunga com o conceito de escrevivência, pois costura a percepção mais profunda da vida, do texto com a experiência. Não bastou à personagem conhecer as letras para compreender o pequeno texto que desejara destrinchar; era preciso vivenciar algo para que aquelas palavras fizessem sentido. A dificuldade da personagem em encontrar uma resposta para suas questões dialoga com um silêncio da negação, pois evidencia a invisibilidade e falta de interlocução provocada pelo abismo existente entre ricos e pobres do país no que tange à educação. A ausência de fome a que se refere tio Totó, descrita na prosa poética de Evaristo é o silêncio transgressor que marca exatamente por mostrar o que falta, o que faltou historicamente.

Notemos que a autora estabelece uma relação com a língua escrita sem abandonar a oralidade, pois explica: "creio que a gênese da minha escrita está no acúmulo de tudo que ouvi desde a infância" (EVARISTO, 2007, p. 19). O que lhe faltava de matéria literária escrita sobrava na oralidade. Isso é acessar a língua pela margem ou encontrar nela uma intensidade que difere da comum ou culta. Ao criar seus próprios métodos de entender a língua e ao imprimir nela sua experiência, a autora, em muitas de suas narrativas e poemas cumpre o papel do narrador descrito por Benjamin, pois "O narrador retira da experiência o que ele conta: sua própria ou a relatada pelos outros. E incorpora as coisas narradas à experiência dos seus ouvintes" (BENJAMIN, 2011, p. 201). Apesar da análise de Benjamin culminar na ausência da figura do narrador com o advento do romance moderno e da morte da experiência, encontramos na obra de Evaristo uma retomada dessa intenção, mesmo fetichizada, a ideia do narrador é resgatada num intuito de salvar o passado que, por um lado valoriza a experiência e não a produção e, por outro, tenta encontrar aqueles que, com o processo de produção e mercantilização de tudo o que é experiência, ficaram excluídos.

O que a autora chama de escrevivência, seria uma maneira de preservar o narrador que lê a própria língua de uma forma particular e ao mesmo tempo coletiva. Suas experiências pessoais são convertidas numa perspectiva comunitária. O seu discurso sabota o oficial porque cria um devir mais justo e coerente com o povo que quer representar. Essa narrativa une experiência à linguagem para resgatar o passado ou vivificar a memória. Esse resgate possui uma dimensão política conectada a uma ideia de coletivo, que foge da representação e da interiorização da história individual, e dialoga com o silêncio transgressor na medida em que insiste na resistência do povo silenciado e na persistência em cravar no campo da escrita essa lacuna existente pela ausência da representatividade. A obra evaristiana cumpre o que Martins configura ao dizer que

> É no corpo mesmo da escrita que este outro Brasil se performa e se instala, e que a arte se quer também como ofício de transfiguração, de rearranjo da memória e da história. Nos retalhos dos textos aqui aludidos, os significantes voz, corpo e memória são os atavios que tecem o corpo alterno e alternativo dessa escritura. Ali, em contrapontos, contraltos, sussurros, sobretons, a negrura jubilosamente se ostenta, como fios de uma linguagem que reinaugura, em cada pulsação rítmica, em cada expressão figurada, em cada gesto textual, as sete faces dessas silhuetas desdobráveis. (MARTINS, 1997, p. 65)

Nas palavras da pesquisadora, reconhecemos as personagens de Conceição, seus poemas, uma poética da alteridade. A perspectiva "voz, corpo e memória" aliada ao "rearranjo da memória e da história" são o nosso ponto de partida para traçar ou compreender essa poética.

Há uma lacuna que a literatura preenche que pretende assinalar um mundo mais justo, mesmo que apenas no plano literário. É um porvir que enxerga outras possibilidades para a vida na arte. O prólogo que inaugura os contos de *Insubmissas lágrimas de mulheres* vai ao encontro das tessituras aqui presentes. Nele, a narradora – ou autora ficcionalizada – reconhece que suas histórias projetam o real devir e não a realidade:

> [...] estas histórias não são totalmente minhas, mas me pertencem, na medida em que, às vezes, se (con)fundem com as minhas. Invento? Sim, invento sem o menor pudor. Então as histórias são inventadas? Mesmo as reais, quando são contadas. Entre o acontecido e a narração do fato, alguma coisa se perde e por isso se acrescenta. O real vivido fica comprometido. [...] Entretanto, afirmo que, ao registrar estas histórias, continuo no premeditado ato de traçar minha escrevivência. (EVARISTO, 2011, p. 9)

Dois pontos importantes se configuram nessas palavras. A ideia da escrevivência relacionada ao coletivo, num jogo de realidade e ficção em que a autora se funde na sua obra e se dilui para fortalecer o "nós" e a presença da verossimilhança que dialoga com a realidade assumidamente ficcionalizada. Ao dizer que a escrita ganha quando se perde na invenção, a autora reconhece que há um delírio na linguagem capaz de modificar o que está sendo narrado. A autora se inspira no vivido, parte de sua subjetividade, das suas observações e emoções, dos seus estados de percepção e comoção para ultrapassá-lo, para fazer transbordar as vivências, para extrair desse vivido inéditas sensações e dar-lhes uma vida própria. O traço mais marcante desse estilo está exatamente na presença da oralidade tanto nos contos, quanto nos poemas e essa presença ocorre de forma cintilante e literal. Sua marca não é linguística, mas discursiva, está no ritmo e não na palavra, o livro a que pertence o prólogo aqui citado carrega enfaticamente esse aspecto. O trecho descrito a seguir denota tanto a simplicidade e sonoridade da linguagem oral, quanto a impressão da experiência, ratificando nossa consideração sobre o narrador:

> Enquanto Lia Gabriel me narrava a história dela, a lembrança de Aramides Florença se intrometeu entre nós duas. Não só a de Aramides, mas as de várias outras mulheres se confundiram em minha mente. Também veio a imagem da Mater dolorosa e do filho de Deus pregado na cruz, ficções bíblicas, a significar a fé de muitos. Outras deusas, mulheres salvadoras, procurando se desvencilhar da cruz, avultaram em minha memória. Aramides, Lia, Shirley, Isaltina, Daluz, e mais outras que desafiavam as contas de um infinito rosário de dor. E depois, elas mesmas, a partir de seus corpos mulheres, concebem a sua própria ressurreição e persistem vivendo. (EVARISTO, 2011, p. 81).

A aparente interlocução presente em todo o livro reforça ainda mais o tom da oralidade na obra. No excerto, percebemos muito do que estamos traçando no que tange ao estilo da autora. A ideia da experiência, também presente na personagem de *Becos da memória*, Tio Totó, aqui ganha *status* de uma coletividade feminina, pois parte das lembranças da narradora e de suas personagens, representando o micro, até uma das mulheres mais emblemáticas da nossa cultura, Maria mãe de Jesus, no plano macro. A dor, sentimento comum entre elas é o que as conecta, bem como a capacidade de superação que as eleva a um patamar quiçá místico, mas aqui colocado como ícone ou símbolo de todas as outras, mesmo as que não foram citadas, entretanto se fazem presente no discurso como "outras deusas, salvadoras".

A história oficial pode ser lida como uma memória coletiva oficial, ou seja, uma memória ideológica, instituída e, portanto, uma memória não criticada. Se aproximarmos a obra evaristiana da ficção pós-moderna, de acordo com Linda Hutcheon, mais do que contar a verdade ela deseja saber de quem é a verdade que se conta, ou seja, buscar quem contribui com o discurso histórico, em nome de quais projetos, acatando a quais interesses: "Romances pós-modernos [...] afirmam abertamente que só existem verdades no plural, e jamais uma só Verdade" (1991, p. 146). E ainda: "Como pode o historiador (ou o romancista) verificar qualquer relato histórico por comparação com a realidade empírica do passado a fim de testar a validade desse relato?" (p. 162). Tais textos questionam a quem pertence a noção de verdade na história e na literatura, visto que o que existe são "verdades", no plural; estas, por sua vez, condicionadas aos seus aspectos históricos, sociais e ideológicos.

Pensando em uma poética da alteridade em Conceição Evaristo, devemos reconhecer que a escrevivência é o grande salto que a autora realiza colocando-a num patamar valorizado dentro da produção literária contemporânea. A transgressão aqui está na criação de uma contranarrativa que se apoia na tradição dos seus, na ancestralidade e por isso é reversa, dupla. É o impossível devir literário que mobiliza essa escrita, num gesto de sabotagem da língua instituída, na gagueira, surge o silêncio que rasura o discurso do opressor e aponta para a força da língua menor, da particularidade dos povos e na vontade política que dialoga com as estratégias discursivas da linguagem literária.

Assim, se um texto resulta na corrosão da identidade e ideologia da formação de uma nação, seu caráter se torna político e a sua prática literária passa a suprir uma consciência nacional muitas vezes faltosa ou inoperante. É por promover essa desarticulação na ideia de nação e inserir uma consciência coletiva e nacional ausente, é que podemos afirmar que a concepção de escrevivência assume um papel, além de estético, político, um manifesto de resistência, um silêncio transgressor, que faz da literatura uma escrita a serviço da noite, uma potência em contraposição à experiência que pode aprisionar em sua dinâmica de coerção e captura.

REFERÊNCIAS

BENJAMIN, Walter. *Magia e técnica, arte e política*: ensaios sobre literatura e história da cultura. 7.ed. Trad. Sérgio Paulo Rouanet. São Paulo: Brasiliense, 1994. Obras escolhidas v. I.

DELEUZE, Gilles; GUATTARI, Félix. *Kafka: para uma literatura menor*. Trad. Rafael Godinho. Lisboa: Assírio & Alvim, 2003.

EVARISTO, Conceição. *Insubmissas lágrimas de mulheres*. Belo Horizonte: Nandyala, 2001.

EVARISTO, Conceição. *Ponciá Vicêncio*. Belo Horizonte: Mazza, 2003.

EVARISTO, Conceição. Gênero e Etnia: uma escre(vivência) da dupla face. In: MOREIRA, Nadilza Martins de Barros; SCHNEIDER, Diane (Ed.). *Mulheres no mundo, etnia, marginalidade e diáspora*. João Pessoa: Idéia, 2005. p. 201-212.

EVARISTO, Conceição. *Becos da memória*. Belo Horizonte: Mazza, 2006.

EVARISTO, Conceição. Da grafia-desenho de minha mãe, um dos lugares de nascimento de minha escrita. In: ALEXANDRE, Marcos Antônio (Org.) *Representações performáticas brasileiras*: Teorias, práticas e suas interfaces. Belo Horizonte: Mazza, 2007. p. 16-21.

EVARISTO, Conceição. *Poemas da recordação e outros movimentos*. Belo Horizonte: Nandyala, 2008.

HUTCHEON, Linda. *Poética do pós-modernismo*: história, teoria e ficção. Trad. Ricardo Cruz. Rio de Janeiro: Imago, 1991.

MARTINS, Leda Maria. *Afrografias da memória*: o reinado do Rosário no Jatobá. São Paulo: Perspectiva; Belo Horizonte: Mazza, 1997.

SILVA, Marcos Fabrício Lopes da. A poética da ancestralidade em poemas de Conceição Evaristo. Disponível em:<http://nossaescrevivencia.blogspot.com.br/2013/03/a-poetica-da-ancestralidade-em-poemas.html>. Acesso em: 10 maio 2015.

ESPAÇOS E SUJEITOS CONTEMPORÂNEOS: TRÂNSITOS E PERCURSOS

Juliana Borges Oliveira de Morais

As questões sobre as quais reflito neste trabalho dizem respeito a obras literárias de Conceição Evaristo, produzidas na contemporaneidade, sendo o meu recorte literário os textos publicados em *Poemas da recordação e outros movimentos* (2008) e dois contos originalmente publicados em *Cadernos Negros* e, posteriormente, na coleção de contos *Olhos d'água* (2014). Proponho um breve transitar por espaços representados, de forma a contemplar os percursos de sujeitos contemporâneos (vozes líricas ou personagens) nos textos analisados.

Primeiramente, pensar o espaço nas obras de Conceição é, antes de mais nada, um convite a um percurso por espaços, no plural. Isso porque esse conceito abarca diferentes possibilidades, todas elas pertinentes na escrita da autora: espaços discursivos, espaços da memória, espaços físico-geográficos, espaços diaspóricos (em decorrência da diáspora africana representada). Não somente espaços estão presentes na escrita de Conceição, mas também a temática do movimento, principalmente por se tratar de representações do universo da diáspora.

Inicialmente, a representação de espaços diaspóricos já leva consigo a temática do movimento, pois diásporas carregam um subtexto de deslocamento (partida de um local/lugar original de pertencimento) não temporário. No caso da diáspora africana, o deslocamento físico-geográfico tem sua origem no tráfico de escravos, a partir do século XVI, época na qual se constitui essa diáspora específica, descrita por Paul Gilroy (2001, p. 33) e que é contemplada nas obras.

Contudo, além do movimento geográfico, há também outros movimentos na escrita de Conceição, como o temporal, entre presente e passado (no visitar de espaços da memória), e também trânsitos geopolíticos: os sujeitos apresentados (personagens e eu-líricos) percorrem trajetos de autoconhecimento no espaço diaspórico ao qual pertencem. Convido, portanto, a um caminhar pela dimensão do espaço contemporâneo na escrita de Conceição, ressaltando trânsitos, assim como é o olhar crítico dos sujeitos representados.

Antes de continuar a discussão sobre o espaço e trânsitos, contudo, chamo a atenção para o título do presente trabalho, que faz alusão ao momento contemporâneo. O que significaria, portanto, ser contemporâneo? O filósofo Giorgio Agamben, em seu texto *O que é o contemporâneo e outros ensaios* (2009), nos ajuda a elucidar essa questão, caracterizando, de forma didática, a contemporaneidade e o sujeito contemporâneo. Primeiramente, Agamben relaciona o contemporâneo com uma "singular relação com o próprio tempo, que adere a este, e ao mesmo tempo dele toma distâncias" (2009, p. 58). O sujeito verdadeiramente contemporâneo, segundo ele, seria "aquele que não coincide perfeitamente com este, nem está adequado às suas pretensões" (p. 58). O sujeito contemporâneo teria, assim, a capacidade de dissociar-se do tempo presente, apesar de estar inserido nele. O filósofo elucida, em relação à importância do dissociar-se, que "aqueles que coincidem muito plenamente com a época, que em todos os aspectos a esta aderem perfeitamente, não são contemporâneos porque, exatamente por isso, não conseguem vê-la (p.58).

A segunda característica do caráter contemporâneo seria a de não se deixar cegar pelas inovações do século vigente, conseguindo entrever nessas também a sua parte sombra: "a sua íntima obscuridade" (AGAMBEN, 2009, p. 64). Contemporâneo, segundo Agamben, "é aquele que recebe em pleno rosto o facho de trevas que provém do seu tempo" (p. 64). Esse sujeito, portanto, seria capaz de enxergar as trevas do momento que habita. Finalmente, ele afirma que "ser contemporâneo é, antes de tudo, uma questão de coragem: porque significa ser capaz não apenas de manter fixo o olhar no escuro da época, mas também de perceber no escuro uma luz que, dirigida para nós, se distancia infinitamente de nós" (p. 65). Logo, apesar das obscuridades do seu tempo, o sujeito contemporâneo conseguiria ver uma possibilidade de luz, mesmo que distante. Essa luz eu traduzo como esperança, pois ela não alcança o momento presente do sujeito, mas se apresenta como potencialidade verdadeiramente possível.

Esses aspectos em relação ao contemporâneo estão presentes nos espaços representados nas obras de Conceição Evaristo: as personagens e eu-líricos são capazes de perceber no espaço que transitam as suas obscuridades, mas ao mesmo tempo também suas possibilidades, vivenciando o espaço como "uma grandeza aberta e em constante reconstrução" (MASSEY, 2009, p. 29). Nesse espaço aberto, interacional, há sempre conexões ainda por serem feitas, justaposições ainda a desabrochar em interação (ou não, pois nem todas as conexões potenciais têm de ser estabelecidas), relações que podem ou não ser realizadas (p. 32). Os sujeitos contemporâneos parecem, consequentemente, dialogar com a perspectiva da geógrafa Doreen Massey acerca do espaço, pois enxergam nele suas obscuridades, ou limitações, porém também luz: movimento e possibilidade de transformação desse mesmo espaço.

A fim de ilustrar minha proposição de que Conceição privilegia sujeitos diaspóricos notadamente contemporâneos em suas obras, em especial mulheres negras, começo citando o poema "Vozes-mulheres," publicado primeiramente no número 13 de *Cadernos Negros*, em 1990, e que, segundo Eduardo Assis Duarte, "figura até hoje como uma espécie de manifesto-síntese" (2006) da poética de Conceição Evaristo:

> A voz de minha bisavó/ ecoou criança/nos porões do navio/ecoou lamentos/de uma infância perdida
>
> A voz de minha avó/ecoou obediência/ aos brancos-donos de tudo.
>
> A voz de minha mãe ecoou baixinho revolta [...] roupagens sujas dos brancos/pelo caminho empoeirado/rumo à favela
>
> A minha voz ainda/ecoa versos perplexos/com rimas de sangue e fome.
>
> A voz de minha filha/recolhe todas as nossas vozes/recolhe em si/as vozes mudas caladas/engasgadas nas gargantas. [...] (2008, p. 10-11).

Os versos enfatizam os vários trânsitos pelos quais o sujeito da enunciação perpassa, transparecendo, também, seu olhar contemporâneo a respeito do espaço que percorre. Ele percebe obscuridades, decorrentes dos ecos da escravidão no presente, pois ainda hoje há "versos perplexos, com rimas de sangue e fome," mas não deixa de conceber o espaço como dimensão aberta, sendo capaz de enxergar no escuro uma luz, representada na projeção do ato na voz de sua filha: "A voz de minha filha/ recolhe em si/ a fala e o ato/ O ontem - o hoje - o agora./ Na voz de minha filha/ se fará ouvir a ressonância/ o eco da vida-liberdade" (EVARISTO, 2008, p.11).

Relembrando as palavras de Agamben, o contemporâneo tem uma coragem que diz respeito a não apenas "manter fixo o olhar no escuro da época, mas também de perceber no escuro uma luz que, dirigida para nós, se distancia infinitamente de nós" (2009, p. 65). Nos versos citados, a voz da filha se distancia na medida em que se fará ouvir como ressonância, como eco, porém é projetada assertivamente até mesmo na escolha do tempo verbal, assertivo: "na voz de minha filha se fará ouvir a ressonância do eco da vida-liberdade" (EVARISTO, 2008, p.11).

Também no poema "Recordar é preciso" é possível perceber o olhar contemporâneo da voz lírica:

> O mar vagueia onduloso sob os meus pensamentos/ a memória bravia lança o leme/ recordar é preciso./
>
> O movimento vaivém nas águas - lembranças/ dos meus marejados olhos transborda-me a vida, / salgando-me o rosto e o gosto. /
>
> Sou eternamente náufraga, / mas os fundos oceanos não me amedrontam/ e nem me imobilizam. /
>
> Uma paixão profunda é a boia que me emerge. Sei que o mistério subsiste além das águas (EVARISTO, 2008, p.9).

A voz da enunciação expressa angústias advindas de experiências da diáspora, pois as águas lembranças citadas podem ser lidas como uma referência à travessia no Atlântico Negro, descrito por Gilroy (2001).

Contudo, o eu-lírico também demonstra a coragem de que fala Agamben, ao mencionar "uma paixão profunda, que é a boia que [o] emerge" (EVARISTO, 2008, p.9). Segundo a voz poética, há um mistério, afinal, "que subsiste além das águas." (EVARISTO, 2008, p. 9). A visão do eu poético de não se imobilizar perante o fundo do oceano diaspórico e de ser capaz de fomentar uma paixão que o faz subsistir além das águas remete à proposição de Avtar Brah de que a diáspora apresenta uma tônica de dor, mas, paradoxalmente, também de ganho. Segundo ela, diásporas são também potencialmente locais de esperança e de novos começos (1996, p. 193). Essa perspectiva da esperança é recorrente nas obras de Conceição.

Pode-se ver, por exemplo, no poema "Todas as manhãs," que a voz poética sente uma agudíssima dor e ouve, a cada dia, sua "voz-banzo: âncora dos navios de nossa memória" (EVARISTO, 2008, p. 13). Vale ressaltar no verso citado o pronome "nós," que marca a experiência coletiva que é a diáspora. Contudo, apesar da memória de dor, a esperança se revela quando a voz poética afirma, depois de mencionar a sua voz-banzo:

> Todas as manhãs junto ao nascente dia/ ouço a minha voz-banzo, / âncora dos navios de nossa memória. / Eu acredito, acredito sim/ que os nossos sonhos protegidos/ pelos lençóis da noite/ ao se abrirem um a um/ no varal de um novo tempo/ escorrem as nossas lágrimas/ fertilizando toda a terra/ onde negras sementes resistem/ reamanhecendo esperanças em nós (EVARISTO, 2008, p.13).

Há, nos versos mencionados, uma consciência diaspórica da dispersão (com sua dor) e também de novas possibilidades. Vale lembrar que o conceito de consciência diaspórica, segundo James Clifford, faz referência a uma consequência de culturas e histórias tanto em diálogo quanto em colisão, estando sempre em certo processo de devir (1994, p. 319). Se, por um lado, ela permite que comunidades se reconheçam diaspóricas no passar das gerações, por outro ela não é estável ou generalizável. Já Brah a descreve como um espaço discursivo, sempre em revisão (1996, p.208). Portanto, tampouco estável. Segundo Brah, consciência diaspórica diz respeito a um espaço no qual os posicionamentos dos sujeitos são justapostos, contestados, legitimados e desautorizados. O que é ressaltado nesse espaço, segundo ela, é a miríade de fissuras e fusões culturais que estão nas entrelinhas das formas contemporâneas de identidades transnacionais (1996, p. 218). Enfim, pode-se dizer que o eu-lírico, diaspórico, no poema de Conceição pode ser visto como contemporâneo, estando esse devir citado por Clifford (1994, p. 319) expresso nas sementes que reamanhecem esperanças, apesar dos punhos que sangram no momento presente.

Gostaria de mencionar ainda dois contos que ilustram de forma contundente espaços e sujeitos contemporâneos nas obras de Conceição. Um é "Ana Davenga," originalmente publicado nos *Cadernos Negros*, em 1995, e o outro é "Ayolwa, a alegria do nosso povo", publicado primeiramente nos *Cadernos Negros*, em 2005. Ambos são também publicados na coletânea *Olhos d'água* (2014): "Ana Davenga" configura-se como o segundo conto e "Ayolwa..." como o último. Nessa coletânea os contos não foram agrupados de forma cronológica à sua original publicação, sendo que "Olhos d'água," o primeiro conto, parece marcar o tom da coletânea (além de emprestar o seu nome para a coleção), enquanto "Ayolwa..." a termina, com chave de ouro, enfatizando exatamente o olhar no devir do espaço diaspórico.

Primeiramente, escolhi iniciar a discussão dos contos por "Ana Davenga" porque, apesar da narrativa apresentar um tom notadamente sombrio, mesmo nele, o olhar do sujeito protagonista, Ana Davenga, não se prende no espaço de interdição, rejeição e dor que o assola. Contextualizando a narrativa, Ana Davenga, mulher, negra, mora na favela e é mulher de Davenga, traficante de grande calibre. A tensão marca o conto desde o começo, pois há sempre o perigo da abordagem policial e do desmantelamento de uma certa ordem, criminosa, naquele espaço. O final, marcado pelo assassinato de Davenga e de Ana por policiais, é prefigurado pela atmosfera de constante tensão e medo da narrativa. A própria forma da narrativa parece ter cumplicidade com o conteúdo: curta, objetiva, intensa.

O que me chama a atenção neste conto é que, apesar de toda a obscuridade e opressão vividos por Ana Davenga, o seu olhar conseguia ver possibilidade de mudança; uma luz longínqua, ainda que no final interdita, interrompida: Ana foi morta protegendo, com as mãos, o desejo de vida em sua barriga. No dia de seu aniversário, ao ouvir batidas na porta, a voz narrativa onisciente conta que

> Ana Davenga alisou a barriga. Lá dentro estava a sua, bem pequena, bem sonho ainda. As crianças, haviam umas que de longe e às vezes de perto acompanhavam as façanhas dos pais. Algumas seguiriam as mesmas trilhas. Outras, quem sabe, traçariam caminhos diferentes? E o filho dela com Davenga, que caminho faria? Ah, isto pertence ao futuro (EVARISTO, 2014, p. 29).

É possível perceber, nesse trecho, o pensamento de Ana acerca do espaço como dimensão aberta, apesar de toda a obscuridade que a cercava.

O conto termina com o seguinte parágrafo: "Em uma garrafa de cerveja cheia de água, um botão de rosa, que Ana Davenga havia recebido de seu homem, na festa primeira de seu aniversário, vinte e sete, se abria" (EVARISTO, 2014, p.30). A simbologia do botão se abrindo, depois do assassinato do casal, sugere que, apesar dos pesares, o espaço é ainda passível de transformação, sofrendo a ação do movimento. Há, portanto, esperança.

Por fim, no conto "Ayolwa, a alegria do nosso povo," é também possível perceber o movimento no espaço apresentado: o narrador em primeira pessoa, que muitas vezes se funde a uma voz coletiva, diaspórica, nos fala, a princípio, que toda a comunidade se encontrava em um período de estagnação, de falta de perspectivas e de tristeza: "cada dia era sem quê nem porquê" (EVARISTO, 2014, p. 111). Essa paisagem, aparentemente estática, se movimenta na narrativa a partir de uma notícia: Bamidele (nome de ancestralidade africana, yorubá, que tem como um significado esperança) estava grávida.

Segundo a voz narrativa, "a partir daquele momento, não houve quem não fosse fecundado pela esperança, dom que Bamidele trazia em seu nome" (EVARISTO, 2014, p. 113). Ela continua: "Ficamos plenos de esperança, mas não cegos diante de todas as nossas dificuldades. Sabíamos que tínhamos várias questões a enfrentar. A maior era a nossa dificuldade interior de acreditar novamente no valor da vida" (EVARISTO, 2014, p.114). Percebe-se aí o sujeito contemporâneo de que nos fala Giorgio Agamben, fixo nas trevas de seu tempo, mas também capaz dever além, em um dado momento.

Por fim, no trecho final do conto, que também fecha a coletânea *Olhos d'água*, há uma síntese do tom da cartografia diaspórica contemporânea que Conceição Evaristo tece em suas obras:

> Ayolwa, alegria de nosso povo, continua entre nós, ela veio não como uma promessa de salvação, mas também não veio para morrer na cruz. Não digo que esse mundo desconcertado já se consertou. Mas Ayolwa, alegria de nosso povo, e sua mãe, Bamidele, a esperança, continuam fermentando o pão nosso de cada dia. E quando a dor vem encostar-se em nós, enquanto um olho chora, o outro espia o tempo procurando a solução. (EVARISTO, 2014, p.114).

Esse dissociar, representado no "espiar o tempo" constitui, portanto, um elemento marcante nos textos desta escritora: a presença do olhar consciente, crítico, contemporâneo, que enxerga também a luz, além das trevas do espaço transitado.

Na escrita de Conceição, em suma, o sujeito contemporâneo, esse que está no presente, percorre caminhos de consciência diaspórica, vendo as obscuridades que pertencem ao seu tempo, mas também enxergando suas potencialidades, ainda que longínquas. Essa esperança se constitui, a meu ver, uma marca textual da autora.

REFERÊNCIAS

AGAMBEN, Giorgio. *O que é contemporâneo? e outros ensaios*. Trad. Vinícius Nicastro Honesko. Chapecó: Argos, 2009.

BRAH, Avtar. *Cartographies of Diaspora*: Contesting Identities. Londres: Routledge, 1996.

CLIFFORD, James. Diasporas. *Cultural Anthropology*, Northampton, v. 3, n. 9, p. 302--338, 1994.

DUARTE, Eduardo de Assis. O *bildungsroman* afro-brasileiro de Conceição Evaristo. *Revista Estudos Feministas*, Florianópolis, v. 14, n. 1, 2006. Disponível em:<http://www.scielo.br/scielo.php?script=sci_arttext&pid=S0104-026X2006000100017>. Acesso em: 30 jun. 2016.

EVARISTO, Conceição. Ana Davenga. In: *Cadernos Negros* 18. São Paulo: Quilombhoje, 1995.

EVARISTO, Conceição. Ayoluwa, a alegria do nosso povo. In: *Cadernos Negros* 28. São Paulo: Quilombhoje; Ed. dos Autores, 2005.

EVARISTO, Conceição. *Olhos d'água*. Rio de Janeiro: Pallas, 2014.

EVARISTO, Conceição. *Poemas da recordação e outros movimentos*. Belo Horizonte: Nandyala, 2008.

GILROY, Paul. *O Atlântico negro*: modernidade e dupla consciência. Rio de Janeiro: Universidade Cândido Mendes, 2001.

O ROMANCE AFRO-BRASILEIRO DE CORTE AUTOFICCIONAL: "ESCREVIVÊNCIAS" EM *BECOS DA MEMÓRIA*[1]

Luiz Henrique Silva de Oliveira

A obra em prosa de Conceição Evaristo é habitada sobretudo por excluídos sociais, dentre eles moradores de favelas, meninos e meninas de rua, mendigos, desempregados, beberrões, prostitutas, "vadios", etc., o que ajuda a compor um quadro de determinada parcela social que se relaciona de modo ora tenso, ora ameno, com o outro lado da esfera, composta por empresários, senhoras de posses, policiais, funcionários do governo, dentre outros. Personagens como Maria-Nova, Maria Velha, Vô Rita, Negro Alírio, Bondade, Ditinha, Balbina, Filó Gazogênia, Cidinha-Cidoca, Tio Totó e Negra Tuína, de *Becos da memória* (2006), exemplificam no plano da ficção o universo marginal que a sociedade tenta ocultar.

Este livro, especificamente, é assinalado por intensa dramaticidade, o que desvela o intuito de transpor para a literatura toda a tensão inerente ao cotidiano dos que estão permanentemente submetidos à violência em suas diversas modalidades. Barracos e calçadas, bordéis e delegacias compõem o cenário urbano com que se defrontam os excluídos de todos os matizes e gradações, o que insinua ao leitor qual a cor da pobreza brasileira. A autora escapa das soluções fáceis: não faz do morro território de *glamour* e fetiche; tampouco investe no traço simples do realismo brutal, o qual acaba transformando a violência em produto comercial para a sedenta sociedade de consumo.

---

[1] Uma versão deste texto foi publicada na Revista *Terra Roxa e Outras Terras*, v. 17-B, 2010, p. 85-94.

Os episódios que compõem *Becos da memória* procuram aliar a denúncia social a um lirismo de tom trágico, o que remonta ao mundo íntimo dos humilhados e ofendidos, tomados no livro como pessoas sensíveis, marcadas, portanto, não apenas pelos traumas da exclusão, mas também por desejos, sonhos e lembranças. Violência e intimismo, realismo e ternura, além de impactarem o leitor, revelam o compromisso e a identificação da intelectual afrodescendente com aqueles colocados à margem do que o discurso neo-liberal chama de progresso.

Sabendo que é possível à obra (re)construir a vida, através de "pontes metafóricas", pelo projeto literário de Conceição Evaristo vislumbram-se pistas de possíveis percursos e leituras de cunho biográfico. O projeto autoral empenhado pulula aqui e ali – ora na ficção, ora em entrevistas, ora em textos acadêmicos – por meio de peças para a montagem de seu quebra-cabeça literário/biográfico. Uma das peças deste jogo parece ser a natureza da relação contratual estabelecida entre o leitor e o espaço autoficcional em que se insere *Becos da memória*. Aqui, a figura autoral incorpora-se e ajuda a criar imagens de outra(s) Conceição Evaristo, projetada(s) em seus personagens, como Maria-Nova, por exemplo. Em outras palavras, processa-se o que Phillipe Lejeune (1980, p. 62) chama de "exercício de elasticidade de um eu central". Desliza-se com facilidade na prosa de Evaristo entre o romance e a escrita de si. Se, tradicionalmente, aquele se preocupa com o universal humano e esta, com o particular ou com o indivíduo, a autora propõe a junção dos dois gêneros. Do ponto de vista formal não é diferente: não se utilizam capítulos, mas fragmentos bem ao gosto do narrador popular benjaminiano. Nesta perspectiva, vê-se o mundo através da ótica dos fragmentos e dos indivíduos anônimos que compõem boa parte da teia social.

Neste livro de corte tanto biográfico, quanto memorialístico, nota-se o que a autora chama de "escrevivência[s]", ou seja, "a escrita de um corpo, de uma condição, de uma experiência negra no Brasil" (EVARISTO, 2007, p.20). É o que podemos perceber em suas próprias palavras:

> o que levaria determinadas mulheres, nascidas e criadas em ambientes não letrados, e quando muito, semialfabetizados, a romperem com

> a passividade da leitura e buscarem o movimento da escrita? Talvez, estas mulheres (como eu) tenham percebido que se o ato de ler oferece a apreensão do mundo, o de escrever ultrapassa os limites de uma percepção de vida. [...] Em se tratando de um ato empreendido por mulheres negras, que historicamente transitam por espaços culturais diferenciados dos lugares ocupados pela cultura dominante, escrever adquire um sentido de insubordinação (EVARISTO, 2007, p. 20-21).

A leitura antecede e nutre a escrita para Evaristo, razão pela qual suporta a existência em condições desfavoráveis. Ler é também arquivar a si, pois se selecionam momentos e estratégias de elaboração do passado para que ele componha as cenas vividas, escritas e recriadas em muitos de seus personagens.

> Se a leitura desde a adolescência foi para mim um meio, uma maneira de suportar o mundo, pois me proporcionava um duplo movimento de fuga e inserção no espaço em que eu vivia, a escrita também, desde aquela época, abarcava estas duas possibilidades. Fugir para sonhar e inserir-se para modificar (EVARISTO, 2007, p. 17).

Em outro momento, a escritora reafirma seu projeto de escrita:

> e se inconscientemente desde pequena nas redações escolares eu inventava um outro mundo, pois dentro dos meus limites de compreensão, eu já havia entendido a precariedade da vida que nos era oferecida, aos poucos fui ganhando alguma consciência. Consciência que compromete a minha escrita como um lugar de autoafirmação de minhas particularidades, de minhas especificidades como sujeito-mulher-negra (EVARISTO, 2007, p. 20).

O lugar de enunciação mostra-se solidário e identificado com os menos favorecidos, vale dizer, sobretudo, com o universo das mulheres negras. E o universo do sujeito autoral parece ser recriado através das caracterizações físicas, psicológicas, sociais e econômicas de suas personagens do gênero feminino. Maria-Nova, presente em *Becos da memória*, aos nossos olhos, compõe-se de rastros do sujeito autoral: menina, negra, habitante durante a infância de uma favela e que vê na escrita uma forma de expressão e resistência à sorte de seu existir. Uma ponte metafórica que arriscamos instalar permite ver em comum, ainda, o fato de serem provenientes de famílias sustentadas por matriarcas lavadeiras, as quais transitavam por universos de prosperidade e de miséria. Ou seja, Conceição e Maria Nova cumpriram no espaço familiar em que estiveram o papel de "mediação cultural" (VELHO, 2001, p. 19) que aperfeiçoa o processo de *bildung* de uma e de outra. Vejamos depoimento abaixo, da própria de Conceição Evaristo, reeditando as reflexões de Maria-Nova em *Becos da memória*:

> precisávamos do tempo seco para enxugar a preocupação da mulher que enfeitava a madrugada com lençóis arrumados um a um nos varais, na corda bamba da vida. Foi aí, talvez, que eu descobri a função, a urgência, a dor, a necessidade e a esperança da escrita. É preciso comprometer a vida com a escrita, ou é o inverso? Comprometer a escrita com a vida? (EVARISTO, 2007, p. 17)

A hipótese com a qual pretendemos trabalhar é a de que a obra se constrói a partir de *rastros* (RICOEUR, 2007) fornecidos por aqueles três elementos formadores da escrevivência: *corpo; condição e experiência*. O primeiro reporta à dimensão subjetiva do existir negro, arquivado na pele e na luta constante por afirmação e reversão de estereótipos. Lê-se o passado e a tradição contrabandeando-os, saqueando-os. A representação do corpo funciona como ato sintomático de resistência e arquivo de impressões que a vida confere. O segundo aponta para um processo enunciativo fraterno e compreensivo com as várias personagens que povoam a obra. Ergue-se o que Maurice Halbwachs (2004) chama de "memória coletiva", já que o processo de identificação entre as personagens e a autora é iminente. O terceiro, por sua vez, funciona tanto como recurso estético quanto de construção discursiva, a fim de atribuir credibilidade e persuasão à narrativa. Aqui, o relato pode ser lido como resultado de experiências e aproximações entre a própria autora e Maria-Nova, esta quiçá entendida como desdobramento ficcional daquela e, se quisermos, de tantos e tantos que compõem o enredo, donde se pode dizer que a obra é impelida de um dever de memória/dever de escrita. Assim como o narrador, descrito por Walter Benjamin, em *Becos da memória* a voz enunciativa, num tom de oralidade e reminiscência, desfia situações, senão verdadeiras, bem verossimilhantes num espaço ficcional que bem se assemelha ao da infância da autora. Este "jogo especular" presente no texto procura construir parte da credibilidade do relato. Vale destacar que o estatuto de cunho biográfico aqui está muito marcado por uma "forma retórica de representação e dramatização" (MIRANDA, 1992, p. 40) do sujeito-empírico/ personagens.

Vale lembrar que os rastros, segundo Ricoeur (2007, p. 180), oferecem a possibilidade de interrogações, uma vez que representam indícios para a elaboração de pontes metafóricas por parte do pesquisador. Estas podem fazer com que o sujeito interrogado "fale", por meio de conjecturas, instaurando, não raro, leituras a contrapelo da tradição. No caso da literatura, mais especificamente a de corte (auto)ficcional, a "impostura" do analista busca romper os contratos de enunciação e fala instituídos, recriando o que Oullette-Michalska (2007) chama de "espaço autobiográfico". Entram em cena preenchimentos de fendas por parte do leitor, o que ajuda a multiplicar as possibilidades de compreensão do texto em foco, além de problematizar os conceitos de "autor", "escritor", "obra", "(auto)biografia" e "ficção".

De acordo com Philippe Lejeune, a autobiografia ou escrita de si se define como "narrativa retrospectiva em prosa que uma pessoa real faz de sua própria existência, enfocando sua vida individual, em particular a história de sua personalidade" (LEJEUNE, 1980, p. 14). Além disso, Lejeune, de maneira bastante dogmática aponta a necessidade de correspondência entre o nome próprio assinalado na capa do livro, o nome do personagem principal e o do narrador. Este pacto seria o diferencial entre o referido gênero e o romance. Aliás, este é, por sua estrutura, mais aberto a conjecturas. Preocupa-se com o universal humano, deixando o particular, o individual a cargo da escrita de vidas, não carecendo necessariamente da correspondência entre autor, enunciador e protagonista. Lejeune ainda admite que pode haver declaração do autor como sendo idêntico ao narrador, o que já caracteriza o pacto autobiográfico tradicional (LEJEUNE, 1980, p. 29). Curioso é que *Becos da memória* rompe com a conceituação de Lejeune e de boa parte da tradição, o que cria, por um lado, novo espaço autobiográfico através de pontes metafóricas possíveis de serem instauradas pelo leitor; por outro lado, suplementam as dimensões do pacto autobiográfico de Lejeune, pois, embora o nome presente na capa seja diferente do nome da protagonista e da narradora – que não se identifica, embora oscile entre a primeira e a terceira pessoa –, é possível conjecturar um desdobramento da autora em Maria-Nova, ou seja, esta enquanto um "ontem" daquela. Tudo isso por meio da noção de "escrevivência", enunciada por Conceição Evaristo, porque no livro há "deformações" de dados, é verdade, mas há índices de fidelidade ao modelo biográfico e à disposição memorialística. Senão, vejamos:

O primeiro *pacto escrevivencial* de leitura instaura-se já na composição das capas do livro. Espalhadas meio que ao acaso na superfície do papel, vislumbramos fotografias da infância da autora, na qual se percebem parentes e entes queridos. Podemos estender os integrantes das fotografias, metonimicamente, ao conjunto de personagens da obra. Além do mais, outro pacto pode ser instaurado: ficção e realidade entram em estreito diálogo, pois as memórias da autora bem que poderiam ser de vários dos que compõem sua narrativa. A fotografia na porção superior à direita da capa convida-nos inicialmente a desdobrar a autora em Maria-Nova, por exemplo, além de recuperar uma espécie de "passado ainda presente" tanto na vida da autora, quanto na da protagonista, quanto na de seu coletivo. Como bem lembra Wander Melo Miranda,

> a reevocação do passado constitui-se a partir de uma dupla cisão, que concerne, simultaneamente, ao tempo e à identidade: é porque o *eu* reevocado é diverso do *eu* atual que este pode afirmar-se em todas as suas prerrogativas. Assim, será contado não apenas o que aconteceu noutro tempo, mas como um outro, que ele era tornou-se, de certa fora, ele mesmo (MIRANDA, 1992, p. 31).

A postura corporal séria diante da vida, o olhar penetrante e profundo são caracteres comuns a ambas. Cremos que se intenciona aqui atrair o leitor para o pacto escrevivencial que se pretende dentro da história. Talvez mesmo este olhar, endereçado também ao leitor, seja o mesmo do tempo de enunciação presente ao rememorar uma vida de miséria:

> Hoje, a recordação daquele mundo me traz lágrimas aos olhos. Como éramos pobres! Miseráveis talvez! Como a vida acontecia simples e como tudo era e é complicado!
>
> Havia as doces figuras tenebrosas. E havia o doce amor de Vó Rita. Quando eu soube, outro dia, já grande, já depois de tanto tempo, que Vó Rita dormia embolada com ela, foi que me voltou este desejo dolorido de escrever (EVARISTO, 2006, p. 20).

Para além do apego à matriarca da família – um valor africano e uma realidade no que diz respeito à estruturação de muitas famílias brasileiras, sobretudo nos espaços periféricos – marca a protagonista um dever de escrita, uma ânsia a ser colocada para fora, uma cura que Carlos Drummond de Andrade costumava chamar de "dor de existir". Vemos também uma estratégia de vida, de combate, tanto da personagem Maria-Nova e seus embates com o cotidiano opressor, quanto de Conceição Evaristo, a mesma que, sem oportunidades em Belo Horizonte, migrou para o Rio de Janeiro em busca de inserção social e lá se tornou professora e escritora. Aliás, o duplo ensinar e escrever parece também marcar o pacto escrevivencial aqui. Os ensinamentos aos moldes de África recheiam a narrativa. Os mais velhos costumam dar conselhos, iluminar os caminhos dos mais novos, reproduzindo o gesto milenar dos *griots*. O leitor é convidado a beber desta fonte de conhecimentos, escrita em linguagem simples, terna, a qual cria uma noção espiralar para a temporalidade:

> Tio Tatão dizia que as pessoas morrem, mas não morrem, continuam nas outras. Ele dizia também que ela [Maria-Nova] precisava se realizar. Deveria buscar uma outra vida e deixar explodir tudo de bom que havia nela. Um dia ele disse, quase como se estivesse que dando uma ordem (Tio Tatão era nervoso, neurótico de guerra).
>
> – Menina, o mundo, a vida, tudo está aí! Nossa gente não tem conseguido quase nada. Todos aqueles que morreram sem se realizar,

> todos os negros escravizados de ontem, os supostamente livres de hoje, libertam-se na vida de cada um de nós que consegue viver, que consegue se realizar. A sua vida, menina, não pode ser só sua. Muitos vão se libertar, vão se realizar por meio de você. Os gemidos estão sempre presentes. É preciso ter os ouvidos, os olhos e o coração abertos (EVARISTO, 2006, p. 103).

Tio Tatão, uma espécie de "voz da experiência" para Maria-Nova, ao refletir sobre os significados da morte/vida dado o episódio de falecimento da prostituta Cidinha-Cidoca, acaba abrindo caminhos para a garota. No trecho acima, percebemos uma fusão de tempos, fatos e realizações projetados na garota, quando ela mesma decide trilhar o caminho da escrita. Muitos outros afrodescendentes ver-se-iam contemplados no sucesso de Maria-Nova. Aliás, a posição de ouvinte atenta aos conselhos de Tio Tatão parece ser a mesma que a autora espera encontrar em seu leitor, sobretudo se afro-brasileiro. Conforma aponta Cuti (2005), o texto afro-brasileiro está imbuído de um desejo de construção e elucidação do leitor negro, o que reitera o caráter muitas das vezes pedagógico da literatura afro-brasileira. Esta postura rompe com o estatuto objetificado da alteridade e a faz sujeito do campo cultural.

Um bom exemplo talvez seja a cena por que passou Evaristo e que se repete com Maria-Nova. Aliás, tem sido realmente um verdadeiro trauma para crianças negras estudar na Escola tópicos relativos à escravidão e seus desdobramentos, como aponta Consuelo Silva (1995). Enquanto a professora se limitava à leitura de um conteúdo abstrato e com visão eurocêntrica acerca do passado escravocrata, Maria-Nova não conseguia enxergar naquele ato – e na Escola – sentido para a concretude daquele assunto. Afinal, ela e a autora viviam e sentiam na pele as consequências da exploração do Homem pelo Homem na *terra brasilis*. Sujeito-mulher-negra, abandonada à própria sorte a partir do 14 de maio de 1888,

> Maria-Nova olhou novamente a professora e a turma. Era uma história muito grande! Uma história viva que nascia das pessoas, do hoje, do agora. Era diferente de ler aquele texto. Assentou-se e, pela primeira vez, veio-lhe um pensamento: quem sabe escreveria esta história um

> dia? Quem sabe passaria para o papel o que estava escrito, cravado e gravado no seu corpo, na sua alma, na sua mente (EVARISTO, 2006, p. 138).

A garota, ciente de que a história das lutas dos negros no Brasil começava a partir de 1530, com as primeiras levas diaspóricas, parece repetir o célebre questionamento de Gayatri Spivak: "pode o subalterno falar?". Mais que isso: falar, ser ouvido, redigir outra história, outra versão, outra epistemologia, que leve em conta não uma espécie de arquivamento de vencedores, mas que valorize o sujeito comum, anônimo, do dia-a-dia. Talvez Maria-Nova nem tenha se dado conta de que o que ela havia pensado era exatamente a fundamentação de boa parte dos Estudos Pós-Coloniais e da História Nova. Neste sentido, o corpo/texto de Maria-Nova/Conceição Evaristo possuem em comum a "missão política de inventar um outro futuro para si e para seu coletivo, o que lhe[s] imbu[em] de uma espécie de dever de memória/dever de escrita" (OLIVEIRA, 2007, s/p.). Vejamos:

> A vida parecia uma brincadeira de mau gosto. Um esconde-esconde de um tesouro invisível, mas era preciso tocar para frente. Ela sabia que a parada significava recuo, era como trair a vida. [...] Um dia, e agora ela já sabia qual seria a sua ferramenta, a escrita. Um dia, ela haveria de narrar, de fazer soar, de soltar as vozes, os murmúrios, os silêncios, o grito abafado que existia, que era de cada um e de todos. Maria nova, um dia, escreveria a fala de seu povo (EVARISTO, 2006, p. 161).

E a escrita acompanhará a pequena até a última página do livro, o que nos permite pensar que a missão ainda está em processo.

> Não, ela [Maria-Nova] jamais deixaria a vida passar daquela forma tão disforme. Era preciso crer. Vó Rita, Bondade, Negro Alírio não desesperavam nunca. [...] Era preciso viver. "Viver do viver". A vida não podia gastar-se em miséria e na miséria. Pensou, buscou lá dentro de si o que poderia fazer. Seu coração arfava mais e mais, comprimido lá dentro do peito. O pensamento veio rápido e claro como um raio. Um dia ela iria tudo escrever (EVARISTO, 2006, p. 147).

E escreveu seu mundo de papel. Talvez tenha cabido a Evaristo registrar o desejo de Maria-Nova e, logo, seu próprio desejo. O desdobramento de uma em outra e os pactos escrevivenciais que pretendemos instaurar não esgotam as possibilidades de leituras, mas permitem a possibilidade de muitas outras, no afã de mergulharmos, todos, no universo da autora. Este é, pois, o convite.

REFERÊNCIAS

ARRUDA, Aline Alves. *Ponciá Vicêncio, de Conceição Evaristo*: um *bildungsroman* feminino e negro. Dissertação (mestrado) – Faculdadede Letras da Universidade Federal de Minas Gerais, Belo Horizonte, 2007.

BENJAMIN, Walter. *O* narrador: considerações sobre a obra de Nicolai Leskov. In: _____. *Magia e técnica, arte e política*. São Paulo: Brasiliense, 1987.

CUTI [Luiz Silva]. O leitor e o texto afro-brasileiro. In: FIGUEIREDO, Maria do Carmo Lana; FONSECA, Maria Nazareth Soares (Org.). *Poéticas afro-brasileiras*. Belo Horizonte: Editora PUC-MG & Mazza Edições, 2002. p. 19-36.

EVARISTO, Conceição. *Becos da memória*. Belo Horizonte: Mazza, 2006.

EVARISTO, Conceição. Da grafia-desenho de minha mãe, um dos lugares de nascimento de minha escrita. In: ALEXANDRE, Marcos Antônio (Org.). *Representações performáticas brasileiras*: teorias, práticas e suas interfaces. Belo Horizonte: Mazza, 2007.

GOMES, Ângela de Castro. *Escrita de si, escrita da história*. Rio de Janeiro: Editora da FGV, 2004.

HALBWACHS, Maurice. *A memória coletiva*. São Paulo: Centauro, 2004.

LEJEUNE, Philippe. Biographie, témoignage, autobiographie: le cas de Victor Hugo Raconté. In: LEJEUNE, Philippe (Org.). *Je est un autre*: l'autobiographie de la littérature aux médias. Paris: Seuil, 1980. p. 60-102.

LEJEUNE, Philippe. *Le pacte autobiographique*. Paris: Seuil, 1996.

MIRANDA, Wander M. A ilusão autobiográfica. In: MIRANDA, Wander M. *Corpos escritos*. Graciliano Ramos e Silviano Santiago. São Paulo: Edusp; Belo Horizonte: Editora UFMG, 1992. p. 25-41.

OLIVEIRA, Luiz Henrique Silva de. Escritas anfíbias: arte e política em poemas de Solano Trindade, Cuti e Conceição Evaristo. In: *Anais do XI Seminário Nacional Mulher e Literatura – II Seminário Internacional Mulher e Literatura*. Rio de Janeiro: ANPOLL, 2005. v. 1. p. 102-112.

OULLETTE-MICHALSKA, Madeleine. *Autofiction et dévoilement de soi*. Montreal: XYZ Éditeur, 2007.

RICOEUR, Paul. *A memória, a história, o esquecimento*. Campinas: UNICAMP, 2007.

SILVA, Consuelo Dores. *Negro, qual é o seu nome?* 2ed. Belo Horizonte: Mazza Edições, 1995.

VELHO, Gilberto. Biografia, trajetória e mediação. In: VELHO, Gilberto; KUSCHNIR, Karina (Org.). *Mediação, cultura e política*. Rio de Janeiro: Aeroplano, 2001. p. 15-28.

NOS BECOS DA MEMÓRIA, A FORÇA DA NARRATIVA[1]

Simone Pereira Schmidt

O romance de Conceição Evaristo, *Becos da memória*, escrito nos anos oitenta, foi publicado pela primeira vez apenas em 2006. Este significativo intervalo entre o momento de sua escritura e o de sua publicação é por si só revelador das imensas dificuldades que enfrentam, em geral, aqueles que, vindos de lugares distantes dos centros – sejam eles geográficos, sociais, econômicos –, lutam para transpor essas barreiras. Felizmente, *Becos da memória* conquistou reconhecimento crescente junto ao público leitor, merecendo outra edição, pela Editora Mulheres, em 2013.

A narrativa deste belo romance começa por celebrar aqueles que, com suas vidas, constituíram a matéria de que são povoados os 'becos' da memória viva que aqui se transforma em escrita: "Homens, mulheres, crianças que se amontoaram dentro de mim, como amontoados eram os barracos da minha favela" (EVARISTO, 2013, p. 30). Nesta espécie de pórtico ao relato, a autora nos apresenta aos personagens de forma ampla, como a compor um quadro que se irá detalhar em cores e traços na continuidade da narrativa.

Assim, o romance inicia deixando claro quem são os sujeitos que pretende representar. Ao evocar, no texto que abre a narrativa, as pernas das lavadeiras "que madrugavam os varais com roupas ao sol" (p. 30), o pacto da representação é

---

[1] Uma versão deste texto serviu de prefácio à segunda edição de *Becos da memória* (Florianópolis: Editora Mulheres, 2013). Em outras publicações, desenvolvi em parte as reflexões que aqui constam: "Os desafios da representação: poéticas e políticas de leitura descolonial. *Via Atlântica*, USP, São Paulo, n. 24, p. 229-239, 2013; e "Traduzindo a memória colonial em português: raça e gênero nas literaturas africana e brasileira". *Anuário de Literatura*, UFSC, Florianópolis, v.18, n. esp, p. 99-114, 2013.

assumido pela autora: a escrita, com afirmou Donna Haraway (1994), é um jogo mortalmente sério, porque o que está em questão é justamente a possibilidade (ou a negação) da representação. A quem se representa, e como se representa são, portanto, questões cruciais para o discurso literário, visto aqui numa imagem que nos remete a Bakhtin (1981), como uma arena onde disputam constantemente as diversas forças políticas em que se constituem os grupos sociais. Especialmente num país como o Brasil, onde a questão da representação se mostra ainda tão problemática. Dar corpo à memória dos moradores da favela, caminhando em sentido contrário ao dos estereótipos que se colam à pele dos subalternos em nossa sociedade, é portanto uma estratégia de grande impacto político e cultural, já que permite ao leitor brasileiro, desamparado de uma tradição de representação das diferenças sociais e raciais em nossa cultura, entender melhor, como sugere Regina Dalcastagnè (2008, p. 216), "o que é ser negro no Brasil", e o que "significa ser branco em uma sociedade racista".

Para a construção de seu romance, a autora tomará como mote a estrutura sinuosa e múltipla dos becos da favela, que, percorridos pela narradora, mostram-se, a um só tempo, iguais e diversos, múltiplos, tortuosos, promissores, cheios de histórias de vida. A narrativa que a partir de então se desdobra é feita de pequenos relatos, breves histórias de vida de muitos personagens, homens, mulheres e crianças da favela. Nessas histórias vemos posta em prática a perspectiva benjaminiana de história (BENJAMIN, 1993), que privilegia o fragmento sobre a totalidade, a alegoria sobre o símbolo, dentro de uma compreensão mais profunda de que a história, tradicionalmente divulgada na perspectiva dos vencedores, pode ser escrita a contrapelo, dando vez a versões pequenas, mínimas, fragmentárias de vidas comuns, nem heroicas nem exemplares, pequenas vidas de personagens em cujos percursos se conjugam derrotas advindas de sua condição social, racial e de gênero. É nesse sentido que o trabalho das lavadeiras ocupa posição central na narrativa, sintetizando a atividade incansável dos corpos das mulheres da favela, em constante esforço de gerar e garantir a vida, enfrentando pobreza e violência. Corpos que atuam por vezes como único capital simbólico dos sujeitos negros, como assinalou Stuart Hall (2003), identificando neles verdadeiras "telas de representação" de sua experiência. São todas personagens femininas que atualizam, em suas histórias de vida e em seus próprios corpos, uma relação repetidamente evocada na narrativa: a aproximação entre senzala e favela.

Esta relação, senzala-favela, se atualiza no romance de duas formas. Primeiramente, na memória da escravidão, frequentemente relatada pelos mais velhos, em histórias nas quais rememoram sua infância passada em fazendas, senzalas, plantações e enfrentamentos com os sinhôs. Num segundo plano, o mais vívido no romance, a relação da senzala com a favela se atualiza na geografia dos becos onde se vivencia a condição subalterna dos seus moradores. Através deste fio que une o passado colonial e escravocrata com as profundas desigualdades vivenciadas na pele pelos descendentes dos escravos nas cidades de hoje, uma outra história da literatura brasileira, e de seus personagens, sem dúvida está a ser feita neste momento.

Atando as duas pontas deste fio de memória de uma herança tão silenciada quanto irresolvida em nossa história, a literatura que presentifica esta perturbadora relação, senzala e favela, nos permite encontrar, como afirma Eduardo de Assis Duarte (2009, p. 346), "uma história de superação vinda dos antepassados, a partir de uma perspectiva identificada com a visão do mundo e com os valores do Atlântico Negro". No corpo das mulheres negras, cujas histórias se destacam na profusão de narrativas que compõem o romance, se atualiza esta ligação entre o passado colonial e o presente povoado de heranças coloniais por resolver.

Em sua condição de mulheres em posições de subalternidade, as personagens redesenham, com seus corpos e sua experiência, os impasses vividos pelos colonizados, numa condição histórica com indelével poder de permanência, segundo Edward Said, quando afirma que "ter sido colonizado" é "uma sina com consequências duradouras, injustas e grotescas", que significa ser "potencialmente muitas coisas diferentes, mas inferiores, em muitos lugares diferentes, em muitos momentos diferentes" (SAID, 2003, p. 115-116).

Sueli Carneiro é uma das pensadoras que têm enfatizado a necessidade de se abandonar nosso pensamento de viés eurocêntrico sobre as questões sociais brasileiras, evocando "toda uma história de resistências e de lutas", em que as mulheres negras têm sido protagonistas "graças à dinâmica de uma memória cultural ancestral" (CARNEIRO, 2002, p. 191). Essa história, tornada invisível nos processos de canonização letrada da historiografia brasileira, omite, segundo Sueli Carneiro, a centralidade da questão racial nas hierarquias de gênero presentes em nossa sociedade, assim como universaliza valores de uma cultura particular (ocidental e burguesa) para o conjunto das mulheres – sem levar em conta os aspectos de dominação e violência que historicamente caracterizaram as relações entre brancos e não brancos.

Enquanto, em *Becos da memória*, se desenrolam as histórias dos personagens, a grande tensão que une todas as suas experiências é o crescente processo de desfavelamento, que culminará por expulsá-los a todos do único lugar a que pertencem, e que supostamente também lhes pertencia. A violência extrema da destruição da favela sinaliza dentro da narrativa a reiterada vitória dos mais fortes em nossa sociedade, fenômeno que aponta para o "enigma da desigualdade" explicitado por Osmundo Pinho (2009), que entrelaça, de forma continuada em nossa história, os índices que associam pertencimento racial e de classe.

Essa mesma desigualdade que se imprime no seio das relações sociais também atravessa a pele e marca profundamente a subjetividade das personagens. É isso que se percebe, por exemplo, na experiência da personagem Ditinha, que é empregada doméstica e se confronta diariamente com os padrões estéticos, sociais e econômicos que definem o que é ser uma mulher numa sociedade como a brasileira. Sua patroa alta, loira e rica, é o espelho onde se vê refletida como um não-eu. E é no espelho do quarto da patroa que a personagem vê e rejeita sua imagem:

> Olhou-se no espelho e sentiu-se tão feia, mais feia do que normalmente se sentia. "E se eu tivesse vestidos e sapatos e soubesse arrumar os meus cabelos? (Ditinha detestava os cabelos dela). Mesmo assim eu não assentaria com essas jóias." [...] "Claro que se eu tivesse joias, eu seria rica como D. Laura, eu não seria eu", riu de si mesma. Quis tocar nas jóias um pouquinho. Teve medo, recuou (EVARISTO, 2013, p.139-140).

O espelho onde Ditinha se vê reflete, de forma muito clara, a ausência de uma tradição de representação de outros paradigmas de beleza, autoestima, sociabilidade, que não aqueles construídos a partir das estritas regras coloniais, racializadas e patriarcais, os quais confinam o corpo da mulher negra em um lugar de negação de si mesma, ou em última instância, em um não-lugar. O problema da não-representação de outros modelos, outros paradigmas de corporalidade, afetividade, beleza, para além do modelo eurocêntrico, colonial, é justamente o vazio que deixa em uma tradição que, como a brasileira, é intrinsecamente plural, mas que não vivencia essa pluralidade, exceto na camada mais superficial e falaciosa dos discursos culturais.

Revelam-se assim algumas das complexas permanências da situação colonial no mapa das relações contemporâneas, especialmente no que se refere ao caráter sexualizado/gendrado/racializado do sujeito feminino, periférico e subalterno. As personagens do romance de Conceição Evaristo trazem em sua experiência as marcas daquilo que Margarida Calafate Ribeiro considera, em outro contexto, uma condição de dupla colonialidade, na qual se encontram duplamente silenciadas: "silenciadas pela condição de subalternidade no seio da diferença imposta pela colonialidade e silenciadas pela condição de subalternidade vivida no seio da diferença sexual" (RIBEIRO, 2008, p. 98-99). Como resposta a esse silenciamento, podemos pensar nos textos da autora como estratégias estéticas e políticas de representação. Ao propor uma representação no sentido inverso da colonialidade do poder, a escritora reivindica também de seus leitores uma prática de leitura descolonial, que pode ser resumida nesta bela formulação da escritora Gloria Anzaldúa (2000, p.232), numa espécie de carta-manifesto que dirigiu às escritoras do Terceiro Mundo: "Escrevo para registrar o que os outros apagam quando falo, para reescrever as histórias mal escritas sobre mim, sobre você".

Contra o poder de morte e destruição dos tratores que avançam sobre os barracos e seus moradores em *Becos da memória*, encontramos a força da narrativa, pois é a menina Maria-Nova, com seus olhos e ouvidos atentos às histórias dos mais-velhos, e com sua ligação a todas as experiências compartilhadas nas dores e alegrias da favela, quem irá se incumbir de reter na memória a vida ameaçada, e tomará para si a tarefa de um dia escrevê-la. O romance se encerra, assim, num movimento circular que retoma, em chave metanarrativa, o intuito da própria escritora, como percebemos na passagem em que, assistindo na escola a uma aula sobre a "libertação dos escravos", a menina se inquieta com o que lê no livro. Pensa nos personagens de sua favela, os mais velhos, as mulheres, as crianças que em sua maioria não vão à escola, "uma história viva que nascia das pessoas, do hoje, do agora" (EVARISTO, 2013, p. 210). Naquele instante a menina decide: "quem sabe escreveria esta história um dia? Quem sabe passaria para o papel o que estava escrito, cravado e gravado no seu corpo, na sua alma, na sua mente" (p. 210-211).

A força das palavras, da memória e da narrativa são as armas encontradas por Maria-Nova para seguir sua luta pela vida, mesmo depois da morte de muitos personagens, e da destruição da favela. Graças à sua iniciativa, o fim que aqui se impõe pode conduzi-la, e também a nós, a um outro começo.

REFERÊNCIAS

ANZALDÚA, Gloria. Falando em línguas: uma carta para as mulheres escritoras do terceiro mundo. *Revista Estudos Feministas*, Universidade Federal de Santa Catarina, Florianópolis, v.8, n.1, p. 229-236, 1º sem 2000.

BAKHTIN, Mikhail. *Problemas da poética de Dostoiévski*. Rio de Janeiro: Forense-Universitária,1981.

BENJAMIN, Walter. Teses sobre a Filosofia da História. In: ____. *Sobre arte, técnica, linguagem e política*. Lisboa: Relógio D'Água, 1993.

CARNEIRO, Sueli. Gênero e raça. In: BRUSCHINI, Cristina; UNBEHAUM, Sandra G. (Org.). *Gênero, democracia e sociedade brasileira*. São Paulo: Fundação Carlos Chagas/Ed. 34, 2002.

DALCASTAGNÈ, Regina. Quando o preconceito se faz silêncio: relações raciais na literatura brasileira contemporânea. *Gragoatá*, Niterói, n.24, p. 203-219, 1 sem. 2008.

DUARTE, Eduardo. Na cartografia do romance afro-brasileiro, *Um defeito de cor*, de Ana Maria Gonçalves. In: TORNQUIST, Carmen S. et al. (Org.). *Leituras de resistência*:corpo, violência e poder. Florianópolis: Mulheres, 2009. v. I. p. 325-348.

EVARISTO, Conceição. *Becos da memória*. 2. ed. Florianópolis: Mulheres, 2013.

HALL, Stuart. "Que 'negro' é esse na cultura negra?". In: ____. *Da diáspora*: identidades e mediações culturais. Belo Horizonte: Editora UFMG, 2003. p. 335-349.

HARAWAY, Donna. Um manifesto para os cyborgs: ciência, tecnologia e feminismo socialista na década de 80. In: HOLLANDA, Heloísa Buarque de (Org.). *Tendências e impasses*: o feminismo como crítica da cultura. Rio de Janeiro: Rocco, 1994. p. 243-288.

PINHO, Osmundo. O enigma da desigualdade. In: TORNQUIST, Carmen S. *et al.* (Org.). *Leituras de resistência*: corpo, violência e poder. Florianópolis: Mulheres, 2009. v. I. p. 367-388.

RIBEIRO, Margarida Calafate. Outros poderes, outros conhecimentos – Ana Paula Tavares responde a Luís de Camões. *Gragoatá*, Niterói, n.24, p. 89-100, 1 sem. 2008.

SAID, Edward. A representação do colonizado: os interlocutores da antropologia. In: *Reflexões sobre o exílio e outros ensaios*. São Paulo: Companhia das Letras, 2003. p. 114-136.

SILÊNCIO, TRAUMA E ESCRITA LITERÁRIA

Terezinha Taborda Moreira[1]

Em suas investigações sobre a linguagem, Ludwig Wittgenstein defende que, para que ela seja perfeita, deve haver meios de estabelecer relações claras e precisas entre fatos e palavras. Por isso, sua proposição 7 afirma: "O que não se pode falar, deve-se calar." (WITTGENSTEIN, 1968, p. 129). A proposição sugere que existem relações entre palavras e coisas sobre as quais não podemos falar, restando-nos, então, o silêncio. Chamando a atenção para a rigidez da proposição, E. M. Melo e Castro dirá que existe uma identidade entre o silêncio e o dizer: "quando as palavras dizem, elas dizem o que se pode dizer com elas: estão pois no campo do possível. Mas quando as palavras dizem o silêncio, elas dizem o que é provável que se posssa dizer com elas: estão pois no campo das probabilidades do dizer." (CASTRO, 1973, p. 9). O estudioso sugere que "se o dizer do que nos é possível é o dizer prosaico, o dizer do que é provável é o dizer poético." A poesia é, para Castro, "o silêncio que se diz em palavras". (CASTRO, 1973, p. 9). E acredito que possamos completar: a poesia é o silêncio no texto.

Associar poesia e silêncio não significa pressupor o texto como portador de um discurso pleno de sentido, ao qual nada se acrescentaria. Como afirma Susan Sontag, "o 'silêncio' nunca deixa de implicar seu oposto e depender de sua presença: é necessário reconhecer um meio circundante de som e linguagem para se admitir o silêncio." (SONTAG, 1987, p. 18, destaque da autora). Em um espaço pleno de discursos como é o texto, o silêncio pode ser a estratégia para um dizer poético que recusa "o peso da acumulação histórica" da linguagem, que

---

1   Este trabalho é parte das reflexões feitas no Projeto de Pesquisa "Linguagem e trauma na escrita literária angolana", com o apoio do CNPq

lhe impõe "significados de segunda ordem", que "a oneram, a comprometem e a adulteram". (SONTAG, 1987, p. 22). Pleno de sentidos, o silêncio seria a abertura dialética do texto para dizer do que é provável, do que a linguagem não diz, mas a circunda:

> Quando nada, porque a obra de arte existe em um mundo preenchido com muitas outras coisas, o artista que cria o silêncio ou o vazio deve produzir algo dialético: um vácuo pleno, um vazio enriquecedor, um silêncio ressoante ou eloquente. O silêncio continua a ser, de modo inelutável, uma forma de discurso (em muitos exemplos, de protesto ou acusação) e um elemento em um diálogo. (SONTAG, 1987, p. 18).

Abertura dialética da linguagem para dizer do que é provável, do que ela não diz, mas a circunda: assim será pensado o silêncio na obra *Ponciá Vicêncio*, da escritora Conceição Evaristo. O silêncio caracteriza a personagem Ponciá Vicêncio, protagonista do enredo. No movimento de construção da personagem e de seu enredo encontramos aquilo que Santiago Kovadloff chama de "silêncio da epifania", aquele da significação excedida, que, com sua irredutível complexidade, "subtrai o homem do solo petrificado do óbvio: o liberta". (KOVADLOFF, 2003, p. 24). O silêncio da epifania resulta de um ato criativo que retira o poeta de seu lugar usual de compreensão "pelo impacto não de um novo significado (uma vez que este só surgirá mais tarde, sob a forma de sua obra), mas de uma presença luminosa e inesperada – a do real subtraído de seu jugo ao previsível". (KOVADLOFF, 2003, p. 30).

Deslocando-se dos significados convencionais com os quais o feminino negro é caracterizado na literatura, Conceição Evaristo cria sua personagem por meio de um uso poético da palavra, o qual contraria os modelos a partir dos quais a mulher negra é representada. Na escrita literária de Evaristo, o silêncio é a resposta que a personagem oferece a uma condição de subalternidade que lhe é imposta, a qual é de ordem patriarcal, mas também racial e de classe. No contexto narrativo da obra, é pelo silêncio que a personagem resiste a essa condição. Ao mesmo tempo, o seu silêncio projeta, na escrita literária da autora, também uma resistência a uma tradição literária patriarcal, racial e de classe que tenta impor-lhe uma condição de subalternidade com a qual ela, no entanto, não se identifica. Assim, neste estudo, o silêncio será pensado como o recurso por meio do qual a personagem protagonista do romance resiste à subalternidade. Para além disso, pretende-se evidenciar como ele se torna, também, a estratégia por meio da qual a escrita literária de Conceição Evaristo se opõe à intimidação paralisante e silenciadora de uma tradição literária com a qual ela pretende dialogar.

    A primeira evidência de silêncio que encontramos na personagem refere-se ao fato de a voz narrativa não pertencer a ela, mas a uma narradora que, poeticamente, descortina para o leitor sua trajetória, da infância à idade adulta. Em meio às suas andanças, marcas, sonhos e desencantos, o leitor depara-se, já na abertura da narrativa, com uma personagem cujo presente é marcado pelo silêncio. Daí, talvez, sua história ser contada em terceira pessoa por uma voz que, apesar de ter que assumir uma posição distanciada em relação a ela, dela se aproxima em exercício de perscrutar sua essência, percebê-la e traduzi-la em uma fala-escrita que revela seu corpo em pura epifania. É como epifania que o corpo feminino e negro de Ponciá Vicêncio, o seu significado, é apresentado ao leitor quando a narradora conta:

> Quando Ponciá Vicêncio viu o arco-íris no céu, sentiu um calafrio. Recordou o medo que tivera durante toda a sua infância. Diziam que menina que passasse por debaixo do arco-íris virava menino. [...] Agora sabia que não viraria homem. Porque o receio, então? Estava crescida, mulher feita! Olhou firmemente o arco-íris pensando que se virasse homem, que mal teria? (EVARISTO, 2003, p. 10-11).

    Entre a infância feliz do passado, vivida na roça, no rio que corria entre as pedras, nos pés de pequi e de coco-de-catarro, nas canas e nas bonecas de milho do milharal e a "costumeira angústia no peito" (EVARISTO, 2003, p. 10) do presente, vivido na cidade depois de muitos anos fora da terra, uma indagação, enunciada em forma de certeza, parece conter todo o enredo da vida da personagem: "se virasse homem, que mal teria?".

    A condição feminina da personagem é definida pelo seu corpo. É ele o seu espaço de enunciação e de ação. Daí o medo constante que sente de tornar-se menino passando debaixo do arco-íris. O Angorô, a ancestral cobra sagrada que morde o próprio rabo, fazendo um ciclo que simboliza o infinito, surge da água em evaporação e, por isso, simboliza a transformação. Sua característica é a androginia. Sua simbologia é seu poder de ameaça. Por isso, para a personagem, diblar essa ameaça ancestral é afirmar a condição feminina. Conservar o corpo feminino e permanecer mulher é aquilo que, ao logo da infância, faz a personagem feliz.

Tal condição é relida em seu presente a partir de uma interrogação que revela sua aparente indiferença em torno do sentido do feminino. A interrogação recupera o processo de sequestro da subjetividade da personagem, que a conduz a um mutismo que restringe sua comunicação com o mundo que a rodeia. O sequestro da subjetividade de Ponciá Vicêncio resulta das perdas que ela acumula ao longo da vida. A morte do avô e do pai, a impossibilidade de frequentar a escola, a migração para a cidade, a separação da mãe e do irmão, o trabalho como doméstica que lhe permite apenas comprar um quartinho na periferia da cidade, o aborto dos sete filhos que esperava e as agressões do marido são as cicatrizes com as quais a voz narrativa sutura o corpo feminino e negro da personagem, grafando-o com os signos da privação, da ausência e do vazio. Cada perda se inscreve no corpo-discurso da personagem conformando o silêncio com o qual ela ocupa seu lugar no mundo.

Seu silêncio, no entanto, não significa renúncia. É antes uma fala com a qual a voz narrativa tece, em seu presente de mulher adulta, a interrogação que ela dirige à ameaça que se impõe a seu corpo: "Olhou firmemente o arco-íris pensando que se virasse homem, que mal teria?". Pelo silêncio a personagem desafia tudo que sequestra sua subjetividade e se inscreve na sociedade brasileira como expressão de uma tradição falocêntrica e branca, centrada na palavra dominante enunciada pelo masculino sobre o feminino negro. Seu silêncio, no entanto, não se insinua como paradigma oposto ao logos. Antes se apresenta como um discurso que questiona o logocentrismo e escapa à inscrição do feminino negro dentro do paradigma da mulher negra concebido pela ideologia patriarcal, branca e racista que vigora na sociedade brasileira. O silêncio é, assim, o mecanismo discursivo pelo qual ela escapa aos padrões culturais de significação que projetam a mulher negra em representações inferiorizantes que a vinculam à escravidão, à migração do campo para a cidade, ao trabalho doméstico, ao analfabetismo e à vida nas favelas.

A expressão da resistência de Ponciá Vicêncio em assumir essas representações inferiorizantes pode ser lida, por exemplo, em sua recusa a seu nome. Recusar o nome é resistir a um discurso de dominação patriarcal e racial. Na impossibilidade de significar o nome e esse discurso, ela opta por olhar o vazio: "gostava de olhar o vazio", "sabia para onde estava olhando. Ela via tudo, via o próprio vazio." (EVARISTO, 2003, p. 28). Sua opção pelo vazio pode ser pensada como uma inscrição topológica, no corpo físico e no corpo discursivo, de um desejo de criar uma brecha, uma passagem para a reinscrição de outro sentido, de outra significação para si mesma, a partir de sua própria subjetividade: "gostava da ausência, na qual ela se abrigava, desconhecendo-se, tornando-se alheia de seu próprio eu." (EVARISTO, 2003, p. 44).

Confundir-se com o vazio implica negar os fundamentos e a substância que conformam seu corpo a partir de um discurso cujo sentido é único, pré-estabelecido por um olhar ancorado em concepções logocêntricas, patriarcais, raciais e brancas, e abrir-se para a diferença, para uma representação discursiva da mulher que inclua o corpo feminino negro. Nessa abertura encontramos o movimento pelo qual a voz narrativa conduz a personagem em direção a uma compreensão do sujeito como múltiplo, contraditório, complexo e heterogêneo. O vazio para o qual ela mira pode ser pensado como o "outro lugar" ao qual se refere Teresa de Lauretis, ou seja, "o outro lugar do discurso aqui e agora, os pontos cegos, ou o *space-off* de suas representações", e ainda, "espaços nas margens dos discursos hegemônicos, espaços sociais entalhados nos interstícios das instituições e nas fendas e brechas dos aparelhos de poder-conhecimento." (LAURETIS, 1994, p. 237). Para a autora, é nesse outro lugar que os termos de uma construção diferente de gênero podem ser colocados. Isso porque esse outro lugar das representações do feminino é o ponto de interseção que nos coloca dentro dos discursos de gênero e, simultaneamente, fora dele. A estudiosa observa que "as mulheres se situam tanto dentro quanto fora do gênero, ao mesmo tempo, dentro e fora da representação". (LAURETIS, 1998, p. 218).

Parece ser este o lugar vazio no qual a voz narrativa situa Ponciá Vicêncio.

O lugar de onde ela pode pensar: "se virasse homem, que mal teria?". Nem enquadrada no gênero, nem excluída dele, mas gendrando e en-gendrando o corpo e o discurso, a voz narrativa conduz Ponciá Vicêncio sem negar ou essencializar o gênero, mas mostrando como a personagem o vive com suas ideologias, suas relações de poder, ao mesmo tempo em que denuncia os excessos e as faltas que a dizem daquilo que não a representa:

> Quem era ela? Não sabia dizer. Ficava feliz e ansiosa pelos momentos de sua auto-ausência. Antes gostava de ler. Guardava várias revistas e jornais velhos. Lia e relia tudo. [...] No tempo em que vivia na roça, pensava que, quando viesse para a cidade, a leitura lhe abriria meio mundo ou até o mundo inteiro. Agora nada lhe interessava mais nas notícias [...] (EVARISTO, 2003, p .92-93).

Assim, no desfecho do relato sobre a vida de Ponciá, a voz narrativa vai apresentá-la andando em círculos e desfiando "fios retorcidos de uma longa história" (EVARISTO, 2003, p. 131), enquanto molda, com as próprias mãos, a matéria viva da própria vida:

> Todo cuidado Ponciá Vicêncio punha nesse imaginário ato de fazer. Com o zelo da arte, atentava para as porções das sobras, a massa excedente, assim como buscava ainda significar as mutilações e as ausências que também conformam um corpo. Suas mãos seguiam reinventando sempre e sempre. E quando quase interrompia o manuseio da arte, era como se perseguisse o manuseio da vida, buscando fundir tudo num ato só, igualando as faces da moeda. Seus passos em roda se faziam ligeiramente mais rápidos então, sem, contudo, se descuidar das mãos. Andava como se quisesse emendar um tempo ao outro, seguia agarrando tudo, o passado-presente-e-o-que-há-de-vir. (EVARISTO, 2003, p. 131-132).

De volta às águas do rio de sua infância, juntamente com a mãe e o irmão Luandi, Ponciá Vicêncio se constrói como "elo e herança de uma memória reencontrada pelos seus". (EVARISTO, 2003, p. 132). Ao conduzir a personagem para as águas do rio a voz narrativa rompe a teia de desencontros que marca sua vida, incorpora em seu corpo a marca do vazio e a conduz para um espaço onde ela não se perderá jamais: o do fluir das águas, onde poderá emendar o tempo lembrado e esquecido da personagem, agarrando o seu passado-presente-e-o-que-há-de-vir num ato de fazer, de reinventar sempre e sempre, que lhe permita significar discursivamente as mutilações e ausências que também conformam o corpo feminino negro de Ponciá Vicêncio.

A relação entre a mulher e o silêncio tem sido assinalada pela crítica feminista há já algum tempo. Sandra M. Gilbert e Susan Gubar (2000), por exemplo, apontam o silenciamento que a literatura canônica ocidental impõe à mulher, chamando a atenção para o fato de que a pena, por ser uma ferramenta essencialmente masculina, pode ser pensada como um falo metafórico, o que as leva considerar as atividades de escrever, ler e pensar como masculinas no contexto dessa literatura. A partir dessa associação entre gênero, literatura e poder, Gilbert e Gubar evidenciam a ausência da voz da mulher no espaço da escrita literária canônica ocidental, fato que, segundo elas, pode ser comprovado pelas imagens da mulher nessa literatura, que oscilam entre dois estereótipos a partir dos quais ela é lida e representada na sociedade patriarcal e falocêntrica ao longo dos séculos: a de anjo e a de monstro. Nas duas situações, resta à mulher uma condição de silenciamento, visto que sua possibilidade de se expressar fica circunscrita à incorporação das máscaras com as quais ela é falada.

E Gayatri Chakravorty Spivak incorpora à discussão as diferenças de raça e de classe, observando como, no contexto do itinerário obliterado do sujeito subalterno, apesar de tanto o homem quanto a mulher serem objetos da historiografia colonialista e sujeitos da insurgência, a construção ideológica de gênero mantém a dominação masculina. Para Spivak, "se, no contexto da produção colonial, o sujeito subalterno não tem história e não pode falar, o sujeito subalterno feminino está ainda mais profundamente na obscuridade". (SPIVAK, 2010, p. 64).

Esta análise da obra de Conceição, embora superficial, ilustra a relação entre gênero, literatura e poder, como também as diferenças entre raça e classe, propostas pelas estudiosas. A brasileira Conceição Evaristo é uma escritora negra que produz suas obras em um espaço com história de colonização. Sua criação estética se constrói diante da constrangedora limitação que lhe impõe a relação entre gênero, literatura e poder e da restrição à possibilidade de fala com que se depara o sujeito subalterno feminino num contexto de produção influenciado pela história colonial. Esses constrangimentos e limitações permitem-nos verificar como o tornar-se escritora é, para a mulher negra, uma experiência traumática.

No Brasil esse trauma é acentuado pela formação heterogênea da sociedade, marcada por distinções raciais que produziram bloqueios à inserção do negro nos princípios civilizados que funcionaram como anteparos à modernidade capitalista. A esse respeito, Florestan Fernandes (2008) evidencia a lenta integração do negro na sociedade de classes, mostrando como a expansão do capitalismo e a modernização da cidade de São Paulo, no início do século XIX, teve seu ajuste a partir de uma desigualdade entre negros e imigrantes. Fernandes destaca a importância da família como substrato institucional fundamental para a inserção do sujeito no novo modelo de sociedade, servindo-lhe de alicerce à rápida ascensão econômica, social e política. Como os negros tinham uma família incompleta, faltava-lhes o apoio inicial para sua sobrevivência no novo modelo social.

Na trajetória da literatura brasileira, essa experiência traumática é registrada em reflexões como, por exemplo, a de Domício Proença Filho (2004), sobre as abordagens depreciativas, reducionistas e negativas que levam ao apagamento da presença negra na formação da identidade nacional brasileira. Sobre a representação da mulher negra na literatura, Eduardo Assis Duarte (2015) explora a condição de corpo disponível que marca a figuração literária da mulata ao longo do tempo. Essa representação da mulher negra na literatura brasileira suscita em Conceição Evaristo uma questão, reiterada por Duarte, relativa à esterilidade com a qual essa mulher é marcada. Para ambos, a esterilização parece ser uma forma de apagamento da contribuição africana em nossa história e cultura.

Como se percebe, o apagamento da presença negra na literatura, na história e na cultura brasileiras se dá por um processo duplamente traumático. Primeiramente, pela fixação do corpo da mulher negra ao lugar de um mal não redimido, nas palavras de Evaristo (2005). Se o corpo da mulher branca é construído pela dialética do bem e do mal, do anjo e do demônio, cujas figuras são Maria e Eva, e se esse corpo "se salva" pela maternidade, então existe salvação para este corpo no imaginário da cultura ocidental. Porém, como a representação do corpo da mulher negra não é construída a partir desse imaginário dialético, sua figuração na escrita literária o confina ao imaginário do mal, do demoníaco. Para ele, portanto, não existe a redenção da maternidade, não existe salvação. Por isso, sua inclusão na história e na cultura brasileira, feita por meio da literatura e dentro de padrões ocidentais de escrita literária, se realiza por um signo que garante sua exclusão. Ao mesmo tempo, sendo representado no imaginário da cultura e da literatura brasileira por um signo de exclusão, o corpo feminino negro não tem voz nesses espaços.

Esse processo duplamente traumático gera um problema para a representação literária brasileira e afrodescendente, como também para a crítica literária. Para a literatura brasileira e afrodescendente, torna-se necessário ressignificar o corpo feminino negro no espaço literário fora dos padrões dialéticos estabelecidos para o corpo da mulher no imaginário da literatura e da cultura ocidental e, também, fora do estereótipo do demoníaco na literatura e na cultura brasileira. A esse respeito, a própria Conceição Evaristo salienta que

> Assenhorando-se "da pena", objeto representativo do poder falocêntrico branco, as escritoras negras buscam inscrever no corpus literário brasileiro imagens de autorrepresentação. Criam, então, uma literatura em que o corpo-mulher-negra deixa de ser o corpo do "outro" como objeto a ser descrito, para se impor como sujeito-mulher-negra que se descreve, a partir de uma subjetividade própria experimentada como mulher negra na sociedade brasileira. Pode-se dizer que o fazer literário das mulheres negras, para além de um sentido estético, busca semantizar um outro movimento que abriga todas as nossas lutas. Toma-se o lugar da escrita, como direito, assim como se toma o lugar da vida. (EVARISTO, 2005, p. 54).

Vemos que uma tradição autoral feminina que permita às autoras negras insurgir-se contra uma autoridade literária excludente está se constituindo no Brasil pelo ato de apossar-se da pena efetuado por escritoras que, ao tomar o lugar da escrita, como direito, tomam também o lugar da vida. Naturalmente, a consolidação dessa tradição impõe, para a crítica literária, a necessidade de firmar o diálogo com essas vozes de autoria feminina que podem materializar a tradição autoral feminina negra brasileira e afro-brasileira que se vai constituindo.

REFERÊNCIAS

CASTRO, E. M. de Melo e. *O próprio poético*: ensaio de revisão da poesia portuguesa atual. São Paulo: Quíron, 1973.

DUARTE, Eduardo de Assis. Mulheres marcadas: literatura, gênero, etnicidade. *Terra Roxa e outras terras*. Revista de Estudos Literários. V. 17-A (dez. 2009). Disponível em http://www.uel.br/pos/letras/terraroxa/g_pdf/vol17A/TRvol17Aa.pdf. Acesso em 25/8/2015.

EVARISTO, Conceição. *Ponciá Vicêncio*. Belo Horizonte: Mazza, 2003.

EVARISTO, Conceição. Da representação a auto representação da mulher negra na Literatura Brasileira. In: *Revista Palmares*: Cultura Afro-brasileira. Ano I, n. 1, agosto 2005.

FERNANDES, Florestan. *A integração do negro na sociedade de classes*. São Paulo: Editora Globo, 2008.

GILBERT, S. M.; GUBAR, S. *The madwoman in the attic*. New Haven; London: Yale University Press, 2000.

KOVADLOFF, Santiago. *O silêncio primordial*. Trad. Eric Nepomuceno e Luís Carlos Cabral. Rio de Janeiro: José Olympio, 2003.

LAURETIS, Teresa. As tecnologias do gênero. In: HOLLANDA, Heloísa Buarque de (Org.) Tendências e impasses. *O feminismo como crítica da cultura*. Rio de Janeiro: Rocco, 1994, p. 206-242.

PROENÇA FILHO, Domício. A trajetória do negro na literatura brasileira. In: *Revista Estudos Avançados*, USP, v. 18, nº 50, 2004, p. 161- 192.

ROSSI, Aparecido Donizete. *Segredos do sótão: feminismo e escritura na obra de Kate Chopin*. Tese (Doutorado). FCL-Ar/ Unesp, 2011. Disponível em: http://base.repositorio.unesp.br/handle/11449/102372. Acesso em 25 de janeiro de 2016.

SONTAG, Susan. A estética do silêncio. In: SONTAG, Susan. *A vontade radical: estilos*. São Paulo: Companhia das Letras, 1987, p. 11-40.

SPIVAK, Gayatri Chakravorty. *Pode o subalterno falar?* Trad. Sandra Regina Goulart Almeida, Marcos Pereira Feitosa e André Pereira Feitosa. Belo Horizonte: Editora UFMG, 2010.

WITTGENSTEIN, Ludwig. *Tractatus logico-philosophicus.* Tradução e apresentação de José Arthur Giannotti. São Paulo: Companhia Editora Nacional, 1968.

MEMÓRIA COLETIVA E A QUESTÃO DO TRAUMA EM *BECOS DA MEMÓRIA*

Aline Deyques Viera

A memória coletiva e o trauma são temas que cada vez mais estão sendo discutidos no âmbito das artes e estão ganhando espaço sobre diversos modos de discussão. Temos como ensaio simbólico em relação a essa abordagem, o sempre lembrado "Sobre alguns temas em Baudelaire", de Walter Benjamin, do qual é abordado o *choc* através da experiência e a relação da multidão nos poemas de Baudelaire. O sujeito lírico apresentado transita em uma França metropolitana, em fase de modernização, do qual ele sente atração e ao mesmo tempo repulsa por esta nova França super povoada, um sujeito lírico, que demonstra nas experiências vividas antes desta modernização, uma impressão de imagens na memória (Desjardins in BENJAMIN, 1980, p.37), imagens estas que provocam o *choc* traumático que de certa forma, através de seu eu lírico torna-se coletiva.

A partir dos anos 60, com a nova história, há uma abertura acadêmica para as questões relacionadas à memória e ao trauma, em que tomam um âmbito maior na literatura, na arquitetura e no cinema. Na literatura são escritas com mais recorrências biografias e autobiografias fundamentadas em experiências traumáticas (testemunhos de guerra, discriminações sociais, de gênero, de etnias, etc.). No cinema, após uma explosão de filmes de ficção científica tratando sobre o futuro começam a surgir, como na literatura, filmes baseados em autobiografias e biografias, que além de retratarem o trauma vivido pelos personagens principais, abordam também o trauma deixado pelo fato histórico, provocando uma identificação com a memória coletiva. No Brasil, nos últimos tempos, têm-se produzidos filmes representando períodos da política brasileira, como por exemplo, *Olga* (2004), de Jayme Monjardim, feito no âmbito histórico da ditadura Vargas ou *Zuzu Angel* (2006) de Sérgio Resende, que têm como representação o período da ditadura militar. No cinema estrangeiro também vemos esta demanda de filmes memorialísticos baseados em acontecimentos históricos. Representando a última afirmação, temos os exemplos dos seguintes filmes: *Hotel Ruanda*, baseado na guerra civil ocorrida entre as etnias Hutus e Tutsi em 1994 e o ganhador do Oscar *A Lista de Schindler*, baseado no Holocausto vivido na Segunda Guerra Mundial.

A arquitetura também é atingida por tais temas, atualmente tem-se uma discussão sobre restaurações de prédios, construções de monumentos, centros e museus, que aludem a grandes traumas históricos, como por exemplo, o Holocausto, a guerra do Vietnã, o bombardeio em Hiroshima, a escravidão, entre outros. O teórico Andreas Huyssen afirma que em nosso tempo estamos "seduzidos pela memória", e que deixamos de viver a era do "futuro-presente" passando a vivenciar a época do "passado-presente" (HUYSSEN, 2000). Na sua concepção a indústria cultural apossou-se das memórias e as transformou em simples produtos, onde nem sempre o compromisso será com a memória, mas com uma noção de realidade equivocada que se impregna no imaginário coletivo.

Utilizando Freud, Huyssen irá dizer que ao invés dessas rememorações trazerem à tona a memória, fará com que leve a um esquecimento:

> E se as relações entre memória e esquecimento estiverem realmente sendo transformadas, sob pressões nas quais as novas tecnologias da informação, as políticas midiáticas e o consumismo desenfreado estiverem começando a cobrar o seu preço? Afinal, e para começar, muitas das memórias comercializadas em massa que consumimos são "memórias imaginadas" e, portanto, muito mais facilmente esquecíveis do que as memórias vividas. Mas Freud já nos ensinou que a memória e o esquecimento estão indissolúvel e mutuamente ligados; que a memória é apenas uma outra forma de esquecimento e que o esquecimento é uma forma de memória escondida. Mas o que Freud descreveu como os processos psíquicos da recordação, recalque e esquecimento em um indivíduo vale também para as sociedades de

> consumo contemporâneas como um fenômeno público de proporções sem precedentes que pede para ser interpretado historicamente. (HUYSSEN, 2000, p. 18)

No entanto, como coloca Harald Weinrich, em sua obra *Lete: Arte e crítica do esquecimento* (2001), a memória nos trouxe grandes obras artísticas. Um conceito que nos faz refletir o legado de uma obra de arte em relação à demonstração de lembranças trazidas por obras literárias, para os leitores e seus autores.

Weinrich em uma escrita extremamente poética em seu ensaio sobre o trabalho da escrita nos aponta que:

> Poetar é trabalho de mineração, só assim o "tesouro" da memória pode ser desenterrado. Quantos belos poemas surgiram desse modo, coisas que nós leitores não queremos perder em nosso próprio tesouro de lembranças. (WEINRICH, 2001).

Retornando ao conceito de memória, sabemos que a história e a memória são dois campos diferentes, mas ambos podem estar ligados através das narrativas memorialistas (orais ou escritas) que as compõem e fazem com que geralmente partam de uma memória coletiva ou memória privada por passar de geração para geração.

A memória coletiva tem seu conceito fundamentado em:

> O conceito de memória coletiva, cunhado por Halbwachs (ou pela irmã, após sua morte, diz-se), é aqui mantido para, como propõe Jedlowski (2000, 2001), designar as memórias que são, em seu processo de construção ou reconstrução, objeto de discursos e práticas coletivas por parte de grupos sociais razoavelmente bem definidos. Em seu esforço de atualização do pensamento de Halbwachs, Jedlowski (2001) define a memória coletiva como "um conjunto de representações sociais acerca do passado que cada grupo produz, institucionaliza, guarda e transmite através da interação de seus membros" (DE SÁ, 2005, p. 75).

Podemos, a partir das argumentações, acima fazer uma reflexão sobre as novas perspectivas de narrativas que começam a desencadear com cada vez mais intensidade na literatura. Falo agora de um tipo de literatura que expõem uma memória coletiva a partir de um determinado território e que sempre gira em torno de um trauma, causado pela violência dentro de uma sistemática social consciente ou inconsciente.

Digamos que é na década de 60 que começa, assim como no mundo, a despontar a literatura feita por pessoas vindas de segmentos marginalizados. Como um dos marcos no Brasil,1 temos o romance *Quarto de despejo* (1960), de Carolina Maria de Jesus. A escritora fora descoberta pelo jornalista Audálio Dantas, do jornal *Folha da Noite*, de São Paulo.

Carolina de Jesus nasceu no interior do Estado de Minas Gerais, na cidade de Sacramento, vinha de uma família que enfrentava escassez financeira, composta por sete irmãos. Carolina estudou até o segundo ano primário, pois tinha que sustentar sua família. Na década de 30, mudou-se para São Paulo e foi residir na extinta favela do Canindé, com seus três filhos. Trabalhava como catadora de papel, e assim foi que um dia achou uma caderneta, que serviria como um diário. Este diário tornou-se seu primeiro livro publicado, em que ela através de seu testemunho, contava a formação da favela, as discriminações sofridas, a fome que passava, críticas a políticos da época e também falava sobre um romance que estava escrevendo, este que seria lançado anos depois.

Quarto de despejo vendeu, na época, mais de cem mil cópias e teve seu prefácio escrito pelo autor italiano Alberto Moravia. O livro foi de suma importância para a Literatura, no que se refere às obras de testemunho no Brasil, principalmente por Carolina não pertencer a uma elite branca que sempre dominou o cenário literário brasileiro.

No contexto atual, já se consolidou, este tipo de literatura, em que moradores de comunidades carentes (favelas, subúrbios, ribeirinhos), e também tratando de uma questão étnica e de gênero, trazem em seus livros um universo dominado por vivências, histórias de moradores, e até mesmo a violência que vivenciam dentro do território habitado. Eduardo Said, em seu livro *Cultura e*

---

[1] Digamos que este seja o marco, pois é o mais reconhecido, apesar de sua publicação duvidosa. Alguns críticos na época acusavam o jornalista de forjar um depoimento. Atualmente existem muitos pesquisadores de diversas áreas tentando recuperar tais narrativas em comunidades, como por exemplo, em comunidade quilombolas no Rio de Janeiro.

imperialismo, dedica um capítulo para esta nova literatura que surge por parte daqueles que sempre foram oprimidos. Vejamos um trecho:

> Os escritores pós-Imperiais do Terceiro Mundo, portanto, trazem dentro de si o passado – como cicatrizes de feridas humilhantes, como uma instigação a práticas diferentes, como visões potencialmente revistas do passado que tendem para um futuro pós-colonial, como experiências urgentemente reinterpretáveis e reviviveis, em que o nativo outrora silencioso fala e age em território tomado do colonizador, como parte de um movimento geral de resistência. (SAID, 1995, p.209).

E é a partir desse momento, que tomo como ponto de partida a citação acima, pois localiza historicamente a autora em questão no trabalho, para começar a análise de *Becos da memória*.

Vejamos o que a pesquisadora Maria Aparecida Salgueiro, uma estudiosa da literatura feita por afrodescendentes no Brasil e nos Estudos Unidos, fala sobre a escritora Conceição Evaristo:

> Conceição Evaristo se destaca hoje, junto a nomes como os de Geni Guimarães, Miriam Alves, Sonia Fátima da Conceição e outras, como representante de um movimento feminino com expressão literária que, aqui como nos Estados Unidos – só que com características próprias, locais, é claro – busca resgatar nomes esquecidos pela História literária e instigar o aparecimento de outros, assim como expressão de emoções há mais de séculos recalcadas, caladas e oprimidas. (SALGUEIRO, 2004, p. 120-121).

Becos da memória nos remete a um passado, em que há um narrador câmera, que acompanha diversos percursos da vida existente em uma favela, de algum lugar do Brasil. A obra tem traços autobiográficos em relação à infância de Evaristo, quanto à história e os nomes pertencentes ao enredo, como por exemplo, o nome da personagem Maria-Nova, porém isto não é explícito na obra, deixando acreditar que estes fatos podem ter sido comuns a outras memórias.

A maneira de narrar próxima da oralidade e a capa do livro contendo fotos da época retomam a memória que se esconde em becos.

Como já fora apontado acima, o enredo consiste em narrar o cotidiano de uma favela, na qual estava vivenciando um processo de remoção, em que consistiu no fim daquele lugar, que como a autora explicita no prefácio foi um lugar que "acabou e *acabou*" (EVARISTO, 2006). Uma favela, em que diferente, das atuais, não tinha tráfico de drogas e policiais, como vemos todos os dias nos noticiários.

Era uma favela composta por pessoas que por mais que fossem estereotipadas por suas condições marginais queriam somente habitá-la, construir suas memórias, se divertirem, contarem histórias, fazerem boas ações, e principalmente terem direito a vida de maneira igualitária. As memórias dessa favela eram construídas através do contador de histórias Bondade e das personagens: Maria–Nova, Maria-Velha, Cidinha-Cidoca, Tio Totó, Vó Rita, a Outra, Negro Alírio, as crianças da favela, a professora, a colega negra que era apática a tudo que lhe era ensinado, o buraco que "sugava" alguns moradores, as máquinas da prefeitura que destruíam os barracos, a rua nobre que ficava ao lado, enfim.

Temos na personagem Bondade, o contador de histórias benjaminiano, que relatava suas experiências através da oralidade. Não pertencia a lugar nenhum, vivia mudando, um pássaro sem pouso certo:

> – Para que ter pouso certo? – dizia ele–. Homem devia ser que nem passarinho, ter asas para voar. Já rodei. Já vivi favela e mais favela, já vivi debaixo de pontos viaduto... Já vivi matos e cidades. Já vaguei... Muito tempo e estou por aqui nesta favela. Aqui é grande como uma cidade. Há tanto barraco para entrar, tanta gente para gostar! (EVARISTO, 2006, p. 28-29).

Suas histórias eram contadas a aqueles da favela que quisessem ouvi-lo, principalmente a Maria-Nova, que não sabia por que, mas gostava de ouvir as histórias tristes de Bondade:

> Maria-Nova ouvia a história que Bondade contava e, por mais que quisesse conter a emoção, não conseguia. Hora houve em que ele

> percebeu e se calou um pouco. Calou-se também com um nó na garganta, pois sabido é que Bondade vivia intensamente cada história que narrava e, Maria-Nova, cada história que escutava. Ambos estão com o peito sagrando. Ele sente remorsos de já ter contado tantas tristezas para Maria-Nova. Mas a menina é do tipo que gosta de pôr o dedo na ferida, não na ferida alheia, mas naquela que ela traz no peito. Na ferida que ela herdou de Mãe Joana, de Maria-Velha, de Tio Totó, do Louco Luisão da Serra, da avó mansa que tinha todo o lado direito do corpo esquecido, do bisavô que havia visto os sinhôs venderem Ayaba, a rainha. Maria-Nova, talvez, tivesse o banzo no peito. Saudades de um tempo, de um lugar, de uma vida que ela nunca vivera. Entretanto que doía em Maria-Nova era ver que tudo se repetia, um pouco diferente, mas no fundo, a miséria era a mesma. O seu povo, os oprimidos, os miseráveis, em todas as histórias, quase nunca eram vencedores, e sim, quase sempre vencidos. A ferida dos do lado de cá sempre ardia, doía e sangrava muito. (EVARISTO, 2006, p. 61-62)

Bondade em sua maneira de narrar suas histórias deslocava um "prazer meramente contemplativo", remetendo a Benjamin, para uma forma de engajamento, para uma sede de mudança, na qual Maria-Nova era atingida. Estas histórias que habitavam o imaginário de Maria-Nova colocavam-se em posição de uma memória coletiva, e sim, formada através de traumas passados pelos seus antecedentes, os escravos, assimilando uma nova forma de escravidão diante dessas experiências vividas e contadas.

Segundo Paul Ricoeur uma das circunstâncias da fragilidade da memória e desse retorno a um passado desconhecido e sentido, se dá pelas heranças da violência fundadora, pois historicamente não há nenhuma comunidade histórica que não tenha nascido com a guerra. Vejamos:

> O que celebramos com o nome de acontecimentos fundadores, são essencialmente atos violentos legitimados posteriormente por um Estado de Direito precário, legitimados, no limite, por sua própria antiguidade, por sua vetustez. Assim, os mesmos acontecimentos podem significar glória para uns e humilhação para outros. À celebração, de um lado, corresponde à execração, do outro. É assim que

se armazenam, nos arquivos da memória coletiva, feridas reais e simbólicas. (RICOUER, 2007, p.95).

Sendo assim, a obra de Conceição contraria a teoria que sempre fizeram a história e a imagem do brasileiro como um povo cordial diante das diferenças, nesta favela, Maria-Nova, percebia que não era como ensinavam a história na escola, mas sim, que o passado nebuloso de seus ancestrais se repetia novamente. Fazia comparações entre o bairro nobre situado ao lado da favela com a casa-grande estudada na escola e comparava a favela com a senzala:

> Maria-Nova foi para a escola naquela manhã com uma má vontade a ronda-lhe o corpo e a mente. Cada vez que tinha de se ausentar da favela, o medo, o susto, a dor agarravam-lhe intensamente. Era como se fosse sair e, ao voltar, não encontrasse ninguém naquele território espremido. Na semana anterior, a matéria estudada em História fora a "Libertação dos Escravos". Maria-Nova escutou as palavras da professora e leu o texto do livro. A professora já estava acostumada com perguntas e com as constatações da menina. Ela permaneceu quieta e arredia. A mestra perguntou-lhe qual era o motivo de tamanho alheamento naquele dia. Maria-Nova levantou-se dizendo que sobre escravos e libertação, ela teria para contar muitas vidas. Que tomaria a aula toda e não sabia se era bem isso que a professora queria. Tinha para contar sobre uma senzala que, hoje, seus moradores não estavam libertos, pois não tinham nenhuma condição de vida. [...] Eram muitas histórias, nascidas de uma outra História que trazia vários fatos encadeados, consequentes, apesar de muitas vezes distantes no tempo e no espaço. (EVARISTO, 2006, p. 137-139).

Diante desses eventos, da história contida nos livros didáticos, da história relatada pela professora, e das histórias contadas por Bondade, Maria-Nova formava a sua memória e de um povo oprimido que não podia expressar-se, em que a favela constituía este lugar, este beco escondido. O trauma vivenciado pela expulsão dos moradores da favela juntamente com sua condição, a fazia refletir para a explosão de sua voz, através da escrita, pois: "Um dia, e agora ela haveria de narrar, de fazer soar, de soltar as vozes, os murmúrios, os silêncios, o grito abafado que existia, que era de cada um e de todos. Maria-Nova, um dia, escreveria a fala de seu povo." (EVARISTO, 2006, p.161).

Enfim, buscando superar e abordar os traumas de uma memória coletiva, de um lugar, é que encontramos na obra *Becos da memória*, uma amostragem do que temos como uma literatura voltada para expor a opressão vivida por pessoas que nunca tiveram suas histórias em livros didáticos e nem relatadas por aqueles que exercem todo um poder simbólico. A questão da escrita proposta por Maria--Nova, acende a chama da memória. Desta forma, *Becos da Memória*, é uma ode ao não esquecimento. De como rememorar e contar estórias pode ser significativo para que aconteça um aprendizado.

O aprendizado que nos ensina a nos libertar do passado e liberá-lo, para que este não se repita de maneira dolorosa, como apontado na obra.

Digamos então, que Conceição Evaristo, ao colocar tais experiências vividas em sua obra, exerce o que Andreas Huyssen afirma em que:

> A memória vivida é ativa, viva, incorporada no social – isto é, em indivíduos, famílias, grupos, nações e regiões. Estas são as memórias necessárias para construir futuros locais diferenciados num mundo global. (HUYSSEN, 2000, p.36).

A dimensão com que o trauma e a memória coletiva estão circulando atualmente em todos os meios de comunicação e no mundo das artes, trará novamente, se bem relatadas, uma outra consciência, a que fora visada pela Nova História e uma chance para aqueles que nunca tiveram a oportunidade de fazer parte da história, no qual podemos enquadrar a narrativa de Conceição. Pois, temos um dilema diante da indústria cultural, que por vezes, distorce tais narrativas utilizando-as de maneira equivocada, até mesmo provocando sentimentos contraditórios como raiva e ódio, para que seus produtos possam atingir um alto índice de vendas. Quando na verdade sua rememoração deveria levar a uma reflexão, envolvendo sentimentos de compaixão e igualdade, surgindo novas narrativas de personagens como Bondade e Marias-Novas, uma narrativa dominada pelo amor, humanidade e igualdade. Para que assim, nunca mais aconteçam fatos assombrosos, como a escravidão e o holocausto, e que em nossas memórias permaneça somente fotografias de tempos bons.

REFERÊNCIAS

BENJAMIN, Walter. *Sobre alguns temas em Baudelaire*. In: _____ *Textos escolhidos*. São Paulo: Abril cultural, 1980.

BENJAMIN, Walter. Experiência e pobreza. In: _____.*Magia e técnica, arte e política*: ensaios sobre literatura e história da cultura. Trad. Sérgio Paulo Rouanet. São Paulo: Brasiliense, 1985.

DOS SANTOS, Miriam Sepúlveda. O pesadelo da Amnésia coletiva: Um estudo sobre os conceitos de memória, tradição e traços do passado. In: _____ . *Cadernos de Sociomuseologia*, n.19, p.139-171, 2002.

DOS SANTOS, Miriam Sepúlveda; ARAÚJO, Maria Paula Nascimento. História, memória e esquecimento: implicações políticas.*Revista Crítica de Ciências Sociais*, n. 79, p. 95-111, dez. 2007.

DE JESUS, Maria Carolina.Disponível em:<http//www.acordacultura.org.br>. Acesso em: 31 jan. 2010.

EVARISTO, Conceição. *Becos da memória*. Belo Horizonte: Mazza Edições, 2006.

FONSECA, Maria Nazareth Soares. Costurando uma colcha de memórias. In:EVARISTO, Conceição. *Becos da memória*.Belo Horizonte: Mazza Edições, 2006.

HUYSSEN, Andreas. *Seduzidos pela memória*: arquitetura, monumentos e mídia. Rio de Janeiro: Aeroplano, 2000.

RICŒUR, Paul. A memória, a história, o esquecimento. Trad. Alain François [et al.]. Campinas: Editora da Unicamp, 2007.

SAID, Edward W. Temas da cultura de resistência. In: _____ . *Cultura e imperialismo*. Trad. Denise Bottman. São Paulo: Companhia das Letras, 1995.

SALGUEIRO, Maria Aparecida de Andrade.*Escritoras Negras Contemporâneas*: Estudo de narrativas – Estados Unidos e Brasil. Rio de Janeiro: Caetés, 2004.

SÁ, Celso Pereira de. As memórias da memória social. In: _____.*Memória, imaginário e representações sociais*. Rio de Janeiro: Ed. Museu da República, 2005.

WEINRICH, Harald. *Lete*:arte e crítica do esquecimento.Trad. Lya Luft. Rio de Janeiro: Civilização Brasileira, 2001.

NO PRINCÍPIO, ERA A MÃE: APONTAMENTOS SOBRE UMA POÉTICA PRENHE

Heleine Fernandes de Souza

Carrego duas mulheres nas minhas costas
uma retinta e voluptuosa e escondida
nos desejos de marfim da outra
mãe
pálida como uma bruxa
porém constante e familiar
servindo-me pão e terror
no meu sono
seus seios são âncoras imensas excitantes
na tempestade à meia noite.

Da casa de Iemanjá. Audre Lorde

    Publicado pela primeira vez em 2008, pela editora Nandyala, *Poemas da recordação e outros movimentos* é uma coletânea de poemas de Conceição Evaristo organizado pela autora. Alguns dos poemas ali enredados já tinham sido publicados anteriormente nos volumes dos *Cadernos Negros*, dos quais a poeta começa a participar e contribuir a partir dos anos 1990.

    Os sessenta e seis poemas são organizados em seis seções. Cada uma destas seis faces do livro é introduzida por um breve texto em prosa que, à medida que vamos lendo, vão se articulando e construindo uma continuidade que soa como um contracanto, uma melodia complementar à dos poemas. Estes fragmentos (poemas em prosa, talvez?), em tom memorialista e autobiográfico, muito próximo ao relato, tratam sobre os momentos primeiros de encantamento e descoberta da poesia, quase todos em referência à primeira infância. Essas não são memórias de lida com a palavra impressa no livro, e sim recordações das primeiras percepções da poesia ainda sem palavra, ou expressa na rotina das falas de familiares. Poesia primeira, colada aos movimentos da vida. Esses fragmentos, que criam ligação entre os blocos de poemas, são textos metalinguísticos nos quais a poeta reflete sobre seu processo de criação artística e sobre a concepção de sua obra literária. Através destes pequenos relatos, Conceição Evaristo oferece a quem lê as linhas com que desenha seu projeto estético-político.

Partindo desta premissa, me permito afirmar: no princípio, era a mãe. A mãe aparece nos fragmentos e também nos poemas da recordação como nascente da poesia. Eis o primeiro fragmento, que abre o livro:

> O olho do sol batia sobre as roupas estendidas no varal e mamãe sorria feliz. Gotículas de água espargindo a minha vida-menina balançavam ao vento. Pequenas lágrimas dos lençóis. Pedrinhas azuis, pedaços de anil, fiapos de nuvens solitárias caídas do céu eram encontradas ao redor das bacias e tinas das lavagens de roupa. Tudo me causava uma comoção maior. A poesia me visitava e eu nem sabia (EVARISTO, 2017: 9).

Nesta cena primal de contato com a experiência da poesia, a mãe é personagem central, o sol em torno do qual a vida orbita úmida. A lavagem das roupas, trabalho historicamente desempenhado por mulheres, que serviu e ainda serve de atividade econômica às mulheres negras e pobres, dá ocasião a uma experiência de "comoção maior", quando, por um instante, o céu e a terra se confundem, sendo possível encontrar flocos de nuvens ao redor das bacias de lavagem de roupa. É a poesia um estado de graça, um momento sagrado, em que estão mergulhadas todas as coisas. A poeta é a filha, a vida-menina que descende daquela mulher que veio antes e propicia a vida.

No segundo fragmento em prosa, a mãe é descrita como ambiente, como clima, como a natureza circundante, de onde surge a poesia:

> O tempo passava e eu não deixava de vigiar minha mãe. Ela era o meu tempo. Sol, se estava alegre; lágrimas, tempo de muitas chuvas. Dúvidas, sofrimentos que dificilmente ela verbalizava, eu adivinhava pela nebulosidade de seu rosto. (...) Foi daquele tempo meu amalgamado ao dela que me nasceu a sensação de que cada mulher comporta em si a calma e o desespero (EVARISTO, 2017: 21).

Esta percepção mágica, bastante comum na primeira infância, é narrada como parte do processo de formação da escritora Conceição Evaristo, que tanto na escrita em versos quanto na prosa, coloca na centralidade as experiências de mulheres negras, registrando em palavras "dúvidas, sofrimentos que dificilmente ela verbalizava", ficcionalizando histórias silenciadas. As primeiras referências na formação de escritora não se colam a obras impressas, textos escritos, cultura letrada e bibliotecas familiares, como é costumeiro na narrativa da vida de escritores/as canônicos/as, o que desmistifica o fazer literário e abre caminhos para outros pontos de partida na trajetória de escritoras/es brasileiras/os. Neste mesmo sentido, afirma a escritora afroamericana Audre Lorde, "para mulheres, então, poesia não é um luxo. Ela é uma necessidade vital de nossa existência. (...) Poesia é o caminho com que ajudamos a dar nome ao que não tem nome, para que possa ser pensado" (in SANTOS, 2014: 134). O aprendizado da ficção e da poesia para Conceição Evaristo se deu junto às mulheres de sua família, na apreensão de seus gestos, seus silêncios e suas falas. Conforme o quinto fragmento em prosa do livro:

> Quando a luz da lamparina era apagada, a escuridão do pequeno cômodo, em que dormíamos com mamãe, me doía. Ao apagar as luzes, minhas irmãs logo-logo adormeciam, confortadas com as lembranças de nossas falantes brincadeiras, em que, muitas vezes, a mãe era a protagonista. Aí, sim, a noite e seus mistérios se abatiam sobre mim. E tudo parecia vazio a pedir algum gesto de preenchimento. Escutava ainda os passos de minha mãe se afastando. Instantes depois, podia colher pedaços da voz dela, colados a outros de minhas tias e de vizinhas mais próximas. Apurava os sentidos, mas o teor profundo das conversas me fugia, diluindo-se no escuro. Então eu inventava

> dizeres para completar e assim me intrometer nas falas distantes delas. Todas as noites, esse era o meu jogo de escrever no escuro. (EVARISTO, 2017: 77)

A escrita que parte da oralidade e do corpo envolvido no ato comunicativo tem seu primeiro laboratório nos momentos de vigília noturna, cheios de mistérios indizíveis; quando os pedaços das falas cotidianas das mulheres, que se dedicavam ao cuidado das crianças, ressoavam no silêncio e davam ocasião para os primeiros exercícios de ficção. Conceição Evaristo também se refere à gênese de sua escrita no depoimento "Da grafia-desenho de minha mãe, um dos lugares de nascimento de minha escrita". Ali ela fala desta escrita antes da letra, de sua gestação no corpo: "creio que a gênese de minha escrita está no acúmulo de tudo que ouvi desde a infância. (...) Eu fechava os olhos fingindo dormir e acordava todos os meus sentidos. De olhos cerrados eu construía as faces de minhas personagens reais e falantes. Era um jogo de escrever no escuro. No corpo da noite". Neste ensaio seminal, a poeta evoca a mesma sequência de imagens relacionadas ao despertar para a poesia e para a ficção, pontuadas pela relação da mãe com o sol e pelo jogo de escrita noturna, povoada de vozes. No início do depoimento-ensaio sobre o nascimento de sua escrita, Conceição Evaristo nos fala de uma magia ritual que sua mãe realizava para chamar o sol:

> Talvez o primeiro sinal gráfico, que me foi apresentado como escrita, tenha vindo de um gesto antigo de minha mãe. Ancestral, quem sabe? Pois de quem ela teria herdado aquele ensinamento, a não ser dos seus, os mais antigos ainda? Ainda me lembro, o lápis era um graveto, quase sempre em forma de uma forquilha, e o papel era a terra lamacenta, rente as suas pernas abertas. Mãe se abaixava, mas antes cuidadosamente ajuntava e enrolava a saia, para prendê-la entre as coxas e o ventre. E de cócoras, com parte do corpo quase alisando a umidade do chão, ela desenhava um grande sol, cheio de infinitas pernas. Era um gesto solene, que acontecia sempre acompanhado pelo olhar e pela postura cúmplice das filhas, eu e minhas irmãs, todas nós ainda meninas. Era um ritual de uma escrita composta de múltiplos gestos, em que todo corpo dela se movimentava e não só

os dedos. E os nossos corpos também, que se deslocavam no espaço acompanhando os passos de mãe em direção à página-chão em que o sol seria escrito. Aquele gesto de movimento-grafia era uma simpatia para chamar o sol. Fazia-se a estrela no chão.[1]

Nesta narrativa de primeiro contato com a escrita, a poeta apresenta uma concepção expandida de escrita, que não se limita à letra e ao papel, pois implica e está implicada com os elementos da natureza (o sol, a terra lamacenta, o graveto, a chuva), com os movimentos de todo o corpo e a interação com uma comunidade. Ela se configura como um ritual que a mãe realizava e ensinava às suas filhas, um gesto antigo transmitido, um saber ancestral vivo. Conforme Conceição Evaristo afirma em outra passagem do depoimento, "Minha mãe não desenhava, não escrevia somente um sol, ela chamava por ele, assim como os artistas das culturas tradicionais africanas sabem que as suas máscaras não representam uma entidade, elas são as entidades esculpidas e nomeadas por eles"[2]. A escrita que a mãe ensinou guarda a memória de saberes africanos reinventados na diáspora brasileira e que servem como recurso para manutenção da vida presente. A mãe como guardiã da memória reafirma o lugar histórico desempenhado pelas mulheres negras na diáspora, o de griotes, transmissoras de saberes ancestrais fundamentais para a existência da comunidade negra fora do continente africano.

Sobre a prática do ritual, a filósofa Sobonfu Somé, do povo Dagara, diz que "é preciso reconhecer a existência de toda uma linha de ancestrais, de um mundo de espírito em nossa volta, espíritos do mundo animal, da terra, das árvores, e assim por diante" (SOMÉ, 2007: 55). Na narrativa da poeta, o ritual para chamar a ancestralidade é a escrita. É ela que faz a conexão entre os diferentes tempos (o ontem, o hoje, o porvir), entre os seres visíveis e os invisíveis. A esta ancestralidade a mãe recorreu para chamar o sol, necessário para secar as roupas das patroas, de onde vinha o sustento de toda a família.

Insisto na cena da escrita ritual. Nela, a mãe se punha de cócoras, com as pernas abertas, com as genitálias quase tocando a terra úmida, em uma posição de parturiente, como se ela parisse o sol que era escrito na terra. Uma escrita

---

[1] http://nossaescrevivencia.blogspot.com/2012/08/da-grafia-desenho-de-minha-mae-um-dos.html
[2] http://nossaescrevivencia.blogspot.com/2012/08/da-grafia-desenho-de-minha-mae-um-dos.html

como parto, como também a define Audre Lorde em "Poesia não é um luxo": "Essa destilação de experiência da qual brota poesia verdadeira pare pensamento como sonho pare conceito, como sentimento pare ideia, e conhecimento pare (precede) entendimento" (in SANTOS, 2014:133).

Uma escrita que chama o sol, como se ele irrompesse do corpo escuro de uma mulher.

Alguns dos *Poemas da recordação e outros movimentos* trazem o sol e seu movimento como alegorias, conforme já anunciam desde o título os "Se à noite fizer sol" e "Só de sol a minha casa". A escrita que se move em função do sol remete à cosmologia dos povos Bantu-Kongo, que foram trazidos em grande quantidade para o Brasil durante o tráfico negreiro e cujos saberes foram reterritorializados por aqui. O cosmograma Kongo é uma alegoria dos estágios da vida de qualquer ser que faça parte deste mundo e de suas múltiplas camadas. O cosmograma é baseado no movimento do sol durante um dia e uma noite. Na sua viagem intermitente, ao final de um dia, o sol atravessa uma fina linha d´água, nomeada Kalunga, e mergulha no mundo invisível, intangível, da desintegração física, da memória, dos ancestrais; do qual retorna, renascido no início de um novo dia, "hora da emergência da vida" (NEVES SANTOS, 2020: 7). No texto para o primeiro episódio do podcast "Águas de Kalunga", produzido em 2019 pelo Museu de Arte do Rio/MAR, Conceição Evaristo escreve: "Kalunga, segundo as minhas mais velhas e os meus mais velhos, antes estava na lembrança de nossas águas matriciais, princípio da vida. Águas de Kalunga, reino de nossas ancestralidades, ali estavam os entes que nos guardam no fundo dos olhos. Kalunga, águas de vir e ir naturalmente. Princípio e retorno. As águas de Kalunga são águas mães, são geradoras de tudo". As águas de onde tudo vem. Águas geradoras, onde tudo se cria: imagens que se sobrepõem à mãe. Fertilidade e criatividade anteriores, de onde se origina a escrita:

De mãe

O cuidado de minha poesia
Aprendi foi de mãe,
Mulher de pôr reparo nas coisas,
E de assuntar a vida.

A brandura de minha fala
Na violência de meus ditos
Ganhei de mãe, mulher prenhe de dizeres,
Fecundados na boca do mundo.

Foi de mãe todo o meu tesouro,
veio dela todo o meu ganho
mulher sapiência, yabá,
do fogo tirava água
do pranto criava consolo.

Foi de mãe esse meio riso
Dado para esconder
Alegria inteira
E essa fé desconfiada,
Pois, quando se anda descalço,
Cada dedo olha a estrada.

Foi mãe que me descegou
Para os cantos milagreiros da vida
Apontando-me o fogo disfarçado
Em cinzas e a agulha do
Tempo movendo o palheiro.

Foi mãe que me fez sentir as flores
Amassadas debaixo das pedras;
Os corpos vazios rente às calçadas
E me ensinou, insisto, foi ela,
A fazer da palavra artifício
Arte e ofício do meu canto,
Da minha fala.
(EVARISTO, 2017: 79-80)

O poema é uma homenagem àquela que veio antes, que ensina a língua materna e o cuidado no uso das palavras desta língua que, no caso de pessoas negras-diaspóricas, é a língua da colonização. Me chama a atenção essa poesia caracterizada pelo cuidado, o que por um lado é um aspecto historicamente associado ao feminino, especialmente a atividades sociais subalternizadas, atribuídas às mulheres negras; mas, por um outro lado, no poema o cuidado se desvela como um "pôr reparo", uma desconfiança sábia de quem se coloca ativamente no mundo, vislumbrando o fogo nas aparentes cinzas, a vitória na aparente derrota. Esse cuidado também se revela uma estratégia, uma tática herdada, de usar a brandura como armamento de guerra. É essa a sapiência transmitida à filha pela Yabá, senhora dos tesouros e ganhos, aquela que ganha a guerra sem necessariamente entrar em conflito[3]. Uma imagem da deusa mãe das águas doces, Oxum, a deusa africana da fertilidade, prenhe de dizeres. Ela também aparece no poema "Meu rosário", que se inicia com os versos "Meu rosário é feito de contas negras e mágicas./ nas contas de meu rosário eu canto Mamãe Oxum/ e falo padres-nossos, ave-marias." (EVARISTO, 2017: 43).

Nos versos metalinguísticos "De mãe", Conceição Evaristo revela as trilhas de sua poética prenhe, fecundada na boca do mundo, nas encruzilhadas de possibilidades dinamizadas pelo deus africano da comunicação, Exú. Apesar de escrita, Conceição elabora uma poética da boca, do canto, da fala salgada pela saliva, prenhe de poder de realização e de transformação do erro em acerto, do acerto em erro. Neste poema, a sintaxe da fala conduz politicamente o discurso em "aprendi foi de mãe", em "pôr reparo nas coisas", na criatividade lexical de "descegar" e "assuntar", na formulação proverbial de "... quando se anda descalço, / Cada dedo olha a estrada". É validado e valorizado o pretoguês, conceito cunhado por Lélia Gonzales, que consiste no uso da língua marcado pelos saberes e sabores

---

[3] Egbomi Cici conta um Itan de Xangô e Oxum. Xangô ia à guerra e chamou Oxum, sua esposa, para acompanhá-lo na batalha. Primeiro ela disse que só iria se Xangô lhe trouxesse seu trono. Xangô mandou buscar o trono. Depois ela disse que só acompanharia seu esposo se ele lhe trouxesse seu abébé. Xangô tomou a mesma atitude anterior. Por último, ela diz que só iria à guerra se ele lhe trouxesse sua faca e sua boneca. Xangô mandou buscar. Oxum estava com todos os seus pedidos, porém não parecia animada a ir à guerra. Xangô, então, partiu para a guerra e abandonou Oxum. Porém, Oxumaré, orixá que assume a forma ora de uma cobra ora de um arco-íris, nunca abandona Oxum e ficou cuidando dela. Na guerra, que aconteceu próximo ao palácio de Oxum, Xangô foi vitorioso, os espólios dos inimigos foram divididos entre os guerreiros, sem que nada fosse reservado à Oxum. Apesar da vitória, Xangô sente o cheiro da morte. Inimigos que haviam fugido do ataque do exército de Xangô estavam se preparando para invadir o palácio de Oxum. Oxumaré, ao perceber isso do alto do céu, vai avisar Oxum, que não se abala. Ela vai para a cozinha, faz muitos abarás e ordena que suas serviçais coloquem estes abarás na parte de fora do palácio. Quando isso é feito, Oxum se coloca no meio dos abarás e, através de uma dança, ela se transforma em um rio muito caudaloso e de rugido muito forte. Esse rio vai em direção aos inimigos de Xangô, levando em sua superfície os apetitosos abarás. Quando os inimigos ouvem o som do rio, vão em direção a ele. Sentem o cheiro irresistível dos abarás e, já que estavam famintos, correm para saciar suas fome e sede. Eles se lançam na água e caem em um torpor. O rio, aos poucos, vai secando e só restam os inimigos mortos. E foi assim que Oxum venceu os inimigos sem derramar sangue e sem ir à guerra. Egbomi Cici conta esta história em https://www.youtube.com/watch?v=ev12HM6tnsA&t=868s

cultivados pela população afrodiaspórica. Sabemos como a oralidade é comumente lida como erro e ausência de conhecimento, o que faz o enfrentamento disto ser parte de um projeto político de disputa de lugares de saber.

Para pessoas negras, não é possível esperar a flor romper o asfalto para conceber sua possibilidade de existência, como no clássico poema de Carlos Drummond de Andrade, "A flor e a náusea". É preciso pressentir – como mãe ensina – a vida invisível, amassada sob as pedras, e criar condições para seu crescimento vigoroso contra todas as condições desfavoráveis. É preciso chamar o sol! Porque a fome não espera. Para empreender esta jornada grandiosa e, em certa medida, épica, é necessária toda uma linhagem ancestral acionada pela memória negra-feminina, sua inscrição transformadora do mundo. Memória-yabá, que contempla as águas de Kalunga e se recorda. No poema "A noite não adormece nos olhos das mulheres", dedicado à atlântica Beatriz Nascimento, importante historiadora negra-brasileira, é apresentado o feminino trabalho noturno de cuidado:

A noite não adormece nos olhos das mulheres
Em memória de Beatriz Nascimento

A noite não adormece
Nos olhos das mulheres,
A lua fêmea, semelhante nossa,
Em vigília atenta vigia
A nossa memória.

A noite não adormece
Nos olhos das mulheres,
Há mais olhos que sono
Onde lágrimas suspensas
Virgulam o lapso
De nossas molhadas lembranças.

A noite não adormece
Nos olhos das mulheres,
Vaginas abertas

Retém e expulsam a vida
Donde Ainás, Nzingas, Ngambeles
E outras meninas-luas
Afastam delas e de nós
Os nossos cálices de lágrimas.

A noite não adormecerá
Jamais nos olhos das fêmeas,
Pois do nosso sangue-mulher
De nosso líquido-lembradiço
Em cada gota que jorra
Um fio invisível e tônico
Pacientemente cose a rede
De nossa milenar resistência.
(EVARISTO, 2017: 26-27)

Este também é um poema que se inscreve pelo gesto da homenagem, em memória à intelectual negra cuja produção bibliográfica sobre territórios quilombolas, racismo e educação, além de sua atuação junto ao Movimento Negro dos anos 70 é frequentemente apagada. A homenagem é, em si mesma, um ritual de reverência às/aos ancestrais, àquelas/es que não morrem, pois não são esquecidas/os. Da memória delas/es, se aduba a terra em que nascerá a nova vida. Nos versos das duas primeiras estrofes, a mulher é aquela que vigia a noite, a memória, no momento em que todos dormem e que o sol mergulha nas águas de Musoni. No cosmograma Kongo, esse é o estágio que compreende o momento posterior ao pôr-do-sol e anterior ao amanhecer do dia seguinte. Um momento de pausa. Hora do invisível, do intangível, do que não mais possui fisicalidade. Segundo o professor Tiganá Santana, baseado no pensamento do filósofo congolês Bunseki Fu-Kiau, musoni é o

> (... tempo-morada dos ancestrais ou de quem "fez história", como indica o pensamento de Bunseki Fu-Kiau). Floresce aí, de acordo com o pensador que nos ampara, a "hora dos mistérios insondáveis", "o momento dos grandes sonhos e dos pensamentos profundos"; (...)

> Eis, então, a hora do conhecimento, da ciência (*kindoki*), do silêncio e calma interiores. (NEVES SANTOS, 2020: 7-8)

No poema de Conceição Evaristo, são as mulheres e meninas-luas as grandes observadoras e guardiãs desta dimensão dos ancestrais, de onde surgirá a nova vida. É através do corpo feminino que se dá esta passagem do que já foi ao que virá a ser. Corpo-portal do tempo: "Vaginas abertas/ Retém e expulsam a vida". São as grandes mães o princípio feminino responsável pela continuidade da vida e manutenção das conexões entre os ancestrais e os seres viventes. São elas que pacientemente cosem a rede "de nossa milenar resistência", que é também descendência, a memória de nossa linhagem. Através das mulheres, o sangue cria elos entre as pessoas e faz lembrar, líquido-lembradiço. O sangue menstrual guarda e conta histórias de Kalunga. No poema "Bendito o sangue de nosso ventre" (dedicado à filha Ainá, pela sua primeira menstruação), o sangue menstrual aparece como uma escrita e parte de um ritual:

> E ela jamais há de parir entre dores,
> há entre nós femininas deusas,
> juntas contemplamos o cálice
> de nosso sangue e bendizemos
> o nosso corpo mulher.
> E ali, no altar do humano-sagrado rito
> concebemos a vital urdidura
> de uma nova escrita
> tecida em nossas entranhas,
> lugar-texto original.
> (EVARISTO, 2017: 35. Fragmento)

O corpo é o lugar-texto original e a linhagem nele inscreve narrativas atemporais. Como diz a artista plástica Aline Mota, "linhagem é linguagem" (MOTA, 2021:333). A escrita é uma vital urdidura. Neste contexto podemos nos aproximar da complexidade da escrevivência, proposta por Conceição. Não se trata apenas da escrita autobiográfica de mulheres negras... é uma escrita da vida no próprio corpo e no corpo de uma comunidade, vivente e ancestral; um assumir a autoria da própria vida, voltando-se contra a lógica brancofaloeurocentrada. É empregar a escrita para o autoconhecimento e para desvencilhar-se de um centro de mundo colonizado e alienante para pessoas negras ou racialmente marcadas. Este uso da escrita e da poesia me faz lembrar, mais uma vez de Audre Lorde: "Os patriarcas brancos nos disseram: eu penso, logo, eu sou. A mãe Negra dentro de nós – a poeta – sussurra em nossos sonhos: eu sinto, logo, eu posso ser livre. Poesia cunha a linguagem para expressar e empenhar essa demanda revolucionária, a implementação daquela liberdade" (in SANTOS, 2014: 135).

Assim, a poética prenhe de vida, a escrevivência, gesta a vida-liberdade (expressão que encerra o monumental e incontornável poema "Vozes-mulheres"), que é uma conquista que se desenha no futuro, pois ainda não é experienciada por nós, pessoas negras no Brasil. Diante das imagens estereotipadas de personagens negras disseminadas pelos grandes clássicos da literatura brasileira, escritos por mãos brancas, a escrevivência se coloca como contranarrativa antirrascista. Conceição Evaristo, em sua escrita ensaística, denunciou em muitos momentos o racismo presente em obras canônicas brasileiras, observando, em especial, a construção de personagens femininas negras hipersexualizadas, reduzidas à mulata sensual sem família, sem filhos, frequentemente estéril. No ensaio "Gênero e Etnia: uma escrevivência de dupla face", ela trata desta questão:

> Percebe-se que na literatura brasileira a mulher negra não aparece como musa ou heroína romântica, aliás, representação nem sempre relevante para as mulheres brancas em geral. A representação literária da mulher negra, ainda ancorada nas imagens de seu passado escravo, de corpo-procriação e/ou corpo-objeto de prazer do macho senhor, não desenha para ela a imagem de mulher-mãe, perfil desenhado para as mulheres brancas em geral. Personagens negras como Rita Baiana, Gabriela, e outras não são construídas como mulheres que geram descendência.[4]

Como contranarrativa a esta construção simbólica racista que atravessa toda a história da literatura brasileira, Conceição Evaristo constrói uma poética

---

[4] https://inegalagoas.files.wordpress.com/2020/05/gc3aanero-e-etnia-conceic3a7c3a3o-evaristo.pdf

da fertilidade, prenhe, parturiente, fundamentada em saberes negros-ancestrais. Uma poética de fundação de novos caminhos para a literatura brasileira. É desde este lugar de disputa e tensionamento discursivo que sua obra se impõem em um campo ainda minado por muitos privilégios, boicotes e silenciamentos. Encerro este ensaio com o poema "Inquisição", que faz referência ao grupo de instituições jurídicas pertencentes à Igreja Católica que, do século XII ao século XIX, perseguiu, torturou e matou aquelas e aqueles que viviam saberes e práticas desviantes do evangelho. No passado, a inquisição queimou mulheres acusadas de bruxaria. No presente do poema, a inquisição é aproximada às instituições de legitimação literária, que queimam e aniquilam aquelas e aqueles que não se adequam aos restritos parâmetros brancofalocêntricos, numa manutenção da lógica colonial. Conceição costumava dizer em palestras e entrevistas que escrevia para se vingar e para fazer vingar (no sentido em que vinga uma criança). Pois prossigamos com as imagens de um útero primeiro, de mulher africana:

Inquisição
Ao poeta que nos nega

Enquanto a inquisição
Interroga
A minha existência,
E nega o negrume
Do meu corpo-letra,
Na semântica
Da minha escrita,
Prossigo.

Assunto não mais
O assunto
Dessas vagas e dissentidas
Falas.

Prossigo e persigo
Outras falas,

Aquelas ainda úmidas,
Vozes afogadas,
Da viagem negreira.

E, apesar
De minha fala hoje
Desnudar-se no cálido
E esperançoso sol
De terras brasis, onde nasci,
O gesto de meu corpo-escrita
Levanta em suas lembranças
Esmaecidas imagens
De um útero primeiro.

Por isso prossigo.
Persigo acalentando
Nessa escrevivência
Não a efígie de brancos brasões,
Sim o secular senso de invisíveis
E negros queloides, selo originário,
De um perdido
E sempre reinventado clã.
(EVARISTO, 2017: 105-106)

REFERÊNCIAS

EVARISTO, Conceição. *Poemas da recordação e outros movimentos*. 3. ed. Rio de Janeiro: Malê, 2017.

"Da grafia-desenho de minha mãe um dos lugares de nascimento de minha escrita". In: *Representações performáticas Brasileiras: teorias, práticas e suas interfaces*. (org) Marcos Antônio Alexandre. Belo Horizonte: Mazza Edições, 2007, p 16-21. Disponível em http://nossaescrevivencia.blogspot.com/2012/08/da-grafia-desenho-de-minha-mae-um-dos.html.

"Gênero e Etnia: uma escre(vivência) de dupla face". In "Mulheres no Mundo – Etnia, Marginalidade e Diáspora". [Organização] Nadilza Martins de Barros Moreira & Liane Schneider. João Pessoa: UFPB, Ideia/Editora Universitária, 2000. Disponível em http://nossaescrevivencia.blogspot.com/2012/08/genero-e-etnia-uma-escrevivencia-de.html. Acessado em 01/07/2018.

LORDE, Audre. *A unicórnia Preta*. Tradução Stefanie Borges. Belo Horizonte: Relicário Edições, 2020.

MOTA, Aline. "A água é uma máquina do tempo". *Revista Elyra* 18, dez. 2021, páginas 333-337. ISSN 2182.8954. Disponível em http://dx.doi.org/10.21747/2182-8954/ely18d1

NEVES SANTOS, Tiganá Santana. "Abrir-se à hora: reflexões sobre as poéticas de um tempo-sol (Ntangu)" in *Revista Espaço Acadêmico*, n. 225, nov./dez. 2020. Ano XX. ISSN 1519.6186. Disponível em https://periodicos.uem.br/ojs/index.php/EspacoAcademico/article/view/53999

SANTOS, Tatiana Nascimento dos. *Letramento e tradução no espelho de Oxum: teoria lésbica negra em auto/re/conhecimentos*. Florianópolis, 2014. Tese de doutorado UFSC. Disponível em https://repositorio.ufsc.br/handle/123456789/128822.

SOMÉ, Sobonfu. *O espírito da intimidade: ensinamentos ancestrais africanos sobre relacionamentos*. 2. ed. São Paulo: Odysseus, 2007.

POR UMA POÉTICA DA ANCESTRALIDADE[1]

Marcos Fabrício Lopes da Silva

O filósofo alemão Walter Benjamin, em "Experiência e pobreza", de 1933, já nos alertava que a supressão dos antecedentes históricos como atitude pragmática de validar os acontecimentos atuais, prejudica a compreensão processual acerca da série elementar que compõe a totalidade do acervo cultural produzido coletivamente: "ficamos pobres. Abandonamos uma depois da outra todas as peças do patrimônio humano, tivemos que empenhá-las muitas vezes a um centésimo do seu valor para recebermos em troca a moeda miúda do 'atual'" (BENJAMIN, 1994, p. 119). Esta "obsessão evolucionista", no entender de Mario Sergio Cortella (2005, p. 151), se apoiam pelo menos três tipos de preconceitos: a) o passado é sinônimo de atraso e ignorância inocente; b) a verdade é uma conquista inevitável da racionalidade progressiva; c) a ciência é instrumento de redenção da humanidade em geral. Tal mentalidade dominante não abre espaço para a relatividade histórica e nem para a compreensão das condições de produção do conhecimento; mais ainda, deixa entrever a fatalidade dos destinos coletivos a serem conduzidos apenas e unicamente por aqueles homens que partilhem do acesso exclusivo ao mundo do saber. Verifica-se, nesse sentido, a formação elitista de uma 'cúpula de notáveis', em detrimento da composição pluralista de "coletivos pensantes" (LEVY, 1993), comprometidos em promover epistemologicamente o compartilhamento de saberes, o que vai de encontro ao modelo convencional de concentração de poder, responsável, dentre outras

---

[1] Esse texto foi apresentado no 10º Congresso Internacional da Brazilian Studies Association (BRASA), realizado entre os dias 22 e 24 de julho de 2010, Brasília- DF.

coisas, pela propagação generalizada de que existe um *pensamento único* que nos governa.

A interdição de verdades alternativas em benefício da promoção da ideologia hegemônica que coordena a ordem do discurso, conforme salienta Michel Foucault (2004), colabora de forma decisiva para a compreensão majoritária do real como um produto acabado, finito, unilateral. Diante dessa concepção imobilizadora, muitos, por não vislumbrarem o aspecto processual do passado, não conseguem perceber seus aspectos transitórios e/ou suas marcas de continuidade. Nesse sentido, a indagação trazida por Walter Benjamin, em "Sobre o conceito da história", é bastante procedente: "não existem, nas vozes que escutamos, ecos de vozes que emudeceram?" (1994, p. 223). Adverte o filósofo alemão que "articular historicamente o passado não significa conhecê-lo 'como ele de fato foi'. Significa apropriar-se de uma reminiscência, tal como ela relampeja no momento de um perigo" (p. 224). Walter Benjamin nomeia este mal iminente como o ato de o sujeito histórico, de maneira alienadora, "entregar-se às classes dominantes, como seu instrumento" (p. 224). Nota-se que, neste contexto, trazer à baila versões do passado "renegado" pelos mitos de fundação de um povo, reconhecidos oficialmente, requer do agente de reflexão uma postura contestadora de extrair o conformismo da tradição. Tal atitude de emancipação epistemológica e performática pode ser verificada nos escritos de Conceição Evaristo, a partir de um projeto literário articulado pela ficção e pela história, que foi nomeado por ela como escrevivência. Mais detalhes, a própria autora versa a respeito:

> Escrever pressupõe um dinamismo próprio do sujeito da escrita, proporcionando-lhe a sua autoinscrição no interior do mundo. E, em se tratando de um ato empreendido por mulheres negras, que historicamente transitam por espaços culturais diferenciados dos lugares ocupados pela cultura das elites, escrever adquire um sentido de insubordinação [...]
>
> A nossa *escrevivência* não pode ser lida como histórias para "ninar os da casa-grande" e sim para incomodá-los em seus sonos injustos (EVARISTO, 2007, p. 20-21).

Destacaremos nos poemas "Vozes-Mulheres" e "Da Mulher, o Tempo", da escritora afro-brasileira, a presença da *poética da ancestralidade*, que consiste em reconhecer de forma afirmativa o passado da mulher negra, com o objetivo de elaborar uma *contranarrativa*, capaz de valorizar a sua condição de sujeito histórico que resistiu à *invisibilidade* e à *reificação*, decorrentes da mentalidade escravista e patriarcal que fundamentaram hegemonicamente a sociedade brasileira.

Em "Vozes-mulheres", Conceição Evaristo lança-se na diacronia como forma de buscar um tempo esgarçado pelo corte cego da linearidade histórica. É na linha do contradiscurso, contestando o discurso vigente, que a escritora se posiciona, vislumbrando, nesse sentido, uma possibilidade de resgate do que foi relegado aos desvios da História. Vejamos o poema:

> A voz de minha bisavó ecoou
> criança
> nos porões do navio.
> [...]
> A voz de minha avó
> ecoou obediência
> aos brancos-donos de tudo.
> A voz de minha mãe
> ecoou baixinho revolta
> No fundo das cozinhas alheias
> [...]
> pelo caminho empoeirado
> rumo à favela.
> A minha voz ainda
> ecoa versos perplexos
> com rimas de sangue
> e
> fome.
> A voz de minha filha
> recorre todas as nossas vozes
> recolhe em si
> as vozes mudas caladas
> engasgadas nas gargantas.

> A voz de minha filha
> recolhe em si
> a fala e o ato.
> O ontem - o hoje - o agora.
> Na voz de minha filha
> se fará ouvir a ressonância
> o eco da vida-liberdade.
> (EVARISTO, 1990, p. 32-33)

Perfazendo o trajeto da História, mas sob o ponto de vista de quem a sofreu, Conceição Evaristo vasculha o tempo, espana as estereotipias petrificadoras e, através de sucessivas gerações, permite-nos entreouvir conspirações de vozes sussurradas no avesso do afresco histórico. Na contracorrente, a autora divide os tempos obedecendo a seguinte progressão vivenciada pela mulher negra: três passados, dois presentes e um futuro. O passado subdividido em três momentos, remete o primeiro – referente à primeira estrofe – a um tempo remoto: viagens de tumbeiros. Viagem infernal, a quebra com o elo primordial, a terra/Mãe/África, o desenraizamento brutal e sem horizonte.

Embora sendo a de menor extensão, a segunda estrofe cobrirá um período histórico mais longo, representando os quatro séculos da escravidão negra. É o vocábulo "obediência" que concentrará toda a carga deste período. História de infindáveis sujeições e genuflexões de homens com a sua humanização interditada pela tirania senhorial. Despidos de sua representação, estes indivíduos carregarão nas costas, além da exploração étnica e econômica, todas as deformações do vicioso sistema escravocrata. E, somente no último verso da estrofe, será instalado o acionador do conflito, quando se desvela o rosto "branco", assim como sua posição na pirâmide da sociedade escravagista brasileira através do vocábulo "dono". Não existindo a noção de senhor sem a prática do direito de propriedade, sabemos que é na dicotomia "dono/obediência" que é possível acompanhar a tensão existente entre esses dois polos, no contexto de quatro séculos dos ciclos/vícios da escravidão negra.

Na terceira estrofe relativa ao percurso de ocupações reservadas à mulher negra, de mucama a cozinheira, destacando-se pela servilidade, apresenta como momento histórico o período que vai do período pós-abolição, caracterizado pela saída da senzala em direção à favela. No poema, a cozinha é apresentada como sendo o espaço recuado e oculto da casa, sendo que a ocupante deste local, a mulher negra, ocupa o fundo deste espaço de fundos, os confins da sociedade. Outro rebaixamento está em ocupar um espaço que não é seu; o que a torna contraditoriamente integrada – pois que este é o espaço que socialmente lhe cabe, ao mesmo tempo em que é percebida como estrangeira e intrusa nas cozinhas alheias. "Alheias", alijadas dos espaços sociais representativos, resta-lhes cozinhar "baixinho revoltas" em direção à favela, um *remake* da senzala.

A quarta estrofe, embora no presente, configura um passado contínuo. É a voz desértica da poeta e de sua perplexidade diante do desastre histórico – as infindáveis obediências/servidões – e o que "ainda" perdura. O passado caótico "ainda" no presente reclamando a organização do caos, possibilidade apontada nos instrumentos de que dispõe: suas rimas. Entretanto, no passado como no presente, são rimas de "sangue" e "fome". Somente na quinta estrofe, num presente perspectivo, a poeta entrevê a possibilidade de um resgate projetado na imagem da filha. Esta representa o receptáculo de todas as vozes/vidas às quais foram impingidos a sujeição e o silêncio. A filha/rima tem como missão coletiva recolher, como quem procura entre os destroços, o que sobreviveu ao desastre: "vozes mudas caladas/engasgadas nas gargantas". A voz recém-nascida a explodir o grito de todas as vozes impedidas.

Subdividindo-se em duas partes, a última estrofe representa, também dois tempos: os quatro primeiros versos, ainda no presente, concretizam o resgate na transformação das vozes mudas em "fala" e "ato". A voz negra definindo-se como autora de sua vida. Na imagem da filha, a organização do caos procurada nas rimas "perplexas". O verbo no futuro, na segunda parte desta última estrofe, sinaliza para o reconhecimento e a integração de todas as vozes, encontrando no termo "ressonância" a repercussão e a expansão da palavra/ato. E o que era mudez, introversão ou revolta apenas murmurada, ganha movimento, descongela a petrificação dos tempos/calmarias e obtém resposta. A resposta/eco em expansão objetiva minar os alicerces do edificante discurso instituído, penetrando as fendas de um futuro aguardado: uma possível "vida/liberdade".

Ainda explorando a propriedade performática do "tempo espiralar", sendo o presente revigorado pela compreensão do passado "ocultado", numa projeção em que "cada repetição é em certa medida original, assim como, ao mesmo tempo, nunca é totalmente nova", segundo Leda Martins (2002, p. 85), Conceição Evaristo, no poema "Das mulheres, o tempo", examina o presente a partir do reconhecimento afirmativo do passado, cuja operação, a nosso ver, pode ser compreendida a partir do que chamamos de *poética da ancestralidade*.

Nesse sentido, a poeta questiona o conceito de memória atrelada ao fato de se considerar, diante do amontoado de fatos ocorridos, apenas o que é digno de ser lembrado para homenagens. Agindo assim, Conceição Evaristo traz para a cena literária "a recordação e outros movimentos" de seus poemas, marcado pela performance de um *eu-comunitário* empenhado em trazer à tona as questões étnicas e de gênero, sendo estas fundamentais para a construção da identidade que por muito tempo é negada ou subvalorizada pelos circuitos racialistas e patriarcais. Para o título de seu livro, a escolha por "recordações" ao invés de "memória", feita por Conceição Evaristo, resgata a mesma opção adotada por outro escritor afro--brasileiro Lima Barreto, em *Recordações do escrivão Isaías Caminha*, de 1909. E o porquê dessa coincidência terminológica? Dois estudiosos, a nosso ver, oferecem pistas interessantes para responder à questão.

Para Adélcio de Sousa Cruz (2002), em termos de identidade étnica, há uma "linha de cor" (DUBOIS, 1903) que separa "memória" de "recordações". Segundo ele (2002, p. 67-68), no Brasil, o estatuto da memória coube tradicionalmente aos "donos do poder" (FAORO, 1958), a exemplo do senhor de escravos que protagoniza a obra machadiana *Memórias póstumas de Brás Cubas* (1881). Por sua vez, as "recordações" ficaram a cargo daqueles que sistematicamente sofreram com o processo de apagamento quanto à sua participação no processo de construção histórica da identidade brasileira, prática da qual foram vítimas os negros, cujo drama foi ficcionalizado por Lima Barreto, a partir da invisibilidade sofrida pelo escrivão Isaías Caminha. Já, Joel Rufino dos Santos (2004) traz outra contribuição interessante ao mencionado debate, quando salienta que "a memória alimenta os patrimônios" e é comprometida com o poder, enquanto "o esquecimento alimenta o matrimônio, as trocas invisíveis no escuro da noite [...] Matrimônio é o que foi escondido pelo patrimônio, assim como o produto esconde o processo pelo qual se fez" (SANTOS, 2004, p. 73). Ressalta o historiador, ainda, que o papel da literatura é o de oferecer uma "utilidade humana" ao poder, sendo, para tanto, necessário "recuperar os desejos esquecidos das criaturas esquecidas" (SANTOS, 2004, p. 73). Recuperar os desejos esquecidos das criaturas esquecidas significa justamente recordar. Daí vem mais um preceito da *poética da ancestralidade* presente na obra de Conceição Evaristo. Podemos também deduzir que as recordações trazidas pela escritora também se encontram nos "becos da memória", termo este que intitula um dos livros de prosa da autora. Voltando à nomeação do seu livro de poesias, Conceição Evaristo adiciona "outros movimentos" a "recordações", ressaltando-lhe o caráter fluido, mutante, relacional da construção de sentidos em alternativa à noção de memória como registro fixo, permanente e unilateral.

No poema "Na mulher, o tempo...", Evaristo faz uso da narração de 3ª pessoa, porém desvencilhando-se de uma postura de distanciamento no plano da observação para envolver-se e deter-se melhor na complexidade do perfil da mulher que protagoniza o enredo. Vamos à transcrição do mencionado poema:

> A mulher mirou-se no espelho do tempo,
> mil rugas, (só as visíveis) sorriram,
> perpendiculares às linhas
> das dores.
> [...]
> A mulher mirou-se no espelho de suas águas:
> - dos pingos lágrimas
> à plenitude da vazante.
> E no fluxo e refluxo de seu eu
> viu o tempo se render.
> [...]
> E viu que nos infindos filetes de sua pele
> desenhos-louvores nasciam
> do tempo de todas as eras
> em que a voz-mulher
> na rouquidão de seu silêncio

de tanto gritar acordou o tempo
no tempo.
E só,
só ela, a mulher,
alisou as rugas dos dias
e sapiente adivinhou:
não, o tempo não lhe fugiu entre os dedos,
ele se guardou de uma mulher
a outra...

E só,
não mais só,
recolheu o só
da outra, da outra, da outra...
fazendo solidificar uma rede
de infinitas jovens linhas
cosidas por mãos ancestrais
e rejubilou-se com o tempo
guardado no templo
de seu eternizado corpo.
(EVARISTO, 2008, p. 26-27)

    O jogo entre o reflexo e a reflexão do sujeito mediado pelo espelho se faz no poema de Evaristo. Nele, a mulher mira-se no "espelho do tempo" não para se retocar, mas para trazer à tona as rugas e assim não as esconder. Notem que é realçada a infinita quantidade de marcas do tempo – "mil rugas" – em tom afirmativo, para demonstrar a versatilidade existencial da mulher. Em seu rosto, manifestam-se as rugas, sendo que "só as visíveis sorriram". Elas se encontram "perpendiculares às linhas da dor". Aqui, alegria e tristeza se entrelaçam, evidenciando a maturidade do sujeito feminino. Os olhos da personagem fogem à representação tradicional de aparelho visual condicionado às imagens vindas de fora. Eles se apresentam como "janelas da alma", à maneira de Leonardo da Vinci, sendo capazes de expor dialeticamente o sujeito entre "o temor e a coragem" advindos do "incerto vaivém da vida". Diante dessa oscilação, a íris da mulher não se abate, expondo-se destemidamente, em sintonia com a interioridade.

No poema de Evaristo, "no espelho de suas águas", a mulher mergulha dentro de si, a partir de um *salto imortal*, cuja extensão da vida se faz e refaz "no fluxo e refluxo de seu eu", fazendo com que o tempo se renda aos seus encantos. Longe da rasteira noção de aparência, as "mil estrias" passam ao largo do papel de meras testemunhas de um corpo feminino flácido e desgastado. Elas são sinais evidentes de um "ventre eterno grávido", cuja motivação maior é o de expandir "momentos renovados d'esperança nascitura". Ao fazer uma genealogia trazendo à tona toda uma linhagem familiar negra, a exemplo de "Vozes-mulheres", o eu-poético anuncia a redenção da protagonista do texto diante da História, quando ela se faz aliada do seu passado: "a voz-mulher/na rouquidão de seu silêncio/de tanto gritar acordou o tempo no tempo". Tais versos demonstram os esforços de Evaristo para recuperar o que Aline Alves Arruda chama de "história ancestral diaspórica", que "teve como signo o navio negreiro e as consequências do que ele trouxe" (2007, p. 58).

Imbuída dessa importante missão histórica, a personagem, em "Na mulher, o tempo...", sabidamente conclui, diante do espelho, que "o tempo não lhe fugiu entre os dedos". Cultuando os seus antepassados, a mulher compreende que o tempo, na verdade, "se guardou de uma mulher a outra...", para que se pudesse tecer "uma rede de infinitas jovens lindas" (p.27), embalando o tempo "no templo de seu eternizado corpo" (p. 27). Estes círculos dentro de círculos revelam, na opinião de Roland Walter, "uma consciência de entrelaçamento cósmico" e "uma ordem de saber fluido" (2009, p. 80) presentes na literatura de Conceição Evaristo.

Enfim, convocamos o conceito de *poética da ancestralidade* para demonstrar a eficácia dos poemas "Vozes-mulheres" e "Na mulher, o tempo...", de Conceição Evaristo, que tanto re(ins)stauram o passado, quanto impulsionam o presente, como anunciam o futuro, apresentando a mulher negra como legítima geradora da *consciência uterina afroexistencial*, que alicerça, com consistência, o pertencimento étnico-afirmativo de uma coletividade.

REFERÊNCIAS

ARRUDA, Aline Alves. *Ponciá Vicêncio, de Conceição Evaristo*: um *bildungsroman* feminino e negro. 2007. 98 f. Dissertação (Mestrado em Letras) – Faculdade de Letras, Universidade Federal de Minas Gerais, Belo Horizonte.

BENJAMIN, Walter. Experiência e pobreza (1933). In: _____. *Magia e técnica, arte e política*: ensaios sobre literatura e história da cultura. 7.ed. São Paulo: Brasiliense, 1994. (Obras escolhidas; v. 1). p. 114-119.

BENJAMIN, Walter. Sobre o conceito da história (1940). In: _____. *Magia e técnica, arte e política*: ensaios sobre literatura e história da cultura. 7.ed. São Paulo: Brasiliense, 1994. (Obras escolhidas; v. 1). p. 222-232.

CORTELLA, Mario Sergio. A verdade, uma conquista inevitável? In: _____. *Não espere pelo epitáfio...*: provocações filosóficas. 6.ed. Petrópolis: Vozes, 2005. p. 151-154.

CRUZ, Adélcio de Sousa. *Lima Barreto*: a identidade étnica como dilema. 2002. 104 f. Dissertação (Mestrado em Letras) – Faculdade de Letras, Universidade Federal de Minas Gerais, Belo Horizonte.

EVARISTO, Conceição. Da grafia-desenho de minha mãe, um dos lugares de nascimento de minha escrita. In: ALEXANDRE, Marcos Antônio (Org.). *Representações performáticas brasileiras*: teorias, práticas e suas interfaces. Belo Horizonte: Mazza Edições, 2007. p. 16-21.

EVARISTO, Conceição. Da mulher, o Tempo.... In: _____. *Poemas da recordação e outros movimentos*. Belo Horizonte: Nandyala, 2008. p. 26-27.

EVARISTO, Conceição. Vozes-mulheres. In: QUILOMBHOJE (Org.). *Cadernos Negros 13*. São Paulo: Edição dos Autores, 1990. p. 32-33.

FAORO, Raymundo. *Os donos do poder*: formação do patrimônio político brasileiro. Rio de Janeiro: Globo, 1958. 271p.

FOUCAULT, Michel. *A ordem do discurso*: aula inaugural no Collège de France, pronunciada em 2 de dezembro de 1970. 10. ed. São Paulo: Loyola, 2004. (Leituras filosóficas).

LÉVY, Pierre. *As tecnologias da inteligência*: o futuro do pensamento na era da informática. Rio de Janeiro: Editora 34, 1993.

MARTINS, Leda. Performances de o tempo espiralar. In: RAVETTI, Graciela; ARBEX, Márcia (Org.). *Performance, exílio, fronteiras*: errâncias territoriais e textuais. Belo Horizonte: FALE/UFMG, 2002. p. 69-91.

PADILHA, Laura Cavalcante. *Entre voz e letra*: o lugar da ancestralidade na ficção angolana do século XX. Niterói, RJ: EDUFF, 1995.

SANTOS, Joel Rufino dos. *Épuras do social*: como podem os intelectuais trabalhar para os pobres. São Paulo: Global, 2004.

WALTER, Roland. Conceição Evaristo: os círculos de uma memória. In:_____ *Afro-América*: diálogos literários na diáspora negra nas Américas. Recife: Bagaço, 2009. p. 77-80.

GÊNERO, VIOLÊNCIA E INSUBMISSÃO

MARCAS DA VIOLÊNCIA NO CORPO LITERÁRIO FEMININO[1]

Constância Lima Duarte

A ausência da temática da violência nos escritos de autoria feminina sempre me incomodou. Como nossas escritoras ignoram um tema tão urgente e palpitante? Em que livros estão as marcas literárias do espancamento, do estupro e do aborto a que cotidianamente as mulheres são submetidas, e os jornais não cansam de noticiar? Refiro-me, naturalmente, à violência física, cujas cicatrizes são visíveis, e não à que Bourdieu chamou de simbólica, como a humilhação, a ofensa, o desprezo, que também machucam e são cotidianas. Para essas, há inúmeros exemplos na literatura, e Clarice Lispector é uma mestra. Quem não se lembra da angústia vespertina de Ana, dos devaneios de certa rapariga, do monólogo da Mocinha, ou da frustração da velha aniversariante diante da família, dentre tantas personagens? Mas eu queria mais. Afinal, não passa uma semana sem que os jornais noticiem o assassinato de uma mulher pelo companheiro vingativo, ou um dia sem que uma mulher seja espancada e violada, apenas por ser mulher.

Quando conheci as escritoras dos *Cadernos Negros*, essa temática tornou-se, enfim, recorrente. Para minha surpresa, lá estavam, no formato de poemas ou de textos ficcionais, sensíveis releituras da violência inspiradas no cotidiano feminino e formuladas a partir de uma perspectiva étnica e feminista. Dentre as muitas escritoras que se encontram nos *Cadernos Negros*, escolho Conceição Evaristo, cuja obra guarda as imbricações de gênero, classe e etnicidade que me

---

[1] Uma versão desse texto encontra-se publicado com o título "Marcas da violência no corpo literário de Conceição Evaristo", em OLIVEIRA, Marinyse Prates de; PEREIRA, Mauricio M. dos S.; CARRASCOSA, Denise. (Org.).*Cartografias da subalternidade: diálogos no Eixo Sul-Sul*. Salvador: EDUFBA, 2014, v. 1, p. 189-200.

interessam investigar. Independente do título – *Ponciá Vicêncio* (2003) e *Becos da memória* (2006), romances; *Poemas da recordação e outros movimentos* (2008), poesia; e *Insubmissas lágrimas de mulheres* (2011), contos – predominam em sua obra as angústias, os temores, a sexualidade e, principalmente, demonstrações de força e de generosidade femininas.

Atenho-me agora aos contos. Bem antes do surgimento de *Insubmissas lágrimas de mulheres*, Conceição Evaristo havia publicado, em diferentes edições de *Cadernos Negros*, de 1991 a 2007, um total de nove narrativas. E já nestes primeiros contos existia tal densidade dramática e poética, na construção das personagens como na estruturação do enredo, que um projeto literário se tornou logo evidente. E mesmo nas cenas de extrema degradação humana a escritora não perde o equilíbrio entre a sugestão de estados líricos e a intenção documental. As personagens de Conceição Evaristo explicitam todo o tempo o seu pertencimento a um grupo social que tem na pele a cor da exclusão, não importa se crianças, donas de casa, empregadas domesticas ou mulher de bandido: a angústia e o sentimento de injustiça são sempre os mesmos.

Por tudo isso, as narrativas de Conceição Evaristo parecem conter a expressão de um novo paradigma. Se, em sua superfície – a história visível segundo Piglia – tratam de vida e morte; na cena mais profunda ressaltam a história do povo negro. Escrita de dentro (e fora) do espaço marginalizado, a obra é contaminada da angústia coletiva, testemunha a banalização do mal, da morte, a opressão de classe, gênero e etnia. E ainda se faz de porta-voz da esperança de novos tempos. A autora pontua poeticamente mesmo as passagens mais brutais, e cada personagem tem a consciência de pertencimento a um grupo social oprimido e traz na pele a cor da exclusão.

O novo livro de contos, *Insubmissas lágrimas de mulheres*, é tudo isso e muito mais. Se até então os contos chegaram avulsos, com largos intervalos entre um e outro, temos agora um conjunto harmonioso que dialoga entre si, e é a prova mais cabal do amadurecimento ficcional de Evaristo. E são inúmeros os aspectos que tornam o livro surpreendente.

Começo observando sua estrutura: treze narrativas, cada uma intitulada com o nome da mulher que vai contar sua história de vida. São elas: Aramides

Florença, Natalina Soledad, Shirley Paixão, Adelha Santana Limoeiro, Maria do Rosário Imaculada dos Santos, Isaltina Campo Belo, Mary Benedita, Mirtes Aparecida Daluz, Líbia Moirã, Lia Gabriel, Rose Dusreis, Saura Benevides Amarantino e Regina Anastácia. À primeira vista, as narrativas tinham tudo para serem lidas de forma independente, até porque foram chamadas de contos. Mas a presença de uma voz narradora costurando as histórias, e se fazendo de mediadora entre personagens e leitores, muda tudo. Essa voz feminina que narra em primeira pessoa e se apresenta como "alguém que gosta de ouvir", não é nomeada: "Da voz outra", ela diz, "faço a minha, as histórias também". É ela que procura cada uma das mulheres e provoca o retorno de lembranças dolorosas do passado. É ela também que se encarrega de lembrar ao leitor o que já foi dito, e, quase como um refrão, reafirma que gosta muito de ouvir histórias. "Enquanto Lia Gabriel me narrava a história dela, a lembrança de Aramides Florença se intrometeu entre nós duas. Não só a de Aramides, mas as de várias outras mulheres se confundiram em minha mente". (p. 81)

À medida que se somam, os relatos promovem, no leitor, uma sutil confusão entre o real e a ficção, pois tratam de situações de violência contra a mulher, que lamentavelmente estão quase diariamente nas páginas dos jornais. Cito:

> Portanto, estas histórias não são totalmente minhas, mas quase que me pertencem, na medida em que, às vezes, se (con)fundem com as minhas. Invento? Sim, invento, sem o menor pudor. Então, as histórias são inventadas? Mesmo as reais, quando são contadas. Desafio alguém a relatar fielmente algo que aconteceu. Entre o acontecimento e a narração do fato, alguma coisa se perde e por isso se acrescenta. O real vivido fica comprometido (EVARISTO, 2011, p. 9)

Assim, a narradora mais confunde que esclarece. E as mulheres, ao exibirem com orgulho as antigas cicatrizes, mesmo quando descrevem chorando um episódio dramático do seu passado, o fazem a partir de uma atitude de sobreviventes, de quem exorcizou a dor e se encontrou inteira para além dela. E mais, parecem expor suas chagas até com certo orgulho, conscientes da força que emana de sua história. As narrativas dividem-se em duas: antes e depois do acontecido. Primeiro somos apresentadas à mulher que vai fazer seu relato; e apenas depois, ao seu passado. E o *flashback* surge naturalmente, pois cada uma relata espontaneamente o acontecido.

A dor de Aramides, por exemplo, foi provocada pela transformação do companheiro amoroso em homem bruto, ciumento, quando ela engravidou. É ela quem conta: "um dia estava amamentando o filho, quando ele chega, arranca o menino de seus braços jogando-o no berço; em seguida rasga suas roupas e a violenta. [...] Nunca a boca de um homem, como todo seu corpo, me causara tanta dor e tanto asco até então." (EVARISTO, 2011, p. 18)

Outra, Natalina Soledad, é apresentada como a mulher que criou o próprio nome, o que significa dizer, a própria vida. Nascida após seis filhos homens, foi rejeitada pelo pai que lhe deu com desprezo o nome de Troçoleia Malvina Silveira. Cito:

> O homem, garboso de sua masculinidade, que, a seu ver, ficava comprovada a cada filho homem nascido, ficou decepcionado quando lhe deram a notícia de que o seu sétimo rebento era uma menina. Como podia ser? – pensava ele – de sua rija vara só saía varão!" (EVARISTO, 2011, p. 19-20)

Mas, à medida que cresce, ao invés de ocultar o nome, a menina faz questão de afirmá-lo por inteiro, para, assim, devolver à família o mesmo desprezo com que a tinham recebido. E passa a desejar apenas "se rebatizar, se autonomear." Ao completar os trinta anos dirigiu-se ao cartório, despiu-se do antigo nome, abdicou da herança, renegou o sobrenome familiar, e se auto proclamou Natalina Soledad.

A narrativa de Shirley Paixão é ligeiramente diferente das demais, pois se constrói entrecortada entre presente e passado. Ora lembra do tempo feliz, vivido com o companheiro e as cinco meninas, duas dela e três dele, que adotou como suas; ora conta como quase o matou para defender a menina de doze anos que ele molestava. As lembranças voltam fortes na narrativa:

> Então [ele] puxou violentamente Seni da cama, modificando naquela noite a maneira silenciosa como retirava a filha do quarto e a levava aos

> fundos da casa, para machucá-la, como vinha acontecendo há meses. Naquela noite, o animal estava tão furioso – afirma Shirley chorando – que Seni, para a sua salvação, fez do medo, do pavor, coragem. E se irrompeu em prantos e gritos. [...] Foi quando assisti à cena mais dolorosa de minha vida. Um homem esbravejando, tentando agarrar, possuir, violentar o corpo nu de uma menina, enquanto outras vozes suplicantes, desesperadas, chamavam por socorro. (EVARISTO, 2011, p. 28-29)

Ao final, ao retornar o presente da narrativa, trinta anos após o triste episódio, constatamos a superação. A confraria de mulheres não só retomou a vida, mas conseguiu apagar as lembranças mais amargas do passado. Seni tornou-se médica pediatra, e Shirley vive cercada de novas meninas, suas netas.

A narrativa de Adelha é outra uma história de sofrimento, mas também de força interior e generosidade. Ao ver o companheiro sofrer por estar perdendo a potência, ela o incentiva a procurar outras mulheres, e relata:

> fingidamente inventei estar em mim uma limitação que não era e não é a minha. Quem sabe, não estaria no meu corpo a causa de sua anunciada morte? [...] E desde então dei asas ao velho, para que ele, na ignorância, na teimosia, no orgulho ferido de macho, voasse em busca daquilo que não se recupera, o vigor da juventude. (EVARISTO, 2011, p. 36)

A tragédia vivida por Maria do Rosário, mais uma personagem, é de outra natureza e também costuma aparecer nas páginas de nossos jornais. Já mulher madura, lembra-se do dia em que, menina ainda, foi roubada de sua casa, perdendo a infância e a identidade.

À medida que os anos passam, ela se acostuma com o sentimento de abandono, conhece diferentes formas de exploração, chega a se casar algumas vezes, mas sempre evitando ter filhos com medo de perdê-los. Até que um dia, ao assistir a uma palestra sobre "crianças desaparecidas", se reencontra. Ou melhor, é encontrada. Reconhece na voz de uma jovem (que era sua irmã), a voz de sua mãe, e deixa de ser uma desaparecida. "Sobrevivemos, eu e os meus." (p. 47)

Também o testemunho de Isaltina Campo Belo revela uma história de superação. No momento em que acolhe a narradora em sua casa, e a abraça como a uma "antiga e íntima companheira", ela se abre para a confidência, com a confiança de quem fala a uma "igual". Desde menina, é ela que conta, sentia-se diferente, um menino no corpo de menina, desajustada e fora de lugar. Um dia conheceu um rapaz a quem confiou seu segredo, seu conflito. São suas as palavras:

> Nunca poderia imaginar o que me esperava. [...] Cinco homens deflorando a inexperiência e a solidão do meu corpo. Diziam, entre eles, que estavam me ensinando a ser mulher. Tenho vergonha e nojo do momento. Nunca contei para ninguém o acontecido. [...] Sentia-me como o símbolo da insignificância. Quem eu era? Quem era eu? (EVARISTO, 2011, p. 56)

Depois, grávida, volta à casa dos pais, tem a filha, e novamente parte. E só mais tarde, numa reunião da escola da filha conhece uma professora. "E foi então", cito, "que o menino que habitava em mim reapareceu crescido". (p. 57) E compreendeu que podia sim, se "encantar por alguém e esse alguém podia ser uma mulher". No olhar da outra ela aprende a se conhecer, se aceitar, a viver em paz consigo mesma. Diferente de outros testemunhos, tomados como "forma de esquecimento", ou de mergulho na linguagem para buscar a "libertação da cena traumática", na expressão de Seligman, as mulheres dos contos de Evaristo se apresentam refeitas em sua psique, com as emoções apaziguadas e as antigas dores superadas.

Assim, as narrativas desdobram diferentes modalidades de violência de gênero. Às vezes parece predominar aquela mais banalizada, sofrida no ambiente doméstico e impetrada pelo companheiro. Como a de Lya, que vivia sendo espancada pelo marido, até criar coragem, limpar o "sangue que ainda escorria dos braços" e sair de casa com os filhos. As próprias cicatrizes ela consegue curar, mas não tem como evitar o sofrimento do filho que se torna para sempre triste e doente. Há também a praticada pela mulher contra si mesma, como a de Mary Benedita, que ainda menina decide deixar a casa paterna e viver com uma tia – a "ovelha desgarrada". Viaja, aprende outras línguas, torna-se artista. Mas no afã de se bastar, se automutila, e exibe queloides por todo o corpo. "Pinto e tinjo com o meu próprio corpo", ela diz. "Uso os dedos e o corpo, abdico do pincel. Tinjo em sangue. Navalho-me. Valho-me como matéria-prima." (p. 68)

Há também relatos de cicatrizes manifestadas em pesadelos, como os que atormentavam as noites e a vida de Líbia Moirã. Remédios, benzeções, terapias, hipnose, nada detinha o sonho que insistia em persegui-la:

> Sempre o mesmo: eu, perdida em algum lugar indefinido, sozinha e vendo alguma coisa grande, muito grande, querendo sair de um buraco muito pequeno. O movimento dessa coisa grande rompendo o buraco pequeno era externo a mim, mas me causava uma profunda sensação de dor. (EVARISTO, 2011, p. 75)

Felizmente, como ocorre nas histórias de Evaristo, também um dia o mistério do sonho recorrente é desvendado. As imagens traumáticas estavam relacionadas ao dia em que, criança pequena e esquecida em seu berço, ela assistiu ao doloroso trabalho de parto de sua mãe e ao nascimento do irmão mais novo. As cenas presenciadas doeram fundo nela também, traumatizando-a por quase toda a vida.

A última narrativa conta a história de amor de um casal que vence o preconceito racial de suas famílias, e vivem juntos e felizes. Mas não é apenas por isso que a considero especial neste conjunto. A personagem, Regina Anastácia – de noventa e um anos, porte altivo e "dona de uma beleza que caminhava para um encanto quase secular" (p.106), vai provocar novas e interessantes reflexões. Primeiro, a narradora a reverencia como se estivesse diante do mito da princesa africana feita escrava, ainda nos tempos coloniais. Cito: "Regina Anastácia se anunciava, anunciando a presença de rainha Anastácia frente a frente comigo." (p. 107). Em seguida enumera nomes de mulheres reais – como Mãe Menininha de Gantois, Ivone de Lara, Ruth de Souza, Iraci Clarindo Fidelis, Toni Morrison, Nina Simone, entre outras –, acrescentando, ao final, o nome de Joana Josefina Evaristo, "tão rainha quanto ela", que é precisamente o nome da mãe da autora deste livro. Assim, o eu narrador, responsável por trazer cada personagem à cena literária, revela-se como sendo a própria escritora. Para completar de vez o pacto autobiográfico, além de introduzir o nome de sua mãe na narrativa, ainda menciona viagens a Moçambique e ao Senegal, que havia feito, provocando ainda mais esta identificação.

Mas não nos enganemos: a protagonista narradora, apesar desta confissão, continua sendo uma personagem ficcional. Com habilidade e competência, ela joga com o leitor o tempo todo. Tudo parece falso e ao mesmo tempo verdadeiro nesta obra, a começar pela autobiografia, em que as personagens relatam suas vidas, mas é uma outra que as registra. Também o resgate de tantos nomes de mulheres reais tem uma função a cumprir na narrativa. Além do diálogo que estabelecem com os textos, eles representam mulheres identificadas com a história – coletiva e individual – de resistência das mulheres negras.

Mais um aspecto merece ser observado. Em diversas ocasiões, tanto em entrevistas como em textos, Evaristo afirmou que a gênese de sua escrita está no acúmulo "de tudo que ouviu e viveu desde a infância". Nestes termos:

> Na origem de minha escrita, ouço os gritos, os chamados das vizinhas debruçadas sobre as janelas, ou nos vãos das portas contando em voz alta uma para as outras as suas mazelas, assim como as suas alegrias. Como ouvi conversas de mulheres! [...] Venho de uma família em que as mulheres, mesmo não estando totalmente livres de uma dominação machista, primeira a dos patrões, depois a dos homens, seus familiares, raramente se permitiam fragilizar. Como "cabeça" da família, elas construíam um mundo próprio, muitas vezes distantes e independentes de seus homens e, mormente, para apoiá-los depois. Talvez por isso, tantas personagens femininas em meus poemas e em minhas narrativas? Pergunto sobre isso, não afirmo. (EVARISTO, 2007, p. 20)

E foi justamente a partir dessas reflexões que ela formulou o conceito de escrevivência – escrever a existência –, tornado desafio para o eu lírico transcender o biográfico e colocado na base mesmo da escrita lúcida e solidária da escritora, cuja obra é comprometida com a história coletiva. Se, como querem alguns, a literatura é antes de tudo fruto da memória, é compreensível que dentre suas funções esteja também a de denunciar e provocar a conscientização. No texto introdutório aos contos, em que a narradora se apresenta, ela termina justamente afirmando que "ao registrar estas histórias, continuo no premeditado ato de traçar uma escrevivência." (p. 9)

Os contos de Conceição Evaristo – e também seus romances e poemas – parecem trazer, portanto, a expressão de um novo paradigma. Se em sua superfície tratam de vida e morte, na cena mais profunda ressaltam a história do povo negro, e a memória de uma raça. Escrita de dentro do espaço marginalizado, são testemunhas da opressão de classe, de gênero e de etnia, fazendo-se ainda porta-voz da esperança de novos tempos. E a literatura de autoria assumidamente negra – como esta, que Conceição Evaristo assina – é ao mesmo tempo projeto político e social, testemunho e ficção, e se inscreve de forma definitiva na literatura nacional.

REFERÊNCIAS

ARRUDA, Aline Alves. *Ponciá Vicêncio, de Conceição Evaristo*: um bildungsroman feminino e negro. Dissertação (Mestrado em Letras - Estudos Literários), Universidade Federal de Minas Gerais, Belo Horizonte, 2007.

BOURDIEU, Pierre. *A dominação masculina*. Trad. Maria Helena Künnher. São Paulo: Bertrand Brasil, 1999.

CADERNOS NEGROS, números 14, 16, 18, 22, 26, 28 e 30.

DUARTE, Constância Lima. Gênero e violência na literatura afro-brasileira. In: TORNQUIST, Carmen Susana *et al.* (Org.) *Leituras de resistência*: corpo, violência e poder. Florianópolis: Editora Mulheres, 2009. v. I. p. 315-324.

EVARISTO, Conceição. Da grafia-desenho de minha mãe; um dos lugares de nascimento de minha escrita. In: ALEXANDRE, Marcos Antônio (Org.). *Representações performáticas brasileiras*. Belo Horizonte: Mazza Edições, 2007.

EVARISTO, Conceição. *Insubmissas lágrimas de mulheres*. Belo Horizonte: Nandyala, 2011.

STREY, Marlene Neves. Será o século XXI o século das mulheres? In: *Construções e perspectivas em gênero*. Porto Alegre: Editora Unisinos, 2001.

PERROT, Michele. *Os excluídos da história*: operários, mulheres e prisioneiros. 2.ed. Trad. Denise Bottman. Rio de Janeiro: Paz e Terra, 1992.

PIGLIA, Ricardo. Teses sobre o conto. In:_____.*O laboratório do escritor.* Trad. Josely Vianna Baptista. São Paulo: Iluminuras, 1994.

OS CONDENADOS DA TERRA: VIOLÊNCIA DOMÉSTICA E MATERNIDADE EM *INSUBMISSAS LÁGRIMAS DE MULHERES*

Natália Fontes de Oliveira

Em 2015, a escritora contemporânea Conceição Evaristo ganhou o mais importante prêmio literário do Brasil, o Prêmio Jabuti, pela sua obra *Olhos d'água*. Nas últimas décadas, Conceição Evaristo tem contribuído imensamente para a literatura afro-brasileira e segue redefinindo a face da literatura brasileira. Em várias obras, Evaristo desafia estereótipos comumente associados à mulher negra brasileira, como é o caso de *Insubmissas lágrimas de mulheres* (2011), uma coleção de treze contos em que mulheres afro-brasileiras são as protagonistas e contadoras de suas histórias.

Os contos ilustram como muitas mulheres afro-brasileiras ainda sofrem violências físicas e psicológicas diariamente. Em cada história, uma personagem compartilha suas memórias, em um processo de relembrar e rearticular experiências vividas.1 A maternidade é um tema que ecoa nessas histórias, caracterizada por mães que lutam para sobreviver e garantir a segurança de sua família em uma sociedade racista e sexista. Baseando-se nas ideias de Frantz Fanon sobre violência e luta, este artigo centra-se nas peculiaridades das experiências de maternidade dos contos "Aramides Florença", "Shirley Paixão" e "Lia Gabriel" para

---

[1] Apesar de que algumas leituras interpretam a viagem da narradora como uma viagem literalmente feita pela autora, Evaristo não viajou para encontrar com as protagonistas das histórias. A autora enriquece os contos fazendo uso de técnicas literárias para criar uma voz narrativa que diz conhecer as mulheres e ter ouvido suas histórias, o que cria um ar de legitimidade das mesmas. Igualar a voz dessa narradora com a voz da autora é ignorar aspectos literários da obra e minimizar o talento criativo de Evaristo.

ilustrar como a maternidade auxilia as personagens a lutarem contra a vitimização causada pela violência doméstica.

A figura materna nos contos escolhidos foge de representações tradicionais que a associam à submissão, uma vez que a maternidade, na escrita de Evaristo, ajuda as personagens a lutarem contra a vitimização e a buscarem o empoderamento. A violência doméstica é uma realidade para as personagens e cada protagonista responde de maneira diferente a essa violência: umas ignoram, algumas buscam ajuda e outras agridem o agressor. Independentemente das reações frente à violência sofrida, as protagonistas não são julgadas como sendo, por exemplo, boas ou más, uma vez que tais noções essencialistas ignoram a complexidade da experiência de maternidade, o ambiente, as protagonistas e suas histórias. Ao sugerir o alinhamento de Frantz Fanon com a escrita de Evaristo, proponho uma leitura da literatura afro-brasileira à luz da teoria pós-colonial para expressar a problemática entre sujeitos colonizados e colonizadores Apesar do Brasil não ser comumente associado a tais teorias contemporâneas, o país foi colônia e as marcas da violência contra as mulheres são um tanto comuns.

Em "Aramides Florença," "Shirley Paixão" e "Lia Gabriel", Evaristo desafia estereótipos comumente associados às mães negras, demonstrando a complexidade das várias experiências de maternidade. Carole Boyce Davies discorre sobre a importância de literaturas que tentam "problematizar a mãe ao invés de romantiza-la" (DAVIES, 1994, p. 145). É exatamente essa problematização que encontramos nos contos analisados, uma vez que as personagens femininas não são idealizadas ou representadas como mães perfeitas, mas como mulheres que nem sempre têm atitudes convencionais para garantir a sua sobrevivência e a da sua família. As várias experiências de maternidade e os diversos sentimentos das personagens problematizam questões de gênero, raça e classe social. Françoise Lionnet argumenta que

> [...] a escritora que luta para articular uma visão pessoal e de verbalizar as vastas áreas das experiências de mulheres que permaneceram não expressadas, se não for reprimida, está envolvida em uma tentativa de escavar os elementos da mulher que foram enterrados sob os mitos culturais e patriarcais de individualidade (LIONNET, 1989, p. 91).

Evaristo pode ser vista como esse tipo de escritora que, ao registrar histórias comumente esquecidas pela literatura canônica, escreve como um ato de luta, recusando o silêncio e confrontando a cultura dominante que minimiza as diversas formas de violência sofridas por mulheres, principalmente afro-brasileiras.

A primeira história em *Insubmissas lágrimas de mulheres* é intitulada "Aramides Florença". O título leva o nome da protagonista, como é o caso dos treze contos. Aramides é uma mãe orgulhosa de seu filho, Emildes Florença, e rapidamente o introduz no conto. É narrado como a protagonista conheceu o pai de Emildes e o quanto eles se amavam no início do casamento. No entanto, Aramides se surpreende, durante sua gravidez, com alguns acontecimentos que aos poucos mudam a dinâmica entre o casal. O primeiro acontecimento começou em uma noite em que ambos já estavam deitados:

> Um dia, algo dolorido no ventre de Aramides inaugurou uma perturbação entre os dois. Já estavam deitados, ela virava pra lá e para cá, procurando uma melhor posição para encaixar a barriga e, no lugar em que se deitou, seus dedos esbarraram-se em algo estranho. Lá estava um desses aparelhos de barbear, em que se acopla a lâmina na hora do uso. Com dificuldades para se erguer, gritou de dor. Um filete de sangue escorria de uns dos lados de seu ventre. (EVARISTO, 2011, p. 14)

Aramides grita de terror e dor, confusa a respeito de como a lâmina de barbear do seu marido foi parar na cama, embaixo dos lençóis. Imediatamente, confronta o marido, mas este afirma não saber por que a lâmina se encontrava ali. Aramides concorda com o marido que tudo não passou de um acidente: "Talvez tivesse sido na hora em que ele foi preparar a cama dos dois... Talvez ele estivesse com o aparelho na mão. Talvez... Quem sabe ..." (EVARISTO, 2011, p. 15). Apesar dos fatos, acreditar que o marido seria capaz de machucá-la é muito difícil para Aramides, que tenta esquecer o ocorrido.

Mais tarde, Aramides é vítima de violência doméstica outra vez, mas de forma um pouco menos sutil. Ao apreciar o seu corpo na frente do espelho, vê o marido se aproximando. Ela fecha os olhos para acolher os braços do marido, mas é novamente surpreendida:

Fechou os olhos e gozou antecipadamente o carinho das mãos do companheiro em sua barriga. Só que, nesse instante, gritou de dor. Ele, que pouco fumava, e principalmente se estivesse na presença dela, acabara de abraçá-la com o cigarro acesso entre os dedos. Foi um gesto tão rápido e tão violento que o cigarro foi macerado e apagado no ventre de Aramides. Um ligeiro odor de carne queimada invadiu o ar. (EVARISTO, 2011, p. 15)

Expressões como "tão rápido e tão violento", "macerado e apagado no ventre" e "odor de carne queimada" ilustram a crueldade da violência contra Aramides. Seu marido a queima com o cigarro e, mesmo assim, a protagonista segue negando que seja vítima de violência doméstica.

Aramides é vítima de violência doméstica e tanto a sua vida como a vida de seu filho estão em perigo, mas há uma contínua recusa em enxergar o marido como um agressor. A personagem ignora os acontecimentos e os observa como meros acidentes, acreditando no amor maior de seu marido. Por que Aramides aceita essas formas de abuso em silêncio? Por que se recusa a ver as agressões? Em *Os condenados da Terra*, Frantz Fanon explica como os oprimidos incorporam a ideologia do opressor, ao internalizar um "complexo de culpa", já que o oprimido fica preso nas configurações de uma cultura dominante, mesmo se esta causa sofrimento e leva à autodestruição (FANON, 1963, p. 53). À luz dos argumentos de Fanon, um paralelo pode ser feito com Aramides, que defende o seu opressor por ser o seu marido. A crueldade dos atos violentos é ignorada, pois a protagonista está aprisionada por paradigmas patriarcais que legitimam ações abusivas de homens e principalmente maridos.

A violência doméstica é muitas vezes subestimada ou ignorada, sendo a culpa atribuída à vítima, em sua maioria mulheres rotuladas como sensíveis demais, dramáticas demais ou simplesmente loucas. Em tais situações, as mulheres têm a falsa impressão de que são culpadas da violência ou que precisam ser fortes e aceitar seus maridos, independentemente de comportamentos abusivos. No conto aqui analisado, o marido torna-se cada vez mais violento ao querer controlar o corpo Aramides, em uma tentativa agressiva de trazê-lo de volta só para ele, colocando em risco a saúde da esposa e de seu filho. Aramides encontra-se em uma prisão metafórica dos papéis sociais atribuídos à mulher e ao marido, já que as ações violentas são minimizadas em função de uma crença no amor e da não concepção da ideia de um marido abusivo. A violência doméstica é mais difícil de ser reconhecida como tal, dentre os tipos de violência, porque o agressor faz parte da família e muitas vezes tem com a vítima uma relação afetiva. Sendo o agressor um homem, a violência ainda é camuflada por valores de uma sociedade patriarcal.

Depois de dar à luz e voltar para a casa, Aramides tenta esquecer os abusos domésticos que sofreu e concentra em seu filho Emildes, que ainda tem poucos dias de idade. Mas, mais uma vez, seu marido a ataca. Agora, mais violento que antes:

> Estava eu amamentando o meu filho – me disse Aramides, enfatizando o sentido da frase, ao pronunciar pausadamente cada palavra –, quando o pai de Emildes chegou. De chofre, arrancou o menino dos meus braços, colocando-o no bercinho sem nenhum cuidado. Só faltou arremessar a criança. Tive a impressão de que tinha sido esse o desejo dele... Numa sucessão de gestos violentos, ele me jogou sobre nossa cama, rasgando minhas roupas e tocando violentamente com a boca um dos meus seios que já estava descoberto, no ato de amamentação de meu filho. E, dessa forma, o pai de Emildes me violentou. E, em mim, o que ainda doía um pouco pela passagem de meu filho, de dor aprofundada sofri, sentindo o sangue jorrar. (EVARISTO, 2011, p. 17-18).

Poucos dias depois de sair do hospital com seu recém-nascido, Aramides é estuprada pelo próprio marido, na frente do seu filho. O marido a deixa imediatamente após estuprá-la e nunca mais volta. É repetido várias vezes o nome "o pai de Emildes", enfatizando o papel do agressor na família e, ao mesmo tempo, que não é mais o reconhecido como marido. A protagonista encontra forças para sobreviver, pois precisa ser resistente para garantir o bem-estar do filho. Quando vai ao médico, a personagem é aconselhada a evitar amamentar Emildes, mas Aramides não segue tal orientação: "subversivamente, a mãe descumpriu a ciência médica e ofereceu os seios ao bebê" (EVARISTO, 2011, p. 12). O ato de amamentar o filho é simbólico, porque, apesar de ser estuprada e abusada, a protagonista busca forças em atos maternos para reassumir controle de seu próprio corpo e cuidar de sua criança. Essa atitude pode ser vista como ato de resistência da protagonista contra os abusos do marido. Sua luta não foi através da violência, mas através do amor pelo filho, marcada por atos de coragem para cuidar de seu corpo e de seu rebento. A personagem rejeita a vitimização e cultiva o amor entre mãe e filho que o seu ex-marido tentou quebrar.

Vale observar que, mesmo sendo importante denunciar a violência doméstica e os agressores, Aramides não pode ser julgada negativamente por não ir à polícia. A Lei Maria da Penha no Brasil tornou a possibilidade de denúncia contra a violência doméstica mais acessível para as mulheres, mas estas ainda são muitas vezes ignoradas ou subestimadas pelas autoridades locais. Assim, embora Aramides não denuncie o marido às autoridades, isso não significa que ela seja conivente com as agressões. A personagem escolhe concentrar-se em reconstruir sua vida com seu filho, pois busca lutar contra a violência doméstica sendo mãe, assumindo controle de sua vida e do seu próprio corpo amamentando o filho.

O terceiro conto em *Insubmissas lágrimas de mulheres* é intitulado "Shirley Paixão." O primeiro marido da protagonista abandonou a ela e às suas filhas. O segundo marido, Shirley tentou matá-lo. Apesar da violência, ao lermos o conto, percebemos sua complexidade. Shirley teve duas filhas com seu primeiro marido e, ao se apaixonar novamente, adota as três filhas de seu segundo companheiro. A protagonista, de acordo com o conto, amava todas as meninas igualmente: "As meninas, filhas dele, se tornaram tão minhas quanto as minhas" (EVARISTO, 2011, p. 26). Shirley relata que Seni, a filha mais velha, era geralmente calma e não gostava de interagir muito:

> Seni, a mais velha de minhas filhas, a menina que havia chegado à minha casa quando faltavam três meses para completar cinco anos, sempre foi a mais arredia. Não por gestos, mas por palavras. Era capaz de ficar longo tempo de mãos dadas com as irmãs, ou comigo, sem dizer nada, em profundo silêncio... Respeitei sua pouca fala, imaginei saudades contidas e incompreensão diante da morte da mãe. (EVARISTO, 2011, p.26)

Shirley acredita que Seni sofre com a perda da mãe e, por isso, é mais quieta que as outras meninas. A protagonista tenta ser ainda mais carinhosa com Seni, já que pai era muito rigoroso e geralmente brigava com a filha: "Eu percebendo a dificuldade da relação dele com a menina, procurei ampará-la, abrigá-la mais e mais em mim" (EVARISTO, 2011, p. 27). Quando Seni já tem doze anos, uma professora pergunta à Shirley se como pais, são muito rígidos com menina em casa, porque a filha mais velha tinha "mania de perfeição e uma autocensura muito grande" (EVARISTO, 2011, p. 27). Shirley explica que "o pai implicava muito com ela, mas pouco ou nada exigia. Quando se dirigia à menina, era sempre para desvalorizá-la, constantemente com palavras de deboche, apesar da minha insistência em apontar o modo cruel com que ele tratava a filha" (EVARISTO, 2011, p. 27). A protagonista reconhece que a relação entre Seni e o pai era problemática, mas julgava que não passava de desentendimentos normais entre pai e filha.

Mesmo com tal explicação, a professora sugere que Seni tenha um acompanhamento psicológico. Quando a protagonista conta a notícia em casa, para sua surpresa, o marido se transtorna e quase bate na menina perante todas as pessoas da casa. Foi naquela noite, poucas horas depois, que Shirley descobriu que menina era violentada pelo pai: "então, puxou violentamente Seni da cama, modificando naquela noite, a maneira silenciosa como ele retirava a filha do quarto e levava aos fundos da casa, para machucá-la, como vinha acontecendo há meses" (EVARISTO, 2011, p. 29). A aparente timidez da Seni era o medo que sentia por ser estuprada pelo próprio pai. Como era ainda uma criança, não sabia como reagir. Mas, pela primeira vez, menina lutou de volta: "Seni, para sua salvação, fez do medo, do pavor, coragem. E se irrompeu em prantos e gritos. As irmãs acordaram apavoradas, engrossando a gritaria e o pedido de socorro" (EVARISTO, 2011, p. 29). Seni rompe com o silêncio e dá voz ao seu desespero, pedindo socorro. Shirley explica que ouviu os gritos de desespero do quarto das filhas e, ao chegar lá para salvá-las, conta:

> [...] assisti à cena mais dolorosa de minha vida. Um homem esbravejando, tentando agarrar, possuir, violentar o corpo nu de uma menina,

enquanto outras vozes suplicantes desesperadas, desamparadas, chamavam por socorro. Pediam ajuda ao pai, sem perceberem que ele era o próprio algoz. Naquele instante, a vida para mim perdeu o sentido, ou ganhou mais, nem sei. Eu precisava salvar minha filha que, literalmente, estava sob as garras daquele monstro. Seria matar ou morrer. Morrer eu não poderia, senão ele seria vitorioso e levaria seu intento até o fim. (EVARISTO, 2011, p. 29)

Shirley entra em choque com a monstruosidade do marido. Como mãe, sua prioridade é defender sua filha que está em perigo. Shirley sabe que tem apenas duas escolhas: aniquilar o inimigo ou deixá-lo estuprar sua filha.

Nesse momento, Shirley não tem dúvida de que a violência é a única maneira de parar o marido e ela não se recusa a agir, atacando-o com o que encontra pela frente para detê-lo: "E a salvação veio. Uma pequena barra de ferro, que funcionava como uma tranca para a janela, jazia em um dos cantos do quarto. Foi só um levantar e abaixar da barra. Quando vi, o animal ruim caiu estatelado no chão. Na metade do segundo movimento, alguém me segurou - uma vizinha" (EVARISTO, 2011, p. 30). A prioridade de Shirley é salvar sua filha e, portanto, não mede a violência com a qual ataca o agressor. Estava com tanta raiva de ver o próprio marido, pai da Seni, estuprando a filha, que para de agredi-lo apenas após intervenção da vizinha.

O desespero da Shirley, que a leva à violência para salvar sua filha, pode ser problematizado de acordo com os argumentos de Frantz Fanon. O autor sugere que a violência é a forma mais eficiente para o colonizado se libertar do colonizador, sendo praticamente inevitável durante o processo de tornar-se livre (FANON, 1963, p. 12). Apesar das diferenças entre as situações, Shirley literalmente presencia o estupro da filha. Fanon refere-se a um estupro metafórico da terra durante o processo de colonização, que não exclui as possibilidades de estupros de mulheres e homens: em ambos os casos, a violência destrói o sujeito vítima de atos de dominação. No momento em que o pai está estuprando a filha, a agressão física parece ser a forma mais eficiente para lutar contra o estuprador e eliminar esse invasor. Shirley não tem tempo para pedir ajuda aos outros ou para raciocinar sobre alternativas para deter seu marido. Possivelmente, a violência seria inevitável para pará-lo. No final do conto, Shirley comenta: "Sei que não se pode e nem se deve fazer justiça com as próprias mãos, mas o meu ato foi o de livrar a minha filha. Não tinha outro jeito. Era um homem alto e forte. Só um golpe bem dado poderia conter a força bruta dele" (EVARISTO, 2011, p. 30-1). Ela reconhece que não cabe ao indivíduo responder com violência à violência praticada por outros, mas na noite em que seu marido estava estuprando a filha, a protagonista estava determinada a pará-lo por qualquer meio necessário. Shirley não hesita em agir porque o agressor é seu marido. Embora utilizando meios não legitimados, como a violência, a personagem apenas objetivava salvar a filha do pai estuprador. O marido desmaia, mas não morre, e Shirley fica presa três anos por tentativa de homicídio.

Shirley conta que sua família, ela e suas filhas, continuam unidas e felizes: "A nossa irmandade, a confraria de mulheres, é agora fortalecida por uma geração de meninas netas que desponta" (EVARISTO, 2011, p. 31). Essa irmandade que se estabelece ajuda Shirley e suas filhas a unirem-se para se fortalecerem e superarem os abusos de um pai e marido estuprador. bell hooks explica que através de laços de irmandade, "ao invés de vermos o ato de cuidar como degradante, vamos experimentar o tipo de cuidar que enriquece quem o oferece" (HOOKS, 1993, p. 168). Esse tipo de cuidado é o que Shirley e suas filhas vivenciam. As personagens se voltam uma para a outra e formam uma irmandade baseada em apoio, cuidado e amor. O décimo conto de *Insubmissas lágrimas de mulheres* é intitulado "Lia Gabriel". Logo de início, Lia conta que um médico diagnosticou seu filho como possivelmente esquizofrênico. Ela logo questiona o médico e acha o diagnóstico um tanto absurdo, falando também com um pequeno medo de perder seu filho. Lia explica como seu filho, Máximo Gabriel, é:

> [...] ora Gabriel era de uma doçura de criança feliz, ora de uma agressividade, porém, sempre contra ele mesmo. Jogava-se no chão, às vezes repentinamente, por nada ou por algum desejo contrariado. Nesses momentos de raiva incontida, batia com a cabeça na parede, arrancava os próprios cabelos, puxava os lábios, o nariz, as orelhas, mordia a si próprio, se autoflagelando (EVARISTO, 2011, p. 83).

Em determinados momentos, Máximo Gabriel fica transtornado de raiva e se machuca severamente. Lia enfatiza que o filho nunca fez mal a ela ou às suas irmãs, pois violência é sempre contra si mesmo. A protagonista menciona brevemente que um dia, depois de uma briga, o marido a deixou, tendo que sustentar a família sozinha. Lia trabalhava como professora de matemática em uma escola local e, em seguida, dava aulas particulares em casa para passar mais tempo com Máximo Gabriel. Esse trabalho dura até ela conseguir abrir sua própria loja: "Tudo tem conserto". O nome da loja é explicado da seguinte forma: "Durante muito tempo, enquanto as crianças eram pequenas, sobrevivemos das aulas que eu dava em casa e do dinheiro da loja 'tudo tem conserto'. E tem. Consertei a minha vida, cuja mola estava enferrujando" (EVARSITO, 2011, p. 84). Lia enfrenta várias adversidades e luta para sustentar três filhos, sozinha, e cuidando de Máximo Gabriel, que precisa de atenção especial. Como os filhos só tem a ela, Lia sempre dá um jeito de consertar a vida para vencer e conseguir superar os desafios.

A protagonista comenta que um dos médicos de seu filho perguntou sobre o pai da criança após Máximo Gabriel ter gritado por um nome. Lia, pela primeira vez, começa a contar sobre a violência que ela e sua família forma vítimas:

> Era uma tarde de domingo, eu estava com as crianças assentadas no chão da sala, fazendo uns joguinhos de armar, quando ele entrou pisando grosso e perguntando pelo almoço. Assentada, eu continuei e respondi que o prato dele estava no micro-ondas, era só ele ligar. Passados uns instantes, ele, o cão raivoso, retornou à sala avançou sobre mim, arrastando-me para a área de trabalho. Lá abriu a torneira do tanque e, tampando a minha boca, enfiou minha cabeça debaixo d'água, enquanto me dava fortes joelhadas por trás. Não era a primeira vez que ele me agredia. (EVARISTO, 2011, p. 86)

Lia também é uma vítima de violência doméstica, já que foi torturada em sua própria casa. O marido é descrito como "cão raivoso", enfatizando a bestialidade dos atos de violência: "ele me jogou no quartinho de empregada e, com o cinto na mão, ordenou que eu tirasse a roupa, me chicoteando várias vezes. Eu não emiti um só grito, não podia assustar mais as crianças, que já estavam apavoradas" (EVARISTO, 2011, p. 86-87). A protagonista luta contra esse abuso de forma silenciosa para que seus filhos sejam poupados de escutá-la sofrendo. Nesse momento de grande sofrimento e dor, Lia pensa no bem-estar dos seus filhos. Ela tenta resistir e não sucumbir ao desespero em uma tentativa de minimizar a crueldade dos atos do marido para o bem dos filhos.

O silêncio de Lia, como uma forma de resistência, provoca ainda mais ódio no marido, que aumenta seus atos cruéis de violência contra a esposa e o filho:

> Depois, ele voltou à sala e me trouxe o meu menino, já nu, arremessando a criança contra mim. Aparei meu filho em meus braços, que já sangravam. Começou, então, nova sessão de torturas. Ele me chicoteando e eu, com Gabriel no colo. E, quando uma das chicotadas pegou o corpo do menino, eu só tive tempo de me envergar sobre meu filho e oferecer as minhas costas e as minhas nádegas nuas ao homem que me torturava. (EVARISTO, 2011, p. 87)

Essa cena é um tanto perturbadora. A violência contra a Lia e seu filho pode ser vista como uma monstruosidade, fundamentada na cultura do estupro que permite homens agir de forma agressiva contra mulheres, tornando-se, em cada ato, mais violentos e mais cruéis. Lia, uma mãe em desespero, oferece o próprio corpo para ser torturado na tentativa de salvar seu filho de apenas dois anos.

A violência doméstica assombra várias mulheres no Brasil, que ainda são vítimas de abusos e se encontram presas em relacionamentos abusivos. Os filhos também sofrem consequências da violência doméstica, como é o caso do Gabriel. Depois que Lia revela essa história, os problemas psicológicos de Máximo podem ser compreendidos em luz dessa experiência traumática de abuso e violência doméstica cometida contra a mãe e a criança. Depois de vivenciar toda essa violência contra si e seus filhos, Lia se limpa e vai até a casa de sua mãe procurando abrigo e conselho: "busquei a casa de minha mãe. Fui recebida por ela com carinho e com conselhos. Eu poderia ficar por uns dias, mas o mais certo seria eu voltar e conversar com o meu marido, para chegarmos a um entendimento" (EVARISTO, 2011, p. 87).

A fala de Lia ilustra como a maternidade é forte em sua vida, tanto como mãe quanto como filha. Após lutar para poupar seus filhos da violência doméstica cometida pelo marido, ela corre para sua mãe. Apesar de encontrar apoio, sua mãe a aconselha a voltar para casa e conversar com o marido. Lia acaba concordando com a mãe, mas, ao retornar, o marido já havia partido. Tais atitudes das duas mulheres trazem à tona vários questionamentos: Como pode uma mãe aconselhar a filha voltar para uma casa onde está o agressor? Por que a violência doméstica é menosprezada e a figura do marido geralmente absolvida? Lia e sua mãe não conseguem romper com paradigmas do patriarcado que condenam mulheres à submissão e aceitação de violência doméstica.

Pode-se argumentar que ambas internalizaram o "complexo de culpa" (FANON, 1963, p. 53), desenvolvido por Fanon, que se refere ao estado em que a vítima não culpa o agressor, mas a si mesma, pela violência sofrida. Fanon explica que o complexo de culpa é o que mantém os sujeitos colonizados, ou oprimidos, em uma eterna relação abusiva com o colonizador ou opressor. Apesar de ser vítima de abusos e violência, a vítima não rompe com essa dinâmica porque internaliza o discurso dominante sobre deveres e papéis sociais. Lia e sua mãe estão metaforicamente presas a uma cultura dominante patriarcal que possibilita poderes abusivos aos homens e renega direitos humanos às mulheres. Mulheres internalizam que o marido tem direito de mandar na casa, até com violência, se julgar necessário.

Depois de entender a história da Lia, a loja "Tudo tem conserto" adquire um significado metafórico sobre o quanto a sua vida precisava de conserto. A personagem consegue superar a violência doméstica e seguir lutando para amar e sustentar seus três filhos. Ao ter a coragem de dizer para o médico a verdade, Lia desafia discurso dominante que incentiva o medo e o silêncio das mulheres vítimas de violência doméstica. Falando de sua experiência, ela se desvincula do complexo de culpa e condena a violência doméstica praticada contra mulheres e filhos. Como mãe, seu desejo de cuidar de Gabriel a ajuda ter coragem para dividir a história com os médicos, denunciando seu ex-marido abusivo e se livrando do sentimento de culpa. Esse conto também ilustra como a violência doméstica atinge todas as classes sociais, uma vez que Lia usufrui de uma condição socioeconômica privilegiada, contando com uma casa que tem "área de trabalho" e "quarto da empregada". A violência contra a mulher em uma sociedade patriarcal é generalizada, não atingindo apenas determinadas classes sociais ou tipos de esposas.

Nos três contos analisados, o nome do marido ou do pai não é mencionado. Tal escolha pode ser uma estratégia utilizada pela autora, Conceição Evaristo, para reduzir essas figuras masculinas para algo menos digno do que personagens com nomes próprios, uma vez que cometem atos terríveis de violência contra mulheres e filhos. Ao mesmo tempo, a escolha literária de não revelar os nomes dos personagens masculinos permite que as histórias dos contos transgridam as fronteiras de tempo, espaço e local. A violência doméstica causada por esses personagens ecoa a violência de muitos outros homens que abusam, torturam e estupram mulheres. O mistério em torno desses nomes também pode implicar que a violência cometida é maior que eles mesmos, porque, embora sejam culpados por suas ações, homens também estão inseridos em paradigmas dicotômicos da cultura dominante patriarcal que sustenta a cultura do estupro. Nesse sentido, as histórias dos contos convidam a uma reflexão mais ampla e profunda sobre a violência doméstica, assim como problematizam os espaços ocupados por mulheres, mães ou não, e homens em tais contextos.

Os contos "Aramides Florença", "Shirley Paixão" e "Lia Gabriel" trazem para a literatura brasileira histórias de como mulheres sofrem diferentes tipos de violência física e psicológica, que muitas vezes são ignoradas pelo cânone literário. A violência doméstica assombra a casa das famílias e as personagens se recusam sucumbir perante tais abusos. As teorias de Fanon sobre violência e luta, adotadas neste artigo, lançam uma nova perspectiva para a discussão literária sobre questões da maternidade, violência e luta na literatura afro-brasileira. Apesar de sofrerem violência doméstica, as personagens recusam a vitimização e, através de atos de resistência, escolhem a maternidade para sobreviver e amar seus filhos. Percebemos que, em *Insubmissas lágrimas de mulheres,* as personagens Aramides, Shirley e Lia lutam contra a vitimização e buscam o empoderamento através da maternidade.

REFERÊNCIAS

DAVIES, Carole Boyce. *Black Women, Writing and Identity*: Migrations of the Subject. New York and London: Routledge, 1994.

EVARISTO, Conceição. *Insubmissas lágrimas de mulheres*. Belo Horizonte: Nandyala, 2011.

FANON, Frantz. *The Wretched of the Earth*. Trans. New York: Grove P, 1963.

HOOKS, bell. *Sisters of the Yam: Black Women and Self-Recovery*. Boston: South End, 1993.

LIONNET, Françoise. *Autobiographical Voices: Race, Gender, Self-Portraiture*. Ithaca: Cornell UP, 1989.

A VIOLÊNCIA DE GÊNERO COMO EXPERIÊNCIA TRÁGICA NA CONTEMPORANEIDADE

Simone Teodoro Sobrinho

Este artigo tem o objetivo de apresentar as principais ideias desenvolvidas na dissertação *A Violência de Gênero Como Experiência Trágica na Contemporaneidade*, um dos primeiros textos acadêmicos sobre *Insubmissas Lágrimas de Mulheres*, de Conceição Evaristo. Produzido ao longo dos anos de 2013 e 2014, o trabalho resultou em minha defesa de mestrado, ocorrida no primeiro semestre de 2015.

Insubmissas Lágrimas de Mulheres (ILM) é o primeiro livro de contos da escritora mineira. Publicada em 2012, a edição reúne treze narrativas, cujo tema predominante é a violência sofrida por mulheres negras no contexto da atualidade.

Já consagrada pela crítica nacional e internacional, a autora publicou trabalhos importantes, como os romances *Ponciá Vicêncio* (2003), *Becos da memória* (2006); a antologia poética *Poemas da recordação e outros movimentos* (2008), bem como os volumes de narrativas (contos e/ou novelas) *Olhos d'água* (2016), *História de leves enganos e parecenças* (2016) e *Canção para ninar menino grande* (2018), todos com expressivo tom político, que procura dar visibilidade às questões relacionadas à afrobrasilidade e suas representações na literatura.

Embora ILM tenha sido sua primeira coletânea de contos, não foi sua primeira experiência com o gênero, pois foi com narrativas curtas que ela estreou na literatura, na década de 1990, como colaboradora da coletânea *Cadernos Negros*.

Em relação aos textos publicados nos *Cadernos*, ILM guarda algumas diferenças: fruto de um projeto literário de maior fôlego, possui tanto unidade temática, quanto estrutural. Temática, uma vez que todas as narrativas abordam a questão da violência de gênero, com desfechos positivos, indicando o caráter resiliente das protagonistas; estrutural, já que as narrativas estão conectadas pela voz de uma narradora, espécie de colhedora de histórias, ouvinte que reúne os relatos/testemunhos de mulheres violentadas.

Foram, principalmente, dois os motivos que me levaram ao estudo da violência de gênero em ILM. O primeiro deles é fruto de uma reflexão feita por Constância Lima Duarte no artigo "Gênero e violência na literatura afro-brasileira":

> Se pensarmos na trajetória do conto ao longo da literatura brasileira de autoria feminina, verificamos que também aí há duas histórias. Uma canônica e tradicional construída por escritoras brancas que, quando apresentam a violência, costumam privilegiar aquela que Bourdieu chamou de simbólica. [...]. Onde estão as marcas literárias da violência a que cotidianamente as mulheres são submetidas? Onde, as dores do espancamento, do estupro, do aborto? (DUARTE, 2010).

Ora, ILM, sem deixar de lado a discussão da violência simbólica, é, a meu ver, um dos mais relevantes trabalhos que busca representar essa outra longa história, parte do cotidiano de muitas mulheres, que é a lamentável realidade da violência física.

O segundo motivo surgiu em decorrência de minhas pesquisas de levantamento da fortuna crítica sobre Conceição Evaristo, a partir das quais constatei que até aquele momento (segundo semestre de 2012, ocasião em que submeti o projeto de pesquisa ao Programa de Pós- Graduação em Estudos Literários da Fale-UFMG) não havia ainda estudos realizados sobre o livro. Os artigos, dissertações, teses e resenhas focalizavam principalmente seu romance de estreia, *Ponciá Vicêncio*, discutindo, sobretudo, a identidade feminina e negra, a memória e seus entrelaçamentos com a história. Felizmente, de lá para cá, esse cenário mudou bastante, pois o interesse sobre a escritora tem crescido geometricamente e os estudos atualmente abrangem sua obra como um todo.

Ao desenvolver o estudo, pensei nas situações de violência vividas pelas protagonistas, como que inseridas em um contexto maior de continuidade histórica, mais precisamente de permanência de um dos mais nocivos e duradouros sistemas de dominação construídos pelo homem: o patriarcado. Nesse sentido, já que as personagens ousam se levantar contra o poder do macho, apesar de toda força simbólica que ele tem, associei essa dinâmica de enfrentamento ao que Raymond Williams chamou de experiência trágica moderna. Dessa forma, alguns conceitos relacionados às permanências históricas do patriarcado foram chamados à reflexão, tais como o de "longa duração" (Braudel), "*habitus*" (Bourdieu), e o trágico relacionado à ordem/desordem (Raymond Williams).

A longa duração seria "a história interminável, durável, das estruturas e grupos de estruturas. [...] Essa grande personagem atravessa imensos espaços de tempo sem se alterar: se deteriora nessa longa viagem, recompõe-se durante o caminho, restabelece sua saúde e, por fim, seus traços só se alteram lentamente" (BRAUDEL, 2005, p. 106). Por sua vez, por *habitus* se entende um sistema, consagrado no passado, que orienta ações no presente (no caso, o patriarcado), eternizando e naturalizando suas estruturas de poder via instituições (Escola, Igreja, Estado, Família) por meio da prática do que o sociólogo chama de violência simbólica.

Nessa perspectiva, a concepção de trágico de Williams se insere e se relaciona tanto com o *habitus*, quanto com a longa duração, pois, para esse estudioso, a dimensão trágica da vida contemporânea se funda em uma ordem de opressão (epistemológica, étnica, econômica, patriarcal) em que instituições e convenções limitam a liberdade humana.

O sentimento do trágico, na contemporaneidade, segundo ele, nasce das diferentes perspectivas a respeito do que são ordem e desordem, ou seja, em um sistema de dominação o que é ordem para os opressores pode ser desordem para os oprimidos e vice-versa. Sendo assim, trágico é todo sistema que precisa combatido (via revolução). Além disso, o trágico contemporâneo, ao contrário da concepção tradicional (segundo a qual toda luta é vã, pois há o destino e a ideia de combate se esvazia, já que há o determinismo imposto pelos deuses) pressupõe a luta, o esforço por mudanças. Em Williams, a luta é pressuposto para a ação trágica, pois somente através dela é que transformações podem ser conquistadas. Não há destino e sim o humano como autor de sua própria história.

Em minha pesquisa, tais conceitos se somaram às contribuições teóricas da historiadora Gerda Lerner, para quem o patriarcado é construção histórica datada e se mantém porque os homens, desde os primórdios da civilização, dominam o sistema simbólico. Meu ponto de partida foi a hipótese de que a violência física contra a mulher, presente nas narrativas de IML, se insere e se desdobra em um contexto de violência simbólica, de perpetuação da opressão contra as mulheres, de naturalização da desordem considerada ordem pelo opressor.

Também foram importantes as ideias de Gerd Bornheim, segundo o qual os pressupostos para a ação trágica são a existência do humano (herói trágico) e de uma ordem ou sentido que forma o horizonte existencial do herói (cosmos, deuses, justiça, instituições, ideologias): "Estar em situação trágica remete àqueles dois pressupostos e a partir da bipolaridade da situação faz-se possível o conflito." (BORNHEIM, 2007).

A partir desses pressupostos, desenvolve-se a equação: herói trágico x ordem = conflito ▶ Ação trágica, que verificamos em todas as narrativas de ILM.

DESENVOLVIMENTO DO TRABALHO

O estudo foi dividido em três capítulos. 1: Revisitando conceitos, 2: Violência física e 3: Violência simbólica.

O capítulo 1 da dissertação foi dividido em quatro tópicos. No primeiro deles, intitulado "Ponto de partida: haveria uma literatura brasileira trágica?", iniciei as reflexões a partir do texto "Da literatura brasileira como rasura do trágico", do crítico português Eduardo Lourenço, segundo o qual, nossa literatura, de Machado de Assis a Clarice Lispector tem manifestado caráter antitrágico. Busquei problematizar seus argumentos, sugerindo que o crítico parece não levar em consideração que o conceito de trágico se situa em uma tradição de rupturas e não tem, portanto, único sentido. Para dar sustentação teórica a essa ideia, chamei ao texto as reflexões de Peter Szondi, um dos mais respaldados estudiosos do tema, para quem o próprio conceito de trágico está repleto de tragicidade, justamente devido à multiplicidade de concepções que abarca.

No segundo tópico, intitulado "Passando pela filosofia do trágico", apresentei rapidamente os antecedentes desta tradição de rupturas, localizando sua origem no contexto do classicismo alemão, quando as artes se voltaram para os ideais gregos antigos, abrindo caminhos para que a literatura, cujo maior expoente foi o poeta Goethe, também o fizesse e, consequentemente, a filosofia.

Dessa forma, a filosofia do trágico rompeu com a visão aristotélica de tragédia, a qual se dedicava apenas aos aspectos estruturais e conceituais das peças teatrais, para se voltar para a seguinte questão: O que a tragédia tem a dizer sobre o ser? A partir disso, o conceito foi sofrendo alterações, de acordo com as contribuições de cada pensador que sobre ele se debruçou.

No terceiro tópico, intitulado "Ponto de chegada: a tragédia moderna de Raymond Williams", apresentei as concepções de trágico do estudioso, associando-as às experiências das protagonistas de ILM, entendendo a violência de gênero como uma das formas de martírio contemporâneo de que fala o autor.

No quarto tópico, intitulado "*Insubmissas lágrimas de mulheres* e a condição trágica feminina e negra", confrontei as ideias de Simone de Beauvoir com as da historiadora Gerda Lerner, a respeito da subordinação feminina ao longo da história, com o intuito de pensar a violência de gênero presente no texto de Evaristo como continuidade, longa duração.

Para Beauvoir, basicamente: 1) A dominação masculina é tão antiga quanto o ser humano; 2) as diferenças biológicas entre homens e mulheres, desde o início da humanidade, garantiram a soberania masculina (maior força física do homem, o caçador, o desbravador, livre do fardo das menstruações e da maternidade); 3) teria havido um período em que os homens adoravam a deusas mães, mas isso não foi suficiente para que abdicassem de seu poder; 4) a conquista da ferramenta, na passagem da pedra ao bronze significou o destronamento das deusas mães; 5) a dominação masculina se consolidou com a propriedade privada, já que com ela a perpetuação da família e a manutenção do patrimônio se faziam necessárias.

Para Lerner, basicamente: 1) Beauvoir não se fundamenta em evidências históricas; 2) Os homens não dominaram sempre: o patriarcado é uma criação histórica e teve início com o surgimento das primeiras civilizações no Oriente Próximo, quando do desenvolvimento da técnica e da passagem das sociedades de caça e coleta às sociedades agricultoras; 3) acreditar que a primeira divisão sexual do trabalho foi a primeira forma de subordinação feminina e na desvantagem biológica das mulheres como causa é naturalizar a dominação e *legitimar* sua existência na contemporaneidade.

Logo a contribuição de Lerner é fundamental para pensarmos o patriarcado não como determinismo biológico, mas como construção histórica com data de início e quiçá, com data de término. Para ela, com o desenvolvimento da técnica desenvolveu-se também o sistema simbólico, responsável pela manutenção da dominação masculina. Tal pensamento vai ao encontro do *habitus* de Bourdieu e das ideias desenvolvidas sobre o patriarcado como longa duração, ordem trágica que precisa ser interrompida.

Encerrei o capítulo concordando com a historiadora. Para ela, abandonar a visão determinista biológica que tem sido a via de interpretação da subordinação feminina nos últimos três milênios, recusar as ideologias que insistem em categorizar as mulheres como sexo frágil, romper com o pensamento que inferioriza sua sexualidade e trata como negativos alguns de seus aspectos, como a maternidade, é um movimento de insubmissão. Tal dinâmica está presente em ILM.

O capítulo 2 foi dividido em seis tópicos. No primeiro, intitulado "Violência corpórea: Aramides Florença, Shirley Paixão e Lia Gabriel", relacionei o procedimento da escrevivência, cuja denominação foi cunhada por Conceição Evaristo, ao conceito de "Atos de fingir", de Iser. Ressaltei que na escrevivência e nos "Atos de fingir", materiais fornecidos tanto pelo mundo real, quanto pelo imaginário compõem o universo ficcional. Este, por sua vez, possibilita uma perspectivação do mundo, abrindo as percepções do leitor para um mundo que é "como se fosse", que "poderia ter sido" e que, muitas vezes, "nunca deveria ter sido".

Nos contos de ILM, as histórias, embora estejam muito próximas do real devido ao seu tom documental, são relatos ficcionais, são "como se fossem". Apresentam, além disso, situações de violência que "nunca deveriam ter sido", mas com desfechos positivos, os quais "poderiam ser". Por causa do aspecto quase documental dos textos, apresentei também pesquisas (data senado e IPEA), realizadas à época, sobre a violência de gênero em nosso país, cujos principais resultados se refletiam nos contos analisados: 1) as mulheres negras eram as principais vítimas de feminicídio e 2) os principais agressores eram os parceiros íntimos (namorados, companheiros e maridos).

O segundo, terceiro e quarto tópico são, respectivamente, resumos dos contos "Aramides Florença", "Shirley Paixão" e "Lia Gabriel". Os três narram cenas de violência doméstica, envolvendo espancamentos e estupros. No quinto tópico, intitulado "O trágico e o sofrimento físico: *as longues durées* (longas durações) e o corpo feminino", retomei a ideia de que o contexto das narrativas é de continuidade histórica. Para isso, retomei também, com mais profundidade, a análise histórica de Gerda Lerner, segundo a qual a dominação masculina começou com o corpo feminino violentado.

Para a historiadora, o processo teve início com a passagem do período da caça e coleta para o da agricultura, quando se institucionalizou o tabu do incesto e da endogamia, que legitimava o intercâmbio de mulheres. O que se comercializava eram os corpos femininos, sua sexualidade, pois o novo modo de subsistência exigia novas crianças para serem utilizadas como mão de obra. Além disso, Lerner identifica as mulheres como os primeiros exemplares de escravos da história humana (capturadas durante as guerras). Uma vez escravizadas, além de desempenharem serviços domésticos, elas eram, muitas vezes, objeto sexual dos amos.

Escravização feminina e violência sexual também estão entrelaçadas na versão americana do escravismo, da qual faz parte o Brasil-Colônia. No conto "Lia Gabriel", a protagonista, ao apanhar do marido, evoca a memória da opressão quando descreve os cenários onde o espancamento ocorre: na área de serviço e no quarto da empregada, lugares onde o cinto do agressor se transforma em chicote, nítida metáfora da violência experimentada pelas ancestrais.

Ainda nesse tópico lembrei que a longas durações são uma constante nos outros textos de Evaristo e citei exemplos presentes em *Ponciá Vicêncio*, *Becos da memória* e *Poemas da recordação e outros movimentos*.

No sexto tópico, intitulado "Contradiscursos", demonstrei que os contos analisados em que predomina a violência física também podem ser abordados a partir da ótica da violência simbólica. Identifiquei duas temáticas, as quais chamei de "maternidade positiva" e "ausência festejada do pai" e sugeri que elas são contra narrativas frente aos discursos biológicos e deterministas que justificam a subordinação feminina na atualidade, considerando a primitiva divisão sexual do trabalho como natural. De acordo com esses discursos, o homem é naturalmente provedor do lar, como teriam sido os caçadores na Idade da Pedra e à mulher caberia, também, como naquele período, a função de cuidar dos filhos, pois a maternidade sempre a teria debilitado e a impedido de ocupar os espaços masculinos. Essa forma de pensar, segundo Lerner, tem atravessado os séculos, em roupagens religiosas, científicas, sociológicas e até mesmo psicanalíticas.

Os contos desmistificam esses pressupostos ao positivar a maternidade, rejeitando o suposto caráter debilitante atribuído a ela pelas ideologias deterministas. Nos três contos, ser mãe é uma das forças que motivam a ação. Em Lia Gabriel, a protagonista, abandonada pelo marido após ter sido espancada, cria sozinha os filhos pequenos e exerce uma profissão tipicamente masculina, consertando equipamentos eletrônicos. A imagem do homem como provedor do lar é questionada. Além disso, a ausência do pai é festejada em "Aramides Florença", cujo filho bebê canta como que rejubilando pela partida do pai. O mesmo ocorre em "Shirley Paixão", em que a "confraria de mulheres" formada por mãe e filhas se fortalece após a expulsão do homem.

No primeiro tópico do capítulo 3, intitulado "Mitos fundadores da submissão feminina", retomei a ideia da violência simbólica na visão de Pierre Bourdieu, segundo o qual se trata de uma violência continuada, silenciosa, reproduzida por instituições como a Família, a Igreja, a Escola e o Estado. Em seguida, relacionei-a ao argumento de Lerner de que o Patriarcado se mantém, desde os primórdios da civilização, pela via simbólica, cuja orientação se funda em mitos.

Para a historiadora, os pilares simbólicos do patriarcado são a Bíblia, (especialmente a narrativa da Queda, que culpa a mulher pela entrada do mal no mundo) e a filosofia grega antiga, mais especificamente a aristotélica, que inferioriza a mulher, considerando-a um homem mutilado, além de elemento passivo no ato da procriação. Tais símbolos seguem com seu efeito devastador até a atualidade. Instituídos como verdades inquestionáveis, são bases de uma ordem estabelecida e seguem produzindo sofrimentos para as mulheres.

No segundo tópico, intitulado "Natalina Soledad", comentei o conto homônimo, demonstrando como a protagonista é violentada simbolicamente. Numa família de homens, a menina é rejeitada ao nascer e durante toda a vida. Tratada como coisa é chamada de Troçoleia. O nome "Natalina Soledad" só viria 30 anos mais tarde, quando, cansada do sofrimento que a rejeição lhe causara, decide se renomear. O grupo familiar representa a manutenção do modelo patriarcal, muito comum no Brasil-Colônia. E é responsável pela reprodução do *habitus* no conto. Soledad é vista pelo pai como o homem mutilado de Aristóteles e a culpa por seu "defeito" é atribuída à mãe da menina: "E ele, o neto mais velho, que tanto queria retomar a façanha do avô, vê agora um troço menina, que vinha a ser sua filha. Traição de seu corpo? Ou quem sabe do corpo da mulher? Traição de primeira! De seu corpo não poderia ser, de sua rija semente jamais brotaria uma coisa menina" (EVARISTO, 2011, p. 20).

No terceiro tópico, intitulado "Mary Benedita", demonstrei como a Igreja e a Família são as instituições responsáveis pela manutenção do poder simbólico patriarcal. Procurei identificar no texto como o discurso religioso está presente nas cenas de infância da protagonista e como está a serviço do patriarcado, quando molda as mulheres e traça seus limitados percursos de submissão.

No quarto tópico, intitulado "Isaltina Campo Belo", identifiquei a Família e a Escola como reprodutoras da opressão. A Família, na figura da mãe de Campo Belo, com suas lições sobre atitudes adequadas a cada gênero e a Escola, representada pelo livro de ciências onde a adolescente aprende sobre a sexualidade heteronormativa e se sente deslocada, pois nas páginas lidas não havia informações sobre homossexualidade.

No quinto e último tópico, intitulado "Resiliência", retomei a discussão sobre um dos aspectos que, como afirmei anteriormente, dá unidade ao livro, ou seja, o caráter resiliente das personagens. Iniciei tal discussão apresentando o histórico do conceito e sua definição mais geral que é a habilidade de enfrentamento de adversidades, de recuperar-se do sofrimento com a capacidade de realizar mudanças em si e em seu entorno. Destaquei a contribuição de Boris Cyrulnik, que relaciona os processos de resiliência ao ato de narrar, tão caro às protagonistas de ILM.

Finalmente conclui o estudo chamando a atenção para os outros contos do livro que não foram comentados, dando as devidas justificativas, e apontando alguns caminhos possíveis para novas análises dos textos.

REFERÊNCIAS

BEAUVOIR, Simone de. *O segundo sexo*: fatos e mitos. Trad. Sérgio Milliet. São Paulo: Difusão Europeia do Livro, 1961.

BORNHEIM, Gerd. Breves observações sobre o sentido e a evolução do trágico. In: *O sentido e a máscara*. São Paulo: Perspectiva, 2007.p. 69-92.

BOURDIEU, Pierre. *A dominação masculina*. Rio de Janeiro: Best bolso, 2014.

BRAUDEL, Fernand. *Escritos sobre a História*. 2.ed. São Paulo: Perspectiva, 2005.

DUARTE, Constância Lima. Gênero e violência na literatura afro-brasileira. In: DUARTE, C. L.; DUARTE, Eduardo de Assis; ALEXANDRE, Marcos Antônio (Org.). *Falas do outro*: literatura, gênero e etnicidade. Belo Horizonte: Nandyala; NEIA, 2010.

EAGLETON, Terry. *Doce violência*: a ideia do trágico. Trad. Alzira Allegro. São Paulo: Editora UNESP, 2013.

EVARISTO, Conceição. *Insubmissas Lágrimas de Mulheres*. Belo Horizonte: Nandyala, 2011.

LERNER, Gerda. *La creación del patriarcado*. Barcelona: Crítica, 1990.

SOBRINHO, Simone Teodoro. A Violência de Gênero como Experiência Trágica na Contemporaneidade: estudo de *Insubmissas Lágrimas de Mulheres*, de Conceição Evaristo. Dissertação de Mestrado. Belo Horizonte, FALE, Universidade Federal de Minas Gerais, 2015.

SZONDI, Peter. *Ensaio sobre o trágico*. Rio de Janeiro: Jorge Zahar Editor, 2004.

WILLIAMS, Raymond. *Tragédia Moderna*. São Paulo: Cosac & Naify, 2002.

YUNES, M.A.M.; SZYMANSKI, H. Resiliência: noção, conceitos afins e considerações críticas. In: TAVARES, J. (Org.) *Resiliência e educação*. São Paulo: Cortez, 2001.p. 13-42.

INSUBMISSAS LÁGRIMAS DE MULHERES: UM PROJETO ESTÉTICO, NARRATIVO E AUTORAL

Elisangela Aparecida Lopes Fialho

O objetivo deste texto é promover uma reflexão em torno da construção da voz narrativa dos contos que constituem o volume *Insubmissas lágrimas de mulheres*, da escritora mineira Conceição Evaristo. Publicado em 2011, e lançado em um Congresso Internacional de Literatura, cujo foco era a produção de escritoras negras, o volume encontra-se marcado por histórias de mulheres que enfrentam, no seu cotidiano, os mais distintos dramas, as mais diferentes alegrias e buscam a realização dos mais recônditos sonhos. Tais narrativas não só apresentam momentos do cotidiano feminino como se constroem como histórias entrelaçadas.

O livro é composto por treze contos cujos títulos são sugestivos nomes de mulheres: Natalina Soledad, uma mulher cuja vida encontrava-se marcada pela indiferença familiar e que, depois de anos de solidão, renasce pela reinvenção do próprio nome; Shirley Paixão, aquela que enfrenta um monstro para defender sua "confraria de mulheres"; Mirtes Aparecida Daluz, a mulher de visão tateada; Regina Anastácia, a Rainha Anastácia, cuja força interior justifica o trocadilho, só para citar alguns.

Conceição Evaristo, nesse livro em particular, brinca com a multiplicidade oferecida pelo texto literário, ao alternar o foco narrativo das histórias – em primeira ou terceira pessoa –, diversificar a organização discursiva: discurso direto, indireto e indireto livre, de modo que o leitor se transporte para a cena e se constitua, ele também, como ouvinte da matéria narrada. Não só há multiplicidade do foco narrativo como também desdobramento de personagens – instância por vezes ocupada pela fotografia de uma filha ausente, ou por imagens refletidas nos espelhos de uma sala de dança – o que dá a essa antologia de contos um sabor especial. Outro aspecto que ainda salta aos olhos do leitor e que o auxilia a "costurar" essas histórias é a intratextualidade: a narradora retoma as histórias já contadas a fim de alinhavar a tessitura textual e promover a identificação entre as histórias narradas e as personagens destas.

As temáticas presentes nessas histórias vividas, colhidas, criadas e reinventadas transitam pelas relações familiares, pelas transgressões de códigos de conduta e estereótipos, pelos traumas e pelas catarses destes, pelos desejos recônditos de mulheres jovens, crianças, adultas e maduras, pela violência, das mais distintas formas, contra a mulher. São histórias de negação, afirmação, busca de sonhos, questionamentos de expectativas impostas por outrem, revisão de papeis sociais, violências e superação, contadas com lágrimas e marcadas pela insubmissão. Tudo isso narrado de forma marcadamente poética pela escolha vocabular, por meio da qual Evaristo presenteia o leitor com belíssimas metáforas e imagens.

Insubmissas lágrimas de mulheres é iniciado por um texto de caráter metalinguístico que funciona à guisa de prefácio. Este, segundo Gérard Genette, pode ser entendido como "toda espécie de texto liminar (pré-liminar ou pós-liminar), autoral ou alógrafo, que consiste num discurso a propósito do texto que segue ou antecede" (GENETTE, 2009, p.145). O autor considera o prefácio e o posfácio como manifestações do que ele designa como "instância prefacial", salientando que as diferenças entre ambos são insignificantes ante suas semelhanças. Outras nomenclaturas são utilizadas para denominar este paratexto que antecede a narração: prefácio, introdução, nota, notícia, aviso, apresentação, advertência, prelúdio, exórdio, proêmio. Ao promover um estudo detalhado e ilustrativo dos vários tipos de advertências presentes no universo ficcional, Genette constrói uma síntese desse texto cuja "prática encontra-se ligada à existência do livro, isto é, do texto impresso" (GENETTE, 2009, p.147).

A função do texto de abertura do referido livro de Conceição Evaristo ultrapassa o que, tradicionalmente caberia ao prefácio, pois aponta para matriz poética-ficcional que engloba, de certa forma, toda a produção literária da autora, até então trazida à público. O texto assim inicia-se: "Gosto de ouvir, mas não sei se sou hábil conselheira. Ouço muito. Da voz outra, faço a minha, as histórias também. E, no quase gozo da escruta, seco os olhos. Não os meus, mas de quem conta." (EVARISTO, 2011, p. 9) A atribuição de uma característica – a facilidade de ouvir – dá o tom do livro, desde sua primeira página. Curiosamente, não é a escrita em si, nem a temática correlata dos contos, o aspecto inicial tratado nesse texto de abertura do volume: é a audição como matéria-prima da escrita. É da tradição oral, então, que são "colhidas" as histórias grafadas no volume.

Já de início, fica clara, no gesto de secar os olhos, uma relação interpessoal, de aproximação e afetividade, entre quem fala e quem ouve os relatos que se materializam na escrita. Diante disso, percebemos a sugestão de uma relação de identificação entre o falante e o ouvinte. Tal relação, nas narrativas que integram o livro, encontra-se expressamente demarcadas pelo gênero: há não só uma identificação, mas também "identidades múltiplas" entre as mulheres que relatam suas histórias e a mulher que as ouve.

No prefácio e, por extensão, nas histórias, as duas instâncias discursivas – falante e ouvinte – tornam-se intercambiáveis: a história narrada é de quem a conta, oralmente e, depois, também passa a ser de quem a escreve. Nesse bojo, encontra-se esboçada a relação intrínseca entre realidade e ficção, oralidade e escrita, contar e narrar, conforme consta no prólogo: "estas histórias não são *totalmente* minhas, mas *quase* me pertencem, na medida em que, *às vezes*, se *(con) fundem* com as minhas" (EVARISTO, 2011, p. 9, grifos meus).

Considerando que o processo de interpretação do texto só se concretiza por meio da leitura e que esta atividade envolve três instâncias: o autor, o texto e o leitor, faz-se preciso investigar os desdobramentos dessas instâncias no texto em que se inserem a fim de alcançarmos, quiçá, a compreensão não só da escrita, mas também de um projeto que a sustenta. Para tanto, recorro às teorias de Umberto Eco (1994) que me parecem ser mais adequadas para tratar do jogo – especialmente narrativo – que Conceição Evaristo constrói em *Insubmissas*. Segundo Eco, como leitores, somos obrigados a lidar com três entidades que envolvem o texto. A primeira é o autor (e sua biografia), também designado como "autor empírico"; a segunda é o narrador de quem só sabemos o que ele nos conta no texto. Há, ainda, uma "terceira entidade, em geral difícil de identificar e que chamo de autor-modelo" (ECO, 1994, p. 20). Essas definições, aparentemente óbvias ou intrínsecas ao texto, apontam para funções distintas – que, a meu ver, podem ser entendidas como escrever, contar, direcionar – e, muitas vezes, precisam ser revisitadas e repensadas a fim de não se atribuir a um aquilo que é papel de outro. No livro de contos de Conceição Evaristo, essa divisão encontra-se marcada por linhas muito tênues, desde o "prefácio".

O texto de abertura não apresenta assinatura e encontra-se grafado de maneira distinta da tipografia dos contos presentes no volume. Nele, além da definição de uma característica – o prazer em ouvir – há uma reflexão metalinguística a respeito da matéria-prima da escrita: os relatos alheios que se manifestam como capazes de surpreender quem se dedica à ficção: "confesso a quem me conta, que emocionada estou por uma história que nunca ouvi e nunca imaginei para nenhuma personagem encarnar" (EVARISTO, 2011, p. 9). A literatura não é só imitação da realidade, é também (re)criação.

Considerando o prólogo como manifestação da voz narrativa, torna-se possível traçar uma poética do narrar que se inicia pelo prazer de ouvir histórias alheias. É assim que se configura, nos contos, a performance narrativa. No conto em que se encontra expressa uma violência silenciosa, marcada pela rejeição e indiferença, em torno da protagonista, provocada pelos pais, em virtude de ela ser mulher, há uma confissão que desencadeia a história: "Natalina Soledad, a mulher que havia criado o seu próprio nome, provocou o meu desejo de escuta, justamente pelo fato de ela ter conseguido se autonomear" (EVARISTO, 2011, p. 19). No quinto conto do livro, constituído de um relato em primeira pessoa, a respeito do drama de uma menina que é apartada da família em virtude de um sequestro, a voz narrativa reitera a sua intenção primeira: "Tive vontade de contar a história de Natalina Soledad, mas, naquele momento, o meu prazer era o da escuta" (EVARISTO, 2011, p. 39). O desejo de escutar histórias alheias – que abre o texto de apresentação do livro – desdobra-se ao longo dos contos de *Insubmissas*, justificando a formulação de um perfil narrativo.

Tal perfil se aproxima da teoria proposta por Walter Benjamin (2010), ao recuperar a tradição narrativa ligada à experiência: "a experiência que passa de pessoa a pessoa é a fonte a que recorrem todos os narradores. E, entre as narrativas escritas, as melhores são as que menos se distinguem das histórias orais contadas pelos inúmeros narradores anônimos" (BENJAMIN, 2010, p. 198). O teórico alemão recupera dois tipos de narradores decorrentes da tradição oral: o viajante – cuja matéria narrativa é decorrente da experiência que vem de longe – e o camponês sedentário que, em virtude de sua fixidez, conhece as histórias do seu país e suas tradições.

A configuração da voz narrativa nos contos de Conceição Evaristo, publicados no volume de 2011, aproxima-se dessa tradição, mas também a subverte. A voz narrativa deixa clara, como já demonstrado, a experiência da escuta como matriz de suas histórias. Entretanto, constitui-se como uma voz feminina – uma narradora, portanto – demarcada linguisticamente e ideologicamente – nas conversas que reproduz nos contos. No conto que abre o volume, lemos: "quando cheguei à casa de Aramides Florença, *a minha igual*, estava assentada em uma pequena cadeira de balanço e trazia, no colo, um bebê que tinha a aparência de quase um ano" (EVARISTO, 2011, p. 11). A relação entre a narradora e suas interlocutoras encontra-se marcada pela identificação afetiva, mas também pela identidade: são mulheres negras que relatam suas vivências.

Benjamin observa, ainda, que, tradicionalmente, o narrador estendia à literatura uma dimensão utilitária: o aconselhamento, pois era responsável por transmitir a sabedoria que detinha acumulada da própria vivência, da alheia, e das histórias que ouvia e transmitia. Entretanto, nos contos de Conceição Evaristo, esse aconselhamento não se efetiva textualmente, primeiro porque o objetivo principal da narradora é ouvir histórias, colhê-las; segundo porque confessa, no prefácio, "gosto de ouvir, mas não sei se sou hábil conselheira" (EVARISTO, 2011, p. 11).

De fato, ao longo das histórias, não há apreciação ou julgamentos em relação ao que está sendo contado. Mas, certamente, é possível perceber uma postura ideológica, por parte da narradora, a sustentar a identificação com as mulheres que relatam seus dramas do cotidiano. No prefácio, a narradora já havia dito que presencia a manifestação dos sentimentos de suas interlocutoras aflorarem, quando diz que seca os olhos de quem conta. Mas também confessa a manifestação de seus próprios sentimentos ante histórias alheias (que são também suas): "e, quando de mim uma lágrima se faz mais rápida do que o gesto de minha mão a correr sobre o meu próprio rosto, deixo o choro viver" (EVARISTO, 2011, p. 11).

No conto "Natalina Soledad", por exemplo, essa postura ideológica se manifesta linguisticamente. Rejeitada, desde o nascimento, por ser mulher, a menina recebe o nome de Troçoleia Malvina Silveira, e era designada como "troço menina", "coisa menina" pela família. Ao narrar essa infância, entretanto, a narradora se furta a repetir essa coisificação, referindo-se a ela como "menina Silveira".

Benjamin assegura que, apesar da divisão clássica dos dois tipos narrativos, "a extensão real do reino narrativo, em todo o seu alcance histórico, só pode ser compreendido se levarmos em conta a interpenetração desses dois tipos arcaicos" (BENJAMIN. 2010, p. 199). De fato, nas histórias de *Insubmissas*, esses dois perfis (o viajante e o camponês) encontram-se associadas na figura da narradora. Em alguns contos, ela procura suas personagens em busca de suas histórias, mas também – no descanso do quarto de hotel – ela se surpreende com a presença de Mary Benedita:

> Quando Mary Benedita me procurou no pequeno hotel em que eu estava hospedada apenas há um dia, na cidade de Manhãs Azuis, imaginei que a moça tivesse vindo à minha procura, por vários e tantos outros motivos. Pensei que tivesse vindo para pedir alguma informação sobre a vida na capital, lugar de minha residência. Para pedir trabalho, enquanto eu estivesse por ali. Ou ainda para solicitar algum auxílio. (EVARISTO, 2011, p.59)

As histórias são "colhidas" pela narradora em suas andanças, mas também chegam até ela, a surpreendê-la, como se a necessidade de falar e o desejo de ouvir agissem como força a aproximar essas mulheres. A identificação entre elas, nesse conto, é logo expressa pela narradora: "experiente que sou da vida de parcos recursos, sei das diversas necessidades que nos assolam no dia a dia" (EVARISTO,

2011, p. 59, grifo meu). A narradora se coloca no mesmo campo discursivo da personagem, demarcando essa aproximação, que encontra seu correspondente na atitude de Mary Benedita, quando esta vai ao encontro da narradora para lhe oferecer seu "corpo/história", ou seja, a história de sua vida em busca da realização pessoal: tornar-se artista reconhecida, o que se deu pelo uso do próprio corpo e do próprio sangue como matéria-prima. O conto é construído pela oscilação narrativa, há nele relatos em primeira pessoa e em terceira. Os trechos constituídos pela narradora-personagem são iniciados por um vocativo: "My sister", indicando a reciprocidade de uma identificação afetiva e étnica. Assim, a narradora torna-se, em muitos dos contos, também interlocutora, apontando o dinamismo da comunicação oral.

A capacidade de narrar, nos contos de *Insubmissas*, também perpassa outros sentidos, além da audição. Em "Mirtes Daluz", o início do primeiro contato entre a narradora e a mulher cega encontra-se marcado por uma tensão: "a condição de minha interlocutora me colocava uma questão. Como contemplar os olhos encobertos por óculos escuros? Para mim, uma conversa, ainda mais se eu estava ali para ouvir, tinha de ser olho no olho" (EVARISTO, 2011, p. 69-70). A fim de integrar a visitante na ambiência de sua condição, Mirtes Daluz usa o tato como forma de aproximação: ela toca, de modo suave, o rosto, os cabelos e as mãos da narradora; depois trança-lhe os cabelos e, no ambiente íntimo do quarto, inicia seu relato, não sem antes realizar um último gesto: "seus dedos tocaram minhas pálpebras, em breves movimentos de cima para baixo. Levei um instante para entender as intenções de Daluz. Ela queria que eu fechasse os olhos. Fechei" (EVARISTO, 2011, p. 70). Assim, ambas se encontram em uma mesma condição, o que leva a narradora a "ver" a história de sua depoente "com outros olhos". É o tato, mais uma vez, que se instaura como sentido determinante no relato realizado por Isaltina Campo Belo. Ela metaforiza a presença da filha por meio de uma foto que transita entre as mãos da mãe e da narradora, como se testemunhasse o relato da história de uma mulher que, desde a infância, não se reconhecia no próprio corpo de menina.

É por meio da visão que a narradora se encanta por Rose Dusreis, passando a imaginar que esta teria boas histórias para lhe contar:

> Quando vi Rose Dusreis pela primeira vez, de longe, a bailar no salão do clube da cidade, pensei se tratar de uma menina. Ao me aproximar dela, vi, diante de mim, uma mulher de porte pequeno a apresentar uma fragilidade. O que chamou minha atenção e aguçou minha curiosidade em relação a ela foi o fato de que, dentre tantas mulheres no baile, várias delas desacompanhadas, inclusive eu, muitas sobraram à espera de um convite para dançar, menos Rose Dusreis (EVARISTO, 2011, p.89)

Depois, na academia de dança que Dusreis mantinha, esta conduz a narradora em uma "dança-relato" e ambas se deixam levar pelos passos: da dança e da vida. Mais uma vez, como na história de Mary Benedita, o corpo constitui, também, matéria da narração.

"Líbia Moirã" constitui-se como um relato marcado pela reticência da personagem ante a narradora:

> Líbia Moirã, das mulheres com quem conversei, foi a mais reticente em me contar algo de sua vida. Primeiro, quis saber o porquê de meu interesse em escrever histórias de mulheres e, em seguida, me sugeriu se não seria mais fácil eu inventar as minhas histórias, do que sair pelo mundo afora, puxando a fala das pessoas, para escrever tudo depois. (EVARISTO, 2011, p.74).

A aparente dificuldade de relatar, traduzida nos questionamentos que direciona à narradora, reforçam a ideia de uma "narradora-ouvinte" mas também de uma "narradora-viajante", conforme define Benjamin (2010). Como resposta às inquietações daquela, a narradora responde: "– Eu invento, Líbia, eu invento! Fale-me de você, me dê um mote, que eu invento uma história como sendo sua..." (EVARISTO, 2011, p. 74). Nessa fala encontra-se, mais uma vez, a relação entre ficção e realidade, contribuindo para reforçar as reflexões presentes no prefácio: "Sim, invento, sem o menor pudor. Então, as histórias não são todas inventadas?" (EVARISTO, 2011, p. 9). O relato de Líbia diz respeito à recorrência de um sonho que a acompanhava e perturbava ao longo da vida. A dificuldade em relatá-lo pode ser entendida, também, como receio de, pela rememoração, revivê-lo.

Diante disso, podemos dizer que a construção do perfil narrativo em *Insubmissas lágrimas de mulheres* sustenta-se na necessidade auditiva, no desejo de recriação de histórias alheias, na identificação entre a vida alheia e a da narradora. Narrar, nesses contos, também está intrinsecamente ligado à manifestação dos sentidos físicos e subjetivos de quem conta e de quem narra. Escrever é também interligar histórias – não só atribuindo a elas uma mesma matriz construtiva, conforme indica o prólogo – mas também, textualmente, costurá-las por meio de remissões e jogos intratextuais, como faz a autora, em várias dessas histórias insubmissas.

Essas pistas podem ser entendidas como concretização da intenção narrativa, expressa no final do prefácio, a indicar um percurso literário: "afirmo que, ao registrar estas histórias, continuo no premeditado ato de traçar uma escrevivência" (EVARISTO, 2011, p. 9). No âmbito do livro em questão, essa escrevivência pode ser interpretada como a escrita da vida das mulheres que a narradora encontra pelo caminho, ao andar pelo mundo colhendo histórias, conforme está em "Líbia Moirã".

Pode-se ainda entender essa afirmação como construção de uma autora-modelo que enseja o leitor a agir como leitor-modelo, nos dizeres de Eco, e encontrar relações de construção e de sentido entre as histórias.

Ainda, é possível vislumbrar, por detrás da ideia de escrevivência, a voz autoral a indicar a sistematização de um projeto literário formulado por Conceição Evaristo e que contempla não só os contos do volume em questão, mas toda a sua obra, em prosa ou poética. Esse conceito foi por ela tratado em "Da Grafia-desenho de minha mãe, um dos lugares de nascimento da minha escrita", publicado em 2007. Nele, a autora traça, conforme sugere o título, seu percurso em torno da leitura e da escrita.

Esse caminho pelo mundo simbólico inicia-se na contemplação do gesto materno, quando, no solo desenhava o sol, como forma de evocar essa presença fugidia: "era um ritual de uma escrita composta de múltiplos gestos, em que todo o corpo dela se movimentava, não só os dedos" (EVARISTO, 2007, p. 16). Nesse processo, a menina não só vislumbrava o desenho materno, mas dele participava junto com os irmãos: "e nossos corpos, também, que se deslocava no espaço acompanhando os passos de mãe em direção à página-chão em que o sol seria escrito" (EVARISTO, 2007, p. 16). Nesse ritual, grafar o sol no chão era uma manifestação simbólica em busca de sanar as dificuldades financeiras que a chuva intermitente impunha à família: "precisávamos do tempo seco para enxugar a preocupação da mulher que enfeitava a madrugada com lençóis arrumados um a um nos varais, na corda bamba da vida" (EVARISTO, 2007, p. 16). Assim, nasce para a menina que se tornaria uma das mais importantes escritoras da literatura brasileira contemporânea a relação entre a vida e a escrita: "Foi daí, talvez, que eu descobri a função, a urgência, a dor, a necessidade e a esperança da escrita. É preciso comprometer a vida com a escrita ou é o inverso? Comprometer a escrita com a vida?" (EVARISTO, 2011, p. 16).

Ainda na primeira infância, esse percurso pelas letras avança pelas mãos das mulheres lavadeiras da família da escritora: "foram elas que guiaram os meus dedos no exercício de copiar meu nome, as letras do alfabeto, as sílabas, os números, difíceis deveres de escola para crianças oriundas de famílias semianalfabetas" (EVARISTO, 2011, p. 18). Conceição Evaristo confessa a matriz que sustenta sua produção ficcional: "creio que a gênese da minha escrita está no acúmulo de tudo que ouvi desde a infância. O acúmulo das palavras, das histórias que habitavam nossa casa e adjacências" (EVARISTO, 2011, p. 19).

A autora informa que a leitura e a escrita se configuravam para a menina que fora como forma de suportar o mundo: por meio da fuga e da inserção no espaço vivido, por meio da possibilidade de fugir para sonhar e inserir-se para modificar o contexto, a realidade. Para ela, o ato de escrever levado a cabo por mulheres negras adquire "um sentido de insubordinação", pela escolha da linguagem e da temática que constitui a matéria narrada. Assim, sintetiza a função da literatura produzida por escritoras negras: "a nossa escrevivência não pode ser lida como histórias para 'ninar os da casa-grande' e sim para incomodá-los em seus sonhos injustos" (EVARISTO, 2011, p. 20).

O conceito de escrevivência indica os fundamentos da produção literária de Conceição Evaristo e se aliam aos preceitos de sua atuação como escritora: manifestação da necessidade pessoal e coletiva, concretização das histórias ouvidas, forma de lidar com o mundo e modificá-lo, manifestação de uma consciência social, política, de gênero e étnica. Em suma, um ato de insubordinação que revê a história, o contexto e a intencionalidade e funcionalidade do texto literário. Funções que são também colocadas em execução nas histórias de *Insubmissas lágrimas de mulheres*, nas quais a insubmissão encontra-se tanto no ato de contar e relatar a vivência, colocada em prática por cada personagem-narradora-oral; a insubordinação também se concretiza na ação narrar essas histórias a outros, como faz a narradora; e culmina na escrita e divulgação dessas narrativas individuais e coletivas de mulheres levada a cabo pela autora. Assim como acontece com a narradora-viajante-tecelã de *Insubmissas*, por duas vezes, ao ouvir Mirtes Aparecida Daluz e Rose Dusreis, é possível ao leitor fechar os olhos e ainda assim ser conduzido pela maestria do narrar que ecoa vozes outras, vozes mulheres, pela voz/escrita de Conceição Evaristo.

REFERÊNCIAS

BENJAMIN, Walter. O narrador: considerações sobre a obra de Nikilai Leskov. In: _____.*Obras escolhidas*: magia e técnica, arte e política. São Paulo: Brasiliense, 2000. p.197-221.

ECO, Umberto. *Seis passeios pelo bosque da ficção*. Trad. Hildegard Feist. São Paulo: Companhia das Letras, 1994.

EVARISTO, Conceição. *Insubmissas lágrimas de mulheres*. Belo Horizonte: Nandyala, 2011.

EVARISTO, Conceição. Da grafia-desenho de minha mãe, um dos lugares de nascimento de minha escrita. In: ALEXANDRE, Marcos Antônio (Org.). *Representações performáticas brasileiras*: teoria, práticas e suas interfaces. Belo Horizonte: Mazza, 2007.

GENETTE, Gérard. *Paratextos editoriais*. Trad. Álvaro Faleiros. Cotia. São Paulo: Ateliê Editorial, 2009. [Artes do livro, 7]

INSUBMISSAS MEMÓRIAS DE DUAS MARIAS: MARIA MOURA E MARIA NOVA

Laile Ribeiro de Abreu

O trabalho com a memória individual ou coletiva é tema recorrente nos textos de Rachel de Queiroz e Conceição Evaristo. Seus romances problematizam a vida daqueles que se colocam pelas bordas sociais com recortes que servem de painel para o entendimento do panorama político e social brasileiro, construindo, em seus textos, um espaço de histórias e memórias.

Maria Moura é mulher incomum para o seu tempo. Órfã de pai vê a ameaça bater a sua porta com a chegada do pretendente da mãe-viúva que se entrega a um homem ardiloso que trama a morte dela para herdar suas terras e desposar-se com sua enteada. Moura soube se defender do padrasto assassino, não lhe entregando os documentos das terras e, com isso, correndo riscos de ter sua vida ceifada, assim como aconteceu com a mãe. Astuta, ela arquiteta a morte do padrasto pelas mãos de um ex-escravizado que morre de amores por ela. Depois do feito, Moura passa a sentir a ameaça do assassino apaixonado que lhe cobra o cumprimento do trato feito em troca da morte do padrasto. Ela livra--se dele colocando-o numa armadilha feita por João Rufo, homem de confiança dela e que a protege sempre. Antes, porém, de tudo ocorrer, ela procura o pároco e confessa suas intenções: "- Padre, eu me confesso porque pequei... Cometi um grande pecado... O pecado da carne ... [...] E o pior é que, agora, eu tenho que mandar matar ele ....". (QUEIROZ, 1998, p. 7)

Ao confessar-se, ela faz do padre sua testemunha, podendo-se valer dele como escudo caso algo de grave ocorresse com ela da mesma forma como ocorreu com sua mãe. Paul Ricoeur trabalha a importância da testemunha, caracterizando-a como aquela que conta o acontecido que presenciou, espera que lhe deem crédito a respeito da história que narrou, garante que sua narrativa poderá ser confirmada pelo testemunho de outras pessoas que também estavam presentes ao acontecimento. Abre-se, com essa última possibilidade, um espaço para se discutir o depoimento, tornando o acontecimento público e passível de contestação bem como verificação. A essa fase, Ricoeur chama de documental. (RICOEUR, 2007, p. 175)

E assim começa sua saga. Para livrar-se dos primos gananciosos das Marias Pretas, ela põe fogo na sua casa e foge para a Serra dos Padres em busca do eldorado que tanto ouvira de seu pai. O ato de pôr fogo na casa traz toda a simbologia de rompimento com o passado e de ingresso a uma nova vida: "[...] tinha chegado a uma encruzilhada... e era hora de escolher o caminho novo". (QUEIROZ, 1998, p. 40)

Escolher uma nova vida exigia dela que optasse, também, por uma nova forma de representação para a vida. Ela escolheu o seu caminho e de outros que a seguiram, nascendo, então, uma líder travestida de jagunço, com seu bando, única forma de si fazer obedecida, respeitada e poderosa. A construção racheliana ilustra a questão feminina e "enveredar-se nas suas histórias significa enveredar-se na questão da ideologia patriarcal, emergente no cenário do sertão". (Costa *apud* DUARTE, 2002, p. 184).

Chegar à Serra dos Padres e estabelecer-se é sua meta. Para alcançá-la, vai deixando atrás de si um rastro de histórias da mulher-comandante que rouba e saqueia, sustentando o seu bando e já adquirindo sua riqueza. Sua fama arrasta-se atrás de si e ela cumpre sua meta, chegando ao seu objetivo e lá, construindo uma 'Casa-Forte' que é o seu quartel general.

A chegada do pároco a quem confessara sua intenção de matar o padrasto malfeitor desencadeia nela suas memórias. Maria Moura identifica-se com Beato Romano, nome dado ao pároco quando se estabelece em companhia de Moura. Ambos cometeram o pecado da carne e também foram os responsáveis por três mortes. No entanto, a morte tem para eles significados diferentes. Moura só matou quando não teve outra opção, ou era ela ou o outro se tornando, portanto, uma espécie de libertação para ela. Para o Beato, a morte tem uma função regeneradora estabelecendo entre os dois personagens uma espécie de ponto e contraponto, ou "confronto entre o masculino e o feminino". (Costa, *apud* DUARTE, 2002, p. 184)

Deparar-se com aquele que sabia o seu segredo, que o ouvira de sua própria voz, faz com que Moura recorde toda a sua vida anterior. Aquele homem é a representação concreta de todo o seu passado. De acordo com Ecléa Bosi:

> O discurso do pensador está-se interrogando sobre a passagem da percepção das coisas para o nível da consciência. A certa altura, introduz a reflexão seguinte: "Na realidade, não há percepção que não esteja impregnada de lembranças". Com essa frase, adensa-se e enriquece-se o que até então parecia bastante simples: a percepção como mero resultado de uma interação de ambientes com o sistema nervoso. Um outro dado no jogo perceptivo: a lembrança que "impregna" as representações. (BOSI, 2006, p. 46)

Um turbilhão de imagens e de pessoas com quem conviveu emergem de sua memória e, num *flashback*, ela revive todo o seu passado, reconstruindo todos os fatos, juntando todas as peças num mosaico de recordações que, de acordo com Ecléa Bosi: "[é] uma organização extremamente móvel cujo elemento de base ora é um aspecto, ora outro do passado; daí a diversidade dos "sistemas" que a memória pode produzir em cada um dos aspectos do mesmo fato". (BOSI, 2006, p. 51)

Aquela chegada inesperada traz à Moura uma oportunidade de recordar seus parentes: os primos das Marias Pretas, Firma, esposa de um dos primos e a prima, Marialva que já traz na formação do nome (Maria + alva) um traço característico de sua personalidade. Dela, Maria Moura gosta e nela confia; nos primos, não. Dessa forma, impõe-se, mais uma vez o embate entre o feminino e o masculino.

Os primos Tonho, Irineu e Marialva narram o texto em primeira pessoa juntamente com Maria Moura e Beato Romano, formando a narrativa composta por cinco narradores-personagens. O texto desenvolve-se com a versão dos fatos dada por cada um deles, que combinam com suas reminiscências pessoais. Assim, "a anamnesis (reminiscência) é uma espécie de iniciação, como a revelação de um mistério". (BOSI, 2006, p. 89).

Cada personagem narra sua própria versão para os fatos, permitindo ao leitor a compreensão sob óticas diferentes, trabalhando o que Bakhtin chama de "polifonia de vozes", designando as diversas perspectivas, pontos de vista ou posições que se representam nos enunciados tendo como base a retórica dos próprios personagens que buscam se isentar de qualquer culpa ou caráter duvidoso uma vez que cada um se apropria de sua razão.

Dessa forma, a autora usa o recurso da polifonia para legitimar essa personagem. São muitas vozes para confirmar a construção das memórias de Maria Moura, tornando-a uma espécie de lenda. O encontro com Beato Romano traz a ela um turbilhão de imagens e recordações, iniciando-se o processo de destecitura de todas essas lembranças fazendo-a retroceder ao passado pela ação do presente: "É do passado que parte o chamado ao qual a lembrança responde". (Bergson *apud* BOSI, 2006, p. 48)

Por ser mulher incomum para seu tempo, Maria Moura não se deixa dominar, ao contrário, torna-se a grande dominadora de homens rudes e não se deixa intimidar por aqueles que viviam a ordem vigente imposta pelo patriarcalismo que determina ao homem a função de gerenciar a família, os bens e tomar as decisões, e à mulher a submissão, a fragilidade e a alienação. Elizete Passos explica que "a divisão de homens e mulheres estabelecida pela ideologia patriarcal também serve para estabelecer uma dicotomia entre *existência* e *essência*. A mulher é sempre tomada como essência, pois pressupõe problematicidade [...]". (Passos *apud* DUARTE, 2002, p. 62).

Maria-Nova é moradora da favela descrita no livro *Becos da memória*, de Conceição Evaristo. Nasceu e cresceu ouvindo as histórias contadas por Tio Totó, Vó Rita, mãe Joana e outros que com ela conviviam. Trabalhava ajudando a mãe a alvejar as roupas das mulheres ricas e alvas como suas roupas, destacando aí a influência europeia, modelo de beleza para a época.

Toda a narrativa é marcada pelas memórias das histórias ouvidas por Maria-Nova havendo assim um resgate importante das histórias familiares narradas pelos mais velhos e que tanto contribuem para a formação cidadã e ética de seus membros. Por serem relatos advindos de pessoas marginalizadas onde ler e escrever são privilégios dados a poucos, a opção pela narrativa oral se justifica. Essa escolha pela construção cuja base se faz pela oralidade não é incomum o que enquadra o texto de Conceição Evaristo dentro de uma tradição literária. Autores consagrados como João Guimarães Rosa e Rachel de Queiroz escreveram seus textos tendo como base o que ouviram.

Seguindo a trilha narrativa benjaminiana de que "a experiência que passa de pessoa a pessoa é a fonte a que recorrem todos os narradores" (BENJAMIN, 1996, p. 198), Maria-Nova já se define para o futuro onde espera poder registrar em uma espécie de escrevivência todos aqueles relatos, no afã de preservar a memória de seus descendentes: "Um sentimento estranho agitava o peito de Maria-Nova. Um dia, não sabia como, ela haveria de contar tudo aquilo ali. Contar as histórias dela e dos outros. Por isso ela ouvia tudo tão atentamente. Não perdia nada". (EVARISTO, 2006, p. 35).

Do ponto de vista formal, o texto não é marcado pela linearidade narrativa. Pelo contrário, o que se faz é um emaranhado de histórias cada qual com seus personagens que retomam a narrativa de acordo com a vontade da narradora ou de acordo com a necessidade dela de não se esquecer de nenhum detalhe e nenhum personagem. Daí a ideia de "Colcha de Retalhos" definida por Maria Nazareth Soares Fonseca, no prólogo do livro. Embora o texto seja fragmentado, as histórias se complementam. Nesse processo rememorativo, a narradora recorre a tudo o que ela viveu naquele ambiente pobre e marcado pelas desigualdades sociais impostas por uma sociedade excludente que vê o negro como representação do erótico e da exploração pelo trabalho ou pela sexualidade. Para Ricoeur, "con la rememoración, se acentúa el retorno a la conciencia en despirta de un acontecimiento reconocido como que tuvo lugar antes del momento en que esta declara que lo percebió, lo conoció, lo esperimentó".[1] (RICOEUR, 2004, p. 83)

Vivendo em um ambiente onde o letramento e a consciência política não existem, Maria-Nova destaca-se por ser aquela que busca um futuro melhor, destacando-se na escola em que frequenta, mesmo sendo mulher e negra. Sua

---

[1] "Com a rememoração, acentua-se o retorno à consciência despertada por um acontecimento reconhecido com o que teve lugar antes do momento em que declara que percebeu, conheceu, experimentou". Tradução feita por mim.

condição de gênero não lhe impede de se atirar aos desafios e conquistar seu espaço. Aos olhos da personagem Outra[2] que a vê buscando água, ela é uma *persona* diferente, pois seu olhar não traz a indiferença tampouco a curiosidade tão comum aos demais moradores da favela que sempre a viam como um ser diferente e até ameaçador: "Ela é a única pessoa que sabe me olhar normalmente. Os outros me olham procurando me ver". (EVARISTO, 2006, p. 45)

Ela não se deixa dominar e num processo de resistência e de desejo de conservar a cultura do seu povo, recorre à memória para registrar aquelas histórias. Para Alejandro Frigerio, essa prática é o que garante que as permanências das culturas negras:

> [...] fueron usualmente concebidas como una forma de resitencia cultural – a la esclavitud primero, a la marginalización social y cultural después. Quizás por eso, la cuestión de la existencia o no de ciertos comportamientos que – em funcion de su común origem africano – caracterizaban a grupos fenotipicamente catalogados como negros fue objeto de un agitado debate.[3] (FRIGERIO, 2011, p. 28)

Dessa forma, a mulher destaca-se como sendo a grande gerenciadora das famílias tão distantes da sociedade patriarcal a que todo um sistema se moldava. Maria-Nova vem questionar as injustiças há séculos arraigadas na concepção patriarcal brasileira. É o "Novo" que emerge, trazendo a força para as mudanças que virão pelo registro das histórias narradas, narrações estas que provam, segundo Graciela Ravetti que "o não dominar os procedimentos ocidentais de leitura e escritura não implica não possuir memória, história ou reminiscência". (RAVETTI, 2003, p. 85)

Embora os "Contadores de histórias" sejam pessoas sem letramento, Maria-Nova inspira-se em suas personagens, em seus enredos para registrar as memórias daqueles becos. Assim, constrói-se na obra uma escrita performática

---

[2] A Outra é personagem que não tem nome próprio no texto e que sempre representa uma ameaça aos demais moradores, exceção feita, apenas, à Vó Rita que é quem cuida da Outra. Essa personagem, assim como o Homem, não tem nome próprio, mas a escrita faz-se com maiúscula, denotando a intenção clara da narradora em destacá-los como representantes dos tantos anônimos que vivem o preconceito ou que testemunham algo que não deveriam.

[3] [...] foram concebidas como uma forma de resistência cultural – primeiro à escravidão, depois à marginalização social e cultural. Talvez por isso, a questão da experiência ou não de certos comportamentos que – em função de sua origem africana comum – caracterizavam grupos catalogados como negros foi objeto de um debate agitado. (Tradução feita por mim).

que determina o corpo como fio condutor da comunicação almejada por aqueles relatos. A expressividade oral vale-se do corpo como elemento significativo uma vez que o corpo fala. Não se consegue transmitir nenhuma informação oral sem se valer dessa expressividade. Graciela Ravetti afirma que:

> Por esses motivos se justificam as ações performáticas quando nos interessamos por nossas tradições, cultura e arte: é porque tudo o que somos e o que sabemos nos remete sempre a um mais além do sacralizado pela escrita e, mais que isso, nos impulsiona a superar os limites do que a língua – qualquer língua – pode articular por si mesma. (RAVETTI, 2003, p. 37)

Nesse processo de "transescrita" (p. 35), Conceição Evaristo dá vazão à intenção de Maria-Nova que representa a própria Conceição num processo de discurso indireto livre trabalhando a construção das memórias daquela gente sofrida e à margem da sociedade que abraça a todos com o slogan utópico de "Ordem e Progresso".

CONSIDERAÇÕES FINAIS

Conceição Evaristo e Rachel de Queiroz não são contemporâneas. Quando Conceição nasceu, Rachel já estava enfronhada na militância política, já era escritora da Literatura Brasileira bem conceituada no meio acadêmico e já lutava por uma política mais igualitária para todos os brasileiros sem distinção de cor, etnia, sexo ou religião. Contemporânea de Patrícia Galvão, a Pagu, Rachel incomodava a sociedade da época com suas ideias e seus discursos próprios para um homem e não para uma "moça casamenteira".

No entanto, muito há em comum entre as duas escritoras. Além da predileção pela construção de protagonistas femininas fortes, há uma interseção entre elas no que tange à denúncia aos excluídos. Maria-Nova, em Becos da Memória, é a voz que grita mais forte naqueles becos e que denuncia a má distribuição de renda e de vagas nas escolas, a miséria a que se submetiam aquelas mães que ganhavam o pão de seus filhos, lavando o sangue alheio. Maria Moura é a força que surge do sertão onde a vida dura embrutece as pessoas, fazendo-as valerem-se pela força, pelo mando, tornando a mulher oligárquica tanto quanto o homem ou submissa às vontades impostas a sua condição pelo gênero. Para tanto, as duas escritoras valem-se do fio condutor da memória pessoal ou coletiva para construírem seus textos sempre tendo como ferramenta básica as histórias contadas por seus descendentes, primando pelo resgate da linguagem oral, mas sem carregar a linguagem evitando, com isso, a estereotipia.

Acreditamos que textos literários que discutam a condição daqueles que vivem à margem, mas que resgatam suas identidades pelo viés da memória são de suma importância para que se compreenda o verdadeiro papel da Literatura na formação de uma nação.

REFERÊNCIAS

ALEXANDRE, Marcos Antônio (Org.). *Representações performáticas brasileiras*: teorias, práticas e suas interfaces. Belo Horizonte: Mazza, 2007.

BENJAMIN, Walter. Sobre alguns temas em Baudelaire. In: _____ *Walter Benjamin: Textos escolhidos*. São Paulo: Abril Cultural, 1996.

BOSI, Ecléa. *Memória e sociedade*: lembrança de velhos. 13.ed. São Paulo: Companhia da Letras, 2006.

DUARTE, Constância Lima. *Gênero e representação na Literatura Brasileira*. Belo Horizonte: Editora: UFMG, 2002.

DUARTE, Constância Lima. *Gênero e representação*: teoria, história e crítica. Belo Horizonte: Editora UFMG, 2002.

EVARISTO, Conceição. *Becos da memória*. Belo Horizonte: Mazza Edições, 2006.

FRIGERIO, Alejandro. *Cultura negra en el cono sur*: representaciones en conflicto. Buenos Aires: Ediciones de la Universidad Católica Argentina, 2011

QUEIROZ, Rachel. *Memorial de Maria Moura*. São Paulo: Siciliano, 1998.

RAVETTI, Graciela. *Mediações performáticas latino-americanas*. Belo Horizonte: Editora UFMG, 2003.

RICOEUR, Paul. *La memoria, la historia, el olvido*. Buenos Aires: Fondo de Cultura Económica de Argentina, S. A.,2004.

RUBEM FONSECA E CONCEIÇÃO EVARISTO: OLHARES DISTINTOS SOBRE A VIOLÊNCIA[1]

Eduardo de Assis Duarte

O conto urbano, que tem em Machado de Assis um de seus iniciadores entre nós, amplia sua presença na cena literária brasileira a partir de meados do século XX, momento em que a forma breve ganha corpo e busca disputar espaço com o romance dentre os gêneros preferidos pelo leitor. Nesse contexto, ganha destaque a vasta e bemsucedida produção de Dalton Trevisan e Rubem Fonseca, ganhadores dos principais prêmios literários brasileiros e portugueses. Ambos caíram nas graças do público e da crítica pelo virtuosismo no domínio das técnicas narrativas e pela utilização de temas e procedimentos inusitados para a época de seu surgimento, a começar pela linguagem transgressora, que não hesita em transpor o limite que separa a oralidade do baixo calão.

Ambos têm na violência – física ou simbólica – seu atrativo de maior ressonância junto ao grande público e, certamente por isto mesmo, ambos fazem da violência mote permanente de sua produção. Todavia, vou me deter mais em alguns aspectos da representação da violência em Rubem Fonseca, a fim de ensaiar um contraponto, ainda que ligeiro, com a escrita de Conceição Evaristo.

Um dos elementos que distinguem Fonseca de Trevisan situa-se no protagonismo da violência. O autor de *Guerra conjugal* (1969) tende, via de regra, a abordar mais o universo da classe média, ao passo que o contista desbocado de *Feliz ano novo* (1975) vez por outra vai além, focaliza as altas rodas, mas também os

---

[1] Uma versão deste texto está publicada em ZINANI, Cecil Jeanine Albert; SANTOS, Salete Rosa Pezzi dos. (Orgs.).*Trajetórias de Literatura e Gênero: territórios reinventados*. Caxias do Sul, RS; EDUCs, 2016.

efeitos da desigualdade socioeconômica que caracteriza o país, e coloca em ação os subalternos. Estes, quase sempre negros e/ou miseráveis, encenam, no entanto, comportamentos por vezes semelhantes aos de personagens melhor situados na escala social. E, tanto pobres quanto ricos, têm suas patologias representadas a partir de um viés neonaturalista, que visa chocar o leitor ao enfatizar a brutalidade vingativa e desumana que os impele a toda sorte de crimes e atrocidades.

No conto "Feliz ano novo", que dá nome ao volume lançado em 1975 e em seguida censurado pela ditadura, Fonseca batiza de "Pereba" um dos jovens bandidos, que assim é tratado pelo narrador: "Pereba, você não tem dentes, é vesgo, preto e pobre, você acha que as madames vão dar pra você?" (FONSECA, 1975, p. 9). Mais adiante, durante o assalto a uma festa de réveillon, Pereba é chamado de "burro" e, para completar o retrato, não hesita em matar a dona da casa unicamente porque esta reage ao estupro. Os termos e as ações falam por si, o marginal fonsequiano habita um campo semântico próximo ao do animal.

Antes mesmo da publicação de *Feliz ano novo*, Alfredo Bosi já havia caracterizado o estilo de Rubem Fonseca como "brutalista", expressando desta forma as afinidades do autor com "os modos de pensar e de dizer da crônica grotesca e do novo jornalismo yankee." (BOSI, 1974, p. 18). De fato, a violência desmedida emoldura não apenas a figura de Pereba, mas torna-se marca registrada de uma literatura que faz dela atrativo para um público anestesiado pela violência glamourizada da indústria cultural. E o leitor se depara com histórias carregadas do que certa ciência do século XIX chamaria de "comportamentos desviantes", protagonizados por maníacos, psicopatas, esquizofrênicos, assassinos, suicidas e até canibais.

Tais procedimentos repercutem entre nós as marcas da narrativa policial ou noir, que tanto sucesso faz no Ocidente desde as peripécias folhetinescas do século XIX, mais tarde incorporadas por Hollywood e pela cultura de massas como um todo. Em sua novela Romance negro, Rubem Fonseca cria Peter Winner, um personagem escritor, espécie de alter ego do contista, que logo pontifica: "Acabamos de dizer que o romance negro se caracteriza pela existência de um crime, com uma vítima que se sabe logo quem é; e um criminoso, desconhecido; e um detetive, que afinal descobre a identidade desse criminoso."

(FONSECA, 1992, p. 151). Nas páginas seguintes, o texto conclui a descrição do gênero, destacando o apego a "conteúdos de violência, corrupção, conflitos sociais, miséria, crime e loucura" (p. 161) e Fonseca, pela voz do personagem, afirma que seus escritos podem "ser considerados verdadeiros textos do romance negro." (p. 164).

Ainda em *Feliz ano novo*, temos uma amostra da perspectiva autoral no que diz respeito ao segundo sexo. A certa altura, o personagem do conto "Corações solitários", um dos redatores do jornal *Mulher*, órgão voltado para o público feminino, ouve atento a lição do editor: "quem gosta de ser tratada a palavrões e pontapés são as mulheres da classe A. Lembre-se daquele lorde inglês que disse que o seu sucesso com as mulheres era porque ele tratava as ladies como putas e as putas como ladies." (FONSECA, 1975, p. 22). A frase remete de imediato ao famoso dito de Nelson Rodrigues, pelo qual "nem todas as mulheres gostam de apanhar, só as normais." É este, pois, o lugar de fala de onde emanam as tramas fonsequianas.

Já em *Ela e outras mulheres* (2006) – livro em que as narrativas recebem nomes como Alice, Diana, Lavínia e até mesmo Xânia –, o autor vale-se das mesmas armas e bagagens para por em destaque o universo feminino urbano. No livro, estão presentes desde a jovem burguesa que se entrega a um matador profissional para que ele extermine o pai que prometera deserdá-la, e que, ao final, é assassinada pelo namorado; até a professora pedófila, que seduz o aluno adolescente e, assim, "cura-o" de uma gagueira, sendo enfaticamente apoiada pelo narrador, que vem a ser o pai do menino. Nessa linha, ao longo dos vinte e sete contos que compõem a coletânea, o leitor assiste a um desfile de adúlteras, ladras, sádicas, ninfomaníacas, alcoólatras, mendigas, assassinas, suicidas, algumas sedutoras, outras asquerosas, como de resto são as situações engendradas em muitos dos contos, em que violência, sexo e morte compõem o entrecho e quase sempre emolduram o *gran finale*.

Bem outro é o ponto de vista e bem outra é a literatura negra construída por Conceição Evaristo. Desde sua estreia na ficção, em 1991, no número 14 de *Cadernos Negros*, a autora insiste na representação da violência, sobretudo racial e de gênero. Outro recurso recorrente é a nomeação dos contos com os nomes de seus protagonistas: Di Lixão, Maria, Ana Davenga, Lumbiá, Duzu-Querença, entre outros. Ao fazê-lo, traz para centro da narrativa o universo da subalternidade, povoado de mendigos, marginais e favelados, muitos deles trabalhadores, mulheres e homens honestos, vítimas da apartação social que recai sobre os desvalidos.

Evaristo segue a tradição da literatura negra da diáspora, que impele os autores a falarem por si e por seus irmãos de cor, historicamente emudecidos por sua condição de remanescentes da escravidão. Identifica-se, portanto, com o programa que atravessa a escrita afrodescendente desde Langston Hughes e demais autores da Renascença do Harlem da década de 1920, e que, ao longo do século, se faz presente em Ralph Ellison, Maya Angelou, Richard Wrigth, Toni Morrison, James Baldwin, Alice Walker e tantos mais, ao norte e ao sul do Equador. Esse traço de convergência já de início se identifica pela articulação de vozes e falas de uma memória traumática por tanto tempo recalcada e que encontra no texto literário formas diversas de expressão. Memória que remete ao sofrimento e à crueldade tornados sistêmicos pela prática escravista e seu indispensável corolário discursivo – o racismo. Proibida legalmente a escravização, permanecem vivos seus fundamentos ideológicos, que fundamentam a discriminação e perpetuam a invisibilidade social e cultural dos que a ela sobreviveram. É, pois, nesse contexto de enfrentamento que a escrita dos afrodescendentes surge e se mantém até a contemporaneidade.

Nos textos de Conceição Evaristo, a violência explode sobre a figura frágil de "Di Lixão", menino de rua órfão de uma prostituta, que vê o corpo adoecer sem ter como reagir e morre no "quarto-marquise" onde passara a noite. Atinge também o corpo grávido de Ana Davenga, metralhada pela polícia na noite de seu aniversário após o companheiro resistir à ordem de prisão. Chega até Maria, mãe e empregada doméstica a caminho de casa no subúrbio após um dia de trabalho, linchada pelos ocupantes do ônibus em que viajava após ser poupada no assalto que os vitimara, por ser ex-mulher de um dos bandidos. Componente de um sistema de exploração que se confunde com a própria natureza das coisas, a violência marca ainda a história de Duzu-Querença, migrante prostituída e relegada à mendicância; tanto quanto a de Lumbiá, menino vendedor de rua, atropelado numa tarde chuvosa de 23 de dezembro, após sair em disparada de uma loja com a imagem roubada do menino Jesus embaixo do braço.

O que diferenciaria então a brutalidade inscrita nos contos de Conceição Evaristo do "brutalismo" presente em Rubem Fonseca? Numa palavra a forma, entendida como linguagem e projeto. O conto fonsequiano segue a lógica consecutiva da ação muitas vezes espetacular, que visa chocar e prender a atenção pela surpresa e pela sucessão de gestos o mais possível inusitados. Exemplo evidente é a cena de "Feliz Ano Novo", em que dois homens são mortos apenas porque os assaltantes queriam testar se o projétil da nova carabina de fato conseguiria grudar o corpo da vítima na madeira... Cena esta que nos remete, aliás, aos *westerns spagetti* italianos dos anos 60 e 70 do século XX.

Ao contrário desse império cinematográfico da ação, o conto de Conceição Evaristo, mesmo sem abrir mão de cenas pungentes e de grande impacto, envolve-as numa linguagem marcada por tonalidades poéticas, em que há lugar para o sentimento e para a humanidade, tanto das vítimas quanto de seus carrascos. E, juntamente com a poesia e o sentimento, a reflexão em busca do porque de tudo aquilo. Em "Maria", enquanto alguns assaltados se dirigem à "negra safada que estava com os ladrões" e gritam "Lincha! Lincha! Lincha!", outros contestam, argumentam, testemunham a honestidade daquela mãe de família e, em vão, pedem calma aos enfurecidos. (EVARISTO, 2014, p. 42).

Já em "Duzu-Querença" o leitor se depara com o tom de desabafo que integra o balanço de vida da protagonista:

> Duzu morou ali muitos anos e de lá partiu para outras zonas. Acostumou-se aos gritos das mulheres apanhando dos homens, ao sangue das mulheres assassinadas. Acostumou-se às pancadas dos cafetões, aos mandos e desmandos das cafetinas. Habituou-se à morte como uma forma de vida. (EVARISTO, 2014, p. 34).

No entanto, é essa mesma personagem que não se entrega, sai da prostituição, cria os filhos e, apesar da indigência, morre vendo a neta "reinventar a vida" ao lutar por um futuro melhor para si e para outros jovens do morro. Mulher que, no momento da "passagem", tem destacada sua humanidade ao se deparar com os rostos dos entes queridos que já deixaram o Ayê rumo ao mundo invisível do Orum. Assim, a frase-verso "acostumar-se à morte como forma de vida" não significa que o texto de Evaristo dê respaldo à crueldade que todos os anos rouba a vida de milhares de jovens negros brasileiros. Embora descartem a retórica panfletária, os contos publicados na série *Cadernos Negros* e nos volumes *Insubmissas lágrimas de mulheres* (2011) e *Olhos d'água* (2014), assim como seus romances, revelam, ao contrário, o inconformismo da autora diante da "guerra" a que estão submetidos os remanescentes de escravos, ganhando assim tons de denúncia a partir mesmo da expressão de um ponto de vista interno às vítimas.

Essa identificação com o Outro embasa a escrevivência da autora e se impõe enquanto diferencial de relevo no âmbito da tentativa comparativista aqui ensaiada. A ficção de Conceição Evaristo faz-se afro-brasileira não apenas pela temática do negro ou pela cor da pele da autora, mas, sobretudo, pela perspectiva que embasa suas opções estéticas e, consequentemente, a linguagem que utiliza e os encaminhamentos dados aos enredos. A instância da autoria, tão questionada nas últimas décadas, ganha relevo na escrevivência – texto ancorado na memória individual e coletiva – e isto desde que os escravizados lançaram suas primeiras reflexões no papel, ainda no século XVIII, a exemplo da poesia de Phillis Wheatley (1753-1784) e da prosa de Olaudah Equiano (1745-1797).

No caso de Evaristo, a narrativa de imediato remete o leitor ao universo feminino e negro ao qual a autora se vincula, postura esta demarcada desde 1990, quando publica o poema-manifesto "Vozes mulheres", no número 13 de *Cadernos Negros*. Ao contrário da escrita de Rubem Fonseca, que não receio chamar de falocêntrica, seus textos explicitam uma voz feminina que se deseja coro irmanado à consciência crítica de muitas outras. E tal afinidade termina por dar um formato específico à representação da violência, aí inclusos os romances. Não se trata de privilegiar a brutalidade ou o erotismo enquanto objetos de consumo de olhos masculinos em busca de entretenimento. A autora vale-se da ficção para dialogar com o feminismo negro contemporâneo, mas também com as demandas de outras gerações de mulheres exploradas e silenciadas num cotidiano de violência. E o faz, todavia, "sem perder a ternura" que marca seu olhar de mãe e de companheira.

Para Constância Lima Duarte (2014), a escrevivência de Evaristo tem "a força de um soco", justamente por trazer para o texto um olhar poético sobre a experiência da subalternidade capaz de articular a "ficção-verdade" com uma visada lírica. Para ela, os contos "só confirmam a coerência da opção estética da escritora que, mesmo em cenas de extrema degradação humana não perde o equilíbrio entre a sugestão de estados líricos e a intenção documental." (2014, p. 190) E prossegue: "escrever a existência" implica o desafio de "transcender o biográfico", desafio que "está na base" de uma escrita "comprometida com a história coletiva." (2014, p. 197)

No final de "Quantos filhos Natalina teve", a jovem estuprada se vinga matando o agressor, ao mesmo tempo em que decide ter e criar o resultado desta que será sua quarta gravidez. A cena é o ponto culminante de uma série de eventos em que a maternidade indesejada devido à falta de preparo e de informação revela a violência sistêmica que se abate sobre a mulher negra e/ou pobre. Todavia, num país em que o senso comum racista faz dela mero objeto de prazer, a personagem de Conceição Evaristo mostra-se desde o início como sujeito que enfrenta as situações adversas para superá-las e não titubeia em descartar os filhos e companheiros indesejados. Ao final, predomina mais uma vez a vontade feminina e a personagem irá então criar aquele filho "concebido nos frágeis limites da vida e da morte", mas que será só seu. (EVARISTO, 2014, p. 50).

Tópicos relativos à maternidade e à paternidade fazem-se presentes em quase todas as narrativas da autora, o mesmo acontecendo com a problematização das relações entre pais, mães, filhas e filhos. Tal recorrência cumpre objetivos desconstrutores implícitos ao projeto da literatura afro-brasileira. E visa ressignificar a imagem da mulher afrodescendente, em geral rebaixada a corpo desejável e disponível para o sexo sem compromissos ou consequências para os homens. Desse estereótipo, bem sabemos, deriva a imagem da mulher sexy e estéril que habita enredos consagrados na literatura brasileira.

Publicado em 2011, *Insubmissas lágrimas de mulheres* reúne treze contos, também intitulados com nomes próprios femininos, o que até pode dar à coletânea o sentido de inusitada paródia do Ela e outras mulheres, de Rubem Fonseca, publicado cinco anos antes, por adotar procedimento semelhante. E aqui Evaristo volta às histórias de violência e desamparo que se abatem sobre a mulher brasileira situada na base da pirâmide social, especialmente sobre as que trazem na pele os resquícios da desumanização e do trabalho forçado. Empenhada em inscrever suas vozes/mulheres, a autora constrói um foco narrativo uno e, ao mesmo tempo, múltiplo, no qual a condução dos enredos apenas transita pela narradora pronta a ouvir os relatos das sobreviventes – a quem chama de suas "iguais" –, e que logo tomam a palavra. Assim fazendo, Evaristo deixa à mostra outro ponto de convergência com as literaturas da diáspora africana nas Américas, ao recuperar pela ficção o papel das antigas *griottes*, mulheres sábias, guardiãs da memória comunitária, que são referência para escritoras negras do passado e do presente.

Em *Insubmissas lágrimas* voltam os dramas brutais, como o do sequestro da pequena Maria do Rosário aos sete anos, que remete a novos métodos de escravização, ainda presentes, mas diluídos no *fait divers* do noticiário policial. E voltam as várias formas de agressão doméstica, em que despontam maridos ciumentos e agressivos, além do pai pedófilo, estuprador da própria filha, em seguida justiçado pela companheira. De Aramides Florença a Regina Anastácia, os contos-mulheres de Conceição Evaristo encenam a crueldade, a meu ver sem transformá-la em mercadoria.

Pode-se argumentar que tais narrativas recaem num novo estereótipo: o da mulher-vítima, porém vitoriosa, que tudo supera. Nessa linha, estaria a autora idealizando heroínas para um público-alvo praticamente desprovido de referências negras na mídia? Os cadáveres de Maria, Ana Davenga e Duzu--Querença apontam noutra direção e polemizam com essa leitura. A resiliência é representada fortemente em Insubmissas lágrimas de mulheres. Pode-se dizer que está na base de muitas das personagens que sobrevivem para mais tarde contar seus infortúnios. Questionada a respeito, a autora recorre à história da mulher na diáspora africana nas Américas para argumentar que só aquelas fortes o bastante para resistir ao estado de desumanização a que foram submetidas sobreviveram para narrar a experiência que as transformou em mercadoria. Alude ainda à força da mulher subalterna ontem e hoje, a trabalhar sem descanso para, muitas vezes abandonada pelo companheiro, construir no dia a dia a própria sobrevivência e a dos filhos. Para Conceição Evaristo, a mulher resiliente é um ser histórico, fruto da diáspora, e não um estereótipo romanesco.

Todavia, o aficionado de Rubem Fonseca – ou de suas epígonas Patrícia Melo e Ana Paula Maia – poderá enxergar ainda na prosa poética de Evaristo sentimentalismos ou exageros próprios do melodrama, acusando nisso concessões a uma plateia habituada a cenas lacrimejantes. Em suas narrativas, as lágrimas de fato existem: nas mulheres, nos homens, nos títulos e mesmo em momentos de prazer. Mas esse choro remete quase sempre à violência cotidiana em suas manifestações simbólicas e físicas. Os recursos empregados e a construção como um todo vão além do melodrama, embora possam dele se aproximar. A festa de aniversário de Ana Davenga termina em massacre e Maria é linchada pelos pacatos cidadãos que com ela se dirigem ao subúrbio carioca. O pecado de Ana foi amar um bandido. E o de Maria ter um dia amado o assaltante do ônibus em que viajava, pai de um de seus filhos.

Folhetinesco ou não, esse "exagero" está em homologia com as dimensões gritantes das estatísticas brasileiras da violência, com mais de cinquenta mil assassinatos por ano, a vitimar uma grande maioria de jovens negros, muitos ainda na adolescência. Diferencia-se, no entanto, do "brutalismo" fonsequiano, centrado apenas na ação espetaculosa. Ao penetrar na intimidade das vítimas – sejam elas mulheres, crianças ou homens – para perscrutá-la e expor seus desejos e frustrações, Conceição Evaristo vai além da ação e dos *coups de theâtre*, pois devota a seus personagens um respeito que não se vê na "literatura negra" acostumada à exploração da violência pela violência. Um respeito que nasce de dentro, da identificação com o Outro e com a sua humanidade.

REFERÊNCIAS

BOSI, Alfredo. Situação e formas do conto brasileiro contemporâneo. In: BOSI, A. (Org.) *O conto brasileiro contemporâneo*. São Paulo: Cultrix, 2008.

CRUZ, Adélcio de Sousa. *Narrativas contemporâneas da violência*: Fernando Bonassi, Paulo Lins, Ferrez. Rio de Janeiro: 7 Letras, 2012.

EVARISTO, Conceição. "Vozes mulheres". In: QUILOMBHOJE (Org.). *Cadernos Negros 13*. São Paulo: Edição dos Autores, 1990.

EVARISTO, Conceição. "Di Lixão" e "Maria". In: QUILOMBHOJE (Org.). *Cadernos Negros 14*. São Paulo: Edição dos Autores, 1991.

EVARISTO, Conceição. *Insubmissas lágrimas de mulheres*. Belo Horizonte: Nandyala, 2011.

EVARISTO, Conceição. *Olhos d'água*. Rio de Janeiro: Pallas, 2014.

DUARTE, Constância Lima. Marcas da violência no corpo literário de Conceição Evaristo. In: OLIVEIRA, Marinyze P.; PEREIRA, Maurício M. S. P.; CARRASCOSA, Denise (Org.). *Cartografias da subalternidade*: diálogos no eixo sul-sul. Salvador: EDUFBA, 2014.

FONSECA, Rubem. *Feliz ano novo*. Rio de Janeiro: Artenova, 1975.

FONSECA, Rubem. *Romance negro e outras histórias*. São Paulo: Companhia das Letras, 1992.

FONSECA, Rubem. *Ela e outras mulheres*. São Paulo: Companhia das Letras, 2006.

CONCEIÇÃO EVARISTO E PAULINA CHIZIANE: PELA DESCONSTRUÇÃO SOCIAL DA VIOLÊNCIA

Maria Inês de Moraes Marreco

> *As escritoras afro-americanas, muitas delas oriundas do Movimento dos Direitos Civis dos anos 1960, trouxeram, além de arte e poesia, garra, estratégia e visão política para suas obras literárias, transformando-se numa força arrebatadora que há quase trinta anos não para de crescer. Em poemas, contos, romances e ensaios demonstradores de rara sensibilidade no domínio da palavra, tal literatura aponta, em vários sentidos, para uma geração em busca da identidade perdida, traduzindo a hoje tão debatida* **quest for selfhood** – *tema central em obras modernas e contemporâneas.*
> (SALGUEIRO, 1999, p.140)

Na aceitação plena do pensamento de Salgueiro, este trabalho pretende fazer uma análise dos discursos da vitimização da mulher, como força de uma estrutura social da violência, tomando como base os contos: "Quantos filhos Natalina teve?", de Conceição Evaristo[1] e "As cicatrizes do amor", de Paulina Chiziane,[2] pensando no entre-lugar onde se entrelaçam os estudos culturais e as ciências humanas. Entretanto, para que tais vozes sejam ouvidas com maior amplitude cabe-nos acrescentar às afro-americanas, as afro-brasileiras, introjetando a esta análise, a nossa realidade.

---

[1] Poeta, contista, ensaísta e romancista, nasceu em Belo Horizonte, Minas Gerais, em 1946. Reside no Rio de Janeiro desde 1973. Graduada em Letras pela UFRJ, mestre em Literatura Brasileira pela PUC/RJ, doutora em Literatura Comparada, pela UFF. Publicou: *Ponciá Vicêncio*, 2003, *Becos da memória*, 2006, *Insubmissas lágrimas de mulheres*, 2011, entre outros.

[2] Paulina Chiziane nasceu em Manjacaze, Moçambique, em 1955. Prosadora, cursou linguística em Maputo. É autora do primeiro romance de uma mulher moçambicana. Publicou: *Baladas do amor ao vento*, 1990; *Ventos do apocalipse*, 1995 e *O sétimo juramento*, 1999, *O alegre canto da perdiz*, 2008 e *Niketche. Uma história de poligamia*, 2002 entre outros. Sua participação na Feira de Frankfut tornou-a conhecida internacionalmente.

Uma construção cultural que apresenta a masculinidade como representação da individualidade e a feminilidade como representação da alteridade, só pode nos trazer o emblema da noite e a ostentação do sinal da escuridão. Espancamentos, estupros, feminicídios, relatos de agressão e homicídios, são constantes do nosso cotidiano. Todos os dias, mulheres, jovens e meninas são submetidas a alguma forma de violência no Brasil e no mundo. Violência sistêmica, como manifestação extrema das desigualdades historicamente construídas e que se sedimentam como "naturais" no senso comum. Cito Ban Ki-moon, quando Secretário Geral da Organização das Nações Unidas: "A violência contra as mulheres ainda acontece todos os dias em todos os países. Temos que entender as causas e saber o que fazer para elimina-la. Pôr fim à violência contra mulheres e meninas é um dos mais importantes objetivos deste século".

Enamoradas pela literatura, Conceição Evaristo e Paulina Chiziane reuniram, nos contos supra citados, violência, paixão e vergonha, onde puseram carne e sensualidade em cada palavra para falar da liberdade de escolha e da sociedade baseada no autoritarismo patriarcal. Porém, nesses contos, onde nada sobra e nada falta, também há a marca da imaginação, da arte de amar e da oralidade. Senhoras de linguagem extremamente elaborada, dotada da riqueza estilística dos poemas, as escritoras entreteceram seus textos não só de imaginação, arte e oralidade, como também da literatura do cotidiano das relações familiares.

Não é um tema cômodo. Tentar um olhar lavado e desnublado, verdadeiramente "racional" sobre os contos de Conceição Evaristo e Paulina Chiziane. Não só pelas temáticas, como também pelos estilos, tão sujeitos a suscitarem subjetivismos e preconceitos. Há uma crítica ideológica, e/ou sempre uma crítica tingida de ideologia. É um tema rico, mas confuso e muitas vezes abordado sem serenidade, podendo descambar para a polêmica, para a vulgaridade ou para o equívoco. Mas há também a possibilidade que se revela sedutora para quem pensa, e, sobretudo, quer pensar livremente, na ventura de existir um olhar fora da função banalizadora do olhar crítico.

Não objetivamos captar o ser ou a essência destes contos, nem julgá-los numa Balança de Minerva inexistente, e sim, levantar alguns problemas de suma importância em si mesmos, instigando polêmicas. Aproximadas pela violência, pelo abandono, pela dor e pela raça, Natalina e Maria, personagens de Evaristo e Chiziane, se definem pela voz da mulher obstinada, das que não se deixam levar pela força do poder, do preconceito e da discriminação, uma voz feminina ouvida para denunciar a vitimização da mulher. Maria, em hebraico, significa senhora, soberana. Nome que indica serenidade, força vital e vontade de viver. Natalina (Natal), uma pessoa que cedo ou tarde revela personalidade marcada pela força de vontade e pela determinação. Talvez, nessas significações, as autoras buscaram inspiração para definir suas personagens.

Nos contos aqui estudados, os significantes: voz, corpo e memória, tecem e entretecem a narrativa com fios de uma linguagem que se quer presente em cada expressão, em cada gesto, em cada face. Em "Quantos filhos Natalina teve?", de Conceição Evaristo, a protagonista era menina pobre, morava no morro com os pais e seis irmãs. A trajetória de cada gravidez é exposta pela marca da vitimização de sua condição social. A primeira foi aos treze anos. Ela não queria o filho, tentou o aborto com chás, mas em vão. Somando à tentativa frustrada, teve medo da parteira que a mãe conhecia. Fugiu. Assim, quando a criança nasceu, a enfermeira do hospital quis levá-la e Natalina saiu da maternidade com as mãos vazias: "Uma enfermeira quis o menino. A menina-mãe saiu leve e vazia do hospital. E era como se ela tivesse ganhado uma boneca que não desejasse e cedesse o brinquedo para alguém que quisesse". (EVARISTO, 1999, p.23) A segunda gravidez foi também sem querer. E, apesar do pai da criança ter ficado feliz e ter querido formar uma família, Natalina não estava preparada para assumir tal responsabilidade:

> Quando Toinzinho nasceu, ela e o Tonho já haviam acertado tudo. Ela gostava dele, mas não queria ficar morando com ele. Tonho chorou muito e voltou para a terra dele, sem nunca entender a recusa de Natalina diante do que ele julgava ser o modo de uma mulher ser feliz. Um barraco, um homem, um filho... Voltou levando consigo o filho que Natalina não quis. (EVARISTO, 1999, p.24)

No interior dessa estrutura podemos encontrar o nível da circularidade, qualidade do que volta ao ponto de partida, estabelecido pela sociedade patriarcal.

Um fato que está relacionado a outros fatos: barraco/homem/filho, como uma espiral que vai se afunilando e/ou se abrindo sempre mais. Uma circularidade que se cumpre: casa/marido/filho/casa/marido/filho, numa eterna volta, verdadeira ilustração do círculo humano, excluindo dessa dinâmica a própria realização da mulher.

Mas, para que compreendamos o todo a partir do individual e o individual a partir do todo, recorramos à teoria de Gadamer:

> A tarefa é ir ampliando a unidade de sentido compreendido em círculos concêntricos. O critério correspondente para a justeza da compreensão é sempre a concordância de cada particularidade com o todo. Se não houver tal concordância, significa que a compreensão malogrou. (GADAMER, 2006, p.386)

Ao falar do envolvimento circular, observaremos que a hermenêutica se apoia nas situações em que o homem encadeia pensamentos por intermédio da palavra. Assim, a linguagem confunde-se com o próprio pensamento. Na visão heideggeriana a existência do círculo é um fato inexorável, mesmo que o resultado da compreensão fique encurralado no problema final do "onde o início?", "onde o fim?" da dialética filosófica. Portanto, não nos preocupemos com a busca de subjetividade do autor do texto ou do autor do discurso, mas sim na persecução da coisa em si, a respeito da qual o texto ou o discurso fala.

Para Pierre Bourdieu:

> As injunções continuadas, silenciosas e invisíveis que o mundo sexualmente hierarquizado no qual elas são lançadas lhes dirige, preparam as mulheres, ao menos tanto quanto os explícitos apelos à ordem, a aceitar como evidentes, naturais e inquestionáveis prescrições e proscrições arbitrárias que, inscritas na ordem das coisas, imprimem-se insensivelmente na ordem dos corpos. (BOURDIEU, 2007, p.71)

Nas injunções citadas, Natalina aceitou, como natural, ser barriga de aluguel. Sua terceira gravidez fez parte do rol das "inquestionáveis prescrições e proscrições arbitrárias" inscritas na ordem das coisas. Trabalhava como empregada doméstica e os patrões não podiam ter filhos. Ela, então, concordou em emprestar a eles, sua fertilidade. Mais uma vez a circularidade: sexo/barriga/filho, como Uróboro, a serpente que morde a própria cauda, simbolizando um ciclo de evolução encerrado nela mesmo. Uróboro, significando a união de dois princípios opostos a saber: o céu e a terra, o bem e o mal, o dia e a noite, e, porque não, o homem e a mulher; o círculo emblemático da perfeição. Ao morder sua própria cauda, cinge, literalmente, os mundos humano e divino, assegurando-lhes coesão e garantindo-lhes solidez, numa forma de muralha.

Finalmente, a quarta gravidez, semente do estupro gerador do filho que Natalina, verdadeiramente, amará. Gravidez essa causada pela dupla violência: a do estupro e a da morte do estuprador. Desta vez Natalina não se sentia em dívida com ninguém. Nada devia ao prazer da descoberta de sua sexualidade com Bilico, à inteireza de Tonho, nem à vergonha de ter se condoído de uma mulher que almejava sentir o útero se abrir e não conseguia. Essa barriga tinha um preço, ela também havia pago, "com uma moeda bem valiosa", por esse filho. "E haveria de ensinar para ele que a vida é viver e é morrer. E gerar e é matar" (EVARISTO, 1999, p.27).

Maria, a personagem de Paulina Chiziane, filha de família tradicional, foi obrigada a enfrentar o peso da tradição, quando, além da proibição de casar-se com o homem que amava, foi abandonada por ele, grávida e expulsa de casa 15 dias após o nascimento da filha. O mergulho nos costumes do universo de Moçambique leva a personagem à evocação das tradições e ao sofrimento impingido pelas regras da sociedade. Sua voz se fará ouvida para denunciar a vitimização da mulher africana, numa narração temporal que focaliza acontecimentos do passado, num relato de consciência. A história se desenrola a partir de uma notícia num jornal velho: "- Veja isto comadre. Duas crianças abandonadas pelas mães. [...]/- O que lhes aconteceu?/- Alguém as deitou fora. As mulheres estão doidas" (CHIZIANE, 1994, p.129).

Instaura-se a revelação do preconceito e as consequências de seus aspectos negativos, a mulher é sempre responsabilizada, mesmo quando seus erros poderiam ter respaldo no desespero. Mesmo confessando a dor do abandono do homem amado, a peregrinação de uma viagem desesperada ao Sul da África para encontrar esse homem, as dificuldades que enfrentou com uma criança recém-nascida e com febre e sua obstinada luta para não desistir. Ela arca sozinha com o abandono do homem e a manutenção da filha.

O conto se assemelha a uma roda de conversa onde a escrita tenta reproduzir as performances da enunciação oral de uma história comum em Moçambique. Paulina Chiziane transpõe toda a história de Maria, guardada por muitos anos, por meio de um narrador onisciente, que, ao transitar por todos os lugares, por todas as personagens, por todas as vozes, relativiza os acontecimentos na voz da protagonista. De um lado, Natalina e Maria, as personagens de Evaristo e Chiziane fulguram como exemplos da vitimização da mulher: vítimas da ignorância social, vítimas do terror de não saberem como enfrentar as dificuldade da criação de um filho, vítimas da vergonha de ter emprestado sua fertilidade a outra, vítimas da violência, do desrespeito, da força do poder, e, finalmente, vítimas do medo da morte.

Do outro, paradoxalmente e contrariando as expectativas, elas não se deixam vestir pelo papel de vítimas, elas invertem seus destinos. Não se deixam conduzir pelos caminhos da aceitação: lutam contra o aborto, a imposição de um casamento conveniente, não se deixam intimidar pela força bruta, reagem com as mesmas armas que lhes são impostas. Natalina mata o homem que a violentou: "O tiro foi certeiro e tão próximo que Natalina pensou estar se matando também" (EVARISTO, 1999, p.28); Maria conta que caiu nas mãos de uma farsante que a obrigava a trabalhar com ameaças de denuncia por violação da fronteira: "Antídoto para vigarice: vigarice e meia", (CHIZIANE, 1994, p.133), e, que para conseguir fugir, roubou-lhe todos os valores.

Natalina e Maria acordam para a vida e contestam as estruturas que lhes são impostas pelo sistema patriarcal, tomam posse de si por meio da construção de suas autoestimas e identidades, trazendo à luz a voz das minorias sexuais, a voz dos corpos que querem ter razão sobre suas almas. Concordo com Maria Nazareth Fonseca na afirmativa de que: "Isto caracteriza uma enunciação em que o sujeito deixa de se ver como objeto e passa a assumir-se como dono do seu dizer" (FONSECA, 2002, p.193).Nos contos escolhidos, a narrativa nos dá a possibilidade de tornar audível a fala que muitas vezes é negada à mulher. Por exemplo, no relato de Maria, o narrador onisciente consegue descrever os sentimentos mais íntimos de sua personagem. Aparece então, uma inversão de narradores: Maria, de personagem secundária, passa a ser a protagonista da história que conta, e, a autora transforma-se numa observadora, cuja função não é agir, mas, descrever as coisas para que, seus leitores entendam que só a vida explica a vida. Tudo que nasce do cálculo ou da paixão tem sua razão de ser, justificando a própria circunstância do existir.

O relato de Maria demonstra a construção identitária e os processos necessários à reconstrução da condição feminina. Relato esse que denuncia não só as opressões sofridas pela personagem, mas também por relevante número de mulheres.Não precisamos mais ouvir que vivemos tempos difíceis para o sabermos: "O que aqui se conta, está a acontecer agora!, em qualquer parte do mundo". (CHIZIANE, 1994, p.130) Sentimos esses tempos nas experiências amargas da recorrência de episódios infelizes; passamos por um hoje, e já, esperamos ser brindados por outro amanhã. Jornais, revistas, noticiários e estatísticas são reveladores e cruéis. Manchetes como "Corredor da morte..." ou "Quando a violência entra pela janela", são repetitivas. Tanta repetição, ao longo do tempo, torna intuitiva a razoabilidade de se permitir a construção de previsões com considerável probabilidade de acertos. Podemos chamar a isso de "condição humana", mas somos obrigados a reconhecer que, podemos também vê-los como banalização de miséria humana, da insensibilidade e da criminalidade. A essa face sombria, noturna, de pesadelo, somam-se outras, as faces da incerteza, da ameaça, da incapacidade, do medo e do terror.

O medo que Natalina sentia por Sá Praxedes:

> Sá Praxedes, não! Ela morria de medo da velha. Diziam que ela comia meninos. As mulheres barrigudas entravam no barraco de Sá Praxedes, algumas, quando saíam, traziam nos braços as suas crianças, outras vinham de barriga, de braços e mãos vazias. Onde Sá Praxedes metia as crianças que ficavam lá dentro? Sá Praxedes, não. (EVARISTO, 1999, p.22)

Das tantas incertezas do desespero que povoavam Maria:

> Deus dos milagres! O que será de mim, sozinha, num país estranho, com uma criança morta nos braços? Ventre meu, abre-te, quero devolver este ser à sua origem. Apelo do desespero. [...] Chorava pelo amor que me fazia chorar; pela mãe terra que deixei; pelo casamento conveniente que recusei; pelo funeral digno que a minha filha teria, com lágrimas e cânticos, e eu, a visitar a sepultura, levando em cada dia um ramo de flores multicores bem aconchegadas ao peito, com poses de noiva que nunca fui. (CHIZIANE, 1994, p.130)

E tudo isso: "... por causa desse amor amargura, amor escravatura, que transtorna, que enfeitiça, fazendo do amante a sombra do amado" (CHIZIANE, 1994, p.129). O *"amor fati"* na concepção de Bourdieu, aquele que "assume a forma do amor marcado pelo destino" (BOURDIEU, 2007, p.129) Do amor de Maria pelo homem que o pai não aprovara e que, por isso, a abandonara. Do amor despreparado de Natalina por Bilico e pela vida. Mas, em compensação, somam-se a essas, as faces da coragem, da esperança, da responsabilidade, da justiça, do amor e da alegria. Nas protagonistas desses contos: a coragem da menina-mulher de fugir, a coragem de trocar o certo pelo duvidoso, de abandonar a casa na esperança de dias melhores: "Amarrei a capulana bem firme; com o bebê bem seguro nas costas, jurei: os empecilhos que obstam a minha estrada serão removidos pela minha mão" (CHIZIANE, 1994, p.130).

O que há de comum entre os contos de Conceição Evaristo e Paulina Chiziane? As autoras, pelas vozes de suas protagonistas, expressam a vontade de superação e o desnudamento, ao confessarem a vergonha de ter abandonado um filho, ou pelo menos, ter pensado em fazê-lo. Apontam para o desejo de contribuir para a compreensão da realidade feminina e, quem sabe, ajudar a definir novos caminhos. São mulheres e sentem as coisas como mulheres: "... a experiência interior de uma mulher negra, por razões sociais, nenhuma mulher branca ou homem, mesmo negro, tem". (MOTT, 1990, p.53).

Em suma, é entre o imenso espaço das possibilidades reais de construção de um mundo melhor e o espesso muro de tudo quanto nos limita, que se instala a cena do grande teatro da condição humana. Somos, ao mesmo tempo, o muito que podemos e o muitíssimo mais de que não somos capazes. As narrativas de

Conceição Evaristo e Paulina Chiziane abrangem não só a "história visível", segundo Ricardo Piglia, que tratam da vida e da morte, como também, o que está nas entrelinhas, na camada oculta do texto, ressaltam a violência, a covardia e as mazelas da opressão de classe, gênero e etnia.

Concluindo, pois, essa análise dos contos "Quantos filhos Natalina teve?" e "As cicatrizes do amor", observamos que, na fala das suas protagonistas é visível a força interior de cada uma delas diante dos revezes da vida. Elas agregam dignidade às suas personagens, trazendo sentimento de esperança. Lembrando Sasha Weitman: "O corte com a ordem comum não se realiza de um só golpe e de uma vez por todas."(BOURDIEU, 2007, p. 130), insisto na persistência do trabalho ininterrupto, incessante, para que possamos nos livrar da violência, tornando possível o milagre da não-violência, do reconhecimento mútuo, que, segundo Sartre, "justifica o próprio existir, tornando possíveis relações geradas pela felicidade de fazer feliz, de encontrar no encantamento do outro, e sobretudo no encantamento que ele suscita, razões inesgotáveis de maravilhar-se." (BOURDIEU, 2007, p. 131)

Temos ainda um longo caminho a percorrer: de tolerância, de respeito, de convivência. O verniz civilizado pode ser forte, mas tem ainda que endurecer muito mais, de forma a prezar a liberdade do outro. Não é fácil. São lutas para muito tempo ainda. A contemporaneidade integra em si muitos elementos de irracionalidade. Porém, não pensemos apenas no caso da mulher, mas também do desgraçado, do marginalizado, do pobre e do desempregado sem horizontes, como uma oportunidade para a solidariedade ativa. Hoje são eles. E o que nos garante que amanhã não seremos nós?

REFERÊNCIAS

BOURDIEU, Pierre. *A dominação masculina*. 5. ed. Trad.: Maria Helena Kühner. Rio de Janeiro: Bertrand Brasil, 2007.

CHEVALIER, Jean e GHEERBRANT, Alain. *Dicionário de símbolos*; (mitos, sonhos, costumes, gestos, formas, figuras, cores, números). 16. ed. Trad.: Vera da Costa e Silva ... [et al.]. Rio de Janeiro: José Olympio, 2001.

CHIZIANE, Paulina. As cicatrizes do amor. In: *O conto moçambicano*: da oralidade à escrita. ROSÁRIO, Lourenço do e GODINHO, Maria Luíza. (orgs.). Rio de Janeiro: Te Corá Editora, 1994.

DUARTE, Constância Lima. (Org.). *Mulheres em letras*: antologia de escritoras mineiras. Florianópolis: Editora Mulheres, 2008.

EVARISTO, Conceição. Quantos filhos Natalina teve? In: *Cadernos Negros* – Os melhores contos. N.22. São Paulo: Quilombhoje-Literatura, 1999.

FONSECA, Maria Nazareth Soares. Vozes em discordância na literatura afro-brasileira contemporânea. In: *Poéticas afro-brasileiras*. FIGUEIREDO, Maria do Carmo Lanna e FONSECA, Maria Nazareth Soares. (Orgs.). Belo Horizonte: Mazza: PUC Minas, 2002.

GADAMER, Hans Georg. *Estética y hermenéutica*. 3. ed. Trad.: Antonio Gomes Ramos. Madri: Tecnos, 2006.

MOTT, Maria Lúcia de Barros. Escritoras negras: buscando sua história. In: *A mulher na literatura*. Vol.III. GOTLIB, Nádia Battella. (Org.). Belo Horizonte: Imprensa da Universidade Federal de Minas Gerais, 1990.

SALGUEIRO, Maria Aparecida F. de A. Mulher, Literatura e poder: em foco, as escritoras afro-americanas contemporâneas. In: *Mulher e literatura* – VII Seminário Nacional. REIS, Lívia de Freitas, VIANNA, Lúcia Helena e PORTO, Maria Bernadete. (org.). Niterói, RJ: EdUFF, 1999.

O CORPO NEGRO EM CENA

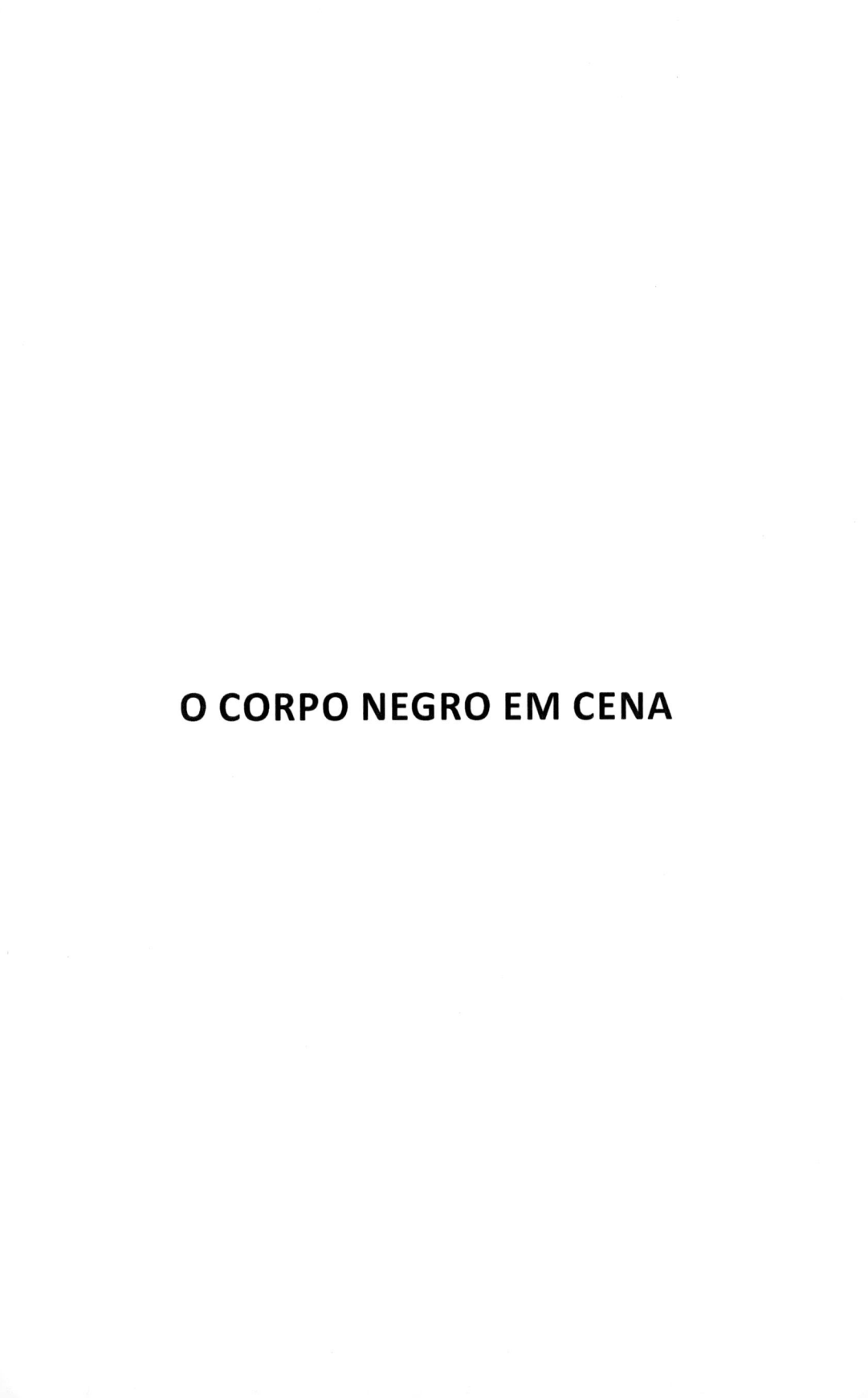

ALGUMAS PALAVRAS SOBRE A TESSITURA POÉTICA DE *OLHOS D`ÁGUA*[1]

Heloisa Toller Gomes

"Minha mãe sempre costurou a vida com fios de ferro"
C. Evaristo

As palavras acima, de uma personagem do conto "A gente combinamos de não morrer", fornecem contundente epígrafe para um comentário sobre *Olhos d'água*, esta nova coleção de contos de Conceição Evaristo. Trata-se de frase-chave que enfeixa o turbilhão de questões sociais e existenciais recorrentes na escrita da autora, a presidir sua construção ficcional e a reiterar a unidade temática.

Como antes em sua obra ficcional, poética, ensaística, Conceição ajusta o foco de interesse na população afro-brasileira abordando, sem meias palavras, a pobreza e a violência urbana que a acometem: "Ultimamente na favela tiroteios aconteciam com frequência e a qualquer hora", lemos em "Zaíta esqueceu de guardar os brinquedos".

Sem sentimentalismos facilitadores, mas sempre incorporando a tessitura poética à ficção, os contos de Conceição Evaristo apresentam uma significativa galeria de mulheres – Ana Davenga, a mendiga Duzu-Querença, Natalina, Luamanda, Cida, a menina Zaíta. Ou serão todas a mesma mulher, captada e recriada no caleidoscópio da literatura, em variados instantâneos da vida? Diferem elas em idade e em conjunturas de experiências mas compartilham

---

[1] Este texto foi inicialmente publicado como Prefácio a *Olhos d'água*, coletânea de contos de Conceição Evaristo (Rio de Janeiro: Pallas: Fundação Biblioteca Nacional, 2014).

da mesma vida de ferro, equilibrando-se na "frágil vara" que, lemos no conto "O Cooper de Cida", é a "corda bamba do tempo".

Na verdade, essa mulher de muitas faces é emblemática de milhões de brasileiras na sociedade de exclusões que é a nossa. Frágil vara, corda bamba, fios de ferro, ferro de passar, a dança das metáforas as enlaça, reconstruindo a vida de pessoas despossuídas a qual expressa, apesar de tudo, uma vitalidade própria que o texto de Conceição insiste em celebrar: "Era tudo tão doce, tão gozo, tão dor!", sintetiza "Ana Davenga". Os contos, assim, equilibram-se entre a afirmação e a negação, entre a denúncia e a celebração da vida, entre o nascimento e a morte: "Brevemente iria parir um filho. Um filho que fora concebido nos frágeis limites da vida e da morte." ("Quantos filhos Natalina teve?").

No livro estão presentes mães, muitas mães. E também filhas, avós, amantes, homens e mulheres – todos evocados em seus vínculos e dilemas sociais, sexuais, existenciais, numa pluralidade e vulnerabilidade que constituem a humana condição. Sem quaisquer idealizações, são aqui recriadas com firmeza e talento as duras condições enfrentadas pela comunidade afro-brasileira.

A abrangência de tal problemática ultrapassa, decerto, o mundo negro, assim como transcende o dia de hoje. Os contos, sempre fincados no fugidio presente, abarcam o passado e interrogam o futuro. Sintomaticamente, são muitos e diversos os velhos e as crianças que os habitam. O passado é inevitavelmente implacável, o futuro, em geral duvidoso, certas vezes inexoravelmente negado. É o caso, por exemplo, do pivete Lumbiá, ou do menino Lixão, nos contos que levam os seus nomes: "E [Lixão] foi se encolhendo, se enroscando até ganhar a posição de feto". A força simbólica de tal regressão física e emocional é de uma síntese irreparável.

Em seu percurso, o livro, além do mundo de mulheres e de meninos, incorpora homens como protagonistas (Quimbá, Ardoca), cuja perspectiva, ocasionalmente, passa a comandar a narração. Ouso dizer que o fluxo narrativo atinge o seu clímax no já citado "A Gente combinamos de não morrer" em que, pela primeira vez, diversos narradores encaminham a ação. Fragmenta-se uma univocidade feminina, por mais dispersa e múltipla que esta já fosse. A par disso, constata-se, num crescendo, um estilhaçar ficcional que o texto assume ao reduplicar a precariedade de seus personagens, para quem "às vezes a morte é leve como a poeira. E a vida se confunde com um pó branco qualquer". O conto implode a sua própria técnica narrativa. Em um verdadeiro avesso de apoteose, o texto ficcional, paradigmático da sociedade, também se pulveriza: "Alguém cantou a pedra e o segredo foi rompido. A desgraça vaza dos poros da terra. O mundo explode. Seres de mil mãos agarram tudo. Nada escapa." Atenção, leitor. É com você, é conosco, é com todos, que aqui se fala.

Mas a positividade textual prevalece, apesar de tudo. Uma positividade em que escrever é, certamente, "uma maneira de sangrar"; mas também de invocar e evocar vidas costuradas "com fios de ferro" – porém aqui preservadas com a persistente costura dos fios da ficção, em que também se almeja e se combina, incansavelmente, não decerto a imortalidade, mas a tenaz vitória humana, a cada geração, sobre a morte.

REFERÊNCIA

TOLLER, Heloisa. Prefácio. In: EVARISTO, Conceição. *Olhos d'água*. Contos. Rio de Janeiro: Pallas: Fundação Biblioteca Nacional, 2014.

CORPO E EROTISMO NOS CONTOS DE
OLHOS D'ÁGUA

Aline Alves Arruda

Na escuridão da noite
meu corpo igual
fere perigos
adivinha recados
assobios e tantãs
Conceição Evaristo

O elemento corpo é signo constante na obra da escritora Conceição Evaristo. Em seus poemas, contos e romances sempre percebemos a inscrição corporal poética com a força de sua literatura. É marcante, portanto, essa presença da pele negra corporificada em versos ou linhas que demarcam a literatura da escritora mineira. Na verdade o corpo é marca da escrita de literatura de autoria feminina, pois é ele fator de diferenciação dos sexos biológicos e levante político do feminismo.

Segundo Bordieu, em *A dominação masculina* (2007), "o mundo social constrói o corpo como realidade sexuada e como depositário de princípios de visão e de divisão sexualizantes" (p. 18). A nós é imposto, segundo o filósofo, uma divisão social de espaços sexualizados e o corpo, submetido a uma construção social, é usado para separação com justificação anatômica e como fundamento para a dominação masculina. Essa dominação, sabemos, é muito presente na literatura também e no que se refere ao corpo da mulher negra.

Muitas foram as personagens da literatura brasileira que confirmaram o estereótipo do corpo negro possuidor da sexualidade, especialmente o feminino; o corpo objeto. Eduardo de Assis Duarte (2009) afirma:

> Enquanto personagem, a mulher afrodescendente integra o arquivo da literatura brasileira desde seus começos. De Gregório de Matos Guerra a Jorge Amado e Guimarães Rosa, a personagem feminina oriunda da diáspora africana no Brasil tem lugar garantido, em especial, no que toca à representação estereotipada que une sensualidade e desrepressão. "Branca para casar, preta para trabalhar e a mulata para fornicar": assim a doxa patriarcal herdada dos tempos coloniais inscreve a figura da mulher presente no imaginário masculino brasileiro e a repassa à ficção e à poesia de inúmeros autores. (p. 6)

Portanto, além da visão estereotipada masculina, é posto sobre o corpo das mulheres negras a ótica racista, como o corpo erotizado das empregadas domésticas e mulatas. Segundo Lêda Martins (1996), o corpo da mulher negra "literariamente narrado, torna-se uma concha de onde ecoam as vozes narrativas que tecem a personagem feminina à revelia de seu próprio desejo" (p. 112).

A literatura de autoria negra, especialmente a escrita por mulheres, como a de Conceição, inverte essa visão estereotipada e insere a mulher como sujeito de seu corpo. É o que vemos nos versos do poema que serve de epígrafe deste trabalho, "Meu corpo igual", que a autora dedica à memória de Adão Ventura:

> Na escuridão da noite
> meu corpo igual
> fere perigos
> adivinha recados
> [...]
>
> Na escuridão igual
> meu corpo noite
> abre vulcânico
> a pele étnica
> que me reveste.

> Na escuridão da noite
> meu corpo igual,
> bóia lágrimas, oceânico,
> crivando buscas
> cravando sonhos
> aquilombando esperanças
> na escuridão da noite. (EVARISTO, 2008, p. 15)

Publicado inicialmente na coletânea *Cadernos Negros* 15, em 1992, o poema confirma a ideia do corpo negro literário inscrito politicamente. Elementos geralmente atribuídos a aspectos negativos e que mantêm relação com a negritude são deslocados para o sentido positivo, como é o caso da palavra "escuridão" e "noite". A ideia do "corpo igual" que guarda memória ancestral africana é tecida estrofe a estrofe, com o eu lírico "ferindo perigos", "adivinhando recados", "abrindo vulcânico", "crivando buscas" e "cravando sonhos". O "aquilombar" de esperanças feito pelo corpo igual fecha o poema para nos confirmar a ideia de resistência e de luta da memória coletiva negra. Embora de uma forma geral e não tão enfático quanto ao gênero, o poema já nos revela o que Conceição vai marcar incessantemente em sua obra: a inscrição étnica reveladora do corpo negro.

Em *Olhos d'água*, publicado em 2014, reunião de contos vencedora do Prêmio Jabuti em 2015, é possível perceber diversas vezes o erotismo presente na escrita corporal das histórias narradas. "Ana Davenga", um de seus mais lidos contos, nos apresenta a personagem título, esposa do traficante "dono" do morro, desejada e desejante. Como seu homem era líder de muitos, Ana, mesmo quando olhada por outros homens era digna de respeito, pois Davenga, marido dela, já havia ameaçado quem "bulisse" com a moça. O casal, no texto, é cercado por desejo:

> Um pouco que ela saía para buscar roupas no varal ou falar um tantinho com as amigas, quando voltava dava com ele, deitado na cama. Nuzinho. Bonito o Davenga vestido com a pele que Deus lhe deu. Uma pele negra, esticada, lisinha, brilhosa. Ela mal fechava a porta e se abria todinha para o seu homem. Davenga! Davenga! E aí acontecia o

que ela não entendia. Davenga que era tão grande, tão forte, mas tão menino, tinha o prazer banhado em lágrimas. Chorava feito criança. Soluçava, umedecia ela toda. Seu rosto, seu corpo, ficavam úmidos das lágrimas de Davenga (EVARISTO, 2014, p.23).

A personagem feminina é, além de desejada, dona de seus desejos. Não é apenas corpo-objeto, mas também sente prazer. Além disso, o homem é quem chora após o orgasmo, mostrando sensibilidade, contra a visão social tradicional que sempre revela o sexo masculino como despossuído de lágrimas e proibido de demonstrar sentimentos. Toda a bravura do temido traficante é posta de lado no momento do sexo com a mulher amada.

A cena em que Davenga e Ana se conhecem também é reveladora de um ponto de vista feminino e negro na escrita de Evaristo. Eles se conhecem em um samba e, ao ver a moça dançar, Davenga remete a imagem primeiro a uma dançarina africana e, depois, traz à memória sua ascendência feminina:

> Estava atento aos movimentos e à dança da mulher. Ela lhe lembrava uma bailarina nua, tal qual a que ele vira um dia no filme da televisão. A bailarina dançava livre, solta, na festa de uma aldeia africana [...]. aproximou-se e convidou-a para uma cerveja. Ela agradeceu. Estava com sede, queria água e deu-lhe um sorriso mais profundo ainda. Davenga se emocionou. Lembrou da mãe, das irmãs, das tias, das primas e até da avó, a velha Isolina (p. 25-26).

A voz narrativa, que sempre exalta o corpo de Ana, desta vez nos descreve os movimentos da protagonista mostrando a autoestima e tranquilidade com que a moça lida com seu corpo, ela dança com felicidade, também aceita a bebida que ele a oferece, com um largo sorriso, não é comedida ou "recatada". Enquanto isso, Davenga se aproxima dela, encantado e os movimentos de Ana o lembram das mulheres de sua família, evidenciando o respeito que ele tem pela mulher por quem acabou de se apaixonar.

Outros contos de *Olhos d'água* apresentam erotismo de diferentes e até inesperados modos. Em "Duzu-Querença", por exemplo, a personagem que dá nome ao conto descobre sua sexualidade de uma maneira difícil: ainda quando criança, foi com os pais para a cidade grande de trem, numa viagem semelhante à família Vicêncio do romance de Evaristo. Os pais a entregaram a uma cafetina, que empregava meninas do interior para trabalhos domésticos. A menina, sem entender direito, descobriu ali o sexo de maneira curiosa e antecipada, por si mesma, aceitando seus desejos e colocando em prática a erotização de maneira cruel:

> Duzu trabalhava muito. Ajudava na lavagem e na passagem da roupa. Era ela também quem fazia a limpeza dos quartos. A senhora tinha explicado a Duzu que batesse na porta sempre. Batesse forte e esperasse o pode entrar. Um dia Duzu esqueceu e foi entrando. A moça do quarto estava dormindo. Em cima dela dormia um homem. Duzu ficou confusa: por que aquele homem dormia em cima da moça? [...] e foi no entrar-entrando que Duzu viu várias vezes homens dormindo em cima das mulheres. Homens acordados em cima das mulheres. Homens mexendo em cima das mulheres. Homens trocando de lugar com as mulheres. Gostava de ver aquilo tudo. Em alguns quartos a menina era repreendida. Em outros, era bem-aceita. Houve até aquele quarto em que o homem lhe fez um carinho no rosto e foi abaixando a mão lentamente... (EVARISTO, 2014, p. 32-33)

É no "entrar-entrando", portanto, que Duzu descobre a sexualidade e a vive sem entender inicialmente e depois, faz dela seu trabalho. Apesar de gostar no início, de vivenciar com prazer o erotismo que a cercava, viveu momentos de horror presenciando a violência contra a mulher que acompanhava a profissão que exerce. Na página 35, o narrador nos diz que a personagem "habituou-se à morte como uma forma de vida", principalmente quando perde seu filho para a violência do tráfico. Erotismo e violência são entrelaçados no conto, revelando a face dura da experiência negra e feminina de mulheres como Duzu.

Em outro conto, o corpo de Natalina, personagem de "Quantos filhos Natalina teve?", é guardião de quatro filhos, mas apenas o quarto é seu. Natalina também descobre cedo o sexo, com seu namoradinho, com quem "brincava" quase todas as noites. Aos quatorze anos, a menina, para quem o sexo ainda não passava de descompromisso, também representa a personagem feminina que, liberta de culpa, descobre o próprio corpo: "Bilico, amigo de infância, crescera com ela. Os dois haviam descoberto juntos o corpo. Foi com ele que ela descobriu que, apesar de doer um pouco, o seu buraco abria e ali dentro cabia o prazer, cabia a alegria" (EVARISTO, 2014, p. 45). A segurança de Natalina sobre seu próprio corpo faz com que ela se recuse a abortar da primeira gravidez e novamente recuse o filho da segunda, pois embora o pai da criança quisesse constituir família com ela, "ela não queria ficar com ninguém. Não queria família alguma. Não queria filho" (p. 46). Fugindo das pressões sociais que nos envolvem, Natalina se mostra mesmo sujeito de sua história, de seu corpo e de sua sexualidade, por isso não entende porque a patroa e o patrão, pais de seu terceiro filho, queria tanto um bebê. Ao se deitar com o homem para realizar a vontade do casal, ela faz apenas como favor, era o momento do "prazer comedido" (p. 47). O filho real de Natalina, o quarto, aquele fruto de um estupro, de um momento de horror e dor, não de prazer, é que faz com que ela tome consciência e aceitação sobre a maternidade, sobre o corpo-mãe, como talvez dissesse o narrador de Evaristo. "Um filho que fora concebido nos frágeis limites da vida e da morte" (p. 50).

Essa descoberta do próprio corpo como lugar de identidade é representada em "Beijo na face" pela personagem Salinda, que está em plena descoberta do novo amor, quando o narrador nos apresenta a ela. Depois de viver um casamento atribulado, de violência e perseguição, a personagem, ainda com medo, nos é revelada no espelho, numa bonita cena final do conto, quando ela se contempla e enxerga do outro lado, sua semelhante, outra mulher: "Ambas aves fêmeas, ousadas mergulhadoras na própria profundeza. E cada vez que uma mergulhava na outra, o suave encontro de suas fendas-mulheres engravidava as duas de prazer. E o que parecia pouco, muito se tornava" (p. 57). A delicadeza e o lirismo com que a autora trata a cena do sexto entre duas mulheres nos revela mais uma vez o erotismo do corpo feminino de uma forma peculiar e nada estereotipada, distante dos rótulos e artificialidades com que o corpo feminino foi tantas vezes envolvido.

O último conto analisado, "Luamanda", confirma esse tratamento do corpo negro feminino já visto até aqui, novamente é a descoberta dele, do sexo ainda na adolescência, que o narrador de Conceição Evaristo no conduz através do lírico tratamento das palavras. A protagonista, na maturidade, volta à adolescência para lembrar, com nostalgia, de sua primeira vez, da quase mulher, com um também estreante menino: "E ambos se lambuzavam festivamente um no corpo do outro. Luamanda chorando de prazer. O gozo-dor entre as suas pernas lacrimevaginava no falo intumescido do macho menino, em sua vez primeira no corpo de uma mulher. O amor é terremoto?" (p. 60). A inversão da ordem das palavras na frase e o vocabulário inventado e inserido no contexto tão adequado reforçam a estética marcante do texto de Evaristo; "lacrimevaginar" vira verbo para descrever o pranto-gozo que já havia aparecido no conto "Ana Davenga".

A pergunta do final do parágrafo nos auxilia na conclusão desta análise. O abalo sísmico, usado como questionamento e ao mesmo tempo metáfora para o amor, é uma ótima comparação para o erotismo dos contos de Evaristo em *Olhos d'água*. Afinal, os estremecimentos da carne relatados nas histórias aqui exploradas revelam corpos femininos mais donos de si, refeitos de uma história que os anulou ou os apagou. Também nos mostram um corpo feminino negro vivente do erotismo e não explorado por ele.

REFERÊNCIAS

BOURDIEU, Pierre. *A dominação masculina*. 5. ed. Trad. Maria Helena Kühner. Rio de Janeiro: Bertrand Brasil, 2007. 160p.

DUARTE, Eduardo de Assis. Mulheres marcadas: literatura, gênero e etnicidade. *Terra Roxa e Outras Terras*: revista de estudos literários, v. 17A, dez. 2009. Disponível em: <http://www.uel.br/pos/letras/terraroxa/g_pdf/vol17A/TRvol17Aa.pdf>.

EVARISTO, Conceição. *Olhos d'água*. Rio de Janeiro: Pallas, Fundação Biblioteca Nacional, 2014.

EVARISTO, Conceição. *Poemas da recordação e outros movimentos*. Belo Horizonte: Nandyala, 2008.

MARTINS, Leda Maria. O feminino corpo da negrura. *Revista Aletria*, v. 4, p. 111-121, out. 1996.

REPRESENTAÇÕES FEMININAS EM "DUZU-QUERENÇA" E "OLHOS D'ÁGUA"[1]

Maria do Rosário Alves Pereira

Contemporâneo é aquele que recebe em pleno rosto o facho de trevas que provém do seu tempo.
Giorgio Agamben. *O que é o contemporâneo?*

Enfrentar a obscuridade do seu próprio tempo, no que se poderia considerar um ato de coragem e responsabilidade: esta é, para Giorgio Agamben, uma definição plausível para o termo "contemporâneo", limiar do "ainda não" do futuro e do "não mais" do passado. É sob a luz de tais considerações do filósofo italiano que selecionamos dois contos da escritora Conceição Evaristo para a formulação deste ensaio: "Duzu-Querença" e "Olhos d'água". Inicialmente, estes textos foram publicados na série *Cadernos Negros,* promovida pelo grupo Quilombhoje, que desde 1978 edita anualmente uma antologia de contos ou poemas, reunindo a produção literária de escritores afro-brasileiros, em sua maioria, pouco ou nada conhecidos do grande público leitor e da mídia. Em 2014, a editora Pallas publicou uma coletânea de contos de C. Evaristo intitulada *Olhos d'água,* a fim de congregar, em um mesmo volume, uma produção que permanecia esparsa.

Os contos selecionados neste trabalho apresentam fortemente uma perspectiva de classe, etnia e gênero, lançando novas luzes sobre a representação,

---

[1] Este texto é uma versão modificada de "Gênero e etnicidade na literatura de autoria feminina contemporânea", publicado na Revista *Em Tese,* v. 17, n. 2, 2011.

sobretudo, da mulher negra. Nas palavras de Heloisa Toller Gomes, em prefácio a *Olhos d'água*:

> Na verdade, essa mulher de muitas faces é emblemática de milhões de brasileiras na sociedade de exclusões que é a nossa. Frágil vara, corda bamba, fios de ferro, ferro de passar, a dança das metáforas as enlaça e reconstrói a vida de pessoas despossuídas a qual expressa, apesar de tudo, uma vitalidade própria que o texto de Conceição insiste em celebrar [...] Os contos, assim, equilibram-se entre a afirmação e a negação, entre a denúncia e a celebração da vida, entre o nascimento e a morte [...] (GOMES, 2014, p. 10)

O ponto de vista interno, da mulher afrodescendente que experimenta limitações sociais, de raça e sexistas, é algo premente na escrita de Evaristo, que transpõe para o papel sua *escrevivência* – conceito por ela cunhado e exaustivamente estudado na Academia, referente a *escrever a própria existência*, transcendendo o biográfico, e, a partir das experiências vividas e acumuladas, reconfigurá-lo literariamente.[2] Se é fato que a literatura não pretende ser um retrato fiel da sociedade, fato é também que ela não se mantém imune e impune à sociedade em que se cria (EVARISTO, 2009, p. 19).

No que diz respeito à autoria feminina, sabe-se que, devido a uma série de limitações histórico-culturais e à prevalência da *doxa* patriarcal, o ingresso das mulheres no mundo das letras é relativamente recente. Durante muito tempo subordinada às funções domésticas, a partir do século XX, sobretudo, a mulher amplia suas conquistas no âmbito pessoal, trabalhista e, consequentemente, aumenta sua participação cultural. Pululam escritoras no século XIX (e mesmo antes), inclusive escritoras negras. A perspectiva sob a qual certos temas são abordados, no entanto, é diferente. A violência, por exemplo, é mais simbólica no universo das escritoras brancas e mais contundente no das negras, que não se intimidam em retratar abortos, estupros etc. (cf. DUARTE, 2010), ainda que esses temas sejam retratados com lirismo muitas vezes. Para Heloisa Toller, a

---

[2] A chamada "crítica biográfica" tem se ocupado dessa perspectiva nos estudos literários.

produção cultural das escritoras negras constitui uma "formação discursiva",[3] no sentido de que se trata de "agrupamentos de textos que carregam em si pressupostos culturais semelhantes, discursivamente dados, marcados por conjunturas históricas específicas". Isso significa que há um tipo de "patrimônio comum" histórico-cultural que, em maior ou menor medida, vai permear os textos dessas escritoras.

Quanto à representação da mulher negra na literatura brasileira contemporânea, referendada pelo discurso canônico, prevalece a imagem da mulher "fogosa", que se presta a saciar a fome sexual masculina – sobretudo a mulata, já que, no que se refere à escrava, esta é retratada como "burro de carga", apta a qualquer tipo de trabalho pesado. Tais imagens, repetidas continuamente, ainda se perpetuam no imaginário social. O estereótipo funciona, assim, como principal estratégia discursiva para encobrir realidades e mascarar a verdadeira condição de muitas mulheres negras relegadas ainda à escravidão, a qual se manifesta sob diversas formas.

Na escrita de Evaristo, o que se nota, contudo, é um olhar perspicaz e nada estereotipado sobre a mulher negra. A importância da memória, tanto a coletiva quanto a individual, e da ancestralidade como modo de preservação e perpetuação de uma cultura são aspectos emblemáticos para se subverter aquilo que é dado como realidade incontestável.

Em "Duzu-Querença", tal subversão aparece quando se rompe com uma imagem glamourizada da prostituta, comumente representada sob uma forma sensualizada, com ares de sedução e mistério. Duzu chega ainda menina em um bordel, levada pelo pai, a quem Dona Esmeraldina, dona do estabelecimento, havia feito a promessa de que a menina poderia estudar na cidade grande. O tema da esperança perpassa o texto, já a partir daí: não é de má-fé que a menina é separada da família, passando a residir em outra cidade. O pai alimentava a ideia de que a garota ali pudesse ter um destino promissor. Essa expectativa não se concretiza, ainda que a menina fosse "caprichosa" e tivesse "cabeça para leitura". Após trabalhar como empregada doméstica, Duzu acaba se tornando prostituta.

---

[3] A estudiosa vale-se de expressão cunhada por Michel Foucault em *A arqueologia do saber*.

A violência acompanha a narrativa desde o princípio:

> Duzu lambeu os dedos gordurosos de comida, aproveitando os últimos bagos de arroz que tinham ficado presos debaixo de suas unhas sujas. Um homem passou e olhou para a mendiga, com uma expressão de asco. Ela devolveu um olhar de zombaria. (EVARISTO, 2014, p. 31)

É nesse lugar de indigência social que Duzu se dá a conhecer ao leitor, no primeiro parágrafo do conto. A narrativa, em terceira pessoa, utiliza o artifício do *flashback*, apresentando a trajetória de formação, por assim dizer, da protagonista.[4] Por suas reminiscências, o leitor conhece sua história.

O conto é permeado por um tom lírico, a bem dizer, um certo "brutalismo poético" já apontado largamente pela crítica na obra de Conceição Evaristo. Trata-se de uma linguagem concisa, mas densa de significados. Mesmo sentimentos de penúria, como a fome, são retratados poeticamente:

> Duzu olhou no fundo da lata, encontrando apenas o espaço vazio. Insistiu ainda. Diversas vezes levou a mão lá dentro e retornou com um imaginário alimento que jogava prazerosamente à boca. Quando se fartou deste sonho, arrotou satisfeita... (EVARISTO, 2014, p. 31)

A lembrança dos contatos com os primeiros homens também é narrada de um modo quase pueril, mediante a curiosidade juvenil que a impelia a entrar nos quartos da casa sem bater à porta, porque era "bonito", "era bom de olhar" homens e mulheres uns sobre os outros. Até que, certa feita, num dos quartos, o homem estava deitado sozinho, e a menina se torna mulher, rápida e instintivamente aprendendo a "dançar". Quando Dona Esmeraldina descobre, ordena que ela lhe devolva todo o dinheiro que havia ganhado. É então que se dá o processo de entendimento por parte da personagem:

---

[4] É comum falar-se em "romances de formação", ou seja, o conceito se aplica, em geral, a narrativas mais extensas: "A maioria dos estudiosos do *Bildungsroman* concorda que o que constitui o gênero é a presença de uma *Bildung*, a visão de mundo do protagonista, construída a partir de suas experiências e de suas reflexões sobre ela." (SCHWANTES, 2010, p. 195) Nestes termos, porém, considera-se possível estender o conceito para narrativas curtas.

> Duzu naquele momento entendeu o porquê do homem lhe dar dinheiro. Entendeu o porquê de tantas mulheres e de tantos quartos ali. Entendeu o porquê de nunca mais ter conseguido ver a sua mãe e o seu pai, e de nunca Dona Esmeraldina ter cumprido a promessa de deixá-la estudar. E entendeu também qual seria sua vida. É, ia ficar. Ia entrar-entrando sem saber quando e por que parar. (EVARISTO, 2014, p. 34)

Contrariamente ao estereótipo da mulher sexualizada que não procria, como Vidinha, de *Memórias de um sargento de milícias*, a representação feminina que se dá na linhagem afrodescendente da literatura é muito centrada na figura da mãe, por vezes forte e chefe de família. Duzu dá a luz a nove filhos, que se espalham pelo mundo, pelos morros, pelos becos. E cada filho lhe dá ao menos mais dois netos, dentre os quais três eram da sua predileção. Um, no entanto, Tático, cuja "cor vermelho-sangue já se derramava em sua vida", acaba por morrer, "apanhado de surpresa por um grupo inimigo" (2014, p. 34). Subentende-se que fora abatido pelo envolvimento com o tráfico de entorpecentes, adentrando desde cedo o mundo da violência, já que o menino possuía uma arma. Nesses destinos estilhaçados, vislumbra-se o próprio destino de negros e mestiços, fruto das más condições de vida, da falta de oportunidades. Querença, a neta amada, é o elo entre o passado e o futuro, e é nesta personagem que a temática da esperança esboçada no início do conto é recapturada pela escritora, pois a menina retomava "sonhos e desejos de tantos outros que já tinham ido..." (p. 34).

Num gesto desesperado de loucura, Duzu retorna ao morro onde havia morado com os filhos, pois era preciso "ludibriar a dor". A fantasia como fuga da realidade é também poetizada na escrita de Evaristo: em tempos de carnaval, ela começa a confeccionar uma fantasia com papéis brilhantes, e, no momento de sua morte, imagens de ancestrais africanos retornam:

> E foi escorregando brandamente em seus famintos sonhos que Duzu visualizou seguros plantios e fartas colheitas. [...] Faces dos ausentes retornavam. Vó Alafaia, Vô Kiliã, Tia Bambene, seu pai, sua mãe, seus filhos e netos. Menina Querença adiantava-se mais e mais. Sua imagem

> crescia, crescia. Duzu deslizava em visões e sonhos por um misterioso e eterno caminho... (EVARISTO, 2014, p. 36)

"Seguros plantios e fartas colheitas": Duzu entrevê um futuro melhor para sua neta, para seus descendentes negros, enfim. Quando a menina Querença fica sabendo da morte da avó, busca na memória o nome de parentes que nem havia conhecido. Aqui a memória individual cede lugar à coletiva, e a ancestralidade é símbolo de uma história repleta de lutas que remontam à escravidão africana, mas que podem, um dia, ser superadas:

> E foi no delírio da avó [...] que ela, Querença, haveria de sempre umedecer seus sonhos para que eles florescessem e se cumprissem vivos e reais. Era preciso reinventar a vida, encontrar novos caminhos. Não sabia ainda como. Estava estudando, ensinava as crianças menores da favela, participava do grupo de jovens da Associação de Moradores e do Grêmio da Escola. Intuía que tudo era muito pouco. A luta devia ser maior ainda. (EVARISTO, 2014, p. 36-37)

Essa luta por melhores condições de vida é ponto chave em boa parte dos textos literários afrodescendentes, e em "Olhos d'água" isso também está presente. A narrativa parte de uma indagação central que acompanha todos os movimentos da protagonista negra, narradora em primeira pessoa: "De que cor eram os olhos de minha mãe?" (EVARISTO, 2014, p. 15) A figura da matriarca se impõe: a partir da pergunta anterior, a narradora-personagem rememora sua infância difícil diante das misérias por que passavam. Também aqui é o recurso ao *flashback* que vai possibilitar ao leitor conhecer a história das personagens. Apesar dos problemas econômicos, emerge a imagem de uma mãe que fazia de tudo para que tais sofrimentos fossem minimizados, valendo-se, mais uma vez, do artifício da fantasia para ludibriar a fome: era nos dias em que não havia nada para comer que ela mais brincava com as crianças.

Para Chevalier e Gheerbrant, "o simbolismo da mãe [...] está ligado ao do mar [...], na medida em que eles são, ambos, receptáculos e matrizes da vida. O mar e a terra são símbolos do corpo materno." (CHEVALIER; GHEERBRANT,

2007, p. 580). Tal leitura simbólica é pertinente para a análise do conto em questão. Vejamos o trecho a seguir:

> Reconhecia a importância dela na minha vida, não só dela, mas de minhas tias e todas as mulheres de minha família. E também, já naquela época, eu entoava cantos de louvor a todas as nossas ancestrais, que desde a África vinham arando a terra da vida com suas próprias mãos, palavras e sangue. Não, eu não esqueço essas senhoras, nossas Yabás, donas de tantas sabedorias. (EVARISTO, 2014, p. 18)

A linhagem ancestral e feminina é matriz, é berço cultural, é criação, é vivência, é luta, esforço que se realiza "com as próprias mãos", e que se constrói por meio de ações (sangue) e palavras. Nos contos de Evaristo, esse traço parece ser sempre ressaltado.

Como não consegue mesmo se lembrar de que cor eram os olhos da mãe, a personagem, que havia ido embora de seu barraco – o morro também é quase sempre o cenário nos textos da escritora – e de sua cidade em busca de melhores condições de subsistência, resolve voltar para casa, como se cumprisse um ritual, para responder a sua inquietação. O retorno a sua cidade natal é a busca pelo resgate da própria descendência, da própria história, de sua identidade. Um deslocamento espacial que é também uma busca interior, pois ao redescobrir como eram os olhos de sua mãe, redescobria a si mesma, pois mãe e filha são como que espelhos, uma se reflete na outra, uma geração ecoa na outra:

> Sabem o que vi?
> Vi só lágrimas e lágrimas. [...] E só então compreendi. Minha mãe trazia, serenamente em si, águas correntezas. [...] A cor dos olhos de minha mãe era cor de olhos d'água. Águas de mamãe Oxum! Rios calmos, mas profundos e enganosos para quem contempla a vida apenas pela superfície. (EVARISTO, 2014, p. 18-19)

Comumente escuta-se dizer que "os olhos são a janela da alma". Entendamos melhor essa imagem:

> As metamorfoses do olhar não revelam somente quem olha; revelam também quem é olhado, tanto a si mesmo como ao observador. [...] O olhar aparece como símbolo e instrumento de uma revelação. Mais ainda, é um reator e um revelador recíproco de quem olha e de quem é olhado. O olhar de outrem é um espelho que reflete duas almas.
> (CHEVALIER; GHEERBRANT, 2007, p. 653)

A identificação, portanto, se dá pelo olhar. No conto em estudo, isso é ratificado ainda pelo desfecho, quando a narradora, tendo alcançado a cor dos olhos de sua mãe, tenta descobrir a cor dos olhos da filha. É esta, entretanto, quem lhe revela a chave de tudo, ao indagar: "Mãe, qual é a cor tão úmida de seus olhos?" (EVARISTO, 2014, p. 19) Ou seja, a narradora tinha os olhos tais quais os da mãe, neles se reproduzia toda uma história, toda uma descendência que se perpetua de geração para geração. A água é o elemento vital; o pranto é dor, mas é também resistência. Mais ainda: a mãe tinha os olhos de mamãe Oxum que, segundo a mitologia africana, era a deusa da fertilidade na Terra, e que, um dia, reagiu contra o jugo masculino. Reza a história que quando os orixás chegaram à Terra resolveram instaurar assembleias para decidir sobre o funcionamento geral das coisas, mas as mulheres foram proibidas de participar. Oxum, furiosa com essa determinação, tornou estéreis todas as mulheres, secando as fontes de águas, e consequentemente tornando a terra improdutiva. Os orixás então se viram obrigados a convidá-la para participar das reuniões, e enfim a fecundidade foi restaurada na Terra. Vale assinalar que em "Olhos d'água" a presença masculina é nula; há uma descendência de mulheres, os pais nunca aparecem.[5]

Identidade que resiste aos preconceitos e ao esquecimento: pode-se afirmar que nos textos aqui estudados essa questão persiste. Afinal, "a mulher negra tem muitas formas de estar no mundo" (WERNECK, 2014, p. 14) e, consequentemente, há inúmeras possibilidades de ser representada literariamente. No que se refere à escritora negra, as palavras de Heloisa Toller possibilitam uma reflexão acerca de seu papel: "A escrita (da mulher) negra é construtora de pontes. Entre o passado e o presente, pois tem traduzido, atualizado e transmutado em

---

[5] Em "Duzu-Querença" também não há uma presença masculina forte. Aliás, essa é uma característica da literatura negra de autoria feminina: dos 61 contos femininos publicados em *Cadernos Negros* até 2008, 55 têm mulheres como protagonistas (FIGUEIREDO, 2009, p. 17).

produção cultural o saber e a experiência de mulheres através das gerações." (GOMES, 2004, p. 13) Esta talvez seja a proposta central de escritoras como Conceição Evaristo, tão empenhada em apresentar múltiplas personagens negras e femininas: realizar um intercâmbio entre vivências passadas e presentes, conferindo novos contornos à sua história e à de seus antepassados.

REFERÊNCIAS

CHEVALIER, Jean; GHEERBRANT, Alain. *Dicionário de símbolos*: mitos, sonhos, costumes, gestos, formas, figuras, cores, números. 21. ed. Rio de Janeiro: José Olympio, 2007.

DUARTE, Constância Lima. Gênero e violência na literatura afro-brasileira. In: DUARTE, Constância Lima; DUARTE, Eduardo; ALEXANDRE, Marcos Antonio. *Falas do outro*. Belo Horizonte: Nandyala, 2010.

EVARISTO, Conceição. Duzu-Querença. In: _____. *Olhos d'água*. Rio de Janeiro: Pallas; Fundação Biblioteca Nacional, 2014.

EVARISTO, Conceição. Olhos d'água. In: _____. *Olhos d'água*. Rio de Janeiro: Pallas; Fundação Biblioteca Nacional, 2014.

FIGUEIREDO, Fernanda Rodrigues de. *A mulher negra nos Cadernos Negros*: autoria e representações. Dissertação (Mestrado em Letras) –, Faculdade de Letras, Universidade Federal de Minas Gerais, Belo Horizonte, 2009.

GOMES, Heloisa Toller. "Visíveis e invisíveis grades": vozes de mulheres na escrita afrodescendente contemporânea. *Caderno Espaço Feminino*, Uberlândia, EDUFU, v. 12, n. 15, p. 13-26, 2004. Disponível em: <http://www.letras.ufmg.br/literafro/frame.htm>.

GOMES, Heloisa Toller. "Minha mãe sempre costurou a vida com fios de ferro." Prefácio. In: EVARISTO, Conceição. *Olhos d'água*. Rio de Janeiro: Pallas; Fundação Biblioteca Nacional, 2014.

MARTINS, Leda Maria. O feminino corpo da negrura. *Revista de Estudos de Literatura*, Belo Horizonte, v. 4, p. 111-121, 1996.

SCHWANTES, Cíntia. Narrativas de formação contemporânea: uma questão de gênero. In: DALCASTAGNÈ, Regina; LEAL, Virgínia Maria Vasconcelos. *Deslocamentos de gênero na narrativa brasileira contemporânea*. São Paulo: Horizonte, 2010.

WERNECK, Jurema. Introdução. In: EVARISTO, Conceição. *Olhos d'água*. Rio de Janeiro: Pallas; Fundação Biblioteca Nacional, 2014.

ANA (DAVENGA), TECELÃ DO AMOR

Imaculada Nascimento

Os apontamentos que se seguem partem de uma leitura do conto "Ana Davenga". Sobre o momento em que Davenga vê Ana pela primeira vez, comparo com uma ótima cena da literatura universal: em *Gradiva*, romance de Wilhelm Jensen, o jovem arqueólogo alemão Norbert Hanold se apaixonou por Gradiva quando a vê, em sonhos, andando pelas ruas de Pompeia, embora tenha visto apenas a escultura de uma jovem que dança e levanta a barra do seu traje mostrando o pé. Davenga é capturado pela imagem de Ana (do hebraico/latim "cheia de graça, graciosa"), quando a viu dançando em uma roda de samba. As duas emolduradas como num quadro: a imagem de um corpo e o erotismo de uma imagem. Ana "lhe lembrava uma bailarina nua, tal qual a que ele vira um dia no filme da televisão" (EVARISTO, 1998, p. 32), emoldurada pela telinha. Alguma coisa aguda acorda também o corpo de Davenga, meio adormecido naqueles dias em que andava com um temor no peito. Os homens andavam atrás dele.

Mulher idealizada naquelas que ele não via há muito tempo – a mãe, as irmãs, as tias, as primas e até a avó "a velha Isolina" – Ana mexia com alguma coisa lá dentro dele: "Ela lhe trazia saudades de um tempo paz, um tempo criança, um tempo Minas" (p. 38). De modo semelhante, Norberto, o arqueólogo, depois de um longo e complexo processo, percebe o deslocamento que fizera de um amor da infância por Zoe Bertgang para a Gradiva da estatueta. Havia associado a menina à figura idealizada que o fascina, deslocando seus sentimentos da estatueta para Zoe, a mulher que reencontra.

Ana adotou o sobrenome dele e foi morar com aquele que "tinha o coração de Deus, mas, invocado, era o próprio diabo [...] Desde aquele dia, ficou para sempre no barraco e na vida de Davenga". (p. 38). Andava por ali com cuidado, como se pisasse em ovos, não em tapete de flores, pois "sabia dos riscos que corria ao lado dele, mas achava também que qualquer vida era um risco e o risco maior era tentar não viver" (EVARISTO, 1998, p. 31). Respeitada como a mulher do líder, cujo barraco era uma espécie de quartel-general, ardilosamente desconhecia os correlatos assuntos. Bonita, sensual, porém mulher do chefe, os homens haviam aprendido a olhá-la, "buscando não perceber a vida e as delícias que explodiam por todo o seu corpo" (p. 31), irmã que "povoava os sonhos incestuosos dos homens comparsas dos delitos e dos crimes de Davenga" (p. 31),

Sua história e seu *locus* identitário não é original: antes dela, houve muitas. E ainda há. E haverá. Entretanto, a forma de contar muitas vezes diverge:

> As batidas na porta ecoaram como um prenúncio de samba. O coração de Ana Davenga naquela quase meia-noite, tão aflito, apaziguou um pouco. Tudo era paz, então, uma relativa paz. Deu um salto da cama e abriu a porta. Todos entraram menos o seu. Os homens cercaram Ana Davenga. As mulheres, ouvindo o movimento vindo do barraco de Ana foram também. De repente, naquele minúsculo espaço coube o mundo. (p. 31.).

Nesse excerto, a voz narrativa parece sussurrar. Quase com medo. Paira, nesse murmúrio, um quê de prenúncio catastrófico qual um tremor de água dentro de um cristal, como diria Júlio Cortazar em *Valise de Cronópio* (1974, p. 147). Naquele minúsculo espaço onde, de repente coube o mundo, caberá também toda a história de Ana Davenga. O tremor de água ao qual Cortázar se refere quando reflete sobre um grande conto, além de fugaz é também permanente porque faz parte da essência da água. Cortázar enfatiza também a imagem, "síntese viva e também sintetizada" (1974, p. 150) de um ótimo conto. Todo um tempo longo, toda uma história de vida se encerra no barraco de Davenga, quartel-general onde ele tudo decidia. Tempo-espaço, tempo cronológico.

No vértice do triângulo linguagem, obra, literatura – para usar a imagem de Foucault – passa aquele "minúsculo espaço" onde coube o mundo, onde tudo aconteceu, a ponte entre o leitor e Ana Davenga. Uma ponte, entretanto, que beira um abismo. A linguagem inicial do conto conduz a esse *beirabismo*: as batidas na porta, o horário (quase meia-noite), o coração de Ana tão aflito, relativa paz, um salto da cama, o abrir da porta, todos entraram (menos o seu), os homens cercaram Ana e "de repente".

Na escrita do conto, um volume se adensa transformado em um corpo literário, paradoxalmente enigmático enquanto murmúrio, grito e palavras silenciadas pelo medo. Aqui, nesse espessamento da linguagem – por meio do qual defino o *beirabismo* – o leitor ausenta-se de sua realidade, envolvendo-se no desenrolar das cenas. O texto, imagético, não se apresenta como uma fotografia. Uma foto é um instante vivo, presa de uma imagem significativa de um tempo histórico. Em Ana Davenga, a imagem rola – expandindo-se – no espaço de tempo da narrativa, lapso de tempo muito mais longo que a própria história em curso:

> As crianças, havia umas que de longe, e às vezes de perto, acompanhavam as façanhas do pai. Algumas seguiriam pelas mesmas trilhas. Outras, quem sabe, traçariam caminhos diferentes? E o filho dela com Davenga, que caminho faria? Ah, isso pertence ao futuro. Só que o futuro ali chegava rápido. O tempo de crescer era breve. O de matar ou morrer chegava breve, também. (p. 39).

Essencialmente, além do tempo breve da vida das pessoas nessa trilha, não posso deixar de observar três importantes elementos que se entrelaçam em "Ana Davenga": mulher a tecer o amor, mulher a fazer o amor, mulher a esperar, de seu homem, o amor. Evaristo tece, com muita habilidade, um fino tecido. Em Roland Barthes vamos encontrar esse que julgo ser o fio condutor de sua trama:

> Historicamente, o discurso da ausência é sustentado pela Mulher: a Mulher é sedentária, o Homem é caçador, viajante, a mulher é fiel (ela espera), o homem é conquistador (navega e aborda). É a mulher que dá forma à ausência: ela tece e ela canta; as tecelãs, as "chansons de toile"[1] e dizem ao mesmo tempo a imobilidade (pelo ronrom do tear)

---

[1] Canções das tecelãs da Idade Média.

e a ausência (ao longe, ritmos de viagem, vagas marinhas, cavalgadas). (BARTHES, 1988, p. 27-28).

Barthes nos diz, nesse excerto de *Fragmentos de um discurso amoroso*, sobre a paciência feminina no amor: a mulher é aquela que dá forma à ausência. Ana Davenga assim procedia. Esperava, na ausência: "Nos tempos em que ficava fora de casa, eram os companheiros dele que, através das mulheres, lhe traziam o sustento. Ela não estranhava nada. [...] Davenga às vezes falava do regresso ou não" (p. 38).

A partir do seu nome – Ana Davenga – um som, uma ressonância na repetição insistente da vogal "a" – amor, amado, ausência – como se a espera constante pelo seu homem fosse marcada por um tempo cadenciado, como um relógio a marcar as longas horas sozinha no barraco. Observa-se que algo ressoa forte durante a narrativa. Já no primeiro parágrafo, as frases são curtas, incisivas e transmitem a sensação de um coração batendo forte, em grande expectativa.

A cada passo, cada sequência, espera-se que algo trágico seja informado na sequência seguinte. Já nesse primeiro parágrafo, somos tomados por um *não-sei-o-quê* angustiante, reforçado pelo uso do vocábulo "prenúncio", embora essa palavra não "pré-anuncie" sempre desgraças. A expectativa cresce em uma frase e diminui em outra, mantendo o leitor tenso como uma corda tão esticada que, ao ser tocada, mal treme: "Tudo era paz então, uma relativa paz." (p. 31). Ao ler esse trecho, o leitor relaxa para, em seguida, ficar novamente tenso, pois Ana deu um salto da cama e todos entraram, menos o seu homem. A angústia é grande. O espaço exíguo de tempo age como um elástico imaginário: esticado e bruscamente solto, ou como aquele movimento fugaz do tremor da água dentro de um cristal.

E assim vai, por todo o primeiro parágrafo, aumentando a tensão e a expectativa, que permanecem às vezes mais, outras vezes menos em todo o texto, porém sempre. O manejo do tempo por meio da linguagem faz com que leiamos mais rápido ainda frases que já são bem curtas: "Tudo paz, na medida do possível." (p. 31)

O texto é limpo de detalhes. Não há descrição do ambiente, apenas curtas referências. Os personagens nos são apresentados, carregados de denúncias como exclusões sociais, o isolamento de determinadas classes, o ambiente das favelas, sua condição social, violência, cultura, vida em comunidade e outras mais. Ana Davenga traz-nos várias questões que permeiam a mulher em nossa sociedade, tais como: ter que se engajar, submetendo-se para não ser excluída: "Ela não sabia onde eles estavam na vida de Davenga. Teria de amá-los ou odiá-los." (p. 32); estar em segundo plano com relação aos homens, ser objetalizada: "Os companheiros de Davenga olhavam Ana com ciúme, cobiça e desconfiança." (p. 31); submeter-se à violência quanto ao direito e propriedade da mulher, cultura não só da favela: "[...] qualquer um que bulisse com ela haveria de morrer nas mãos dele sangrando feito porco capado." (p. 31); aceitar a condição de subalterna: "[...] o barraco de Davenga", onde Ana "era cega, surda e muda no que se referia a assuntos deles" (p. 31).

Em uma ocasião, uma amante de Davenga, uma moça de uma igreja protestante, muito cristã, filha de pastor, porém obcecada por sexo, foi por ele assassinada porque não quis morar em seu barraco na favela. Interessante observar também o nome da moça: Maria Agonia. Ele sentiu-se usado, numa situação inversa ao que em geral acontece em nossa sociedade, na qual é a mulher que se sente "usada". Como macho, Davenga não pode suportar.

> Um dia ele se encheu. Propôs que ela subisse o morro e ficasse com ele. Corresse com ele todos os perigos. Deixasse a Bíblia, deixasse tudo. Maria Agonia reagiu. Vê só, se ela, crente, filha de pastor, instruída, iria deixar tudo e morar com um marginal, com um bandido? Davenga se revoltou. Ah! Então era isso? Só prazer? Só o gostoso? Só aquilo na cama? Saiu dali era novamente a Bíblia?

> Dias depois, a seguinte manchete apareceu nos jornais: "Filha de pastor apareceu nua e toda perfurada de balas. Tinha ao lado do corpo uma Bíblia. A moça cultivava o hábito de visitar os presídios para levar a palavra de Deus." (p.39).

Todo o texto traz denúncias, principalmente das condições desfavoráveis de existência nas favelas, a discriminação da mulher e a violência cotidiana. A frieza mordaz e irônica surge na voz de Davenga durante um assalto, após roubar tudo de um homem: "– Não, doutor, a cueca não! Sua cueca não! Sei lá se o senhor tem alguma doença ou se tá com o cu sujo!" (p. 35).

Por outro lado, é interessante observar a exaltação ou certo orgulho da personagem pela cor de sua própria pele e do seu companheiro: "Bonito o Davenga vestido com a pele que Deus lhe deu. Uma pele negra, esticada, lisinha, brilhosa." (p. 3).

Paradoxalmente, a mulher mostra também seu lado sonhador, seu lado tecelã que dá voz à ausência quando descreve, com grande sensibilidade e de maneira singular, a intimidade sexual, o modo de amar daquele homem cruel, durão e assassino:

> Davenga, que era tão grande, tão forte, mas tão menino, tinha o prazer banhado em lágrimas. Chorava feito criança, soluçava, umedecia ela toda. Seu rosto, seu corpo ficavam unidos das lágrimas de Davenga. [...] Nada restava a fazer, a não ser enxugar o gozo-pranto de seu homem. (p. 3).

Em sua condição de mulher – ser humano – Ana podia fazer escolhas. Propõe-se, entretanto, apenas a amar aquele homem, como e quando ele quisesse ou pudesse. Apesar de muitos medos desenvolvidos a partir da sociedade preconceituosa, não tem medo do amor. Sua entrega era total, sabedora da condição desse amor, do qual já trazia um fruto na barriga: um filho que não sabia que futuro atribuir, ou se teria. A voz reflexiva do narrador onisciente questionava o futuro: "Distinguiu vozes pequenas e havia as crianças. Ana Davenga alisou a barriga. Lá dentro estava a sua, bem pequena, bem sonho ainda. [...] E o filho dela com Davenga, que caminho faria?" (p. 39).

E este homem, que era também capaz de gestos inesperados, lhe fez uma surpresa, ajudado pelos amigos. O momento em que todos entraram no barraco, deixando-a apreensiva, havia sido combinado.

> – Davenga, que festa é esta? Por que isto tudo?
> – Mulher, tá pancada? Parece que bebe? Esqueceu da vida? Esqueceu de você?

> Não, Ana Davenga não havia esquecido, mas também não sabia por que lembrar. Era a primeira vez na vida, uma festa de aniversário. (p. 34).

Há, no momento curto da descrição da festa, uma trégua na angústia do leitor. Apenas uma trégua, não uma quebra, porque a autora mantém algo em suspense, com muita maestria, manejando o rumo dos acontecimentos:

> Ana estava feliz. Só Davenga mesmo para fazer aquilo. E ela, tão viciada na dor, fizera dos momentos que antecederam a alegria maior um profundo sofrimento. Davenga está ali, na cama, vestido com aquela pele negra, brilhante, lisa, que Deus lhe dera. Ela também, nua. Era tão bom ficar se tocando primeiro. (p. 40).

O clima, até a metade desse último parágrafo, continua como em todo o conto: sugestivo de um aumento constante da tensão sexual a cada frase, porém, esse é o momento mais crítico da narrativa:

> Já estavam para explodir um no outro, quando a porta abriu violentamente e dois policiais entraram de arma em punho. Mandaram que Davenga vestisse rápido e não bancasse o engraçadinho, porque o barraco estava cercado. Outro policial do lado de fora empurrou a janela de madeira. (p. 41)

Ana leva a mão ao ventre como a proteger o filho: de fêmea no cio, transforma-se bruscamente em cadela protegendo seu osso. E isto, dito de uma forma tão bela pela voz narradora, que contrasta com a violência da cena: "pequena semente, quase sonho ainda." É um momento tão bem caracterizado, tão delicado, assim como outros no conto, carregado de romance, de poesia. O gesto do abraço ao ventre parece realizar, por um momento, o sonho de união total.

> Davenga vestiu a calça lentamente. Ele sabia estar vencido. E agora, o que valia a vida? O que valia a morte? Ir para a prisão, nunca! A arma estava ali, debaixo da camisa que ele ia pegar agora. Poderia pegar as

> duas juntas. Sabia que este gesto significaria a morte. Se Ana sobrevivesse à guerra, quem sabe teria outro destino? (p. 41)

O invisível. O impossível. Ana, a bailarina cheia de graça de suas lembranças. É sobre esses abismos que Davenga lança um último olhar, na tentativa de se permitir entrever, inventar mesmo, no lugar do que já está morto, uma outra cena, outra história. O olhar de Davenga, entretanto, desde sempre foi mortífero e desvanecedor como o de Orfeu.

> Os noticiários depois lamentavam a morte de um dos policiais a serviço. Na favela, os companheiros choravam a morte do chefe e de Ana, que morrera ali na cama, metralhada, protegendo com as mãos um sonho de vida que ela trazia na barriga. (p. 41)

O último parágrafo é ambíguo, apesar de tudo, as palavras finais desenham um outro bordado, esperança de vida, ainda que de estranha e esgarçada urdidura:

> [...] ali na cama, metralhada, protegendo com as mãos um sonho de vida que ela trazia na barriga. Em uma garrafa de cerveja cheia de água, um botão de rosa, que Ana Davenga havia recebido de seu homem na festa primeira de seu aniversário, vinte e sete, se abria. (p. 41)

Proteger com as mãos um sonho de vida que ela trazia na barriga: "último anteparo ante o horror do Real",[2] um "véu de beleza", um feto, um filho, uma rosa – símbolo da beleza, mas também da fugacidade da vida.

Para Cortázar, o conto é um gênero de dificílima definição, gênero "tão secreto e dobrado sobre si mesmo, caracol da linguagem, irmão misterioso da poesia em outra dimensão do tempo literário" (1974, p.161). Assim é "Ana Davenga": uma prosa com ressonâncias poéticas, na qual a questão do ciclo da vida, da concepção, é envolvida pela aura erótica de uma mulher que ama e espera. O espaço da repercussão desse amor é oblíquo e se faz presente no corpo de Ana, no qual a mulher e a mãe, emblemáticas de um eterno feminino, estão reunidas numa roupagem perversa final, emoldurada pela porta onde entraram

---

[2] Refiro-me à elaboração lacaniana acerca da beleza na arte, desenvolvida em: LACAN. *Le seminaire. Livre VII. L'ethique de La psychanalyse.*

os policiais e pela janela de madeira onde outro enfiou a metralhadora apontando bem na direção da cama.

REFERÊNCIAS

BARTHES, Roland. *Fragmentos de um discurso amoroso*. 8. ed. Trad. Hortênsia dos Santos. Rio de Janeiro: Francisco Alves, 1988.

CORTAZAR, Júlio. Alguns aspectos do conto. In_____. *Valise de cronópio*. Trad. David Arrigucci Jr. e João Alexandre Barbosa. São Paulo: Perspectiva, 1974.p. 147-163.

EVARISTO, Conceição. Ana Davenga. In:QUILOMBHOJE. *Cadernos Negros*: os melhores contos. São Paulo: Quilombhoje, 1998.p. 31-41.

POR ENTRE OLHOS D'ÁGUA DE DOR, INDIFERENÇA E AMOR

Iêdo de Oliveira Paes[1]

Ah! se esse olho d'água filtrasse
A sentina do mundo e da minha alma
E o nojo e a lama lavasse
E o eco pagão aos meus ouvidos recordasse
Que o olho por onde eu vejo Deus
É o mesmo olho por onde Ele me vê
(Caetano Veloso e Wally Salomão)

Cada vez mais a literatura contemporânea de autoria feminina se reconfigura no cenário nacional e nos coloca diante de grandes escritoras que se projetam incessantemente por entre as veredas literárias, trazendo à baila as dores e os lamentos da contemporaneidade, verdadeiras porta-vozes do nosso inquietamento. Mergulhada em águas revoltas, sombrias e grotescas que rolam pelo curso d'água da vida, Conceição Evaristo é pródiga em nos colocar diante de cenários lúgubres, insalubres, trágicos... e de amor. Amores que ultrapassam as dimensões de afetividades, moralidades e ética para se sagrarem o lugar de enunciação do sujeito contemporâneo esmagado e tragado pela velocidade imediatista do discurso. Um curso d´água que corre pelas veredas da vida e nas encruzilhadas poético-narrativas de escritoras que mostram a si e a todos um incessante fio narrativo que abriga dores, perdas, desilusões e paixões frustradas e inacabadas.

---

[1] *Doutor em Letras, professor na Universidade Federal Rural de Pernambuco (UFRPE). Recife-PE.

Universo literário povoado por perdas, dor, ganhos, amor e incertezas, a autora evoca nas "escrevivências" as suas reminiscências numa consulta a um imaginário de um eterno jogo do claro-escuro, permeando os seus fios qual tecelã de um tapete que nunca acaba. É o curso da vida que a convoca numa espécie de remissão e, ao mesmo tempo, de cobranças. Peregrina de vielas (in) transitáveis, Conceição Evaristo carrega o carma de uma dor avassaladora que corta a garganta e dispara para o Alto a súplica em direção às esferas do sagrado: Saravá, mamãe Oxum! Salve as suas águas!. É a representação do "ser-estar-no--mundo" e o conviver na linha tênue e necessária da arte de escrever. Só a arte significa a salvação para essa caminhante das terras férteis do tablado literário. Em *Olhos d'água* (2014) selamos esse encontro com a grande metáfora da vida que escorre pelos olhos evaristianos. Uma verdadeira ladainha-prece que suplica e se mostra tão doce quanto Oxum:

> Vi só lágrimas e lágrimas. Entretanto, ela sorria feliz. Mas eram tantas lágrimas, que eu me perguntei se minha mãe tinha olhos ou rios caudalosos sobre a face. E só então compreendi. Minha mãe trazia, serenamente em si, águas correntezas. Por isso, prantos e prantos a enfeitar o seu rosto. A cor dos olhos de minha mãe era cor de olhos d'água. Águas de mamãe Oxum! Rios calmos, mas profundos e enganosos para quem contempla a vida apenas pela superfície. Sim, águas de Mamãe Oxum (p. 18-19).

A sensibilidade que perpassa em *Olhos d'água* é a força motriz que detona o tecido poético e romanesco. Conceição Evaristo para explodir os seus rompantes no processo criativo e único sob a perspectiva de verdadeira porta--voz de um mundo fragmentado, reitera a fluidez e a mobilidade líquida em que estamos mergulhados, trazendo para os espaços poético-narrativos a inteireza e a solidariedade de quem cinge na pele a dor do outro e dá voz ao sujeito que se encena e se enuncia para além das esferas literárias, permeando a leitura num eterno devir:

> Eu me lembrava também de algumas histórias da infância de minha mãe. Ela havia nascido em um lugar perdido no interior de Minas.

> Ali, as crianças andavam nuas até bem grandinhas. As meninas, assim que os seios começavam a brotar, ganhavam roupas antes dos meninos. Às vezes, as histórias da infância de minha mãe confundiam-se com as de minha própria infância. Lembro-me de que muitas vezes, quando a mãe cozinhava, da panela subia cheiro algum. Era como se cozinhasse, ali, apenas o nosso desesperado desejo de alimento. As labaredas, sob a água solitária que fervia na panela cheia de fome, pareciam debochar do vazio do estômago, ignorando nossas bocas infantis em que as línguas brincavam a salivar sonho de comida. E era justamente nesses dias de parco ou nenhum alimento que ela mais brincava com as filhas (EVARISTO, 2014, p. 16-17).

O texto Evaristo traz um imaginário produzido pelas águas turvas de um rio que se entrecruza com as nascentes do âmago de um sujeito fluido que se move para além das possibilidades e trava um duelo com as ciladas, com os desafios de um dia a dia pautado pela sobrevivência de sujeitos que se redescobrem nesse entre-lugar. O imaginário é um vetor-condutor que oportuniza as diversas análises pelos labirintos romanescos e poéticos empreendidos pelo sujeito que se lança e se projeta para além das camadas de imaginação, trazendo para o cotidiano a sua possível "verdade" plasmada dos fundos labirintos indecifráveis da (in)consciência humana. É salutar observarmos o que a pesquisadora e crítica Maria Zaira Turchi (2003) pontua numa análise perquiridora sobre o imaginário:

> Ao lado do semantismo do imaginário, Bachelard vai falar, ainda, no importante papel desempenhado pela assimilação subjetiva no encadeamento dos símbolos e de suas motivações. É a sensibilidade humana que serve de médium entre o mundo dos objetos e o dos sonhos (TURCHI, 2003, p. 23).

Através dos quinze "textos-escrevivências" evaristianos, encontramos Ana Davenga que carrega a metáfora maior da vida: o amor. Talvez represente a personagem que há em todas as favelas, em todos os becos da memória. Ana Davenga guarda em seu coração gente e felicidades. Assim como o seu barraco representa a casa-útero onde a vida passa intensamente. Ana é a representação do jogo dual vida x morte que carrega o seu pranto sufocado através da própria condição de existir, resistir e sucumbir num espaço demarcado pela indiferença e banalização do cotidiano.

> O barraco de Ana Davenga, como o seu coração, guardava gente e felicidades. Alguns se encostaram pelo pouco espaço do terreiro. Outros se amontoaram nos barracos vizinhos, por onde rolavam a cachaça, a cerveja e o mais e mais. Quando a madrugada afirmou, Davenga mandou que todos se retirassem, recomendando aos companheiros que ficassem alertas. Os noticiários depois lamentavam a morte de um dos policiais de serviço. Na favela, os companheiros de Davenga choravam a morte do chefe e de Ana, que morrera ali na cama, metralhada, protegendo com as mãos um sonho de vida que ela trazia na barriga (p. 29). [...]
> Em uma garrafa de cerveja cheia de água, um botão de rosa, que Ana Davenga havia recebido de seu homem, na festa primeira de seu aniversário, vinte e sete, se abria (p. 30).

Em Duzu-Querença encontramos a própria vida representada na indiferença e nas agruras de um ser que se constrói a partir de realidades diversas que jogam os sujeitos para as encruzilhadas do destino: "Duzu lambeu os dedos gordurosos de comida, aproveitando os últimos bagos de arroz que tinham ficado presos debaixo de suas unhas sujas" (p. 31).

Maria representa o cotidiano de tantas mulheres negras que são discriminadas e humilhadas. O calvário que é representado através do texto mostra uma inversão de intertextualidade bíblica flagrada na intenção autoral:

> Lincha! Lincha! Lincha! Maria punha sangue pela boca, pelo nariz e pelos ouvidos. A sacola havia arrebentado e as frutas rolavam pelo chão. [...] Quando o ônibus esvaziou, quando chegou a polícia, o corpo da mulher estava todo dilacerado, todo pisoteado. Maria queria tanto dizer ao filho que o pai havia mandado um abraço, um beijo, um carinho (p. 42).

É através dos olhos d'água e das mãos que conduzem as escrevivências que o leitor atravessa o território ficcional e o seu empirismo num eterno jogo dual. Elementos constitutivos que estabelecem a solidariedade autor-leitor. Jogo sedutor dos significantes a serviço do olhar que marca e decifra. De acordo com Barthes:

> [...] literatura não é um corpo ou uma série de obras nem mesmo um sector do comércio ou do ensino, mas o grafo complexo dos traços de uma prática: a prática de escrever. Eu viso com ela essencialmente o texto, quer dizer o tecido de significantes que constitui a obra, porque o texto é a própria nivelação da língua e é no interior da língua que a língua deve ser combatida, transviada: não pela mensagem, mas pelo jogo de palavras de que é teatro (1997, p. 18).

A fluidez da existência, tão enfática nos textos evaristianos, muitas vezes é traçada e confundida com seivas de mistérios, de morte e de dor. Regalias recorrentes no tecido literário cheio de surpresas em cada esquina poético-narrativa. Conceição Evaristo potencializa a Morte e as Águas em suas tessituras. Conforme Manfred Lurker (2003), "a morte é vista na teologia cristã em contextos cósmicos. Miséria, sofrimento e morte são castigos pelo desvio do homem de sua verdadeira vocação para o bem, portanto castigo pelo afastamento da bondade de Deus" (2003, p. 456). Sobre a água, Bachelard enfatiza que:

> A água não é apenas um grupo de imagens conhecidas numa contemplação errante, numa sequência de devaneios interrompidos, instantâneos; é um suporte de imagens e logo depois um aporte de imagens, um princípio que fundamente as imagens. A água torna-se assim, pouco a pouco, uma contemplação que se aprofunda, um elemento da imaginação materializante (2013, p. 12).

No tocante à fluidez, Bauman (2001) nos mostra que a efemeridade é um fator que se dispersa, derrete e escorre para que um novo significado possa ser retroalimentado nesse desejo incessante do sujeito que se movimenta na modernidade liquida em que estamos inseridos:

> Os fluidos se movem facilmente. Eles "fluem", "escorrem", "esvaem-se", "respingam", "transbordam", "vazam", "inundam", "borrifam", "pingam"; são "filtrados", "destilados"; diferentemente dos sólidos, não facilmente contidos – contornam certos obstáculos, dissolvem outros e invadem ou inundam seu caminho. Do encontro com sólidos emergem intactos, enquanto os sólidos que encontraram, se permanecem sólidos, são alterados – ficam molhados ou encharcados (BAUMAN, 2001, p. 8).

A malha textual em *Olhos d'água* só ratifica a necessidade do desejo potencializador de nos colocar diante de uma imagética de seres em busca de um caminho que muitas vezes se perdem no emaranhado labirinto atroz em que as tessituras literárias estão submersas. Para Homi K. Bhabha, por negociação, entende-se a inclusão ou intervenção de algo que assume um novo significado que ocorre no intervalo temporal, situado no entremeio do signo destituído de subjetividade, no domínio do inter-subjetivo (2003, p. 29-34); entende-se por conluio a existência de um segredo específico ou de uma conspiração, uma inquietação estranha (p. 266). As imagens e as tramas empreendidas pelas veredas poético-narrativas selam um pacto de negociação tanto com leitor quanto às personagens no que se refere à solidariedade das fronteiras tênues entre o estatuto da recriação que legitima o texto literário.

Caminharmos pelos territórios literários evaristianos é vislumbrar o que Zygmunt Bauman (1998) constatou ao percorrer os caminhos e descaminhos da pós-modernidade juntamente com a metáfora de Iuri Lotman ao evidenciar que "todas as águas se sustentarão dentro do mesmo leito do rio" (1998, p. 122). Há um discurso que perpassa os dois tecidos literários conduzido por vivências que se intertextualizam e tematizam os aspectos que lhes são recorrentes.

É no grande tabuleiro do destino que encontramos a Morte acenando para o encontro inevitável e solicitando uma interlocução. Para Manfred Lurker:

> A personificação da morte transforma uma falha das forças vitais em figura ativa, com a qual é possível dialogar, permitindo, assim, uma superação emocional da vivência da morte. Entre os gregos, o opositor da vida, Tânatos, aparece só em época mais recente e principalmente

nas camadas sociais inferiores, algumas vezes montado ou alado, impiedosamente estrangulando ou matando a pancadas suas vítimas. Não foi possível ao cristianismo desviar-se do terror da morte. O gênero gramatical da palavra morte decidia o sexo da personificação: entre os povos romanos, feminino; entre os germânicos, masculino (2003, p. 455).

Há um encontro firmado pelos olhares que desfilam em *Olhos d'água* numa eterna convocação para o duelo entre vida e Morte, pontuando um imaginário farto de representações que se superpõem às camadas narrativa e poética. Bachelard (2013) evidencia essas questões quando nos mostra que "Não há realidade antecedente à imagem literária. A imagem literária não veste uma imagem nua, não dá a palavra a uma imagem muda... A imagem literária é um explosivo" (2013, p. 78).

Observamos em Natalina a representação imagética de um desaguar, metaforizado num vômito que evidencia um desejo de banir toda a forma de culpa. É o sujeito que se enuncia e denuncia a sua dor:

> Não aguentava se ver estufando, estufando, pesada, inchada e aquele troço, aquela coisa mexendo dentro dela. Ficava com o coração cheio de ódio. Enjoava e vomitava muito durante quase toda a gravidez. Na terceira, vomitou até na hora do parto. Foi a pior gravidez de Natalina (p. 43).

Uma ironia e reflexão no tocante ao significado do próprio nome, Natalina também carrega a palavra NATAL, mesmo que não seja um nascimento, mas um estorvo que se solidariza com a sua dor. Um expurgo necessário para salvar-se de si mesma num ritual que extirpa o indesejável para se projetar, mais tarde, na sua verdadeira essência de mulher e mãe. Natalina representa várias faces de mulheres que se embrenham em tantos becos memorialísticos de um imaginário em que a vida se passa por vielas, esquinas, barracos-mocambos que acolhem o cotidiano-vida em forma de ninhos de atrocidades, desejos e lamentos.

Tema recorrente nas tessituras evaristianas, a Morte representa uma possibilidade de representação e enunciação do sujeito que não se cansa de encenar num eterno e dual jogo entre o existir e o fenecer. O grotesco também se infiltra pelas malhas evaristianas e não se solidariza com amenidades. A própria vida na tessitura em que emaranham as personagens não é abastecida com sutilezas. Vale sim o real, o nu, a crueza que se ilumina com a sua verdade em se mostrar sem subterfúgios e efemeridades. A finitude do ser humano nunca deixou de ser objeto de análise e assombros: Em *Maria e Zaíta esqueceu de guardar os brinquedos*, respectivamente contos que evidenciam esses "sustos literários", observamos a violência visceral compondo a sua melodia para a Senhora Morte:

Maria

Tudo foi tão rápido, tão breve, Maria tinha saudades de seu ex-homem. Por que estavam fazendo isso com ela? O homem havia segredado um abraço, um beijo, um carinho no filho. Ela precisava chegar em casa para transmitir o recado. Estavam todos armados com facas a laser que cortam até a vida. Quando o ônibus esvaziou, quando chegou a polícia, o corpo da mulher estava todo dilacerado, todo pisoteado (p. 42).

Zaíta esqueceu de guardar os brinquedos

Zaíta seguia distraída em sua preocupação. Mais um tiroteio começava. Uma criança, antes de fechar violentamente a janela, fez um sinal para que entrasse rápido em um barraco qualquer. Um dos contendores, ao notar a presença da menina, imitou o gesto feito pelo garoto, para que Zaíta procurasse abrigo. Ela procurava, entretanto, somente a sua figurinha-flor... Em meio ao tiroteio a menina ia. Balas, balas e balas desabrochavam como flores malditas, ervas daninhas suspensas no ar. Algumas fizeram círculos no corpo da menina. Daí um minuto tudo acabou. Homens armados sumiram pelos becos silenciosos, cegos e mudos. Cinco ou seis corpos, como o de Zaíta, jaziam no chão.
A outra menina seguia aflita à procura da irmã para lhe falar da figurinha-flor desaparecida. Como falar também da bonequinha negra destruída?
Os moradores do beco onde havia acontecido o tiroteio ignoravam os

> outros corpos e recolhiam só o da menina. Zaíta demorou um pouco para entender o que havia acontecido. E assim que se aproximou da irmã, gritou entre o desespero, a dor, o espanto e o medo:
> - Zaíta, você esqueceu de guardar os brinquedos! (p. 76).

Em Conceição Evaristo percebemos a naturalidade da mesa posta para recepcionar a Grande dama do destino, anfitriã de nossos medos, das nossas inquietações e das nossas dúvidas. A Morte é uma personagem que ronda as beiradas e transgride qualquer norma de calmaria. Nas encruzilhadas evaristianas não há como passar incólume pelas frestas dos barracos, becos e quartos-marquise. A certeza de que há um mundo paralelo de dor e amor traduz a dicotomia que se reconfigura em cada texto, na escritura que jamais emudece, pois estará sempre se reelaborando, inacabada – a própria vida. De acordo com Sheila Maluf (2005), em relação ao espaço, "Há casas que se constituem em verdadeiras clausuras, funcionando como símbolos da morte, abrigando personagens que, metaforicamente, revelam uma relação especular com a própria angústia da condição humana" (2005, p. 122). Em Conceição Evaristo não é diferente: transitamos por casas, barracos, ruas – moradas de dor, violência e também de amor, que carregam as angústias impregnadas nas paredes que suplicam gritos de vida, de renascimento e de afetividades.

Afetividades que encontramos em Luamanda, personagem que traduz poeticamente o sentido do amor na sua essência e pureza. Texto eivado de poesia, "Luamanda" se inscreve num estilo doce e sensual, qual Oxum, para uma demonstração tão delicada de carinho e pactos. São sujeitos que se entrecruzam numa eterna dança de sedução:

> Depois, tempos depois, Luamanda experimentava o amor em braços semelhantes aos seus. Os bicos dos seios dela roçando em outros intumescidos bicos. No primeiro instante, sentiu falta do encaixe, do membro que completava. Num ato de esquecimento, sua mão procurou algo ereto no corpo que estava diante do dela. Encontrou um falo ausente. Mas estava tão úmida, tão aquosa aquela superfície misteriosamente plana, tão aberta e igual a sua, que Luamanda afun-

dou-se em um doce e feminil carinho. E quando se sentiu coberta por pele, poros e pelos semelhantes aos seus, quando a sua igual dançou com leveza a dança-amor com ela, fendas de seu corpo foram fundidas nas femininas oferendas da outra. O amor se guarda só na ponta de um falo ou nasce também dos lábios vaginais de um coração de uma mulher para outra? (p. 61).

Para além dessas análises empreendidas e inacabadas, e sempre nos convocando para espreitar no grande tablado da vida, os estudos de autoria feminina firmam-se como um direcionamento para que possamos empreender considerações acerca do esteio poético-romanesco dessa escritora que traz a marca de vida como matéria para o cotidiano, grande argamassa que se projeta e se expande nos horizontes críticos literários, mergulhando nas recordações ancestrais que são evocadas com um saudosismo imagético do feminino que se ergue das profundezas poético-narrativas de Conceição Evaristo:

> Mas eu nunca esquecera a minha mãe. Reconhecia a importância dela na minha vida, não só dela, mas de minhas tias e de todas as mulheres de minha família. E também, já naquela época, eu entoava cantos de louvor a todas nossas ancestrais, que desde a África vinham arando a terra da vida com as suas próprias mãos, palavras e sangue. Não, eu não esqueço essas Senhoras, nossas Yabás, donas de tantas sabedorias (p. 18).

Um imaginário povoado por amores, dores e indiferenças norteia a tessitura de Olhos d'água, trazendo à baila a maestria de Conceição Evaristo numa reflexão executada com muita delicadeza, bordada pelas margens da vida no seu curso fluídico em que vidas se entrecruzam e carregam as suas verdades possíveis. Não importa o pacto e o conluio, mas a negociação com a vida.

REFERÊNCIAS

BAUMAN, Zygmunt. *O mal-estar da pós-modernidade*. Trad. Mauro Gama, Cláudia Martinelli Gama; revisão técnica Luís Carlos Fridmam. Rio de Janeiro: Jorge Zahar Ed., 1998.

BAUMAN, Zygmunt. *Modernidade líquida*. Trad. Plínio Dentzien. Rio de Janeiro: Jorge Zahar, 2001.

BACHELARD, Gaston. *A água e os sonhos*: ensaio sobre a imaginação da matéria. 2. ed. Trad. Antonio de Pádua Danesi. São Paulo: Editora WMF Martins Fontes, 2013.

BARTHES, Roland. *O prazer do texto*. 3. ed..Trad. J. Guinsburg. São Paulo: Perspectiva, 2002.

BARTHES, Roland. *Lição*. Lisboa: Edições 70, 1997.

BHABHA, Homi K. *O local da cultura*. Belo Horizonte: Editora UFMG, 2003.

CANDIDO, Antonio. *Literatura e sociedade*: estudos de teoria e história literária. 11. ed. Rio de Janeiro: Ouro sobre Azul, 2010.

COMPAGNON, Antoine. *O demônio da teoria*: literatura e senso comum. Belo Horizonte: Editora UFMG, 2003.

CULLER, Jonathan. *Teoria literária*: uma introdução. São Paulo: Beca, 1999.

DURAND, Gilbert. *As estruturas antropológicas do imaginário*: introdução à arquetipologia geral. Trad. Hélder Godinho. 3. ed. São Paulo: Martins Fontes, 2002.

EVARISTO, Conceição. *Olhos d'água*. Rio de Janeiro: Pallas: Fundação Biblioteca Nacional, 2014.

LURKER, Manfred. *Dicionário de simbologia*. Trad. Mario Krauss, Vera Barkow. 2. ed. São Paulo: Martins Fontes, 2003.

MALUF, Sheila Diab; AQUINO, Ricardo Bigi de. *Reflexões sobre a cena*. Maceió: EDUFAL, Salvador: EDUFBA, 2005.

TURCHI, Maria Zaira. *Literatura e antropologia do imaginário*. Brasília: Editora da Universidade de Brasília, 2003.

A REPRESENTAÇÃO DO "OUTRO" EM "OS AMORES DE KIMBÁ"

Adélcio de Sousa Cruz

Tratar da representação do Outro em textos literários, dramáticos ou ainda no cinema tem sido tarefa, ultimamente, além de desafiadora, muito profícua e complexa. Às vezes somos surpreendidos ora pela diversidade de personagens, ora pela escolha ainda conservadora no tocante às características relativas ao gênero, por parte de quem cria as narrativas. Conceição Evaristo decidiu por surpreender o público leitor, especialmente, àquele da literatura negra e/ou afro-brasileira. Qual a maneira de quebrar os estereótipos em relação à representação do Outro, especificamente, nesta literatura? É conhecida a trajetória das personagens femininas negras que ganharam outras nuances tais como profundidade psicológica que possibilita romper a barreira de mero objeto sexual ou ainda de força de trabalho, muitas vezes, gratuita. Há ainda, contudo, espaço para modificar as tintas que delineiam a masculinidade negra. Os escritores parecem não se arriscar a romper o lugar reservado e quase perpétuo da heterossexualidade não subalterna do homem negro, talvez ainda no intuito de tentar ocupar um espaço representacional quase sempre negado aos personagens negros e/ou afrodescendentes. Ou ainda como aponta Henry Louis Gates Jr. (1993, p. 230), a masculinidade negra é acusada de "cúmplice" do machismo branco, nas obras de escritoras negras tais como Michelle Wallace, Ntosake Shange e Alice Walker. No mesmo artigo, intitulado *The Black Man's Burden* (idem)[1], o crítico afro-americano levanta questões relativas não somente

---
[1] "O fardo do homem negro", em livre tradução.

à masculinidade negra, gênero e ainda opções estético-políticas de artistas, escritores e intelectuais negro(a)s.

Que homem negro é esse das narrativas de Evaristo? Vale recordar brevemente as personagens masculinas de Conceição Evaristo em *Ponciá Vicêncio* (2002) e no conto "Zaíta esqueceu de guardar os brinquedos" (2007a). Devo relembrar primeiramente as personagens do primeiro romance da escritora mineira, a começar pelo avô de Ponciá, não nomeado na narrativa, quase da mesma maneira que o marido da personagem. Interessante notar que a personagem feminina se pareça, segundo relatos de sua comunidade, ao avô. Já o seu marido, sem nome ou outra característica psicológica que possa delineá-lo de forma contundente, surge apenas de passagem no enredo, entretanto servindo como um dos diversos registros da violência masculina. Cabe ainda mencionar que a partir da falta de sensibilidade e incapacidade de diálogo do marido da personagem, tem-se o surgimento da violência doméstica, seguida do abandono e/ou desistência por parte do homem em relação à mulher.

As demais personagens masculinas que surgem durante o enredo são Luandi, irmão de Ponciá; o soldado Nestor e o negro Glicério. Curiosamente, eles representariam diferentes facetas sociais da masculinidade negra. O primeiro deles é um jovem do recém-chegado do interior do país a um grande centro urbano, exatamente na estação de trem, como acontece com a personagem Isaías Caminha. Luandi, por não possuir o mesmo background em educação formal que o adolescente do romance de Lima Barreto, possui menos expectativas em relação ao seu futuro. E ao deparar-se com o soldado Nestor, vê nessa profissão mais que uma ocupação econômica, mas um "lugar" mais efetivo de poder se comparado ao cargo de trabalhador rural... Já o soldado Nestor, não representa o típico papel cotidiano que se tem da polícia de uma metrópole. Ele possui uma rara consciência de seu pertencimento racial e de classe. Embora esta personagem seja autorizada pelo Estado a usar de violência, não a utiliza em nenhum momento de sua participação na narrativa, de modo que tal cena não aparece no texto de Conceição Evaristo, sendo por sua vez tão comum a outras personagens policiais – vale aqui lembrar àquelas presentes nos romances de Paulo Lins e de Rubem Fonseca.

Por fim, o negro Glicério, que ocupa as mistas funções de cafetão e "leão de chácara", nas quais ele não dispensa a violência como elemento de coerção. Quanto ao quesito gênero, há uma explicitação quanto a Luandi, que se apaixona pela jovem Bilisa – uma bela negra que está sob o jugo e "cuidados profissionais" de Glicério. A personagem se prostitui e não recebe nenhum julgamento moral por parte da voz narrativa[2] que costura o texto. Quanto a Glicério, há menção de suas cobranças por favores sexuais e o profundo sentimento de posse sobre as mulheres da região por ele dominada.

Passemos agora ao conto "Zaíta esqueceu de guardar os brinquedos" (EVARISTO, 2007a), no qual nenhuma das personagens masculinas – irmãos das meninas Zaíta e Naita – são nominadas a não ser por "o mais velho/primeiro" e "o mais novo/segundo". O espaço ficcional escolhido para a narrativa é semelhante àquele utilizado em "Os amores de Kimbá": a favela. Para que o público leitor possa comparar a representação destas personagens nos referidos textos, vejamos os fragmentos a seguir:

> A mãe de Zaíta estava cansada. Tinha trinta e quatro anos e quatro filhos. Os mais velhos já estavam homens. O mais velho estava no exército. Queria seguir carreira. O segundo também. (2007a, p. 36)
> [...]
> Um dia Zaíta viu que o irmão, o segundo, tinha olhos aflitos. Notou ainda quando ele pegou uma arma debaixo da poltrona em que dormia e saiu apressado de casa. Assim que a mãe chegou, Zaíta perguntou-lhe por que o irmão estava tão aflito e se a arma era de verdade. A mãe chamou a outra menina e perguntou se ela tinha visto alguma coisa. Não, Naita não tinha visto nada. Benícia recomendou então o silêncio. Que não perguntassem nada ao irmão. Zaíta percebeu que a voz da mãe tremia um pouco. De noite julgou ouvir alguns estampidos de bala bem ali perto. Logo depois escutou os passos apressados do irmão que entrava. (p. 36-37)
> [...]
> O irmão de Zaíta, o que não estava no exército mas queria seguir car-

---

[2] Utilizarei voz narrativa por desconfiar seriamente que, na maioria dos textos de Conceição Evaristo, temos "narradora" e não narrador.

reira, buscava outra forma e local de poder. Tinha um querer bem forte dentro do peito. Queria uma vida que valesse a pena. Uma vida farta, um caminho menos árduo e o bolso não vazio. Via os seus trabalharem e acumularem miséria no dia-a-dia. [...] Queria, pois, arrumar a vida de outra forma. Havia alguns que trabalhavam de outro modo e ficavam ricos. Era só insistir, só ter coragem. Só dominar o medo e ir adiante. Desde pequeno ele vinha acumulando experiências. Novo, ainda criança, a mãe nem desconfiava e ele já traçava seu caminho. (p. 38)

As características atribuídas pela voz narradora ao "irmão mais novo" de Zaíta são dadas a partir das ações descritas ou por ele executadas. Ao modo da literatura realista-naturalista do século XIX, esta personagem aparenta encontrar-se "prisioneira" de seus dilemas diários impostos pela costumeira desigualdade social e que, ao contrário de seus pais e de seu "irmão mais velho", decide optar por outro caminho. Tal escolha pode indicar a busca tanto para se impor economicamente quanto em termos de afirmação de sua masculinidade. Contudo, a este último atributo é conferido, dentre outras características de poder, o monopólio ou a exclusividade da violência, das bélicas atitudes. Este fator, por sua vez, no tocante às personagens negras masculinas serve como indicativo não de "potência" positiva, mas reaviva o estereótipo do "negro violento", já tão utilizado na literatura negrista[3]. Não é sem motivo que o texto também joga com a ambiguidade da palavra "carreira" – podendo significar tanto "profissão digna" quanto "marginalidade" – e da expressão "um querer bem forte dentro do peito", que pode bifurcar-se em "virtude" ou "descaminho". Na continuidade do último fragmento, a única outra característica que lhe é atribuída é a "agilidade" com a qual percorria os "becos" da favela. É gritante a diferença de afetividade apresentada por parte desta personagem em relação àqueles e àquelas ao seu redor, quando a comparamos com Luandi, soldado Nestor e Kimbá... Não há referência à vida amorosa ou nenhuma menção no tocante à religiosidade da personagem nomeada somente como "o segundo"...

Entretanto, qual é a mudança substancial em relação à representação da

---

[3] Cf. OLIVEIRA, Luiz Henrique Silva de. *Negrismo*. Belo Horizonte, Mazza Edições, 2014.

afetividade/sexualidade do homem negro presente no conto "Os amores de Kimbá"? No texto publicado em *Olhos d'água* (2014), temos mais um jovem negro da periferia de uma grande cidade sendo apresentado aos olhos-leitores da seguinte forma:

> Chuva na favela era um inferno. O barro e a bosta se confundiam. Os becos se tornavam escorregadios. As crianças e os cachorros se comprimiam dentro de casa. As mães passavam o dia inteiro gritando para que os Zezinhos se sossegassem. Antes, ele fora um também Zezinho. Kimbá foi o apelido que um amigo rico, viajado por outras terras, lhe dera. O amigo notou a semelhança dele com alguém que ele havia deixado na Nigéria. Então, para matar as saudades que sentia do amigo africano rebatizou Zezinho com o nome do outro. O brasileiro seria o Kimbá. Zezinho gostou mais do apelido do que do próprio nome. Sentiu-se mais em casa com a nova nomeação.
> [...] Gostava do mais velho. Coitadinho do Raimundo! Sempre bêbado e sempre querendo mais e mais cachaça. Observou a imobilidade do outro e riu de sua própria agilidade, de seus movimentos sem direção, sem alvo certo. Levantou, e de pé sentiu melhor o seu corpo. Era alto. Espichando o braço ultrapassava o telhado. Ficou uns segundos gozando o prazer que seu tamanho lhe dava. Sabia-se alto. Sabia-se forte. Sabia-se bonito. As mulheres gostavam dele e os homens também. Aliás, foi uma descoberta que lhe assustou muito. Uma situação perturbadora que ele lutava para esconder: os homens gostavam dele também.(EVARISTO, 2014, p. 88)

Estes excertos lidam com a percepção do próprio personagem sobre si mesmo. Da mesma maneira que Ponciá Vicêncio e outros negros da diáspora africana nas Américas – basta lembrar Malcom X e Muhammad Ali – Kimbá recusava a nomeação primeira que lhe fora dada: Zezinho. E logo a seguir já teremos uma pista sobre um dos motivos do incômodo com seu nome: ele possuía consciência de sua força, agilidade e beleza. O "apelido" africano, por sua vez, dava-lhe a sensação de "sentir-se mais em casa", acolhido no bojo de uma ideia identitária não negativa ou subalterna. A comparação entre ele e o irmão, o triste quadro que vincula quase "naturalmente" negro e alcoolismo, talvez busque retirar do centro da representação o estereótipo do "cachaceiro", imposto por grande parte do romance brasileiro aos homens da comunidade negra. Kimbá, por sua vez, apresenta uma autoconsciência de corpo e o prazer a ele proporcionado que é acompanhado de uma surpreendente e incômoda revelação: o fato de chamar a atenção tanto de mulheres quanto de homens, no que diz respeito à atração sexual. A este incômodo, a voz narrativa denomina de "situação perturbadora que ele lutava para esconder: os homens gostavam dele também". E justamente esta afirmação busca deslocar leitores do senso comum no que diz respeito às relações entre pessoas do mesmo sexo. O termo usado pela voz que narra o texto é "homens" e não "homossexuais". O enredo já anuncia, logo à sua segunda página, que haverá ali uma espécie de luta para romper as representações dicotômicas quanto ao conceito de gênero e de sexualidade.

Mais uma vez, Conceição Evaristo traz à tona do mar de textos negros e/ou afro-brasileiros, temas considerados tabus para esta comunidade e sua literatura, bem como para suas demais produções artísticas. O perfil de violência perpetrada pelo homem negro, desenhado pelas narrativas em *Insubmissas lágrimas de mulheres* (2011) vem, agora, somar-se à questão LGBT inserida no conto em que temos o personagem Kimbá. Não cabe o tom de falso moralismo constantemente utilizado quando surge o debate em torno da representação artístico-literária tanto no que diz respeito à questão da violência de gênero em relação às mulheres – em cujo grupo mulheres negras são as vítimas mais numerosas – ou muito menos, a intolerância em relação a outras modalidades de experiências e vivências sexuais, especialmente no seio de comunidades periféricas-urbanas.

As pouco mais de seis páginas dedicadas como espaço de escrita-registro--permanência desta narrativa parecem ser, simultaneamente, insuficientes e longas em demasia para a profundidade da questão colocada pelo desenvolvimento da história da jovem personagem que mora em uma favela, pratica capoeira e possui consciência de suas particularidades quando se compara ao mundo social e à família aos quais "pertence". O que fica explícito para quem lê o conto é a constante sensação de não-pertencimento e estranhamento de Kimbá. Invertendo a frase de Sartre, para o personagem, o inferno não é o Outro, mas talvez seja a sua própria condição identitária que não cabe nos lugares comuns e pacíficos da subalternidade. Assim, suas vivências amorosas-sexuais poderiam ser interpretadas como forma de rebelar-se contra as "linhas de cor" (DU BOIS, 1994), classe e gênero. Como se dá tal rebelião? Para refletir, primeiramente, sobre problematizações relativas à questão da sexualidade no Ocidente e, consequentemente, nas Américas, recorreremos a Michel Foucault:

> O valor próprio do ato sexual: o cristianismo o teria associado ao mal, ao pecado, à queda, à morte, ao passo que a Antiguidade o teria dotado de significações positivas. A delimitação do parceiro legítimo: o cristianismo, diferentemente do que se passava nas sociedades gregas ou romanas, só o teria aceito no casamento monogâmico e, no interior dessa conjugalidade (sic), lhe teria imposto o princípio de uma finalidade exclusivamente procriadora. A desqualificação das relações entre indivíduos do mesmo sexo: o cristianismo as teria excluído rigorosamente, ao passo que a Grécia as teria exaltado – e Roma, aceito – pelo menos entre homens. A esses três pontos de oposição maior, poder-se-ia acrescentar o alto valor moral e espiritual que o cristianismo, diferentemente da moral pagã, teria atribuído à abstinência rigorosa, à castidade permanente e à virgindade. Em suma, sobre todos esses pontos que foram considerados, durante tanto tempo, como tão importantes – natureza do ato sexual, fidelidade monogâmica, relações homossexuais, castidade –, parece que os Antigos teriam sido um tanto indiferentes, e que nada disso teria atraído muito sua atenção, nem constituído para eles, problemas muito agudos. (FOUCAULT, 1988, p. 17).

Esta citação do texto de Foucault foi trazida aqui no intuito de apontar os elementos enfrentados na forma de dilema pela personagem central do conto. A atualidade do texto do filósofo francês, pode-se dizer, chega a ser assustadora quando presenciamos os acontecimentos recentes no Brasil relativos ao crescimento da visibilidade e difusão dos discursos de homofobia e intolerâncias das mais diversificadas. O centro desta contínua e eficaz tentativa de controle dos corpos parece ser, até hoje, o cristianismo, ou pelo menos, algumas de suas derivações mais conservadoras. A observação ao final do excerto parece continuar a ser solenemente ignorada: o que ainda é percebido como problema central em nossos dias – controle dos corpos –, para a Antiguidade isto não se colocava do mesmo modo e/ou intensidade. O retorno quase eterno desses recalques parece ser o desafio proposto pela personagem Kimbá, acrescentando-se ainda as questões de raça e classe.

É a partir do trabalho de pesquisa histórico-filosófica realizada por Michel Foucault que encontramos pistas para um salto no que diz respeito ao conceito de gênero, agora não apenas no intuito de descobrir e/ou produzir "novos" significados, porém lançar-se na trajetória delineada por Judith Butler[4] em seu livro *Undoing gender* (2004): "desfazer" o gênero. É neste também que a teórica chama atenção sobre as imbricações entre o referido conceito e questões de raça e classe, como já mencionei logo ao final do parágrafo anterior. Repetir sobre tais intercruzamentos pode não ser mero escape de aprofundamentos no que diz respeito à teorização, pois neste caso toda repetição demonstra ser insuficiente devido à indiferença lançada sobre estas questões. Observemos o trecho a seguir:

> A tradição hegeliana vincula o desejo ao reconhecimento, alegando que o este é sempre uma ânsia por reconhecimento e que somente a partir da experiência dada por este mesmo ato de reconhecimento nos constituiremos como seres socialmente viáveis. Tal visão possui seus atrativos e suas verdades, contudo falta-lhe também alguns importantes elementos. Os termos pelos os quais nos tornamos reconhecidos como seres humanos são socialmente articulados e modificáveis. E, em algumas ocasiões, os termos reais que conferem humanidade a alguns indivíduos, são aqueles utilizados para negarem que outros indivíduos não alcancem esta mesma condição, o mesmo *status*, produzindo um diferencial entre humanos e os "menores que os seres humanos". Estas regras possuem graves consequências relativas ao modo como compreendemos o modelo humano eleito à esfera do direito ou inclusão na esfera deliberativa de participação política. O conceito de humano é diferentemente compreendido dependendo de sua raça, a legibilidade desta raça, de sua morfologia, reconhecibilidade daquela morfologia, de seu sexo, do percentual

---

[4] BUTLER, Judith P. *Undoing gender*. New York; London: Routledge, 2004. Este livro é a retomada de estudos divulgados em publicação anterior, *Problemas de gênero* (2003).

verificável de variações daquele sexo, sua etnicidade e compreensão das categorias desta etnicidade em questão. Determinados seres humanos são classificados em menor escala de humanidade e, este modo de reconhecimento qualificativo não leva necessariamente ao modo mais viável de vida. Há aqueles não reconhecidos de modo algum como humanos, o que produz e ainda conduzirá à outra modalidade inviável de vida. Se parte daquilo que se deseja é ter reconhecimento, o gênero, então, tão logo é impelido pelo desejo, irá demandar reconhecimento. Mas se os esquemas de reconhecimentos a nós disponíveis são aqueles que "desfazem" a pessoa ao reconhecê-la em sua humanidade ou a "desfazem" por interditar tal reconhecimento, dessa maneira, o reconhecimento se torna um lugar de poder em que o humano/ a humanidade/humanização é diferentemente produzida. Isto significa que em toda extensão das normas sociais em que o desejo é componente relevante, este estará vinculado à questão do poder e à problematização de quem é qualificado como humano e quem não o é. (BUTLER, 2004, p. 2 – livre tradução)[5]

Esta atitude teórica em ousar "desfazer" um conceito tão arraigado como é o de gênero, implica consequentemente no ato contínuo de propor o mesmo em relação à raça, classe, etnia, dentre tantos outros. Vale lembrar que tal operação parte exatamente do campo mais conceitual das ciências humanas: a filosofia, mais especificamente na área da deontologia – aquela que se dedica ao estudo da moral. Butler inicia suas considerações introdutórias a partir da tradição hegeliana, devido ao peso que esta possui em relação à reestruturação na filosofia e ciência em geral, provocada no Ocidente a partir do século XIX.

---

[5] "The Hegelian tradition links desire with recognition, claiming that desire is always a desire for recognition and that it is only through the experience of recognition that any of us becomes constituted as socially viable beings. That view has its allure and its truth, but it also misses a couple of important points. The terms by which we are recognized as human are socially articulated and changeable. And sometimes the very terms that confer "humanness" on some individuals are those that deprive certain other individuals of the possibility of achieving that status, producing a differential between the human and the less-than-human. These norms have far-reaching consequences for how we understand the model of the human entitled to rights or included in the participatory sphere of political deliberation. The human is understood differentially depending on its race, the legibility of that race, its morphology, the recognizability of that morphology, its sex, the perceptual verifiability of that sex, its ethnicity, the categorical understanding of that ethnicity. Certain humans are recognized as less than human, and that form of qualified recognition does not lead to a viable life. Certain humans are not recognized as human at all, and that leads to yet another order of unlivable life. If part of what desire wants is to gain recognition, then gender, insofar as it is animated by desire, will want recognition as well. But if the schemes of recognition that are available to us are those that "undo" the person by conferring recognition, or "undo" the person by withholding recognition, then recognition becomes a site of power by which the human is differentially produced. This means that to the extent that desire is implicated in social norms, it is bound up with the question of power and with the problem of who qualifies as the recognizably human and who does not." (BUTLER, 2004, p. 2)

E por que o desafio introdutório cita Hegel? É graças ao seu pensamento que temos a tríade "tese, antítese e síntese". A rebelião proporcionada pela atitude butleriana é similar à criação, por Conceição Evaristo, de uma personagem com Kimbá. Tão provocadora é esta personagem que é possível buscar traços de sua elaboração, por exemplo, em Ponciá Vicêncio, a qual não se reconhece no nome de batismo e muito menos em relação às "obrigações" que lhe seriam devidas em função de um pertencimento "natural" ao gênero feminino. Haverá se libertado, mais uma vez o corpo da relação direta e, por que não dizer ainda, "biológica" com a sexualidade?

O que nos chama atenção é que a partir das observações tanto de Foucault quanto de Butler, aliadas à ficção de Evaristo, poucos podem se valer, na realidade, com aspectos de valoração e reconhecimento "socialmente articulados e modificáveis", retomando Judith Butler (Idem). É extensa a galeria de personagens das narrativas de Evaristo que se encaixam na categoria de não humanidade revelada no estudo de Butler. Mais revelador é quando se analisa tais personagens como alegorias elaboradas da narrativa ficcional que se autonomeia escrevivência e que se alia ao "brutalismo poético" (DUARTE, 2006, p. 306) para dialogar tanto com a tradição da literatura brasileira – "não humanos" nos romances de Maria Firmina dos Reis, Machado de Assis, Aluísio Azevedo, Lima Barreto, Monteiro Lobato, Graciliano Ramos, João Antônio – quanto da literatura negra e/ou afro--brasileira – na qual devemos repetir Firmina, Machado de Assis, Lima Barreto, acrescentar Oswaldo de Camargo, Carolina Maria de Jesus, Paulo Colina, Cuti –, estendendo-se também àquela da diáspora africana nas Américas – Zora Neale Hurston, Ralph Ellison, James Baldwin, Tony Morrison e Alice Walker. Há que mencionar-se o diálogo com literaturas africanas – Agostinho Neto, Pepetela, Chenua Achebe, Paulina Chiziane e Chimamanda Ngozi Adichie.

Por fim, um aspecto presente nas narrativas de Conceição Evaristo quase sempre de modo discreto, sem alardes: a religiosidade. Contudo, não mostraremos neste brevíssimo artigo a intertextualidade com a tradição de matriz africana. O que surpreende leitores dos contos "Zaíta esqueceu de guardar os brinquedos" e em "Os amores de Kimbá" é a postura das personagens masculinas o filho "mais novo" e Kimbá. Ambos, em diferentes proporções não fazem reverência alguma a qualquer forma de crença espiritual que seja, pois, as suas trajetórias seriam unicamente frutos de suas idas e vindas becos abaixo e acima, ladeando ora barracos, ora as regiões fronteiriças da favela com o asfalto. Não, Kimbá não tolera a menor menção sobre a fé de sua avó Lidumira nos santos do Rosário (EVARISTO, 2014, p. 92 e 94). Estas performances antirreligiosas seriam uma forma de renegar o peso imposto pela servidão via humildade eterna, na esperança vã de uma recompensa que, até então, nenhuma pessoa dos círculos familiares do filho "mais novo" e de Kimbá jamais tiveram? Tímida rebelião contra o controle de corações, corpos e mentes?

Este pseudo-duplo Zezinho-Kimbá ou ainda, sob a percepção do personagem, Kimbá-Zezinho se recusa a permanecer encaixotado ou emparedado na condição de negro, de favelado, de pobre. A autoconsciência de suas particularidades, mesmo que esta se apresente às vezes na narrativa como "vacilante", lhe permite vivenciar uma relação a três: ele, Gustavo e Beth. O encontro entre morro e "asfalto" não se permite, nesta criação de Evaristo, a fixar-se como mencionado anteriormente, no conforto simbólico das dicotomias ou explicações representativas calcadas no mito da miscigenação e do "amor livre". O título do conto – "Os amores de Kimbá" – remete não apenas à sua experiência amorosa tripartida, vai, além disso. Aponta na direção do amor próprio e da autoestima que o personagem possui por si mesmo. Direcionando mais especificamente o foco de nossa observação para o trio amoroso da narrativa, há insinuação e delicadas pinceladas de ciúme tanto por parte da personagem Gustavo quanto da personagem Beth, se é que este conceito poderia ser aqui aplicado. Novamente, a narrativa de Conceição Evaristo vem desestabilizar a utilização "cômoda" do termo e sentimento utilizado como combustível-desculpa para os atos de violência em relação ao gênero e questões amorosas-sexuais. Importante ainda destacar a não resolução do impasse para o público leitor, uma das razões do que denominei paradoxalmente insuficiência e excesso de páginas do texto. Assim como na literatura ruidosa (CRUZ, 2011), os textos narrativos de Conceição Evaristo, geralmente, não permitem a tão desejada catarse da mercadoria da crueldade (2011). É a própria escritora que no texto intitulado "Da grafia-desenho de minha mãe, um dos lugares de nascimento de minha escrita" (EVARISTO, 2007b, p. 21), conclui o seu depoimento com esta frase: "A nossa escrevivência não pode ser lida como histórias para 'ninar os da casa grande' e sim para incomodá-los em seus sonos injustos".

A literatura ruidosa da diáspora africana nas Américas, da escrevivência insurgente segue trilhando o árduo caminho da criação histórias sem final entregue em confortáveis bandejas dicotômicas – o negro viril, a mulher branca insaciável, o homem branco invejoso e ciumento. Em "Os amores de Kimbá" a receita da catarse higienizada também é recusada e aponta, simultaneamente, para o incômodo silêncio no seio das próprias comunidades localizadas nas periferias dos centros urbanos do Brasil e mundo afora, em relação à violência de gênero e à homofobia, transfobia, etc. Que esta vida dada a Kimbá seja longa, dentro e fora da ficção...

REFERÊNCIAS

BUTLER, Judith P. *Problemas de gênero*: feminismo e a subversão da identidade. Trad. Renato Aguiar. Rio de Janeiro: Civilização Brasileira, 2003.

BUTLER, Judith P. *Undoing gender*. New York; London: Routledge, 2004.

CRUZ, Adélcio de Sousa. *Narrativas contemporâneas da violência*: Fernando Bonassi, Paulo Lins e Ferréz. Rio de Janeiro: 7Letras, 2011.

DUARTE, Eduardo de Assis. O *bildungsroman* afro-brasileiro de Conceição Evaristo. Revista Estudos Feministas [on-line]. 2006, v.14, n.1, p. 305-308. Disponível em: <http://dx.doi.org/10.1590/S0104-026X2006000100017>. Acesso em: 20 jul. 2015.

DU BOIS, W.E.B. *The souls of black folk*.(The 1903 unabridged text). Mineola: Dover Thrift Editions, 1994.

EVARISTO, Conceição. Os amores de Kimbá. In: _____.*Olhos d'água*. Rio de Janeiro: Pallas; Fundação Biblioteca Nacional, 2014. p. 87-94.

EVARISTO, Conceição. *Insubmissas lágrimas de mulheres*. Belo Horizonte: Nandyala, 2011.

EVARISTO, Conceição. Zaíta esqueceu de guardar os brinquedos. In: QUILOMBHOJE (Org.). *Cadernos Negros*: contos afro-brasileiros. São Paulo: Quilombhoje, 2007a. p. 35-42.

EVARISTO, Conceição. Da grafia-desenho de minha mãe, um dos lugares de nascimento de minha escrita. In: ALEXANDRE, Marcos Antônio (Org.); *Representações performáticas brasileiras*: teorias, práticas e suas interfaces. Belo Horizonte: Mazza Edições, 2007b. p 16-21.

EVARISTO, Conceição. *Ponciá Vicêncio*. Belo Horizonte: Mazza Edições, 2003.

FOUCAULT, Michel. *História da sexualidade 2*: o uso dos prazeres. Trad. Maria Thereza da Costa Albuquerque. 5.ed. Rio de Janeiro: Edições Graal, 1988.

GATES JR., Henry Louis. Black Man's Burden. In: WARNER, Michael (Ed.). *Fear of a Queer Planet*: Queer Politics and Social Theory. Minneapolis; London: University of Minnesota Press, 1993. p. 230-238.

OLIVEIRA, Luiz Henrique Silva de. *Negrismo*. Belo Horizonte: Mazza Edições, 2014.

"E ASSIM TUDO SE DEU":
AS HISTÓRIAS DE LEVES ENGANOS E PARECENÇAS

Assunção de Maria Sousa e Silva

"Cada pedaço que guardo em mim
Tem na memória o anelar
De outros pedaços"
(A rota dos ausentes)

Histórias de leves enganos e parecenças nos coloca diante de um tecido étnico narrativo, qual as capulanas que vestem as mulheres de Moçambique, urdido de fios palavras e focos dramáticos reiterativos, apresentados em doze contos e uma novela, intitulada "Sabela". Tomamos o desenho e arte geométrica de uma capulana, como analogia, nos procedimentos do ato de narrar e identificamos: as inclusões preliminares de contextos, de cenas e perfis das personagens que são desdobrados na parte seguinte da trama na novela "Sabela". Esses procedimentos confluem para uma edificação ficcional do universo sociocultural dos afro-brasileiros como instâncias reveladoras dos efeitos da diáspora africana no Brasil. As histórias-capulana, à medida que contam episódios qualificados pelo título de "leves enganos e parecenças", alertam-nos para o alinhamento ficção / vivência, experiência que assegura o fio motor da escrevivência evaristiana, mesmo que "a vida [esteja] para além do que pode ser visto, dito ou escrito".

Os contos estão sempre nos remetendo a um problema, uma falta ou a uma ausência que tendem a reconfigurar a experiência humana das personagens. Em "Teias de aranha", por exemplo, que faz parte da galeria dos contos breves, como "Inguitinha", "Rosa Maria Rosa", no caso, é pela falta de redes para dormir que a tensão se funda. Enquanto os menorzinhos tinham que conviver com a lei da sobrevivência, no risco impetuoso da disputa, ao maiorzinho era reservado a lei da proteção e a autocomiseração.

> A mãe cansa da lida do dia a dia e ansiosa por encostar o corpo no tecido puído, que lhe servia de cama, preso na porta da saída, de lá gritava para a criança maior ceder lugar para a mais nova. É a lei da proteção. Os maiores, mesmo que desprotegidos estão, devem acolher o menor desamparado. (EVARISTO, 2016)

Isso resulta no seu refúgio ao sonho, única via de oportunidade do acalanto: "Todas as noites, aranhas teciam fios, dos fios a rede, para acalentar o corpo sofrido do maiorzinho".

Os doze contos e uma novela, de Conceição Evaristo vêm a público no momento crucial por que passa a população brasileira, em volta a um alto grau de instabilidade política e sérias possibilidades de perdas de significativas conquistas histórico-sociais e econômicas. O cenário cultural sofre imenso abalo com a supressão de projetos e de incentivos institucionais à promoção das manifestações populares e plurais (que levem em conta as questões de gênero e de raça). Nesse aspecto, podemos considerar recente livro lançado por Conceição Evaristo como símbolo de resistência da cultura afro-brasileira, à medida que procura colocar em foco a produção literária afro-brasileira, especialmente da mulher negra, um dos segmentos sociais mais atingidos pelas medidas arbitrárias do governo interino.

As narrativas de *Histórias de leves enganos e parecenças* revelam contexto e ambiências em conflito. Ora são conflitos individuais que ressoam no coletivo, ora minam do coletivo, afetando, sobremaneira, as subjetividades e os afetos dos indivíduos. Desse modo, as inquietações de foro íntimo, de Doris da Conceição Aparecida, a Sãozinha, do conto "A moça de vestido amarelo" remetem primeiro ao seu incontido gosto por amarelo, desde a primeira infância que se acentua nas demais fases de sua vida, revelando a conflituosa disputa silenciosa entre as crenças religiosas. Sãozinha sonha intermitentemente com a "moça de vestido amarelo" que, no decorrer da narrativa, passa de representação de Nossa Senhora do Católico, nas imagens de Santa Aparecida, Conceição, Rosário dos Pretos, Desatadora de Nós, etc., para a representação da mãe das águas, numa alusão a entidade dos orixás, Oxum.

Parece ser, sob essa dimensão, que podemos entender as narrativas de *Histórias de leve enganos e parecenças* como narrativas que tendem para o realismo animista. À medida que a imagem da Santa se firma no conto, não como revelação do imaginário católico ou de outra religião, mas como referência a uma deidade da natureza, as águas, que jorram durante o ritual da primeira comunhão. Nesse momento, o imprevisível se instala:

> Na hora da comunhão, o rosto de Dóris se iluminou. Uma intensa luz amarela brilhava sobre ela. E a menina se revestiu de tamanha graça, que a Senhora lá do alto sorriu. Uma paz, nunca sentida, inundou a igreja inteira. Ruídos de água desenhavam rios caudalosos e mansos a correr pelo corredor central do templo. E a menina ao invés de rezar a Ave-Maria, oração ensaiada por tanto tempo, cantou outro cumprimento. Cantou e dançou como se tocasse suavemente as águas serenas de um rio. Alguns entenderam a nova celebração que ali aconteceu. A avó de Dóris sorria feliz. Dóris da Conceição Aparecida, cantou para nossa outra Mãe, para a nossa outra Senhora. (EVARISTO, 2016)

A presença das águas confirma, a nosso ver, a ideia de que perpassam nas narrativas, nessa e noutras, o pensamento animista que consiste na crença em objetos, pedras, árvores, cabelos, rios etc., na perspectiva de que ali deuses e espíritos animistas estão incorporados (GARUBA, 2012, p. 239). Isso posto, vale dizer que as estratégias discursivas e as técnicas de procedimento do narrar de Evaristo, aponta para o que Garuba (2012) chama de "reencantamento do mundo", contrapondo-se a Max Weber quanto às assertivas sobre a racionalização do mundo no seio da modernidade e da ascensão do capitalismo. Este, por sua vez, retoma muitas vezes o termo "desencantamento do mundo" de Friedrich Schiller. Desse modo, a ideia de "reencantamento do mundo" põe em evidência os "elementos mágicos do pensamento" (GARUBA, 2012, p. 239). Segundo o pesquisador, eles não são deslocados mas, ao contrário, constantemente assimilam novos desenvolvimentos na ciência, tecnologia e a organização do mundo dento de uma cosmovisão basicamente 'mágica'. Em vez de "desencantamento", um persistente reencantamento ocorre, portanto, o racional e o científico são apropriados e transformados no místico e no mágico. (GARUBA, 2012, p. 239).

Os rios caudalosos que correm no templo evocam a divindade das águas e neles se localizam significados espiritual e social da cultura afro-brasileira. Os rios, nesse procedimento, podem ser lidos como reiteração de uma perspectiva animista, religiosa em sua gênese, todavia deslocados, como vemos em outros momentos do livro, numa reapropriação do material simbólico da cultura ancestral africana cujo mecanismo está assentado na ressignificação dos efeitos sociais, em vista a formação de certa "força motriz" construtora das subjetividades negras na sociedade brasileira. Esse "inconsciente animista" (GARUBA, 2012, p. 242), que impulsiona a consciência de si e do grupo patenteia as ações dos sujeitos que transitam nos contos e na novela de Conceição Evaristo. Essa estratégia discursiva parece remeter para uma desconstrução de paradigma abrigado no pensamento binário das culturas hierarquizantes.

Em "A fortuna de Conceição, prefácio de *Histórias de leves enganos e parecenças*", tratamos de outras manifestações do insólito, do imprevisível. Em todas elas, a natureza, seus objetos e seus fenômenos são desencadeadores das ações, cenários, ambiências, da atuação das personagens no processo de formação de suas identidades. E mais ainda, são procedimentos que permitem entender como se dão as fraturas do ser ante as relações com o outro nas novas formas de colonização e de poder. As personagens estão, muitas vezes, imbuídas de um vigor espiritual, de um "inconsciente animista" que parecem direcionar suas atuações conscientes para urgente emancipação. No conto já mencionado, "A menina de vestido amarelo", isso se reafirma na passagem: "E mordendo as palavras respondeu que deixasse estar, cada qual sonha com o que está guardado no inconsciente. E, no inconsciente, nem a força do catecismo, da pregação e nem as do castigo apagam tudo".

Em "Sabela", o corpo da personagem homônima sinaliza o estado da indomável natureza a prenunciar o dilúvio. As previsões e visões de Sabela confirmam a tormenta que abate a população, o espaço físico e, especialmente, a personagem cuja função primordial é atuar como detentora de uma sapiência incomum sobre os mistérios da "natureza – natureza, os da natureza humana e os da natureza divina".

Em determinada passagem da narrativa, Sabela, cujo fluxo da vida é marcado por enganos e punições, deveria ser "lançada no fundo do rio". Seria a segunda tentativa de morte, a primeira com fogo, e esta seria por afogamento. Por obra dos "mais velhos", que a narradora enfatiza, "herdeiros dos milenares tempos", contrapondo às ordens impostas, pois são encarregados da morte, eles a salvam. Será, então, preciso Sabela cair no esquecimento para viver sua história. Como procedimento recorrente nas narrativas de Conceição, a memória do povo negro está fincada nas vivências, onde o presente não se desvencilha do passado e nem do futuro. Nessa passagem da trama, vemos que Sabela se torna, então, um signo de uma resistência ancestral. Ela renasce do fundo do rio e a narradora filha registra:

> O nascimento de Sabela do fundo do casulo tecido com os pelos do rosto dos velhos, foi o segundo surgimento da vida de mamãe. O primeiro foi quando ela nasceu do parto de Vovó Sabela. A arrebatação de mamãe do interior da mãe dela tinha vivificado um rio. Assim tudo se deu. (EVARISTO, 2016)

No pacto de oitiva em que há o momento de a filha contar a história da mãe, novamente, o/a leitor/a poderá perceber estratégicas de representação do realismo animista como forma de conceber o mundo, em *Histórias de leves enganos e parecenças*. Esse mesmo diapasão se reconhece no personagem Melquíades de *Cem anos de solidão*, quando diz que "as coisas têm vida própria" (2015, p. 43) e, parafraseando-o, podemos acrescentar: quando despertam a alma. Segundo Garuba, isso caracteriza o "credo básico da crença animista" (2012, p.244). Na novela de Evaristo, o nascimento de Sabela mãe é o evento pelo qual, a partir dele, tudo se modifica no seio da comunidade.

Quando vovó sentiu que a filha nadava dentro dela procurando o caminho de saída, se encaminhou para o leito de um rio que estava vazio há anos e anos. Chuva alguma havia conseguido ressuscitar as águas daquele vale. Mas, quando as águas do parto começaram a vazar do meio das coxas de vovó, antes mesmo de Sabela ser expelida, o rio começou a encher. E o sulco da terra, antes seco e cheio de rachadura plenificou-se com uma água avermelhada, lembradiça a sangue. Após esse acontecimento, as mulheres do lugar, que antes haviam se tornado estéreis, começaram novamente a engravidar quando se banhavam nas águas do rio. E voltavam depois à beira do rio, para cumprir as alegrias do parto, misturando seus líquidos à liquidez vazante da correnteza. A partir do nascimento de Mamãe, Vovó Sabela, uma mulher comum, passou a ser reverenciada por todos do lugar. Ela havia livrado a cidade de morrer à míngua de pessoas, pois, antes mulher alguma paria mais. Os homens cabisbaixos perguntavam uns aos outros se o sumo que eles expeliam havia perdido a potência da vida. Eles se sentiam humilhados, enquanto que as mulheres experimentavam um misto de tristeza e culpa pelo mundo estar acabando a partir delas. Entretanto o nascimento de Sabela, havia mudado tudo. O único hospital do lugar não suportava mais tantas parturientes. Foi por tanta criança vindo ao mundo, que as mulheres mais velhas, aquelas que não desejavam mais filhos, vindos de dentro delas, aprenderam um novo ofício. Com a destreza de quem faz o que viveu antes, ajudavam as mais novas, marinheiras de primeira viagem, a abrirem as pernas nas margens do rio. Ali as novas mamães deixavam seus rebentos escorregarem encantados e assustados para o mundo. Tudo era feito nas margens do rio e o neném era banhado, pela primeira vez, nas correntezas milagrosas, fecundas pelas águas e pelo sangue de Vovó Sabela. (EVARISTO, 2016)

Nessa função de repovoamento no seio das águas do rio, a fertilidade desencadeada por Sabela, em primeiro lugar, desconstrói o lugar estéreo da figura feminina negra na literatura brasileira, já constatado pela crítica contemporânea com em ensaios do pesquisador da UFMG, Eduardo de Assis Duarte (2009) e da própria Conceição Evaristo (2009). Na literatura brasileira canonizada, a presença feminina negra costuma ser encenada por um viés estereotipado e de linguagem sonegada, em que o "corpo [negro] cumpre funções de força de trabalho, de um corpo-procriação de novos corpos para serem escravizados e/ou de um corpo-objeto de prazer do macho senhor" (EVARISTO, 2009, p. 23). Em segundo lugar, a mágica presença das águas lugar de fertilização da mulher na comunidade de Sabela, aponta para aquela ressignificação ou reapropriação dos elementos animistas no "reencantamento do mundo". O signo água que está agregado simbolicamente ao ato de morrer e de renascer serve como objeto que reatualiza o imaginário das tradições africanas, e, ressignificando-o, evidencia na presença feminina como força matriz e motriz da comunidade Palavis.

Conceição Evaristo, no artigo "Literatura negra: uma poética de nossa afro-brasilidade", explica que a "produção escrita marcada por uma subjetividade construída, experimentada, vivenciada a partir da condição de homens negros e mulheres negras na sociedade brasileira" (EVARISTO, 2009, p. 17) vem se firmando no decorrer dos tempos, mesmo com fortes reações da crítica. Ela evidencia que, aliada ao fato de que a crítica não considera a experiência de pessoas negras como algo passível de "instituir um modo próprio de produzir e conceber um texto literário", existe a implicação histórica da dimensão subalterna desses sujeitos desde a fundação da nacionalidade brasileira.

O livro em foco, no entanto, fluxo natural da fortuna literária de Conceição Evaristo, como um rio em curso, procura situar as margens e deslocá-las para a corrente caudalosa da fertilização feminina e no aguaceiro permitir que as histórias do povo da diáspora negra sejam as vigas de sustentação de novas e outras formas de racionalidade, onde não se descarte o pensamento animista. É nesse sentido, que se concebe que a simbologia das águas em *Histórias de leves enganos e parecenças* decorre de vários parâmetros em que os enredos vão se firmando, quer no intuito de aplacar a maldição e afrontar a fúria do abuso do poder, quer para revitalizar a crença ancestral, o poder feminino e a instalação de uma nova ordem. Desse modo, Conceição Evaristo emprega tanto os sentidos da tradição quanto da contemporaneidade.

É nesse movimento entre a retomada dos preceitos de uma tradição na modernidade, os feitos do passado reencenados no presente, os espaços periferizados como epicentro do discurso que a narrativa de Conceição Evaristo se dinamiza. Desta forma, cabe em sua dicção literária o mecanismo de evidenciar uma constelação de vozes subalternizadas que atuam como afiançadores da força mística de Sabela na história. *História de leves enganos e parecença revela*, por esse termo, o recurso narrativo da interação de vozes que reivindicam e conquistam para si, após o dilúvio, o lugar de enunciação.

Assim se sucede, quando o foco irradiador da narrativa se assenta em Madrepia Beneventes, uma das personagens que foi salva do dilúvio. Seu salvamento tem a ver com um objeto "uma bacia de porcelana" e a cobra serena. Vê-se que mais uma vez se explicita o pensamento animista intervindo no processo de contação. A galeria de personagens corre como se fosse uma apresentação de enunciadores que, na segunda parte da novela, terão vez de contar suas versões. Há o menino rouxinol, condenado à morte, que com um beijo de Sabela em seus lábios dilacerados, passa a ser reconhecido pela mãe. O dilúvio representa a via do encontro e do desencontro de si mesmos e Irisverde sai ilesa após a violência das águas. Esta personagem retoma as caracterizações de uma divindade ancestral. Ela surge da lama para salvar os demais, identificada como aquela que "pertence a todos os povos". Irisverde reencarna em algumas caracterizações a divindade ligada às águas paradas, Nana Buruquê, que com seu *ibiri* está ligada aos espíritos das ancestrais africanas. Sabela conhece Iris e intervém para que não se agrave seu sofrimento de menina órfã, mas não pode interferir para que esta não sofresse da violência sexual: a sequência de estupros cometidos pelo seu padrinho. Levantando da lama, salva-se também Antuntal que tem a proeza de também salvar os outros com seu sorriso. Como ele, vão sendo focados Manascente e suas filhas.

Como já mencionado, na segunda parte da novela, narradores em primeira pessoa, convocados pela narradora Sabela filha, buscam a fala em si, expõem sobre si, talvez com a perspectiva de não dar lugar ao esquecimento dos fatos. O testemunho de Rouxinol, que emblematicamente vivia com a boca amordaça, "obrigado a mastigar o canto e a diluir a voz no silêncio imposto", serve para alertar a/o leitor/a de que "a memória do fato" deve ser "protegida pela memória da palavra". Por isso a urgência de recordar o vivido, visto que há enxurrada de lembranças margeando o corpo-homem, corpo-narrativa. Rouxinol, por sua vez, introduz a voz do Velho Amorescente com suas crianças, qual tronco de "jabuticabas confiantes, presas ao tronco". Este situa melhor para o/a leitor/a o caráter mítico de Sabela, quando se refere à "Mãe Grande" ou "Mamãe Grande". Seu testemunho faz revigora o poder mítico de Sabela e reestabelecer a presença do objeto anímico na memória dos fatos: "Dias antes entendi que o pranto ia acontecer, quando a pedra chorou em minhas mãos. Eu velho, com o meu olho esperto, enxergador dos avisos da vida e da morte, escutei o tempo".

A fala do velho Amorescente, mais uma vez, reafirmar o princípio da crença animista na novela de Evaristo em que tudo se realiza por dentro da valorativa do objeto da natureza como elemento espiritual redimensionado no tempo e no espaço. Outros momentos estão vinculados a essa estratégia discursiva, como na voz testemunha de Antuntal, na versão de Manascente, por exemplo, quando por fim, ressalta o mistério que persiste: "Das águas me encanta o mistério". Os mistérios e os milagres que salvam o povo de Palavi diante das forças que se contrapõem a suas existências.

Por fim, como dito em prefácio a *Histórias de leves enganos e parecenças*, a narradora-ouvinte adverte o/a leitor/a sobre o pacto de ouvir e não suspeitar, realçando o caráter primordial do narrado. A escrita se realiza como já dito pela "memória do fato" preservado pela "memória da palavra", para trazer ao centro "as histórias das entranhas do povo". Assim é válido lembrar o que diz uma das narradoras:

> Sei que a vida não pode ser vista só com o olho nu. De muitas histórias já sei, pois vieram das entranhas do meu povo. O que está guardado na minha gente, em mim dorme um leve sonho. [...] Ouço pelo prazer da confirmação. Ouço pela partição da experiência de quem conta comigo e comigo conta. [...] Escrevo o que a vida me fala, o que capto de muitas vivências. Escrevivências. [...] Cada qual crê em seus próprios mistérios. Cuidado tenho. Sei que a vida está para além do que pode ser visto, dito e escrito. A razão pode profanar o enigma e não conseguir esgotar o profundo sentido da parábola. (EVARISTO, 2016)

Em tal fragmento, revigora o pacto que, a nosso ver, pode ser o fio primordial em que se firma a obra de Conceição Evaristo: o da memória e o da escrevivência, como reponta em *Poemas da recordação e outros movimentos* (2008), especialmente nos versos de "Recordar é preciso":

> O mar vagueia onduloso sob os meus pensamentos
> A memória bravia lança o leme:
> Recordar é preciso.
> O movimento vaivém nas águas-lembranças
> dos meus farejados olhos transborda-me a vida
> salgando-me o rosto e gosto
> Sou eternamente náufraga,
> mas os fundos oceanos não me amedrontam
> e nem me imobilizam.
> Uma paixão profunda é a boia que me emerge.
> Sei que o mistério subsiste além das águas.
> (EVARISTO, 2008, p. 9)

Ou ainda no poema "A roda dos não ausentes", quando o eu poético de Conceição Evaristo reconhece como uma estamparia das capulanas africanas que:

> [...]
> Cada pedaço que guardo em mim
> tem na memória o anelar
> de outros pedaços.
> [...] (EVARISTO, 2008, p. 69)

Como já enfatizado, a comunhão de vozes-mulheres que percorrem a obra de Conceição, numa dimensão que agora tende para o "realismo animista", dão o tom da feitura do universo criado. Elas estão despertas e, ao contarem suas histórias de leves enganos, fazem ressoam parecenças. Nesse ato que não há espaço para emudecimento, contrapondo-se à violência de todos os modos, multiplicam forças e revigoram a existência na tessitura da solidariedade e a resistência.

REFERÊNCIAS

EVARISTO, Conceição. Literatura negra: uma poética de nossa afro-brasilidade. Literatura *Scripta*, Belo Horizonte, v.13, n. 25, 2º semestre, p. 17-31, 2009.

EVARISTO, Conceição. *Poemas da recordação e outros movimentos*. Belo Horizonte: Nandyala, 2008. (Coleção Vozes da Diáspora Negra, v. 1)

EVARISTO, Conceição. *História de leves enganos e parecenças*. Rio de Janeiro: Editora Malê, 2016.

DUARTE, Eduardo de Assis. Mulheres marcadas: literatura, gênero, etnicidade.*Scripta*, Belo Horizonte, v.13, n.25, p.63-79, jul. 2009.

GARUBA, Harry. Explorações no realismo animista: notas sobre a leitura e a escrita da literatura, cultura e sociedade africana. Trad. Elisângela da Silva Tarouco. *Nonada Letras em Revista*, Porto Alegre, ano 15, n. 19, p. 235- 256, 2012. Disponível em: <http://seer.uniritter.edu.br/index.php/nonada/article/viewFile/707/532>. Acesso em: 08 jul. 2016.

MÁRQUEZ, Gabriel García. *Cem anos de solidão*. 92.ed. Rio de Janeiro: Editora Record, 2015.

LISTA DE AUTORES

ADÉLCIO DE SOUSA CRUZ

Professor do Programa de Pós-Graduação em Letras/UFV e do Departamento de Letras da Universidade Federal de Viçosa (DLA/UFV). Concluiu pós-doutorado no POSLIT/UFMG (2013), é doutor em Literatura Comparada (2009), com a tese "Narrativas contemporâneas da violência" agraciada com o Prêmio de Teses 2010 conferido à melhor tese do Programa de Pós-Graduação em Estudos Literários e com a Menção Honrosa do Prêmio Capes de Teses. É mestre em Estudos Literários pela Universidade Federal de Minas Gerais (2002). Possui experiência na área de Letras, com ênfase em Letras, atuando principalmente nos seguintes segmentos: literatura comparada, literatura afro-brasileira, literatura brasileira, literaturas de língua inglesa, literatura e outras artes (música e teatro), memória cultural, estudos culturais, identidade étnica, história. É pesquisador do NEIA/UFMG (Núcleo de Estudos Interdisciplinares da Alteridade), integra a Comissão Editorial do Portal literafro (UFMG).
E-mail: adelcio.sousac@gmail.com

ALINE ALVES ARRUDA

Pós-doutora em Literatura/Estudos da Linguagem pela UFRPE. Doutora em Literatura Brasileira pela UFMG, Mestre em Teoria da Literatura pela UFMG, possui graduação em Letras pela Universidade Federal de Viçosa. Professora efetiva do Instituto Federal de Educação, Ciência e Tecnologia de Minas Gerais (IFMG), campus Betim. É uma das organizadoras do livro *Carolina Maria de Jesus: percursos literários*, publicado pela editora Malê em 2022. Tem experiência na área de Letras, com ênfase em Literatura, atuando principalmente nos seguintes temas: literatura de autoria feminina, literatura brasileira e afro-brasileira.

E-mail: profalinearruda@gmail.com

ALINE DEYQUES VIERA

Graduada em Letras-Português pela Universidade Federal do Rio Grande (FURG), mestre pela Universidade do Estado do Rio de Janeiro (UERJ), em Teoria da Literatura e Literatura Comparada e doutora em Literatura Comparada, pela Universidade Federal do Rio do Janeiro (UFRJ), no Programa de Pós-Graduação em Ciência da Literatura. Autora dos livros *O Clarim dos Marginalizados: Temas sobre a Literatura Marginal/Periférica* (2015), publicado pela Editora Appris e do livro de poemas autopublicado *Manual de como viver depois da morte: Poesia* (2020), disponível no Kindle/Amazon.

E-mail: alinedeyques@yahoo.com.br

ASSUNÇÃO DE MARIA SOUSA E SILVA

Professora Adjunta da Universidade Estadual do Piauí e Professora Titular UFPI/EBTT. Doutora em Literaturas de Língua Portuguesa pela PUC MINAS e Mestra em Ciência da Literatura, subárea Poética, pela UFRJ. Pesquisa as literaturas africanas de língua portuguesa, literatura negra brasileira e de autoria feminina. Autora do livro *Nações entrecruzadas Tessitura de Resistência na Poesia de Conceição Evaristo, Paula Tavares e Conceição Lima*. Tem artigos, capítulos de livros e ensaios publicados em revistas e periódicos. Integrante do GEED – Grupo de Estudos Estéticas Diaspóricas e do NEPA – Núcleo de Estudos e Pesquisas Afro da UESPI. Professora do Programa de Pós-Graduação Interdisciplinar em Sociedade e Cultura / UESPI.

E-mail: asmaria06@gmail.com

CONSTÂNCIA LIMA DUARTE

Professora Aposentada da Universidade Federal do Rio Grande do Norte e da Universidade Federal de Minas Gerais. Publicações: *Nísia Floresta: vida e obra* (1995;

2009); *Mulheres de Minas: lutas e conquistas* (coautoria, 2008); *Dicionário de escritoras portuguesas* (coautoria, 2009); *Escritoras do Rio Grande do Norte: antologia* (coautoria, 2013), *Imprensa feminina e feminista no Brasil, século XIX* (2016), *#Nisia Floresta Presente: biografia* (2019), entre outras.
E-mail: constanciaduarte@gmail.com

CRISTIANE CÔRTES

Graduada em Letras, mestre em Teoria da Literatura e doutora em Literatura Comparada pela UFMG; pesquisadora dos grupos NEIA – Núcleo de Estudos Interdisciplinares da Alteridade, UFMG; GELLDIS - Grupo de estudos linguísticos, literários e semióticos, do CEFET MG. É professora efetiva de Estudos Literários e Redação do CEFET MG, campus IX. Coorganizadora do volume crítico: *Literatura Afro-Brasileira - Abordagens na Sala de Aula.* 1a. ed. Rio de Janeiro: Pallas, 2014, *Mulheres em letras: Diáspora, memória e resistência,* Viçosa: As organizadoras, 2019, entre outros. Atualmente, dedica-se também à pesquisa sobre Literatura de autoria feminina e Teoria da Literatura aplicada à formação dos professores de EM.
E-mail: crisfelipecortes@gmail.com

DALVA AGUIAR NASCIMENTO

Graduada em Letras na Universidade Federal de Minas Gerais. Tradutora e intérprete de italiano – português e gerente da própria empresa de serviços linguísticos em Belo Horizonte desde 2009, DALVA AGUIAR NASCIMENTO-ME - Intradoc Brasil.
E-mail: dalva.nascimento2007@gmail.com

EDUARDO DE ASSIS DUARTE

Doutor em Teoria Literária e Literatura Comparada, Professor da UFMG. Publicações: *Jorge Amado em tempo de utopia* (1996); *Literatura política e identidades* (2005). *Machado de Assis afrodescendente* (Org., 2007); *Literatura e afro-descendência no*

Brasil (Org., 4 vol. 2044); *Literatura afro-brasileira: 100 autores do século XVIII ao XXI* (Org. 2014); *Literatura afro-brasileira: abordagens na sala de aula* (Org. 2014).
E-mail: eduardoassisduarte@gmail.com

ELISANGELA APARECIDA LOPES FIALHO

Doutora em Literaturas de Língua Portuguesa pela Pontifícia Universidade Católica de Minas Gerais (PUC-Minas), bolsista CAPES; Mestre em Estudos Literários pela Universidade Federal de Minas Gerais (2007). Graduada em Letras pela Universidade Federal de Minas Gerais (2003). Professora do Instituto Federal de Educação, Ciência e Tecnologia do Sul de Minas - IFSULDEMINAS - Câmpus Pouso Alegre. Atua como pesquisadora do Núcleo de Estudos Interdisciplinares da Alteridade (NEIA/FALE/UFMG). Desenvolve atividades docentes na área de estudos literários, linguística textual, práticas pedagógicas; atua profissionalmente, ainda, como corretora de redação e processos avaliativos em instituições públicas. Como pesquisadora, atua nas seguintes linhas de estudo: crítica machadiana, literatura afro-brasileira, literatura de gênero, literatura brasileira contemporânea. E-mail: elisalopesletras@gmail.com

FERNANDA RODRIGUES DE MIRANDA

Doutora em Letras - área de Estudos Comparados de Literaturas de Língua Portuguesa, pela Universidade de São Paulo (2019). Possui Bacharelado (2009) e mestrado (2013) em Letras também pela USP. É autora do livro *Silêncios prescritos: estudo de romances de autoras negras brasileiras* (1859-2006). Sua tese foi premiada com o Prêmio Capes de Teses 2020 na área de Letras e Linguística. Tem experiência nas áreas de Literatura brasileira; Literaturas africanas de língua portuguesa, Teoria Literária; Literatura de autoria negra. Romance. Compõe o Conselho Editorial responsável pela publicação da obra completa de Carolina Maria de Jesus pela editora Cia das Letras.
Email: fernandaromira@gmail.com

HELEINE FERNANDES DE SOUZA

Pesquisadora de Poesia Contemporânea Negra-Brasileira do Laboratório

Estudos Negros, pertencente ao Programa Avançado de Cultura Contemporânea PACC/UFRJ. Autora finalista do prêmio Jabuti com o livro *A poesia negra-feminina de Conceição Evaristo, Lívia Natália e Tatiana Nascimento* (editora Malê, 2020). Também autora do livro de poemas *Nascente* (editora Garupa e Ksa1, 2021). Professora de Teoria Literária, pela Universidade Federal do Rio de Janeiro (2019). Possui Bacharelado (2010), Licenciatura (2011) e Mestrado em Teoria Literária (2014) pela Universidade Federal do Rio de Janeiro.

E-mail: fernandesheleine@gmail.com

HELOISA TOLLER GOMES

Mestrado e Doutorado, na PUC do Rio de Janeiro, voltado para a questão afro-brasileira e afrodescendente em sua pesquisa e docência, basicamente na PUC-RJ e na UERJ. Pesquisadora associada do PACC-UFRJ e membro do grupo de trabalho da ANPOLL "Relações literárias interamericanas". Entre suas publicações destacam-se *As marcas da escravidão: O negro e o discurso oitocentista no Brasil e nos Estados Unidos* (2009, 2ª edição), *O negro e o Romantismo brasileiro* (1988) e *O poder rural na ficção* (1981), além da tradução de *As almas da gente negra*, de W.E.B. Du Bois (1999).

E-mail: htoller@terra.com.br

IÊDO DE OLIVEIRA PAES

Professor do Departamento de Letras e do Programa de Pós-Graduação em Estudos da Linguagem/UFRPE. Possui Pós-Doutorado em Literatura e Crítica Literária pela PUC Goiás. É líder dos Grupos de Pesquisa MILBA – Memória e Imaginário nas Literaturas Brasileira e Africanas e do GEAF – Grupo de Estudos em Literatura de Autoria Feminina. Atualmente desenvolve o Projeto de Pesquisa intitulado Literatura de Autoria de Mulheres: memórias e escrevivências nas tessituras de Conceição Evaristo, Odailta Alves e Conceição Rodrigues. Publicou os livros *Ofertório de Heresias* (2021), *Ecos do Arcadismo no Romanceiro da Inconfidência* (2022): e *Pequeno Oratório da Devassa* (2022).

E-mail: iedopaes@yahoo.com.br

IMACULADA NASCIMENTO

Graduada em Letras, Mestre em Literatura Brasileira, Doutora em Teoria da Literatura e Literatura Comparada, pela FALE-UFMG; pesquisadora nos grupos: ATLAS – Análises Transdisciplinares em Lit., Artes e Sociedade (CEFET-MG); Mulheres em Letras (FALE-UFMG); CLEPUL (Universidade de Lisboa); COST Association (Proyecto Genealogies: Women's Contribution to the Construction of Present-Day); publicação: *Escritoras de ontem e de hoje – Antologia* (Org. 2012). E-mail: imaculada.a@gmail.com

JULIANA BORGES OLIVEIRA DE MORAIS

Graduada em Letras pela UFMG, com mestrado em Literaturas de Expressão Inglesa e doutorado em Teoria da Literatura e Literatura Comparada (UFMG). Pesquisadora dos grupos Mulheres e Ficção (UFV), Letramentos, Gêneros e Ensino (UFSJ) e do Núcleo de Estudos e Pesquisa sobre Assistência ao Paciente Criticamente Enfermo (UFMG). Professora na Universidade Federal de São João del-Rei, atuando nas áreas de literaturas em língua inglesa e teoria da literatura.
E-mail: jubmorais@ufsj.edu.br

LAILE RIBEIRO DE ABREU

Doutora em Literatura Brasileira pela Faculdade de Letras da UFMG, professora da rede particular de ensino. Participa do Grupo de Pesquisa Letras de Minas – Mulheres em Letras e do Núcleo Walter Benjamin, ambos da Fale/UFMG. Possui textos publicados em anais de congressos nacionais e internacionais, além de artigos publicados em livros e revistas especializadas.
E-mail: laileribeiro50@gmail.com

LUIZ HENRIQUE SILVA DE OLIVEIRA

Doutor em Teoria da Literatura e Literatura Comparada pela UFMG. Professor do Programa de Pós-Graduação em Estudos de Linguagens do CEFET-MG. Professor

da Graduação em Letras do CEFET-MG. Professor da Educação Básica, Técnica e Tecnológica. Autor de *Negrismo* e *Poéticas negras*. Coordenador do Grupo de Estudos de Produção Editorial Luso Afro Brasileira (PELAB).
E-mail: henriqueletras@yahoo.com.br

MARCOS ANTÔNIO ALEXANDRE

Graduado em Letras pela Faculdade de Letras, mestrado e o doutorado em Estudos Literários pela UFMG. PhD na Facultad de Artes Escénicas do Instituto Superior de Arte- ISA, em Havana, Cuba, e no Programa de Pós-Graduação em Artes Cênicas da Universidade Federal da Bahia – UFBA, em Salvador. Bolsista do CNPq, professor da FALE e do Curso de Teatro da Escola de Belas Artes da UFMG. Integra o Mayombe Grupo de Teatro desde 1995, o Núcleo de Estudos Interdisciplinares da Alteridade – NEIA e o Programa Letras e Textos em Ação – PLTA.
E-mail: marcosxandre@yahoo.com

MARCOS FABRÍCIO LOPES DA SILVA

Doutor em Estudos Literários pela Faculdade de Letras da Universidade Federal de Minas Gerais (FALE/UFMG). Mestre em Literatura Brasileira pela mesma instituição. Jornalista, formado pelo Centro Universitário de Brasília (UniCEUB). Professor, pesquisador e poeta.
E-mail: marcosfabriciolopesdasilva@gmail.com

MARIA INÊS DE MORAES MARRECO

Doutora em Literaturas pela PUC-Minas e pela UFMG; Assistente da escritora Nélida Piñon na Cátedra José Bonifácio, do Instituto de Relações Internacionais da Universidade de São Paulo (2015), e Diretora-Presidente da IDEA Casa de Cultura, de Belo Horizonte. Presidente Emérita da Academia Feminina Mineira de Letras, e membro da Arcádia de Minas Gerais, do Instituto Histórico e Geográfico de Minas Gerais, da Academia Municipalista de Letras de Minas Gerais, da Academia Feminina Espírito-Santense de Letras, (2020). Publicou, entre outros: *A errância infatigável da*

palavra (2007); *Linhas cruzadas: literatura, arte, gênero e etnicidade* (2011); *Escritoras mineiras: poesia, ficção, memória* (2011); *Visões caleidoscópicas da memória em Lygia Fagundes Telles e Nélida Piñon* (2013); *As matrizes do fabulário Ibero-Americano.* (Org. 2016); e *Sobre os ombros de gigantes: os 30 maiores escritores da literatura brasileira* (2022).
E-mail: mimarreco@yahoo.com.br

MARIA NAZARETH SOARES FONSECA

Doutora em Literatura Comparada pela UFMG. Professora Aposentada da UFMG e do Programa de Pós-graduação em Letras da PUC-Minas. Pesquisadora 1D do CNPq. Coordenadora do GEED e da Seção literÁfricas do site literafro. Autora dos livros: *Brasil Afro-Brasileiro* (2000); *Poéticas afro-brasileiras* (2003); *Literaturas Africanas de Língua Portuguesa: percursos da memória e outros trânsitos* (2008), *Mia Couto: espaços ficcionais* (2008). *Literaturas africanas de língua portuguesa: mobilidades e trânsitos diaspóricos* (2015). Coorganizadora do volume 4 da coletânea *Literatura e afrodescendência no Brasil: antologia crítica* (2011). Coordenadora do Grupo de Pesquisa Estéticas Diaspóricas (2010 - 2022). Coordenadora do literÁfricas.
Email: nazareth.fonseca@gmail.com

MARIA DO ROSÁRIO ALVES PEREIRA: COORGANIZADORA

Doutora em Literatura Brasileira pela Faculdade de Letras da Universidade Federal de Minas Gerais (UFMG). Professora de Língua Portuguesa, Literatura Brasileira e Edição no CEFET-MG, e do Programa de Pós-Graduação em Letras da Universidade Federal de Viçosa. Dedica-se, principalmente, a pesquisas sobre a literatura produzida por mulheres no Brasil, bem como suas interfaces com o campo editorial. Publicou *Linhas cruzadas: literatura, arte, gênero e etnicidade* (em coautoria com Maria Inês de Moraes Marreco, 2011); *Entre a lembrança e o esquecimento: a memória nos contos de Lygia Fagundes Telles* (2018) e *Mário de Andrade e os mineiros: a carta como exercício crítico* (2021). Co-organizadora das obras *A escritura no feminino: aproximações* (2011); *Escrevivências: identidade, gênero e violência na obra de Conceição Evaristo* (2016); e *Prezada editora,- mulheres no mercado editorial brasileiro* (2021).
E-mail: mariadorosario58@gmail.com

MIRIAN SANTOS

Professora Adjunta da Universidade Federal do Sul e Sudeste do Pará (FALED/UNIFESSPA), Campus São Félix do Xingu. Autora do livro *Intelectuais Negras: prosa negro-brasileira contemporânea*, publicado pela editora Malê (2018); Doutora em Letras, Estudos Literários, pela Universidade Federal de Juiz de Fora (UFJF); Especialista em Políticas de Promoção da Igualdade Racial, pela Universidade Federal de Ouro Preto (UFOP); Mestra em Letras, Teoria Literária e Crítica da Cultura, pela Universidade Federal de São João del-Rei (UFSJ); Bacharela e Licenciada em Letras (Língua Portuguesa e suas Literaturas) pela mesma instituição. Idealizadora e mediadora do Clube de Leitura Lendo EscritorAs. Pesquisadora vinculada à Associação Brasileira de Pesquisadoras/es Negras/es-ABPN. Integrante do Núcleo de Estudos e Pesquisas em Gênero, Raça/Etnia e Sexualidade (NEPGRES), do Instituto Federal de Educação, Ciência e Tecnologia de Minas Gerais - Campus Ouro Branco.
Email: miriansantos@unifesspa.edu.br

NATÁLIA FONTES DE OLIVEIRA

Professora do Departamento de Letras e Coordenadora do Programa de Pós-Graduação em Letras da Universidade Federal de Viçosa (UFV). Formada em Letras pela UFMG, possui mestrado e pós-doutorado pela mesma instituição. É Ph.D. pela Purdue University e tem pós-doutorado pela Stanford, nos Estados Unidos e pela Ghent University, na Bélgica. Atua na área de Literatura Comparada e Literaturas de Língua Inglesa, pesquisando principalmente os seguintes temas: literatura contemporânea produzida por mulheres, escrita de viagem, diáspora africana, distopias e estudos de gêneros.
E-mail: nataliafontes@ufv.br

SIMONE PEREIRA SCHMIDT

Doutora em Teoria Literária pela PUC-RS e Pós-Doutora em Literaturas de Língua Portuguesa pela Universidade Nova de Lisboa (2005) e em Literaturas Africanas de Língua Portuguesa pela Universidade Federal Fluminense (2012).

Professora Associada da Universidade Federal de Santa Catarina (UFSC), é vinculada ao Literatual/UFSC (Núcleo de Pesquisa em Literatura Atual – Estudos Feministas e Pós-Coloniais de Narrativas da Contemporaneidade), ao IEG/UFSC (Instituto de Estudos de Gênero), ao GT "A Mulher na Literatura" da ANPOLL e ao Grupo de Pesquisa "África, Brasil, Portugal; interlocuções literárias" (UFF-CNPq).
E-mail: simonepschmidt@gmail.com

SIMONE TEODORO SOBRINHO

Mestra e doutora em Literatura Brasileira pela UFMG. É poeta. Há textos seus publicados em revistas literárias eletrônicas brasileiras, como *Mallarmargens, Germina* e na portuguesa *Incomunidade*. Publicou também no *Suplemento Literário de Minas Gerais*, no *Jornal Rascunho* e em *O Relevo*, de Curitiba. Participou da exposição "Poesia agora", que esteve em cartaz no Museu da Língua Portuguesa em 2015. Participa das antologias *Urbanas* (Desconcertos, 2018) *Poesia Gay Brasileira* (Editora Machado, 2017), *A Resistência dos Vagalumes* (Nós, 2019), *Entrelinhas, entremontes: versos contemporâneos mineiros* (Quixote + Do, Editoras Associadas, 2020), *As mulheres poetas na Literatura Brasileira* (Arribacã, 2021) e *Antes que eu me esqueça/ 50 autoras lésbicas e bissexuais* hoje (Quintal Edições, 2021). É autora dos livros de poemas *Distraídas Astronautas* (Patuá, 2014) *Movimento em Falso* (Patuá, 2016) e *Também estivemos em Pompéia* (Patuá, 2019).
E-mail: sisiteodoro@gmail.com

STELAMARIS COSER

Mestre em Literatura Norte-Americana (UFRJ) e Doutora em Estudos Americanos (University of Minnesota). Tese Bridging the Americas: The literature of Paule Marshall, Toni Morrison, and Gayl Jones (publicada pela Temple University Press, 1995 e 2022). Docência e pesquisa na UFES (1976-2017); membro do Grupo de Pesquisa PACC/UFRJ e do GT/ANPOLL "Relações Literárias Interamericanas". Artigos mais recentes: "Ancestralidade, a escrita de si e de nós: diálogos entre Toni Morrison, Paule Marshall e Conceição Evaristo" (2021) e "African diasporic connections in the Americas: Toni Morrison in Brazil" (2022).
Email: maris.coser@gmail.com

TEREZINHA TABORDA MOREIRA

Graduada em Letras (UFMG), com Mestrado (PUC Minas) e Doutorado em Estudos Literários (UFMG). Professora Adjunta no PPGL da PUC Minas, atuando na área de Literaturas africanas de língua portuguesa. Pesquisadora CNPq-Nível 2. . E-mail: taborda@pucminas.br

Esta obra foi composta em Arno pro light 13, para a Editora Malê e impressa na JMV Gráfica, Rio de Janeiro, em agosto de 2025.